人间彩虹

——作家笔下的宁德廊桥

宁德市文化和旅游局
宁德市文学艺术界联合会 编

海峡出版发行集团 | 海峡文艺出版社

图书在版编目(CIP)数据

人间彩虹：作家笔下的宁德廊桥/宁德市文化和旅游局，宁德市文学艺术界联合会编.—福州：海峡文艺出版社，2024.8
ISBN 978-7-5550-3721-7

Ⅰ.①人… Ⅱ.①宁…②宁… Ⅲ.①散文集—中国—当代 Ⅳ.①I267

中国国家版本馆CIP数据核字(2024)第092570号

人间彩虹——作家笔下的宁德廊桥

宁德市文化和旅游局　宁德市文学艺术界联合会　编

出 版 人	林　滨
责任编辑	朱墨山
出版发行	海峡文艺出版社
经　　销	福建新华发行(集团)有限责任公司
社　　址	福州市东水路76号14层
发 行 部	0591－87536797
印　　刷	福州华厦彩印有限公司
厂　　址	福州市晋安区新店镇义井工业区6♯楼一层
开　　本	720毫米×1010毫米　1/16
字　　数	356千字
印　　张	21.75
版　　次	2024年8月第1版
印　　次	2024年8月第1次印刷
书　　号	ISBN 978-7-5550-3721-7
定　　价	88.00元

如发现印装质量问题，请寄承印厂调换

人间彩虹（代序）

◎ 何向阳

我来闽东多次。

我爱闽东的蔚蓝大海、大海上绚丽多彩的沙滩岛礁、网箱鱼排。我更爱闽东的绿水青山，及青山里横卧的彩虹一般给人宁静、优美与和谐的木拱廊桥。

前不久，宁德市文化和旅游局、宁德市文联邀请我参加"廊桥保护三年行动计划"文学采风，并嘱我为《人间彩虹——作家笔下的宁德廊桥》作序。因与闽东的木拱廊桥多次相遇并对之情有独钟，我欣然接受。

木拱廊桥，亦称"虹桥"，无须寸钉片铁，只凭椽靠椽、桁嵌桁，衔接严密，结构稳固，以"河上架桥，桥上建廊，以廊护桥，桥廊一体"的独特形式，成为中国传统木结构桥梁中的技术含量极高的一种建筑形态，被誉为世界桥梁建筑史上的"活化石"，具有独特地位，是全人类珍贵的文化遗产。

全国木拱廊桥现存最多的区域就在闽东,被誉为"中国木拱廊桥文化之乡"。我国现存的古代木拱廊桥大量留存于闽浙地区,其中闽东即有52座。其中,屏南县的万安桥、千乘桥、龙津桥、广福桥、广利桥,寿宁县的大宝桥、鸾峰桥、杨梅州桥,周宁县的三仙桥,政和县的后山桥、洋后桥、赤溪桥等12座木拱廊桥已被列入世界文化遗产预备名单。

散落在闽东大地上的木拱廊桥,是典型的山地人居建筑遗产,历史悠久、技艺精湛,几乎将屋、亭、台、楼、阁、殿、水榭、长廊等传统建筑形式囊括其中。据了解,木拱廊桥建造时大多就地取材,采用原木材料,由主墨木匠作为主导者,运用传统木建筑工具和手工技法,采用编梁等核心技术,以榫卯连接构筑成稳固的拱架桥梁,最长可达40米,其后加盖桥屋,既美观实用,又提高了桥身稳定性,科学地解决了受力问题,让廊桥历经千年风雨仍然保存至今。2009年,"中国木拱桥传统营造技艺"被联合国教科文组织保护非物质文化遗产政府间委员会第四次会议批准列入《急需保护的非物质文化遗产名录》。

木拱廊桥之于闽东人,不仅仅是连接两岸的交通设施,还是包罗万象的文化长廊,是四季温暖的烟火人间,也是凝聚乡愁的精神家园。木拱廊桥集木雕、石雕、砖雕、彩塑、彩绘、壁画、书法等工艺于一身,极具观赏性。桥上普遍设有风雨板、凳床、摊点、神龛等,是村民闲暇之时纳凉、集会、歇息、看戏、赏景、贸易、祭祀的重要场所。木拱廊桥不仅具备了社区公共文化空间的功能，而且与乡土文化高度融合，成为凝聚乡民情感、传播地域文化的重要纽带。

深藏于高山峡谷、田间地头的闽东廊桥，是从历史的深处走来的，它承载着岁月沧桑，它是美丽的，也是脆弱的。现代交通的快速发展、古驿道的湮灭、村落搬迁的衰败，加之保护意识的缺失，许多廊桥正处于被废弃、损毁的消亡状态。2022年，我国现存最长木拱廊桥——福建屏南万安桥突发火灾，千年廊桥毁于一旦，令人痛惜。因此，对木拱廊桥的保护迫在眉睫。2023年10月，中共中央宣传部、国家文化和旅游部、国家文物局推出"廊桥保护三年行动"。2024年1月1日起，《宁德市木拱廊桥保护管理条例》正式施行。

为深入学习贯彻习近平文化思想，贯彻落实习近平总书记对文物和文化遗产保护传承工作的一系列重要论述和重要指示批示精神，全面加强廊桥保护研究和推进文物价值的活化利用，把文化资源优势转化为文化强市的竞争优势、文旅经济的发展优势，让木拱廊桥走出闽东，享誉世界，今年初春，宁德市文化和旅游局、宁德市文联共同举办"廊桥保护三年行动计划"文学采风创作活动，并拟编辑出版诗文集，从不同角度系统介绍闽东木拱廊桥的整体情况、历史文化、营造技艺、民俗宗教、传承保护等内容，用娓娓道来的文学语言展现了古廊桥的建筑之美，以文艺的形式宣传推介了廊桥文化，推动文旅融合发展，传播"闽东之光"，为保护好、传承好木拱廊桥这一珍贵历史文化遗产贡献文艺力量。

诗人们来了。作家们来了。还会有更多的艺术家、学者将被吸引到这里。

天光云影之下，凌空横跨在溪壑纵横的闽东大地上的一座座木拱廊桥犹如一道道美丽的人间彩虹，闪烁着闽东人民智慧的光辉，连接着山河村落、今昔未来，更连接着闽东与世界……

2024年3月16日

（作者系中国作协主席团委员，中国作协创作研究部主任，研究员，鲁迅文学奖获得者）

目录 CONTENTS

■ 廊桥之乡

人间彩虹——走进中国木拱廊桥之乡 ··················郑雨桐（03）

廊桥：一个永恒的象征 ·······························耿占春（12）

"国保"廊桥"百千万" ·······························林爱枝（16）

古卷沧桑诉风流 ···································哈　雷（26）

飞虹卧波话廊桥 ···································林登豪（36）

古桥逸事 ··黄建军（41）

风雨"虾蛄"桥 ···································魏爱花（46）

廊桥千年 ··甘湖柳（50）

茶香中的古廊桥 ···································沈荣喜（55）

故乡的桥 ··缪淑秀（62）

柘荣廊桥 ··潘文书（68）

■ 人间彩虹

廊桥之上　遗梦不再 ·······························石华鹏（75）

寄情杨梅州 ······································林子阳（81）

鸾峰桥怀古 ······································何　钊（84）

1

长桥千秋渡……………………………………缪　华（88）
久久千乘桥……………………………………陈巧珠（93）
在老人桥上与一朵白云对视…………………钟而赞（97）
风雨大宝桥……………………………………杨　子（101）
隐隐飞桥隔野烟………………………………杨秀芳（104）
风过花桥………………………………………诚　鹏（108）
一路看桥………………………………………徐山河（112）
外婆家的廊桥…………………………………谢应华（121）
清风冷月劝农桥………………………………李家钒（125）
拓一桥的故事与你说…………………………郑玉晶（129）
记忆的回眸……………………………………邱　灵（134）
紫桥遗梦………………………………………余新锋（139）
万安桥畔话沧桑………………………………石　城（146）
魅力百祥桥……………………………………李家咏（151）
登龙桥絮语……………………………………阮梦昕（156）
廊桥瑰宝水浒桥………………………………杨常青（160）

■ 情韵悠长

走过廊桥………………………………………郑家志（165）
远游者的寻觅…………………………………刘岩生（169）
廊桥表情………………………………………禾　源（172）
风雨百姓桥……………………………………许陈颖（176）
伟大的作揖……………………………………白荣敏（180）
临清桥…………………………………………许一跃（184）

万安：龙江公济桥············唐　戈（187）
周宁廊桥的前世今生··········肖林盛（192）
廊桥遗梦················苏维邦（197）
遮却风雨行福善·······叶家坤　叶思成（201）
遇见廊桥················范秀智（209）
走过千年廊桥来看你··········桑　谷（215）
感念廊桥················江南夜（220）
美哉廊桥················汤生旺（225）

■ 匠心独运

探访廊桥营造技艺之乡·········戎章榕（233）
非遗传承人的廊桥梦惑·········杨静南（244）
编木为虹················景　艳（255）
桥缘··················黄立云（264）
廊桥人生　一世情缘··········柯婉萍（268）
周宁下荐师傅（外一篇）········苏旭东（273）
廊桥之乡廊桥梦············卢彩娱（281）
走进"编木"世界············吴文胜（288）

■ 诗意廊桥

旅次··················何向阳（299）
宁德廊桥　架在河上的哲学（外一首）··罗振亚（302）
或许时空················林秀美（304）
造虹术·················汤养宗（306）

烟雨廊桥……………………………………叶玉琳（310）

廊桥浮想……………………………………刘伟雄（313）

又见廊桥……………………………………周宗飞（316）

廊桥有爱……………………………………王祥康（318）

回望廊桥……………………………………韦廷信（322）

廊桥碎笔……………………………………林典铇（325）

有关廊桥……………………………………黄友舜（327）

廊桥旧梦录…………………………………董欣潘（329）

你像父亲一样………………………………张丽容（332）

后　记………………………………………（337）

廊桥之乡

人间彩虹
——走进中国木拱廊桥文化之乡

◎ 郑雨桐

是否,那一场场邂逅的烟雨,引来了天上的彩虹?不然为何此刻人间,能遗下了那一瞥瞥惊奇的斑斓?

妙的是,这一道道彩虹,总是恰到好处地落在山水隔断之处,成全了那一次次翘首、一次次眺望、一次次回眸。

桥者,水梁也。梁之所落,山水相连。故而,自古以来,桥便被赋予了牵系之意。特别闽东八山一水一分田,多是峻岭深渊,无梁不越水,无桥不相通,有桥才有了此间繁华。

概因如此,闽东之桥,不仅更多、更美、更有韵味,还被融入了廊、楼、亭、阁等元素,形成了"木拱廊桥"这一建筑奇观——其也被称为世界桥梁建筑史上的"活化石"。

因此,闽东在中国桥梁史上占据着重要的地位,其木拱廊桥数量之多、工艺之精准、保存之完整、历史延续之久,在全国也属罕见,被誉为"中国木拱廊桥文化之乡"。

虹有七彩,桥有七情。当你真正走进闽东,才能切身体会,廊桥里的故事说不完、道不尽,廊桥之乡的风情看不腻、忘不了——那异彩纷呈的虹里,有着最美的人间!

虹之间，是魂牵梦绕的深情

我想，桥的那端，总是系着牵挂，是以世人翻山越水，也要奔赴而来。

正如下党乡的乡亲们从未忘记，30多年前，桥畔出现的那道伟岸身影，至今仿若仍超越时空，翩翩而至。

下党，深居寿宁县的一个小山乡，地僻、道阻、贫穷，除了鸾峰桥——那座世界上单拱跨度最长的木拱廊桥，别的，没有半点拿得出手的东西。

千百年来，乡里人安静得就如同鸾峰桥一般，或者说，鸾峰桥安静得就如同乡里人一般，就那么静静地窝在这个小山沟，与世隔绝，无人问津。

1989年的7月19日，鸾峰桥和乡里人迎来了从未遇到过的"贵客"——时任宁德地委书记的习近平同志。这是当时这个小山乡见到的级别最高的官员，他们甚至搞不清楚那些随时代而变化的职务，奔走相告间都称，"知府"要来了。

当年，正是烈日当空时，与鸾峰桥相望的文昌阁旁，一群人从荆棘丛生的崎岖山路中探了下来。他们头戴草帽、搀着木棍、汗透衣背、风尘仆仆、蹒跚而来，与乡亲们相见于鸾峰桥头。

这场奔赴，源于一个特殊的约定——一个多月前，在宁德地委工作会议的讨论会上，下党乡党委书记杨奕周站起来说："下党太落后了，你能不能到我那里去看一看？"习近平同志面对杨奕周这一"放炮"举动，非但没有恼火，而是当场与他约定，一定要去下党一趟。

当时，大家也都没太把这件事放在心上，毕竟下党太穷了，穷得连公路都还没通，没人认为一个地委书记会专门为了一个小山乡跋山涉水。可不到一个月的时间，"习书记"就来了，为了赴一场约定，历经约六个小时的辗转颠簸，来到了下党。

桥诞生的意义，就是为了突破地理的制约。而真正打破"枷锁"的，实际上是人对情怀的执着——桥的那头有记挂、有向往，才有了桥。对习近平同志而言，一心为民的真挚情怀，就是他心中的"桥"，跨过山山水水，通往黎民百姓。

"下党这个地方，我来了一次，一辈子都忘不了。下党不摆脱贫困，我们就愧对乡亲父老。"那次践诺之行，下党乡成了习近平同志心中长久的牵挂。他不仅多次为下党发展协调解决问题，离开宁德后也在多个场合回忆起自己"三进下党"的故事，回忆起那段路、那座桥、那些人。

2019年8月4日，时隔30年，已经担任中共中央总书记的习近平同志，在收到乡亲们的来信后，还专门回了信——

"'车岭车上天，九岭爬九年。'当年'三进下党'的场景，我至今还历历在目……"这封回信，至今读起来，仍能感受到那份穿越时空的深情和牵挂。

如今，下党乡早已发生了翻天覆地的变化：道路通了，电灯亮了，衣食足了，连鸾峰桥也由内到外焕然一新，成了网红打卡景点。而那段往事，也都将化为鸾峰桥和一代代下党乡亲的记忆，在青山绿水之畔，久久屹立、久久见证。

虹之间，是薪火相传的传承

"不费寸钉片铁，全由榫卯衔接。"这是木拱廊桥的建筑特色。廊桥，之所以能不费寸钉片铁而越水，就是因为一根根木头彼此紧密相连、互相支撑，才立起了千百年不倒的"脊梁"。

廊桥流传千年，廊桥技艺也传承了千年。千年以来，一代又一代廊桥匠人，就如那一根根团聚合力的木头般，架起了廊桥非遗传承的"桥梁"，在闽东山水间纵墨飞虹。

长桥镇，一座以桥为名的乡镇，也诞生了一个造桥世家——黄氏家族。清光绪年间，黄家先辈黄金书师承当地著名桥匠卓茂龙，家族自此传承造桥技艺已五代150多年。一个半世纪以来，黄氏家族共新建、迁建木拱桥30多座（现存8座），是我国木拱桥传统营造技艺重要的传承世系之一。

在造桥中，有一个"主墨"的说法，又称"主绳"，指的是既能设计又会计算、绘画且能指导施工的能工巧匠，相当于现在的建筑总工程师。屏南古桥的梁上，都会刻上主墨的姓名、建造时间，以及历代曾经参与修缮和重建的师傅的名字，他们享有留待后世瞻仰的无上荣光。

而黄氏家族自黄金书开始，皆担当主墨，以精湛的技艺，在碧水清流上勾勒描绘出道道"彩虹"。其中最引人入胜的，要属历代黄氏主墨万安桥的故事。

万安桥，俗称"长桥"，因其长度闻名。《屏南县志》有记载："宋时建，垒石为墩五，构亭于上，戊子（经考证，疑为1708年）被盗焚毁，仅存一板。乾隆七年（1742年）重建。乾隆三十三年（1768年）又遭盗焚，架木代渡。道光二十五年（1845年）复建。20世纪初又遭火烧，1932年再次重建。1952年西北端被大水冲毁两个拱架，1954年重修。"

据记载，清道光二十五年的复建，由卓茂龙为主墨。1932年和1954年的重修，则皆由黄氏子孙为主墨。2022年的一次现代技术修复，黄氏子孙也参与其中。可以说，万安桥的历史，也是一个家族对廊桥接近百年的守护故事。

年近90的黄春财，曾主墨过1954年万安桥的修建，现闲来无事，也最喜欢到万安桥上转转。当"叩叩叩"的声音踏过那一片片木板，他仿佛走过了百年传承的时光隧道，与一代代桥匠锤击敲打的声与影重合。

由于年事已高，自从儿子黄闽屏、黄闽辉都能独立主墨造桥后，黄春财便开始不造大桥造"小桥"，投身木拱廊桥技艺的传承。他不仅 30 多次接受国内外媒体采访，宣传木拱廊桥的独特之美，还撰写专题论文，参加学术研讨，成立木拱桥技艺传习所，把一身精湛的造桥技艺，凝聚成智慧结晶。

可有时，他还是忘不了那木头的触感，便与妻子一起制作了各种木拱桥模型，其中多件被中国艺术研究院、中央美术学院、福建省非物质文化遗产博物馆、宁德市博物馆等机构收藏与展示。

万安桥、接龙桥、增丈桥、唐宦桥、金造桥……看着黄氏家族百年来散落在各地大大小小的人间彩虹，笔者第一次真切感受到："桥在，我们就在；我们在，桥就在"的传承誓言。

文化传承，从来不是一时、一地、一次、一人可成，廊桥文化亦如此。正是有如黄氏家族一般的千千万万廊桥匠人，用一双双手支撑起廊桥技艺的传承之梁，才筑就了璀璨绚烂的廊桥文化！

虹之间，是心系桑梓的乡愁

何为乡愁？山是，水是，廊桥亦是。桥头的那一次挥手，或许是许多远行游子心中，最难忘却的一幅画卷。

在寿宁县，有一座被誉为"廊桥水乡"的古村落——西浦村。这座位于犀溪镇的古村已有千年历史，相传是战乱时唐僖宗的避难之地。那里不仅自然风光优美，还是一个充满文化底蕴的地方，被誉为"闽东北的璀璨明珠"。

西浦村山水相依、景色宜人，古桥、古民居、古树星罗棋布，交织成一幅山水画。村里最具代表性的建筑要属廊桥——这里的廊桥数量众多，有单孔、双孔、石板、木拱等多种类型，不禁让人萌生"桥比路多"的感觉。

村民杨玉玲自嫁到西浦来，就爱上了这个村庄。因为在她的家乡，也有类似的廊桥，站在廊桥上就仿佛回到了自己的家乡。

在杨玉玲小时候，廊桥比现在热闹得多，如同一个小集市。大伙将茶叶、瓜果往桥上那么一摆，便算是占了个"摊位"，接着开始一天的经营。她家便是茶农。每每从廊桥上经过，她耳畔似乎都回荡着那久久不绝的叫卖声。

如今她41岁了，利用农闲时担任起了讲解员，向往来的人讲述着"廊桥水乡"的悠悠往事。她最喜的，还是带着游客从廊桥上走过，最爱的，还是向游客讲述廊桥的历史。因为，那是她心中最化不开的悠悠乡愁。

廊桥所在，即为故乡，这便是文化符号之于乡愁的意义。而这种乡愁，如今也成为许多人心中的诗和远方。这是中华儿女另一种共情的"故乡"——在烟雨回廊时寻得一段廊桥遗梦，沿着时间长河回溯至千百年前，把"二十四桥明月夜"繁华看尽，把"回首烟波十四桥"惬意品尽，把"独上洛阳桥"的孤寂尝尽，一个关于历史、关于文明的"乡愁"便悄然而生。

缪培坤是土生土长的西浦村人，今年64岁的他，一直以来都生活在这个幽静的村子里，看日出日落，看人来人往。他的店铺就在村口，所以对游客数最为了解。他说，近些年来，越来越多人到西浦旅游，看看廊桥文化，读读状元文化，让村子一下子热闹了起来。

缪培坤有一手好的竹编手艺，最早只是做些日常生活用的竹器，不是给别人帮工，就是自己到街头叫卖些，没什么好收入，特别是用竹器的人越来越少，所以只能勉强过活，但好在能留在自己心爱的家乡，倒也不失落。

这十来年，来村里旅游的人越来越多。他虽然也纳闷，不就是从小看到大的十多座桥，有啥好看的？但是有经营头脑的他还是抓住商机，开起了店铺，不仅卖些杂货，还将自己的手艺升级了一下，做起了观赏性的竹编，日子一天天好了起来。

这些年，缪培坤渐渐理解了游客的向往，理解了游客的乡愁，也有了自己的向往，有了自己的乡愁——这个廊桥水乡，他怎么也看不够、怎么也读不完、怎么也待不腻。他也愿意，在村头、在桥头，等候着远来的"乡亲"，为他们讲述一段廊桥的故事。

桥的那头有追求，桥的这头有等候，是以桥成，是以虹落。

虹之间，是遮风挡雨的守护

"河上架桥，桥上建廊，以廊护桥，桥廊一体"，廊桥之所以不同于别的桥，是因为桥上有了那遮挡风雨的连廊，既庇着桥，也庇着休憩的人。

廊桥，守护了人们风雨的一辈子。人们，也始终都用自己的方式，守护着那难能可贵的"人间彩虹"。

近年来，随着交通的发展，廊桥的实用功能已日渐式微。但经过历史沉淀，廊桥的意义早已超越交通的层面，成为传承建筑文化的重要载体。

廊桥多为木质，难以抵御腐化、虫蛀、火灾等破坏，保护起来难度极大。可这些年，闽东不仅原有廊桥总体保护情况良好，还新建了许多更符合现代审美的廊桥。何以如此？

原来近年来，宁德市各级各部门和社会各界坚持齐心协力守护"这座桥"，既保护廊桥实体，也保护廊桥传统营造技艺，既保护廊桥本体，也保护其周边环境风貌，既保护文物，也保护非文物，为廊桥架起了遮风挡雨的"连廊"。

在大家的共同努力下，2008年，木拱桥传统营造技艺被列入第二批国家级非物质文化遗产名录；2009年，以宁德为主申报的中国木拱桥传统营造技艺被联合国教科文组织列入《急需保护的非物质文化遗产名录》；2012年，"闽浙木拱廊桥"被列入《中国世界文化遗产预备名单》。

随着保护意识蔚然成风，随着机制措施日趋完善，随着文化情结愈演愈烈，这场跨越岁月山河的协力守护，终于结出了丰硕的果实。

2023年5月，中共中央宣传部、文化和旅游部、国家文物局联合印发《廊桥保护三年行动计划（2023—2025）》，进一步探索系统加强廊桥保护研究和利用工作，从更高层面和更远视角谋划廊桥文化。

自此，廊桥保护工作被宁德摆在更重要的位置——

2023年11月23日，《宁德市木拱廊桥保护管理条例》经由福建省十四届人大常委会第七次会议全票表决通过，为加强廊桥的保护与管理、促进传统营造技艺的传承和发展，提供了法治保障。

不仅如此，宁德坚持多措并举、多向发力，通过实践授徒传技，不断完善老中青梯队人才建设，代表性传承人从6名增至20多名；开展"司法+保险+服务"文物保护模式，通过配备安全防护设施、实施文物预防性保护监测和数字化保护等形式，加强廊桥文化遗产保护力度……

一项项务实的政策，一条条精准的举措，生动折射出闽东这个"中国木拱廊桥文化之乡"守护廊桥的坚定决心、不渝恒心、温暖贴心，让人桥情缘历岁月沧桑磨炼而更加深刻坚贞！

还是那山、那水，还是那桥、那人，可恍惚间，却似经历了千百轮回辗转，经历了历史长河往溯，才在这一刻凭栏相望。谁又知道，廊的那一头，是否就是上一次宿命的牵绊？

虹之间的秘密，只有身临其境，才能豁然开朗。何不亲身走进这"中国木拱廊桥文化之乡"，去探寻桥那头的等待？

后记

廊桥之上，感慨万千，久久难平，故作歌行以记之，是名《廊桥遗梦》：

我羡苍天从未老，四时更替不曾休。
苍天羡我人间梦，千载飞虹落玉流。
纵历凡俗数百炼，繁花凋谢亦多愁。

芸芸纷扰身旁过，絮絮衷情心上留。
未有我时山水断，我成之后离别犹。
安能尽了不甘事？拂却情痴爱恨仇。
相思续，对红楼，堂前三拜为回眸。
红尘今有善男女，烟雨连廊执手游。
前世几番入辗转，今生得遇此桥头。
凭栏相眺对厮守，白首同心一愿求。
幕幕人间皆过客，匆匆过客亦人间。
方知此地来不易，再借苍天一叶秋。

廊桥：一个永恒的象征

◎ 耿占春

在人类的创造物中，既具有实用价值又同时具有象征价值的事物并不少见。这些事物中我们最先想到的可能就会有桥与船，还有与建筑物相关的门、窗与闩（锁），与劳作有关的耕犁、镰刀与斧头等等。有时候，人类创造的这些事物会脱离它的实际功用，或其使用价值被替代了，也仍然会被频繁地运用到其他领域，成为一种观念或观念的象征物。作为某种观念的象征符号，"桥"的历史语义依然活跃在各种需要跨越边界和鸿沟的时刻。而廊桥，于今已经是一种人类的非物质文化遗产，它古老的语义比现在的"桥梁"更加丰富。

在闽东看到的木拱廊桥就是这些符号化事物的一个范例。此前在许多地方看到过廊桥或风雨桥，它或者是石质的，或者是平铺的，而宁德市的屏南县和寿宁县则保留下一些木拱廊桥。稍稍回忆一下，人们会想起《清明上河图》里有这样的一座木拱桥。据专家介绍说，木拱桥最早就出现在北宋，石拱桥则汉代已有。早春季节，下着蒙蒙细雨，我们一行人站在屏南的一座被称为"千乘桥"的廊桥下面，听当地专家讲述一个失传的或极简的故事。据说最初创建出木拱廊桥的是北宋的一位退休狱卒。这让人颇为感慨，在没有专利权的年代，这个狱卒似乎也没有留下姓名。站在桥下，看着编木结构的拱桥，一点不夸张地说，这可不亚于写了一部基于水之德的《道德经》啊。那位狱卒放在今天，无论怎么着都至少是工程院院士吧。

木头是直线，拱桥则是曲线，仅仅就是这么一个固有观念，就使用木头营造廊桥的理念被阻碍了多少年？但不知这位退休狱卒从哪里获得的灵感，怎样让思想转了个弯，可以用榫卯结构让木头也转上几个弯，于是直线变成了曲线，就有了廊桥的拱形结构。营造方式被确定下来，后世的人们就可以沿袭下去，直到材料、功能和实用价值再次发生改变，人们将又一次让思维来到它的边界上，寻找穿过它的桥梁。看样子老狱卒是个爱动脑筋的人，或许北宋牢狱里也有不少能工巧匠？这里便有了一个让人脑洞大开的空间，一个人类社会丢失的故事，给文学虚构留下了符合逻辑的想象。

早春的闽东下着雨，在春寒料峭中山野和路边已经开着花，山坡上的茶园绿意盎然。然而周围没有什么像古画中的廊桥那样，让人感知到这是一个古老的国度并展现着它漫长的历史。它就像大自然一样，处处呈现出瞬间的永恒、破损的完美、存续的空缺。在屏南看到的几座木拱廊桥，多半始建于宋代，重修于明、清。走在前朝的遗存物上格外让人感觉到生命的短暂、奇异和恩典，仿佛我们其来有自。

廊桥上两侧分别有长椅一样的木板，可以让人坐下歇息。每个闲暇季节的晨昏，廊桥就是村民们在此聚谈的公共空间。而长长的木板还有一种功用，那就是供人夜晚在此入眠。试想一下，有些廊桥就建造在古老的盐茶道上，如果夜行人找不到客栈，就可以在廊桥的长条木板上过夜。廊桥的功能是多重的，营造者心中想到的不仅是单一的使用功能和技术考量，他的每个辅助性细节的设计都想到了那些村落上的定居者，还有来自远方的夜行者。廊桥是一个好客之地。在功能和技术之外，廊桥体现出一种交流伦理，它是人与人之间、定居者与陌生人之间的一次沉默的交通。

在屏南，古桥、古庙、古村落通常形成了一种三位一体的整体，有天造地设一般的自然和谐。人类创造物没有傲慢地雄踞一切之上，而是谦卑地与当地山水风物融为一体。木拱廊桥的营造者对自然怀有的感情不是征服性的，似乎他对一山、一水、一树、一石、一木都发出一种诚挚的邀请，邀约它们参与到创造之中。在烟雨蒙蒙里远望木拱廊桥，似乎它的营造者不是建造了一座具有实用价值的桥梁，而是在山水之间描绘了一幅与山水相连的画作。一座木拱廊桥的出现，让周围的一切都被绘制到一幅古老的水墨画里。一项工程是一个独立的存在，而一幅绘画是一种和谐的创造，层叠的山水、错落的山林，乃至天空和飘荡着的云层，都因廊桥的存在被整合到一个美学化的视觉范式里。那些匿名的营造者，还有每一座廊桥的主绳，他们既是工程师，也毫无疑问是艺术家。

木拱廊桥的建造者除了工程学的知识，不难发现他们所拥有的美学眼光。固然廊桥的功用首先是让人方便而平安地从河流上穿过，无须再摸着石头过河，但屋顶式的长廊除了遮风挡雨之外也让人不经意间在此驻留，观望。在廊桥上观水，理应是一种哲学训练的基础课程，它让人回忆起儒道哲人对水之德与道之端的沉思，回想起无数诗人观水的咏叹。河流与水的形象，于古今中外的文化史里都处在哲学与诗歌的观念核心。它是流逝着的时间，是永恒的生命，是世界万物流变的象征。就像此刻，雨水会从天空滴下，也会从人的眼角溢出，还有什么能够比水更富于哲学意义或神祇的启示作用？

至今廊桥上仍然供奉着诸神，为了顺遂，为着平安。但为着安全，祭拜的香火都被移到了桥边的古庙里。一般在岸边，在村落边，有一座与廊桥大致同时修建的庙宇，无论古庙规制大小，它们都供奉着诸神。在面临危机或危险的时刻，人们总想抓住一点什么，具有人的容貌的诸神就这样被塑造出来。究其实，作为一种符号，泥塑远没有木拱廊桥本身更具有佑护功能，但它是人们心愿的一种寄托。人们于河边，于桥上祈求着平安。每逢雨季，山间总会时有山洪，河流与水是生命之源，在某些时刻也意味着一种不受控制的力量。水之德或上善若水的命题有如一个普遍接受的悖论，载舟覆舟都是其德性的体现。而桥墩的船型设计则通常意味着减弱洪水的冲击力。由于廊桥的存在，定居的村落向上张望天空中的诸神，向山外连接起异域或远方。

名为"万安桥"的木拱廊桥不久前却经历了一场火灾，劫后余生，刚修复完工。毫无疑问，万安桥不再具有初建时的交通功能，至少这种功能已经没有那么重要了。在跨度宽阔的万安桥旁，盐茶古道边的客栈转身变成了一些供旅游度假的民宿。河流在流淌，水车在转动，万安桥作为历史的文化符号，以尚未完全明朗的意义融进今日人们的生活与意识。

桥，或许还有船——闽东也是古代造船业最先兴起的地方——它们都克服了空间的限制，越过了边界，将人类的活动范围进行无限地拓宽。桥穿越河流，跨过鸿沟，让没有道路的地方成为一条通途。人类对空间的拓展或许正是从桥的营造开始，桥的象征意义也主要寄寓于此。不难看出，桥与船，无论其形态与材质如何变化，都仍然处在人类生活的核心，而桥与船的语义光谱，也愈加宽广。在越来越注重克服空间局限、超克有限性的社会，在注重自由的移动、迁徙、行旅的世界，在无论是物质还是信息都在更多地交流、交往、交通的时代，"桥梁"的象征意义也在人类情感与意识中获得丰富的语义内涵。桥梁跨越在一切鸿沟之上，在山水之上，在人与人之间，在不同族群与国度之间，只要存在着边界与隔膜，就存在着有形的桥梁和无形的桥梁，存在着物质形态的桥梁和精神形态的桥梁。是的，在各种鸿沟、边界与隔断之间架起一道"虹桥"。

木拱廊桥不再那么实用了，有些廊桥似乎已被废弃了。当古代的盐茶古道让位给公路系统，尤其是高速公路和高铁之后，当初因盐茶古道而兴盛一时的村镇或村落也随之衰弱，只剩下古董式的廊桥一任风吹雨打。木拱廊桥也被更坚硬的材质所取代，钢筋水泥的现代大桥穿山越岭。然而桥的理念和桥的象征意义早已被木拱廊桥和石拱桥所牢固地奠定。北宋王朝早已灰飞烟灭，然而一个没有名字的退休狱卒所营造的木拱廊桥，见证了另一种人类文明与创造的历史，事物并没有在人短暂的生命结束之后停止存在，而物的象征意义也没有在它的实用功能之外停止意义的再生产。想一想，在木拱廊桥上多停留一会儿，在哗哗的流水和淅淅沥沥的细雨中聆听着逝者如斯的声音，我知道这个时刻也通向另一个时代。

"国保"廊桥"百千万"

◎ 林爱枝

一

都说闽东廊桥多且俊,此番采风到屏南,实感实至名归,可以叹为观止!

先民们发明建造了如此瑰宝,令后人叹奇、颂之为伟大。

有了桥,它衔接了路,延伸了路,使山山水水都畅通起来。

人们通常看到的桥,都在露天,敞开的,狂风暴雨也罢,烈日炎炎也罢,都得承受着。

廊桥,可谓桥中奇葩,为数不多,却很别致,因为它顶上有屋,也称"厝桥",从露天到室内,增加了多少温馨、多少亲情!邻里和睦,兼济天下,天堑变通途。

木拱廊桥散落全国各地,尤以闽浙为多。

闽东多廊桥,你若在寿宁、屏南、周宁境内行走,过廊桥、走厝桥不是稀罕事,仅屏南就有57座。

他们为宣传屏南出版了一本书,书名为《水韵屏南》。猛一看,屏南分明是山区内陆,怎有那么多水?又一想,是山区,就应该是山山水水,山水融合,才有灵气。一路走去,耳旁水声淙淙,才觉提神敛气，倍感滋润。

何况屏南还有一处水的极品——白水洋呢！

在这样的山山水水中，在崖壁沟壑中建造那么多美丽动人的厝桥，那才算雄伟，才算巧夺天工，才算睿智超人呢！

当我们的祖先从四野游牧，到定点聚居后，他们会遇到很多困难，他们就要开发自己的智慧才智，要为改变生活环境、生产状况，提高生活质量而思虑着，于是就有许多发明创造出现。就说建筑吧，诸如自己居住的房屋，城郭，活动的宫室坛台，出行的舟楫道路……许许多多的建筑群，便在这里那里耸立起来。

说桥吧，起初仅为独木桥，可这在当时，或许已是很大的智慧和发明了。山里冲天站立的一棵树，怎么就能躺在溪涧上，成了一座桥、供人行走呢？经过使用人们发现它还不够稳当，承载力还不够。就再加几棵树吧，这就成了"骈木"（桥）。再以后，各种形式、各种材质、各种用途的桥梁如雨后春笋般出现，琳琅满目，装点神州。

闽东多廊桥！这块供养人们的热土，又多崇山峻岭，山高林密，乃至于飞鸟不驻、走兽难越、阻隔往来。他们望山兴叹，临水发愁，但要过溪，要出山的意志是坚定的，便在不断兴叹，不断发愁中，"桥"就造出来了！

木拱廊桥不用只钉片铁，只继承传统的榫卯技艺，由原木纵列交叉和横木直角相叠，构成八字形桥孔，然后累建桥面和桥屋，整体结构十分舒展和谐，精巧稳重，历经百年，巍然屹立。它们至今都坚守在深山老林里，在悬崖峭壁上，横跨奔流的溪涧。先民们集聚了有限的财富，施展了巧夺天工的技能技巧，还思虑绵长地为廊桥的后事，制定了许多管用的管理办法……

它们让人目睹了自己的异彩纷呈，其形态各异，长短不一，如出没蛟龙，如倩影隐现，如彩虹悬天。凡廊桥处，无不是与蓝天、与碧水、与茂林相辉映的迷人画卷。

难怪明代陈世懋在《闽中疏》中称："闽中桥梁甲天下。"

李约瑟博士在其所著的《中国科学技术史》中也赞道："中国古代桥梁在宋朝有一个惊人发展……特别是福建省，在中国其他地方或外国任何地方，都无法与之相较。"

二

"百千万"是指屏南三座国保木拱廊桥——百祥桥、千乘桥、万安桥。

万安桥，为全国现存木拱廊桥最长，近百米（98.2米），长长悠悠，横跨在长桥溪上，五墩六跨，正中间桥墩上记载，其桥建于宋元祐五年（1090）。又碑云："弟子江稹舍钱一十三贯又谷三十四石，结石墩一造，为考妣二亲承此良因，又为合家男女及自身各乞保平安。元祐五年庚午九月谨题。"

长桥的经历颇为坎坷，数度毁建。今日人们看到的是1954年由县政府拨款，再度重建的。如今它可以安详地静卧长桥溪上，悠悠然与青山绿水浑然一体。有诗赞曰："日照虹弯飞古渡，水摇鳌背漾神州"。

那日，造访长桥，远远地，便看到它修长的身躯，坐落于青山碧水间。从桥拱处，尽观了如黛的远山，斑斓的树丛，错落的农舍，十分绚丽！

走上桥头，整齐的廊柱，开阔的廊道，极目，似乎见到了历史的桥匠，荷锤、扛石、背绳，矫健地走过来，收获自己创造的硕果。走上桥面，800多年后的今天，仍感受到坚实、稳健。细看铺着的杉木板，原来是由整棵树锯开的，有相当的厚度。800多年，人来人往，货来物去，它都坚挺着，至今不颤悠、无响声。

走到桥那头，回望桥体，那木片拼接的桥裙让我喜爱。它应该叫"桥披"，可笔者喜欢叫它"桥裙"，它们分明是饰在桥的两厢之外，片片相接，恰似百褶，把长桥装饰得袅袅婷婷，灵动柔美。这裙把两边桥栅栏遮得密不透风，挡着狂风暴雨，让在桥上避风躲雨的行人得以片刻安宁，少受风吹雨打。套用今天的时髦话：太人性化了。

从桥上俯视长桥溪，绿湛湛的水面，有平静如毡，有奔腾如浪。在一侧的水面上，筑有两个月牙形分洪坝，落差不高，水过处，形成了两道白色水帘，自是美观，溪面上的水流也便缓急交错。水从桥下过，分流两道，中间冲积成一片绿洲，芳草茵茵，怡悦心性。介绍说，原本草地上让放牛。细想想，那牛犊轻摆长尾，悠闲地咀嚼着嫩草，与水，与两岸，与房舍，成了怎样吸引人的景致！

清周亮工在《闽小记》中有这样的描绘："闽中桥梁，最为巨丽，桥上建屋，翼翼楚楚，无处不堪图画"，是十分贴切的。

长桥镇曾经是屏南县政府所在地，县衙置于临江岸上。那里还有孙悟空庙，大约是借大圣的无边法力来保护这一方山水吧！

那里还有一个与临水娘、马祖姑一样为百姓解除苦难的女神——江姑娘。

传说长桥镇一带原先是偏僻荒凉之地，野兽经常出没，伤害人畜。江姑娘是名门之后，喜挽弓射箭。一天晨练遇虎，她便射杀。但因浓雾，马失前蹄，把她摔昏。虎便拖她至石龙岗。江姑娘醒了，见虎要吃自己，便提出一个约定：要把我吃干净了，不然我就制伏你，你当我坐骑。虎答应了，结果末了，一响炸雷，把石板炸裂，残骸掉进石缝。江姑娘将虎收于胯下而升天为神。从此绝了虎患。

为了感念江姑娘，人们从她娘家之地至石龙岗，一连建了三个庙、殿。伏虎岗上有一片茂盛葱郁的松树林，站在溪边仰望，尤其突显，也是天地彰显，予江姑娘的旌表吧！

千乘桥，在棠口乡，那里有一块清嘉庆年间重新修桥时所立的碑——千乘桥碑——其上的碑记记叙了重新修建的来龙去脉。

周制：徒杠舆梁，岁不废修。今养阙不讲者，赖磐石之坚，一构动经数百载也。此地有桥，颜曰"千乘"。双峰其对峙也，两涧其汇流也。虽居僻壤，实属往来之通衢。自宋以来，已三次重建矣。迨嘉庆十四年，元冥争胜，又荡然无存。时恐行人病涉，有余皇以济之。桥头也，而已成渡口焉。所虑者曦驭西沉，谁作渔郎之唤，鸭头春涨，那为舟子之招？缅彼征人，其不免临流而返者，未易更仆数也。

爰与诸同人募金再造，于嘉庆廿五年仲冬下浣，协力重兴。临渊累石，下同鼎峙千秋；架木凌霄，上拟虹横百尺。自此乘驷长卿，骑驴高客，以及农、工、商贾，咸不必于棠溪岸复须一苇之杭。是攘往熙来，依然有千乘桥济厥巨川也。因于落成后静观之，叹赏之，即爰穷源竟季，而历历志之云。时道光二年瓜月谷旦庠生周大权谨志。

民间还盛传着建桥的故事呢！

此桥始建于南宋理宗年间，此后因山洪袭击，竟三度毁建。

交通要道遭毁，人们来往受阻。传说有乡贤周大权，平日里乐善好施。而今见无桥，其心不宁。某夜，他梦见一只金鸡站在河面，展开双翅，搭于两岸。鸡背上站一菩萨，将水向两边引流。周大权醒来回味梦境，知晓是神仙点拨了，便募资，请工匠，按梦中公鸡展翅设计桥形，桥墩砌成鸡头形，以取雄鸡展翅昂首报晓之意。最终，一座只凭椽相靠、桁相嵌之的大桥飞架两岸。桥成，雄鸡报晓，人们扶老携幼敲锣打鼓、燃放鞭炮到桥边庆祝。

周大权为桥立碑，以记其盛。

为了护桥，为了保一方平安，当地百姓把自己敬仰的诸路神仙都请来，建宫宇，安神像，供奉祭祀。

如今，千乘桥四周很热闹了，桥的两端有佛寺、道观，如祥峰寺、夫人宫、圣王庙（孙大圣），桥中央供奉着皇封五显灵官菩萨，为这座多灾多难的廊桥镇桥。

桥下棠口溪，奔流跃动，走近桥头，就能听到哗哗水声。桥上俯视，只见白浪翻卷，奔流而去。有趣的是，水过了桥，亦是分道，中间圈出一片小绿洲，芳草茵茵，绿色可餐。两岸树木茂密，浓荫蔽日。见岸边一老翁垂钓，端坐凝神，怡然自得。

离桥不远处，又添了一景，一座新落成不久的纪念碑——新四军六团北上抗日纪念碑。当时的闽东是游击战争十分活跃的地方。1938年初，在党中央的命令下，闽东各县游击队迅速到屏南双溪、棠口两个乡镇集结，成立新四军第三支队第六团，经一段时间筹备军粮、武器，开展群众工作，然后北上抗日。纪念碑展示了队伍在棠口的集结，出发，一路上参战的情景……根据军长陈毅布置的任务：发展队伍，武装自己，筹集经费，独立自主地扩大抗日力量，建立抗日根据地。这支队伍愈战愈强，从出发时的1380多人，一年后就达到5000多人，北上，西进，东返，连打胜仗。陈毅表扬说，他们都是"党的精华，这些老战士九死一生，斗争经验丰富，一个人将来可带一个连或一个营"。叶飞与这支队伍共成长，从出发时的团长，之后到旅长、纵队司令、兵团司令。

从长长的小路往深处走，看到了几处西式建筑，那是20世纪初，有传教士到来，在棠口建立了教会医院、学校、姑娘厝等建筑。看到姑娘厝，我颇有亲切感，那拱形廊道让我回到中学时代。那时我们女生的宿舍就是这个款式，叫女生楼。房间出来，便是宽宽的廊道，收拾得极其整洁。每日晨读，我们就集中在廊道上，或坐或漫步，手握书卷，默默诵读，身影款款，可谓别致的仕女图。

千乘桥上还有很出彩的民俗活动："放水灯"。每年六月十五为半年节，届时，一旁的祥峰寺就热闹异常，乡民到桥下放水灯，开路灯先行，护灯随后，逐流而下，意在把灾祸、邪恶逐走。

棠口人是幸运的，受到如此多彩的文化滋养，既有祖先裨益，又得革命传统滋养，如今又躬逢盛世，生活是安宁幸福的。

千乘桥成了一个景区了。

百祥桥，身处僻远，藏在深山人难识。听介绍，看资料，令人惊叹：它临渊，在峭壁处，桥面距水面就有22米，单孔跨度竟达35米。去参观百祥桥无异于一次探险，要走陡峭的山路，要深入到谷底。登桥俯瞰，那幽幽深水，令人目眩。哪怕你已经得知，它已经过了150多年的风雨洗礼，至今仍傲骨铮铮，也难以尽速消却余悸。

因为在深谷，地势险峻，施工更加艰难。除了抗严寒、熬酷暑，付出超强的体力外，工人每每还要在崖壁上凿洞套绳子，用大竹篮吊坐施工。

传说，有人恐高，不敢在半空中作业。神仙又来帮忙了，派出美丽姑娘，撑着伞，袅袅婷婷地走到桥边，把伞盖倒扣着。工匠们明白了，倒扣着的伞挡住了视线，见不着峡谷深渊，就能无畏施工了。

为保护这千辛万苦修成的桥，乡民规定，桥两端不准堆积粪草，夜间火把、火炭不准坠落桥内，桥内不准堆放易燃物品……这些规定村民们遵守到今。

桥，为天下造福了！村民们可以在桥上聊天看风景，过往行人可以歇脚缓缓气。

三

廊桥有独特之美，业内用很精练的语言形容之：科学美、技术美、艺术美，这是很高度的、又很生硬的概括。

但这概括又很贴切，很合廊桥。

观赏了廊桥，感受到这"三美"是融为一体的，是相互辉映的、互为表里的。如果不依据一定的科学道理，如此庞然大物，如何站立起来？还如此稳当，经得住风雨剥蚀？那里面必得遵循多少力学原理呀。承重、平衡、负荷，也许当年桥匠们未必知晓这些名词，却定要按照那些道理去做。

那廊、屋、亭、阁等等桥屋，不论支架，还是装饰，其美感令人着迷，蕴含着科学智慧和技术魅力，特别是那些优美的线条，不仅减却了许多刚性，还由于线条富于变化，使桥屋变得有活力、很灵动，处处展现绘画美。

恰好，居住地的气候、土壤为他们培植了十分理想的材料——杉木，树高，干直，纹理好，少节疤，密度适中，易加工，好搬运，坡上滚、水上漂均可，还不易虫蛀，不易朽变，而材质的本色，又如此质朴归真，为拱桥增色许多。

古代造桥，其用材不外乎三大件——木材、石材和绳索。他们多半是坚硬有余而欠缺柔软，尤其是木材，哪怕是锯成板了，也难以编织呀！

可先民们，通过长期的实践、摸索，就把木材编起来了。如何编，要去讨教。有关桥梁建造技艺的专著这样告诉你："编木结构是木拱桥营造的核心技艺。"南宋李焘的《续资治通鉴长编》，以"编木为主"来描述虹桥结构，像北方的柳条筐、南方的竹篾筐，"条""篾"软不溜丢，编织起来了，能盛巨石而不垮。说到木拱桥，那就是以"编织"的方式，由粗细均匀的巨大圆木纵横交织，挤压咬合，交叉搭置，互相承托，形成拱形支撑，相对较短的木构件，通过榫卯连接，逐节伸展，由于力学结构的合理与完善，因而能实现跨越山谷和支撑桥面荷载的两大功能。

但编木与编柳、篾、藤不一样，木材不可能像柔软的柳、篾、藤那样，可以随意弯曲、缠绕，因此编木必须由既有横向构件又有纵向构件的木结构系统相互穿插编织而成。

到桥下去看"编木"，你不能不惊叹，实在太美太好看了。交叉咬合紧密，排列搭置整齐，中间咬合处打束，向上展开，似一束鲜花盛开，就称它"桥花"吧！

对硬木的这种处理法，不仅体现了工匠们高超的智慧，还展现了他们独具匠心的灵巧技艺。专家说，这样的建筑模式在今天看来，也堪称奇妙。

在经济落后、居住村落分散、公共设施奇缺的年代里，要建一座桥这么大的工程，绝非易事，每每数个乡村齐心协力才能完成，有出资的，有投工的，诚可谓有钱出钱，有力出力，有技能的出本领。

因此，桥成了群众生活中的重要内容，人们寄托于理想、道德、愿望，乃至于信仰……桥不但是交通工具，还成了载体，承载了民生，承载了民众的许多诉求。

因而，建桥成了十分神圣的事业，从选址开始到竣工，有许多环节，如择吉日、伐梁、祭河、月福礼、竖柱礼、定桥礼，都要举行仪式，都要献牲、鸣炮、吟唱。如祭河，主墨师傅三跪九叩及念祝文："……福庇尤姓，灵著一方，御灾捍患，主宰本溪顺畅，无洪涝，无暴雨，护佑架桥功成，两岸无灾。"其他环节大致如此，祝祷祈求，保一方百姓平安。

竣工了，这轰动四里八乡的喜事，人们都要去参观，去祝贺，去感谢那些牵头的贤达、捐款的善人，热热闹闹一番。还要举行踏桥开走仪式，由有福气之人题缘、讲吉利话、举办宴席等等。由此，就形成了乡规民约，以碑记、匾、诗、联等文字，多侧面地记载、歌颂桥与人。而这些墨宝恰好成了桥梁建造的历史记录，给后人提供了对木拱廊桥这一历史奇迹进行研究的最原始的资料，价值非凡。万安桥、千乘桥、百祥桥重建后都有碑记，留予后人！

为了桥，他们还订立了桥约、桥山、桥产等等约定。如百祥桥为16个村募建，由16个村的16人集资买下一片山坡，植杉树480多株，以作永久修桥之用，并立碑为据，如有违反，该怎样处置，也规定得十分明确。后人遵此直至20世纪50年代初。

木拱桥的联句都是取当地独特地理人文特征，加诸文字、书法艺术，将桥景、桥史、典故等诸要素进行组合，自成佳对，或状景，或抒怀。隽永的联句与精妙的书法相结合，自是美上加美了！

如万安桥的对联："地接东南通两邑，桥横上下卧双虹""上下影摇波底月，往来人踏镜中天""桥揽双溪鸥对舞，松笼两岸鹤群飞"。

千乘桥桥头有一堵墙，上面书写着一组诗，咏唱与桥相对应的棠口八景：祥峰寺、双峰、双涧、鉴湖、松岛、鳌柱、钓台、石印，只可惜墨迹脱落，许多字迹辨认不清。

又有清贡生江起蛟咏万安桥诗句："千寻缟带跨沧洲，阳羡桥应莫此幽。月照虹弯飞古渡，水摇鳌背漾神州。汉家墨迹留中砥，秦洞桃花接上流，锦渡浮来香片片，令人遥相武陵游。"作品将长桥与武陵相较，简直仙境了。还有一首更是直接咏桥的，平实、易懂："桥接溪渠畔，遥瞻似彩虹。横村连左右，隔水渡西东。雁齿休专美，鳌梁岂羡之。济人传旧政，今日不须蒙。"

有了这些诗情画意，坚硬冰冷的拱桥，灵动起来了，内秀外俏，永远让人亲近。

说到底，还是人最美。桥是他们建造的，祖祖辈辈倾情于这项工程，积淀了怎样深厚的聪明和智慧！硬是把根根圆木编织起来，凌空架于两岸，创造出人间仙境，他们应是神工啊！他们中有不少建桥世家，黄氏、张氏、徐郑氏等等。

对家乡的热爱，对山水的寄情，对巧夺天工的赞美……都以各种文化艺术形式喷发出来，分惠后人。

尤其是走桥活动，那是当地群众的民间文化活动，一般选在端午，参与者多半为年纪稍长者，女性为多。她们盛装，头上戴满各种鲜花，衣裙如锦缎般闪耀，特别是那褶裙，是古典长裙，行走起来，颤颤悠悠，端庄高雅。她们在桥上来回走数趟，然后在桥的那一端，临河岸，烧纸钱，抛粽子，唱民谣，有《祭屈原》《抛粽子》《拜天地经》……寄托怀念，祭祀神明，佑民平安，祷地富庶……

古卷沧桑诉风流

◎ 哈 雷

廊桥岁月

有高山处,必有流水。湍急的水流,穿过茂密的深林,转过崎岖的山道,冲击而下,给寂静的山村带来了生机和活力。

我童年生活的村庄在僻静的山岭上,家门前就有一条小溪,很浅,却很开阔。从深山里流出的水,在这里汇成一条清洁的小溪,流向山外。溪里布满各种各样的石头,大的坚如磐石,小的细碎如沙,鹅卵石溜光滑亮,菱形怪状的石头更可以延伸想象力,伙伴们争相做各种动物的猜想,谁说得像谁就是胜利者。现在想来,虽然牵强比附,但那时却其乐无穷。白天,溪里的石头被翻得凌乱,那是我们放学后嬉闹的"游乐场";可是夜晚,它们竟变成会唱歌的石头,溪水流过每块石头,都会发出清亮的声音——大自然这样厚爱我,在我童年的梦里灌注了这样的天籁,给了我最初的自然的感动。

学校在溪的对面,上学路上一定经过一座廊桥,桥已经十分破旧,不知经历了多少代人的踩踏,也不知经历了多少年的风雨冲刷。当我走过那桥面时,桥总有点晃晃悠悠的感觉,有几处木板已经腐烂,可以看到下面的河床,我总是小心翼翼地走着……

离开了山村一晃30多年，廊桥也如久远的旧梦淡出了我的记忆。风从岁月尽头吹来，我倾听到了多种的音响，但我再也听不到廊桥的乐音了。现在才知道那是绝美奇异的乐声，是百年传送的缥缈迷离的岁月和声。廊桥，像一个把木质搭建起来的拱起的口琴，唯有自然山野的嘴唇才能把她吹奏。

廊桥与河

一条河流的文化其实就是这条流域的人类文明史，千万年前，人类的祖先择水而居，才有了生生不息的繁衍故事。人类是从大山走出的，是从攀缘的树枝上爬了下来，而后站立起来的。人开始在大山栖居，开始有了路，开始有了横跨溪流上的桥，而最初的桥一定是木质结构的桥——人类在俯拾即是的树林里生活，因地制宜用最便捷的方式制造了独木桥、独木舟等交通工具。

寿宁，福建省东北部的一个山区县。这里地处闽浙边界，素有"两省门户，五县通衢"之称。这里山峦连绵，溪流纵横，"控闽浙咽喉。其崇峰叠嶂，屹若天堑，旧称东隅保障，有天造地设之奇"。明代著名通俗文学家冯梦龙曾在寿宁任知县，著有《寿宁待志》一书，记录了明代寿宁的政文概貌和人文风情等。坐拥数条出省交通要道的山城寿宁，在文学家笔下留下了不少传奇，其中廊桥大多扮演着重要角色。廊桥，让这方山水独具风格、底蕴深厚，增添了厚重的文化色彩。廊桥，浓缩了千百年的乡土文化发展史，为寿宁赢得"世界贯木拱廊桥之乡"的盛誉。走进寿宁，就如同走进世界木拱廊桥天然博物馆，让你在跨越时空的感叹中发现无数惊奇。

我是早春二月前来寿宁的。"春水碧于天，廊桥听雨眠。"在濛濛细雨中游走在繁闹的城区中央的升平桥时，我的脑子马上映出这样的诗句来。寿宁我不是第一次来，但每次都匆匆一瞥就离去，然而这回来才让我真正关注寿宁正在开掘的"廊桥文化"。有这么丰富的廊桥隐没在大山怀抱，也许这样不经意的遗落，才让寿宁的廊桥得以完好地保存下来。

友人奇怪地问我："为什么福建那么多廊桥？在我们这很少听说什么廊桥。"我告诉他："原因很简单，因为多山，因为偏僻，还因为不够发达。这些宝贵的廊桥才得以留存了下来。"

福建重峦叠嶂，雨量充沛，溪流众多。为了渡水过溪，有人以木板搭建浮桥，有人在溪中竖立方石，我还看到为了蓄水在河道上拦起一道石坝，让高出的水漫过坝沿又不影响山民涉水而过的漫水桥，当然更多的还是用石料铺架拱桥。我总觉得在形形色色的桥中，廊桥的构思最有诗意。尤其闽东山城寿宁更是溪峡密布，有蟾溪、后溪、西溪、长溪、平溪、凤阳溪等6条主要溪流穿境南流，汇入赛江。廊桥星罗，先民们为方便交通，越溪架桥，连通两岸，成为寿宁独具特色的交通设施。这19座卧藏于寿宁县内完整的贯木拱廊桥，其数量、质量都居全国前列。其从年代序列上看也非常齐全，从清乾隆、嘉庆、道光、同治、光绪至中华民国，乃至中华人民共和国成立后还在建造，世所罕见。这些古廊桥别具风姿、古风犹存，有的似长虹凌驾于碧波之上，有的恰如蛟龙腾飞于青山之间，一座座廊桥就如一座座艺术瑰宝镶嵌在群山之间，成为寿宁山区一道靓丽的风景线。

如今，寿宁人知道了廊桥是个好东西，着力在打造廊桥之旅的旅游品牌，建立山水之城、廊桥之乡的童话梦想，吸引世界的目光投注到这个生僻的小城。

20世纪80年代初我在宁德行署教育局工作，从宁德出差一趟寿宁，车行半天还到不了。然而就因为它"城围万山之中，形如釜底，中隔大溪"，在城关短短不足2千米的河道上，曾经如长虹卧波般横跨着9座廊桥。流年似水，岁月无情。历经几百年的风吹雨刮、刀兵水火相侵和沧海桑田，如今保存下来的只有飞云桥、升平桥、仙宫桥和登云桥4座了。这些至今仍连接蟾溪两岸的百年廊桥，以其独特的风格和魅力勾勒出小城与众不同的文化线条和精神脉象。看到眼前这稀有而屹立百年风雨中的文物，不禁令我叹惋那已遁世的7座廊桥，依稀怀念它们小桥流水的古典风情和秀美风姿。

而今，这些廊桥已经结束了"养在深山人未识"的历史，藏身在深山怀抱的廊桥开始向世界敞开了胸襟，招引八方游客。它那轻盈欲飞的身姿，总是在青碧的水底映照出一片清纯的梦影。山在动，水在摇，桥在飘，舒展着一幅美轮美奂的山水图景。这个世界有太多的桥梁飘浮着利欲熏心的浮躁气，而我眼前的廊桥却依然着古装，透出一股清丽的气质。她宛如一位村姑，沉潜内敛，似乎还沉醉在遥远的梦境中。如今许多廊桥已少有人走动了，但廊道依然洁净无尘，因为这里没有纷扰的尘烟，有的是山间明月和清风玉露一夕相逢的美妙的造访；也没有喧嚣的浮尘，有的只是清泉潺潺、山风微微轻拂的禅意浸染和熏陶。如果有时间你可以驻足片刻，就会见到两三个挑着篾箩的汉子、挎着竹篮的妇女走过，这些平凡人生、平凡人影，更点染出廊桥的古典意韵。虽然他们的着装也很现代，但眉宇间透露出有别于城市人的那种闲适超然的气宇——那是卞之琳先生一定也向往的那种桥上的风景吧？

保护廊桥

廊桥是一道经古通今的时空走廊。

廊桥是一部知往鉴今的历史典籍。

多少年来，廊桥本来就不张扬的身影在大山的怀抱里更显静默清寂，它被山藏着，被树掩着，不显山露水，也不哗众取宠。但每一片板、每一根柱、每一条梁、每一个构件都是十分实在。它让山中岁月从从容容，是山民一生不可或缺的人生栈道，也是他们劳作归来时生命可以在此缓慢停留的驿站。即便山雨欲来、山风凄厉，这儿仍有一种家的安然。即使山洪暴发、浪涛飞卷，它还是气定神闲、岿然不动。

你可以感觉出廊桥从几个世纪前的农业社会逸出的那一种气质风韵，它也是山里人质朴、热情、坚韧生命力的注解。我忽然想，人类历史星移斗转，总有一些美好需要存留后人。当我们仰望天空时，我们可以看到人类最古老的星辰和新月相伴着，更让我们热爱生命，同时它也在告诫现代人在发展路途中不要迷失自己——这也许就是为什么有那么多人，放弃现代都市优雅的周末生活，跑到山沟里寻找廊桥遗梦的原因吧！

20世纪90年代初有一部美国电影《廊桥遗梦》在中国风靡，它向观众展示了罗伯特·金凯与弗朗西丝卡从相逢、相恋到相别的全过程，廊桥是他们情感的载体和这段人生的美好记忆。它的价值在于向我们指出了一种人生的选择，一种人生理想。廊桥仿佛是一面镜子，映照出现代都市人的生命情怀。现代化都市中的人们，远离自然，生命被禁锢在混凝土打造的狭窄的空间里，人们的生活更加程式化，人的自我在哪里？信息时代的我们到底需要的是什么？

廊桥对于外来游客而言也许只是一种情绪。桥、屋、溪流、村落，拼接成情绪的脉动，为风景之原始，为历史之厚重，也为风景之古朴。

木拱廊桥不仅仅是艺术家创作的源泉，有其审美价值，它更是中国传统木构建筑中技术含量最高的一类结构形式，在世界木构建筑发展史上唯中国独有。木拱廊桥的建造历史至迟始于宋，以梁木穿插别压形成拱桥，形似彩虹。木拱廊桥历经风雨而保存至今，与它的设计和结构分不开。古代的廊桥工匠，他们"山上伐巨木，山下造廊桥"，运用严谨的工艺和不凡的智慧进行大胆创新，通过不断地摸索和实践，终于创造出飞桥无柱的木拱廊桥，改变了"临川病涉"的窘境。

我在寿宁木拱桥展览馆见到了龚迪发，寿宁县博物馆馆长，廊桥的守护人，他可是闽东最早从事廊桥及廊桥文化挖掘保护的文物工作者，10多年来从事廊桥研究。"20世纪70年代末，著名桥梁专家茅以升主持编写《中国古桥技术史》，专家们在考察中发现，北宋时期盛行于中原的虹桥技术在福建寿宁、屏南和浙江泰顺、庆元等山区被大量发现，这无异于在闽浙大地上发掘出了一座中国古代科学技术史的'侏罗纪公园',尘封了900多年的虹桥结构重见天日。"只要你是来采访廊桥的,他都会热情地为你沏上一壶清茶,然后娓娓道来。据龚迪发介绍,寿宁县的木拱廊桥,不仅与《清明上河图》中的"虹桥"结构相似、技术相同,而且还对"虹桥"有所发展创造,在桥上加盖"桥屋",如桥似厝,且数量、技艺、文史资料等诸多方面均在全国木拱廊桥中独占鳌头。

2007年9月21日,第二届中国廊桥国际学术研讨会暨宁德·寿宁廊桥论坛,在寿宁举行,来自福建、浙江两省的泰顺、景宁、庆元、寿宁、屏南、周宁、古田、福安、柘荣、福鼎、霞浦等11个县市代表,签署了《中国廊桥"申遗"寿宁宣言》,提议成立木拱廊桥"申遗"机构,启动中国木拱廊桥"申遗"工作。

《中国廊桥"申遗"寿宁宣言》提议:唤起公众对木拱廊桥重要地位和多重价值的社会认知度,进一步增强各级政府的保护意识,动员全社会力量参与木拱廊桥的保护、"申遗"工作,延续廊桥技艺,传承廊桥文明;建立闽浙两省统一协调的保护机构,提请立法机关制定廊桥保护的法规,统筹保护与发展规划,维护生态环境,科学合理利用,造福子孙后代;尽快成立由闽浙两省相关部门、有关专家、木拱廊桥所在地参加并全力支持的木拱廊桥"申遗"机构。

廊桥文化

廊桥书写着世界桥梁史上伟大的奇迹,承载无数造桥人的大匠之梦。

远瞻雄姿,近览胜景,凭栏听风,俯瞰清流,泗水回澜,群峰竞翠,山拥古镇,天做神桥,孕数百个秋果春菁,乘千万回天风云影。回归自然怡情山水快意人生莫过于此。有诗赋曰:"廊柱擎瓦接天光,翼翼楚楚邀云栖。两岸青山著本色,一溪碧水诉风流!"

在古廊桥中,木拱桥以较短的木材,通过纵横交叉相叠,结构巧妙,犹如彩虹飞架深壑沟谷,其精致玲珑令人惊叹!它不仅是中国传统木构桥梁中技术含量最高的品类,在世界桥梁史上堪称绝无仅有的一个品类,能完整保存下来的数量寥寥无几,被称为桥梁界的活化石。

建桥选址基本根据位置特点和需要,有的横跨在险滩绝壁之上,有的静卧于村落水尾与田野之间,同青山绿水交相辉映,和谐相融。底下的木拱架用数十根粗大圆木,科学利用力学原理,纵横拼接对拱而成八字形结构,虽无一钉一铆,却牢固异常。桥两端4根将军柱(也叫"天门柱"),从木拱架底垫木直通到廊屋顶部,使廊屋重心下移至底,稳定了重心。桥面板上先铺箬叶,箬叶上铺木炭,木炭上才是砂石料,砂石料上再铺鹅卵石或香糕砖,具有通风、散气、防腐功效。其设计既考虑功能的完备,又兼顾外观造型之美感,科学价值、艺术价值极高,对研究我国桥梁史和民俗文化、农耕文化具有重要意义,历史文化底蕴极为深厚。

不仅于此,廊桥集山、水、屋、桥于一体,既美观实用又有深厚的民俗文化渊源。它是乡民集聚、举办宗教礼仪、休憩娱乐的重要场所,是闽东地区历史文化传统的物质体现,是这一地区社会生活的共同历史记忆——这里积淀和蕴藏着千百年来的文化梦影。

寿宁廊桥,桥垛均就地取材,以河卵石或块石垒砌,桥梁、桥柱、桥面及桥上的廊、亭、楼、阁建筑全用杉木凿榫衔接,不用一颗铁钉,纵横交错的杉木斜穿直套,上下吻合,结构精密,坚固耐久。在形式上,一般皆集桥、廊、亭或塔、楼、阁的建筑特点于一身,并饰以彩画。桥上往往设有两排固定的长凳,供行人停歇。这时,桥上的扇形或葫芦状的窗口,便是绝妙的取景框。桥梁上的书画作品自也成了谈资,而桥柱上的楹联往往成为不可或缺的重要组成部分。联中有画,联中有诗。楹联写景咏怀记事,或用典精当,寓意深远,或言微旨远,语浅情深,或意趣幽玄,妙在文字之外,如"四面翠屏山色秀,一条碧玉水光寒""上下影摇波底月,往来人踏镜中天"……廊桥因楹联而增华,楹联因廊桥而远播,形成特有的廊联文化。

廊桥是一本翻开的书卷，是读不尽的书。单单就那廊间七彩——壁画、碑石、牌匾、楹联、诗赋、廊桥吉祥文化现象和建桥组织与缘首就够你倾其一生精力研究不透。而我只能做掠影似的匆匆一瞥，挂一漏万地触及廊桥的皮毛，还远不能理解廊桥文化的真谛。但我怀揣一颗敬畏和景仰之心而来，为的是能离开越来越商业化和功利化的环境，越来越世俗化和沙漠化的人心。我抚摸廊柱的木质体温，留在柱上的斑斑点点刻写着岁月的沧桑，它们是那么祥和冷静，仿佛诉说在这清风洗刷的百年廊桥上可能遁去的文化残迹，依稀铭刻这豪气干云的桥匠智慧的印记。在此，我可以全身心敞开来接受这番水土的甘泉雨露的润泽，给我一个洗心革面的未来。

人与廊桥

历史风物往往因人而生动，因人而起，因人而发，因人而生生不息。廊桥让人怀旧，廊桥更让岁月和人变得深远起来……

> 半恋家山半恋床，起来颠倒著衣裳。
> 钟声远和鸡声杂，灯影斜倾剑影光。
> 路崎岖兮凭竹杖，月朦胧处认梅香。
> 功名苦我双关足，踏破前桥几板霜。

这首刊于清康熙版《寿宁县志》并署"邑人状元缪蟾"的七律诗《应举早行》当地民众早已耳熟能详。缪蟾是南宋绍定二年（1229年）特奏名状元，是寿宁县犀溪村缪氏家族的骄傲。他写的这首深含佛理禅机的诗句，表达了他赴临安（今杭州）应举的艰辛和求取功名的急切心情，也表明了他在昏朝浊世中依然心仪霸梅的傲骨，以梅的气节道德精神滋养自己、勉励自己的愿望。诗中所言的"前桥"，据专家考证也许就是当时的登龙桥，今东皋山下状元门前的福寿桥的前身，是当时通往泰顺的重要通衢。现在，物是人非，梅开数度后早已枯死深山，当年缪状元执竹杖而行的崎岖山道荒草正一天天将它掩埋，新开辟的现代公路只要半天时间就可以直达南宋的临安——现代都市杭州。夕阳西下，斑驳苍老的福寿桥在雾霭中静默着，似乎在追忆缪家这段引以为荣的悠悠往事，似乎在品读《应举早行》中的诗文深意。

廊桥是寿宁的，廊桥作为一种文化符号，它更是全世界的，是人类共同的精神家园。

2009年，我和福建省电影策划人池泽清一同来到寿宁采风，寿宁独特的木拱廊桥让池泽清深深震撼，他决意要拍一部以廊桥文化和地域民俗为背景的电影。他这想法恰好和当地政府投缘，一拍即合。经多方融资，2010年4月12日在美丽的千年古村西浦进行了《爱在廊桥》的开机仪式。《爱在廊桥》讲述了发生在"世界木拱廊桥之乡"寿宁县的一段凄美感人的爱情故事，具有大片品质，纯朴宁静，情节感人，富有情怀。影片将东方文明中的情义与信仰、戏剧与人生充分融于闽东山间的民俗生活中，一段段悠长深情的"香蝴蝶"散落于廊桥翠谷，涤荡着当下婚恋乱象的视听，向人们传达了金子般宝贵的坚守精神：淡泊名利，对传统文化的坚守；至死不渝，对纯朴爱情的坚守；言而有信，对诺言的坚守。这些在浮躁年代正在逐渐丧失的品质有如百年不倒的廊桥，静静默守在僻野荒郊。这部中国版的《廊桥遗梦》影片获得第28届中国电影金鸡奖最佳故事片、最佳导演、最佳美术、最佳音乐4项提名奖和最佳导演奖。2012年9月24日，中宣部公布了第十二届精神文明建设"五个一工程"（2009—2012年）入选作品名单，电影《爱在廊桥》荣膺电影类"五个一工程"奖。

在众多的廊桥中，我最喜欢寿宁的鸾峰桥。它单拱跨度世界第一，属全国重点文物保护单位。我特意找了个3月底杜鹃花开时节前来观赏，一睹它的雄姿伟貌。陪同我来的当地朋友说："廊桥在这里太多了，见怪不怪，很多寿宁人都不知道原来自己身边的风景有这么美！"是的，廊桥是这里山民居舍出行的一部分，早已融入了他们日常生活之中，而今拉开距离，用审美眼光打量这些，感受却大不相同。

鸾峰桥位于下党村，离县城寿宁44千米。远看那桥微微弯曲成弧形，状如欲腾飞跃起的飞鸾。而老一辈却另有一番解读，即左右两边高山脉被溪谷劈为两半，而廊桥将两边山脉连接就如高耸的奇峰长了翅膀，蓄势腾飞，故取名"鸾峰桥"。因而它也寄寓了山民不甘寂寞、渴望腾飞的理想。鸾峰桥地处险要，古色古香，雄伟壮观，保存完好。两岸景色秀丽，青山浓翠欲滴，溪水清澈可人。

在暮春三月莺飞草长时节，我在这里漫步山间陌上，徜徉水湄溪畔，满目是新绿和初放的野花，耳边鸣响着春鸟的试唱和溪流的新歌，犹如身处世外桃源。我现在明白了，先民们为什么不回中原定居，为什么不向鱼问水，跟月听潮，居在海滨邹鲁，偏要来大山里，用石铺路，用木架桥，筚路蓝缕，开疆拓土？现在我终于明白了，他们不就是为了远离尘世间纷纷扰扰，赢取身心的这一方静地吗？

飞虹卧波话廊桥

◎ 林登豪

最先知道的廊桥，是我在《廊桥遗梦》一书读到的，幽幽的情意拂过桥面，留下深刻的浪漫印象。不久，我又从北宋画家张择端的《清明上河图》复制品上看到优雅的汴水虹桥，这桥的结构与木拱廊桥非常相似。崇山峻岭中的柘荣县，飞越的5座廊桥从历史的风风雨雨中走来，依然透出迷人的魅力。许多生存在钢筋水泥森林中的城市人，面对地理位置较为偏僻的福建廊桥，面对其栩栩如生的形态，就会体察到桥是有灵性的，木头是会律动的，建筑是有生命的。廊桥是农耕时代的产物，除了给予交通上的重大便利之处，体现出乡间人家的自我关照——桥与村通，村与桥连，桥为村建，桥建助村。

位于柘荣县东源乡东源村的东源桥，始建于元至正元年（1341年），又历经了明嘉靖十三年（1534年）和清乾隆十六年（1751年）两次重建。这座单孔木拱廊桥，南北走向，长43.2米，两头挑檐各0.8米，中部拱面七间桥板部分宽6.66米，南边五间实地廊道和北边五间实地廊道分别宽6.7和6.86米，距水面高8.5米，拱跨15.25米。桥面廊屋为单檐抬梁式悬山顶，左右十七开间，每扇6根立柱，共有108根硕大挺拔的木柱，与梁山108位好汉相对应，故又称"水浒桥"。绕桥细看，我认为这不是一种巧合，应是当年造桥工匠的寄托和象征，折射出那个时代推崇英雄好汉为民造福的情结。这桥中每扇6根立柱的结构形式，为中国现存木拱廊桥中的"独苗"，是华夏同类古桥梁中的孤品。这种颇具个性的建桥方式，给后代留下丰富的非物质文化遗产。这座形似长虹卧波的廊桥不但呈现关中宫殿居高临下、重叠交错的气势，而且独具八闽古民居精雕细刻的婉约风格。水碓溪环绕东源村而过，两岸峭壁耸立，飞越溪面的廊桥似蛟龙出海。水浒桥是古代三沙港码头陆路途经柘荣通往浙江泰顺和丽水地区交通干道上的桥梁，更是福温古道上的重要桥梁。至今村庄里还遗留较完整的古道、路亭，它们伫立在时空中，见证历代往来的商旅、繁华的驿路。1989年10月20日，柘荣县人民政府公布东源桥为第二批县级文物保护单位；2005年5月11日，福建省人民政府公布东源桥为第六批省级文物保护单位；2006年5月25日，东源桥被国务院公布为第六批全国重点文物保护单位——"闽东北廊桥"之一。

我呆立桥边，任思绪漫游青山绿水间，遽然转身凝视——桥南东侧漫漫的溪岸，耸立着一株又一株百年树龄的南方红豆杉，这种巨人般的国家珍稀古树，如风雨中的勇士，护卫和拱秀着这座廊桥，与古桥构成和谐、生动的景观，令人过目难忘。桥北端有一座石构方形举泗洲文佛塔，高2.85米，座宽1.15米，塔基须弥座，塔顶方形，角脊翘起，葫芦刹，佛龛内壁三面浮雕佛像。它们形神兼备、想象丰富，具有浑厚的艺术内涵。水浒桥对于研究我国交通发展史和廊桥营造技艺及廊桥文化等，具有重要的价值，是研究古代内陆经济与海洋经济交流的重要纽带。此桥周边的环境颇有乡情村趣。靠在桥柱边，迎面扑来一阵田野之风，清新的气息穿膛过肺，我做了几次深呼吸，顿觉丹田通透，令人舒畅。我远眺飞云擦拂峰巅，变幻莫测，令人玩味无穷。翠峰白云作远景，木拱廊桥作近景，好一派"清水出芙蓉"的画面，令人与它"相看两不厌"。

抬头眺望，腾飞的祠堂檐角、悠深的八卦水井、盘根的柘树、幽然的长亭以及明清民居、石板驿道闯入视野。眼前这座廊桥，历经

200多年的风云，几经周折，处于不动而观动。

位于柘荣县富溪镇富溪村旧街尾的归驷桥，始建于南宋淳熙十四年（1187年），清乾隆五十三年（1788年）重建。这座单孔木拱廊桥，由东北向西南走向，长25米，宽4.8米，拱跨15.4米，距水面高7.8米。桥屋八扇七开间，两面坡悬山顶，两边有长木椅，供过路人歇息、闲谈，其中有两处作床状，供人躺卧。桥头的翼角飞挑，似青龙翘首，颇有吞云吐雾之势。入桥内，透过窗口，只见桥外清河绿水，柔石沉底，一群小鱼嬉戏水中，这种情致与君难以说清。归驷桥，1989年10月20日，被柘荣县人民政府公布为第二批县级文物保护单位；2005年5月1日，被福建省人民政府公布为第六批省级文物保护单位。整个桥体的主要受力结构由第一系统的八字撑和第二系统的五节苗交错相叠组成。卧在碧波上的归驷桥的结构不仅与宋《清明上河图》中的汴水虹桥一致，更有所发展创造，将虹桥构件间的绑扎改为榫卯，并加盖廊屋，既增强了拱桥的稳定性，又强化了桥之立体感和美感。桥东端通往温州，西端通往福州。在桥西北侧约50米处即是富溪旧街，保留着清代建筑风格的挑廊骑楼，是古代纵跃连接着南北交通的大动脉，南来北往旅客多数要在沿街客栈夜宿。桥身的两侧外壁是竖沟纹的薄木板，斜支着指向桥下。这样构造，斜风吹落的雨水沿此滴落，就不会侵入桥廊。这就与浙江泰顺县境内的廊桥风格迥然不同。这座桥与屋结合如桥似厝的廊桥谱出小桥、流水、人家的生活旋律。我定神凝视，时空凝固了，我仿佛看到架在绿水上的雨后彩虹之倩影。它披风迎雨历经近百年的沧桑，虽经洪峰恶浪的考验，依然坚实如初，保存相对完好，证实了贯木拱造桥技艺的实用性、耐久性、科学性。

柘荣县楮坪乡洪坑村的登云桥，始建年代待考，现存建于元至正二十四年（1364年），西南东北走向，单孔石拱廊桥，长19.2米，宽4.2米，拱跨5.2米，距水面高5.3米。桥屋七扇六开间，用28根立柱，抬梁式木构架单檐双坡顶。现存木构部分为清代建筑。桥东北端北侧崖壁有登云桥记摩崖石刻，字幅高1.35米，宽1.1米，首题横刻"登云桥"

三字，正文直下楷书 16 列，内容为桥记和乐助者姓名及舍银数量。石刻字迹风化严重，但多数尚可辨认，其中桥记部分内容共 6 列："洪源以北有桥曰'登云'，前此以木为之，藏深易朽，垂之久远，宜代以石。癸卯秋对合议得众财，匠工勒石砌而平之。越明年秋告成，屹乎壮哉，于取名桥'登云'，祖宗之意远矣。题柱登云，吾子孙必有兴者于是乎记。大元至正二十四年甲辰岁九月吉旦重记。"2007 年 7 月，登云桥被柘荣县人民政府公布为第七批县级文物保护单位。我在桥边精心选取了各种独特的角度，狂按照相机的快门，留下最珍贵的画面。静立桥上，我轻抚桥栏，极目远眺，山色迷离，低头细看，清清的溪流中，间隔几块形状奇异的俏石，给人节奏明快之感，只觉得自己仿佛置身在一幅山水画卷中。

通济桥，俗称"楮坪桥"，又称"通利长桥"，位于柘荣县楮坪乡楮坪村西北侧，由西南向东北走向，横跨楮坪溪之上，始建于明代，清同治十年（1871 年）重建，1990 年重修，为单孔石拱廊屋桥，长 21.4 米，宽 4.2 米，拱跨 8.1 米。桥屋九扇八开间，用 36 根立柱，抬梁式双坡顶。桥廊正中通道两侧置桥凳供路人歇息，其中明间西侧置神龛，祀观音。这桥是古代柘荣城关及楮坪周边村庄通往福安上白石的必经之路。2000 年 3 月，通济桥被柘荣县人民政府公布为第四批县级文物保护单位。俏立于沧桑和风尘中的通济桥，依然给匆匆过客热情地迎来送往。我追踪历代遗留的足迹，一步又一步地接近它。突然，我的视线中闯进翘耸的飞檐，再前进，我又看到桥廊上两个并列的圆窗，犹如历史老人的巨眼，静观山村的变迁。我跳岩越水到了桥底，抬头仰视，整座古桥赫然入目，气势惊人，恢宏大方。回到桥中，我顺势坐在光亮的长木凳上。面对如此纯粹的石拱廊桥，只觉得这是普天下最原始、最清静的栖息地，我只觉得时光仿佛停止轮动，不知道自己生活在哪个年代。

柘荣县楮坪乡苏家洋村水尾的锦履桥，始建于明永乐元年（1403 年），清同治十二年（1873 年）重建。该座单孔石拱廊桥东西走向，长 24.58 米，宽 4.58 米；石拱高 5 米，其中孔高 3.08 米，拱跨 4.1 米。桥屋三楼抬梁式双坡硬山顶，十扇十开间，矗立 40 根立柱，两端青砖匡斗山墙，正中拱门。廊屋明间南侧置神龛，祀泗洲文佛，正中通道，两侧置桥凳供路人歇息。抬梁下皮墨书"涉水无涯恭乃旧址承先志，通津有路重构新亭慰客情"对联及建桥缘首、工匠姓名等。桥廊三楼式结构形式为柘荣境内仅有，为廊桥中的奇葩。桥廊西端南侧立清同治十二年（1873 年）重建该桥碑记，保存较好。2007 年，锦履桥被柘荣县人民政府公布为第七批县级文物保护单位。该桥东西走向，横跨苏家洋村出水口。桥东端有通往社坪、蒲洋连接福温古道，这条石径保存尚好，南面连接该村水泥路，向西通往上白石等地，往北直通苏洋村。

柘荣县山高水凉，有着相对封闭的环境。在湍急的山涧中，桥为山区人民的交通往来发挥了很大的作用，也体现了古人高超的建筑才智，更折射出中国农村山乡田园特定的地方审美趣味。座座隐藏在村间、原野、山谷中的廊桥虽然已显沧桑，但硬朗的栋梁依然傲然屹立。它们默默地跨越在一条又一条的河流上，为山乡村民遮风挡雨，毫无丁点怨言。

小小的县城，淳朴的民风，奇特的廊桥，彩虹般的身影，一不留神，穿越了宋元明清。

古桥逸事

◎ 黄建军

福鼎为福建东北大门，境内峰峦叠嶂、溪流环绕，虽显山川之美，却也阻碍交通，给人们往来通行带来了极大的不便。人们很早便在溪流之间架设桥梁，造矴步以济往来。清嘉庆版《福鼎县志》记载有桥梁69座，光绪年版《福鼎乡土志》记有桥梁79座。据统计，福鼎古桥有162座、矴步66道。福鼎古桥中最多是石板桥，用青石板或花岗岩石板铺构，石拱桥有单孔或多孔，用鹅卵石垒砌的拱桥有较高的技术难度，而最壮观的是石拱廊桥和木拱廊桥。

桐山溪在20世纪80年代还有三座石板桥，即水北溪桥、溪岗坝桥、萧家坝桥，是当时前往山前的主要通道。水北溪桥历史悠久，据高家族谱记载水北溪桥最早于宋咸淳年间由高氏族人倡建，后被洪水冲毁；明万历年间砌矴步三百余齿，以济行人；清顺治年间又被山洪冲走；嘉庆六年（1801年）县令岳廷之倡建石板桥，"长五十余丈，行人便之""远望如长虹，为闽浙通道"。水北溪是通往浙江的咽喉要道，溪床宽广，溪流湍急，特别是夏秋雨季常有洪波泛溢，桥屡屡被冲毁，咸丰年间和光绪年间都有重建。高家为福鼎历史上极有名望的家族，水北溪桥的修建，高家多次参与，展示一个大家族对社会的责任感。20世纪70年代重建的水北溪石板桥，长252米，宽1.8米，为当时福鼎市最长的石板桥。桥面铺架四块青石板，石板雕刻粗犷，桥墩与桥面之间用石横梁架构，桥墩用四根石柱架设牢固而稳定。如今，桐山溪三座石板桥皆已毁去，修建新的公路大桥，萧家坝桥保留一小段，聊为纪念。

清朝和民国时期，福鼎县城周边有五座桥梁，即溪西桥、石湖桥、寮赖桥、西园桥和镇边桥。溪西桥为石板桥，乾隆八年（1743年）高调募建，桥头有观音亭，溪水清澈可鉴，朝夕鱼儿在水中跳跃，傍晚常有人垂钓桥边，细雨濛濛竹笠蓑衣钓鱼翁，别一番诗情画意。小桥、流水、古亭、钓者，构成一幅溪西晚钓图，为桐城八景之一。

石湖桥位于龙山溪下游渡口，海水涨至渡口，船舶停靠这里，潮涨潮落，舟楫飞渡。史载，自石湖桥到春牛亭，一路芳草长堤，乃仕女游春流连踟蹰之所。绿柳竹荫，桃花李花盛开，春潮涌动，风光旖旎，平湖水光山色悦人心目，构成了桐城八景之一的"石湖春涨"。石湖桥最早为木桥，后改为石拱桥，建有石扶栏，长八丈，宽二丈。明成化元年（1465年）玉塘夏荣重修，玉塘夏氏是福鼎适时最富有的家族之一，16年后福鼎高家也不甘人后，在石湖桥旁建屋九间，增添石湖桥景色。到清乾隆十六年（1751年），石湖桥毁坏严重，玉塘夏家的夏勋带头募资倡建。嘉庆版《福鼎县志》"义行"篇载："族人有以遗孤属者，勋卯而翼之，友人无子，勋与之婢。平生好建义冢，修桥、亭，赈荒减粜，构义塾以教里之贫者，乡人德之。"这真是一位慈善家，其道德行为在今天都是我们学习的楷模。道光五年（1825年）玉塘夏氏再次在石湖桥旁建桥亭和静观庵（土地宫）并立碑。乾隆五十四年（1789年），一位12岁的少年才俊林滋秀随师至石湖桥游春。师吟上联"雨打竹林林滋秀"，要他对下联。略为思索，他即答："风吹荷叶叶向高。"叶向高为闽人，明代三次任内阁首辅。少年林滋秀文学功底和应变能力得到老师的称赞，传为美谈，后来成为闽浙一带有影响的诗社——兰社的领袖。石湖桥能完好保存，实属不易。

秦屿下尾村有座建于宋代的石板桥，人称"虾姑桥"，至今保存完好，是福鼎唯一的宋代石板桥。虾姑桥桥面由四块石板条铺设在石横梁上，每个桥墩由四根石柱架构，立柱，横梁，桥面石板相互支撑极其牢固。桥中间平坦，两端低斜，看去像只虾姑。桥面中段石板上刻："杨室三房奉四恩三宝造石桥一所，熙宁八年乙卯孟冬题。"证实石桥建于北宋熙宁八年（1075年）。杨氏家族是宋代福鼎的名门望族，家住潋城，离石桥不远处，当年石桥也是杨家人出入的重要通道，桥建好三十一年后杨家就出了一位进士杨惇礼，后来他孙子杨兴宗、杨楫都中了进士。桥另一侧石板刻："八都石兰邓讳国妻叶氏捐银八百两造此桥奉祈嗣孙昌盛者。""嘉靖四十三年募缘重造。"石兰村距此几十里路，邓氏为石兰村大族。明嘉靖四十三年（1564年），这位姓叶的邓家媳妇出重金重建此桥，修桥铺路造福子孙，祈福子孙后代昌盛繁荣、福泽绵长。"四思三宝"是佛教用语，意即做人要懂感恩报恩，做三宝的弟子。当年石桥周边建有灵峰寺、国兴寺等寺院。

宋代建桥技术已经比较成熟，泉州洛阳桥也建于那个年代。宋代福鼎也大量建桥，如大厅桥（熙宁年间建）、龙潭桥（咸淳年间建）、谢家桥（绍兴二十七年，即1757年建）、登瀛桥等，留到今天只有虾姑桥。虽然桥下的溪水由于淤积变浅，但古桥带给人的古朴典雅的艺术观感和它所传达的历史文化信息，仍弥足珍贵。

福鼎现存石拱廊桥有两座，金朱桥和横溪桥。金朱桥位于管阳镇金钗溪村。金钗溪是福鼎古官道上一个重要节点，北上浙江，及福鼎等地通往柘荣、福安、福州，都要途经此处。明代朱家就在金钗溪上建木桥，后被洪水冲毁。清乾隆二十年（1755年），朱家族人发起修建石拱桥。清咸丰三年（1853年），族人又在石拱桥面上修建廊亭，长十三间的廊亭使石拱桥变成壮观宏大的石拱廊桥。廊亭两侧安有长凳供行人歇息，护桥人常年免费为来往者提供茶水，小店出售草鞋、斗笠、糕饼等。如今，公路大桥的建设使金朱桥已经少有人行走，曾经的热闹已烟消云散，周边长满野草。穿过长长的廊亭，恍惚间有穿越百年时空隧道的感觉。两座刻有建桥募捐者姓名石碑仍立在桥头。

横溪桥在点头梅柳村横溪上，这里是通往管阳、柘荣、福州的必经之道。清康熙年间里人梅以鲍、徐廷孔等人架木桥。嘉庆五年（1800年），叶得玉募资倡建石拱桥。柏柳村是福鼎大白茶原产地，吸引四方茶商前来采购茶叶。清末民国时期，柏柳村的梅氏经营茶叶发财致富。光绪二十七年（1901年），梅伯伦对横溪桥进行重修，建成福鼎跨径最大的石拱桥。民国12年（1923年），梅氏家族再次倡导在石拱桥上修建廊屋六间，使之成为气势恢宏的石拱廊桥。桥头镌刻一副对联："横桂青山叠叠亭外昼，溪流绿水潺潺耳中琴。"横批："山光接汉。"横溪桥四周景色优美，青山叠翠，山谷幽深，溪流淙淙，廊桥横跨山涧，高古而富有诗意。

康熙九年（1670年），福宁总兵吴万福领兵经过管阳元潭村，为山洪所阻，无法通行，总兵发愿要在此处建桥以方便百姓往来。后总兵上报朝廷获御旨批复，拨付库银建造元潭桥，当地人因之称该桥"透北京"。建成的元潭桥是座木拱桥，高大壮观，是福鼎通往泰顺等地的交通要道，造福一方百姓。嘉庆十年（1805年），里人用火不慎致桥被焚毁。嘉庆二十三年，乾头村秀才朱春芳热心公益，义气凛然决心重建该桥，但受资金不足之困。他的夫人更了不得，劝丈夫变卖家中田地去建桥，还回娘家柘荣动员娘家人捐资捐物，聘请寿宁造桥名匠建造。竣工之日，他们请村中德勋寿高者携儿孙先行蹈桥。复建后的元潭桥仍为木拱廊桥，桥上建青瓦屋顶的廊宇。桥两旁有护栏，护栏外钉挡风板，桥内左右设长凳供行人歇息。元潭桥远看如一道彩虹横跨山涧，气势磅礴。到了民国11年（1922年）夏，山洪暴发，再次将元潭桥冲毁。1959年，元潭的两位老农带领村民在原址建石板桥以济行人。前行后续，元潭桥的建桥历史充分展现了人类的百折不挠，也展示人性的淳朴、真挚、坚定。

福鼎现存唯一木拱廊桥是位于管阳镇西阳村的老人桥。据清光绪《福鼎乡土志》载："邱阜，有齿德，为遐迩排难解纷者数十年。有某甲妇悍甚，小忿涉讼，阜劝谕弗听，自耻德薄，赴死。闾里感其诚，建桥设主以祀，至今呼为'老人桥'云。"阜老人为乡里排解纠纷数十年，以诚待人，德高望重，某甲妇人不听劝谕，他气而赴水而死。乡人感怀他，颂扬他的道德，在桥中立神牌祭祀，并称该桥为"老人桥"。这告诉人们邻里间要和睦相处，谦和礼让，不可小事诉讼而伤和气。旧时乡规民约都是建立在传统伦理道德之上。老人桥始建于明正德年间，清康熙同治年间重修，20世纪60年代、80年代两次进行较大规模的修缮。全桥用135根圆木交叉架构支撑而成，横跨溪流两岸，桥架上铺枕木再铺桥板，上建廊屋，外围足足上了四层的木护栏，既保护桥梁筒木免遭雨水侵袭，也使桥内行人免遭风雨。穿过长长的廊屋，数不清的梁、柱、椽相互架构都用榫卯结构连接，不用一根铁钉，高超的造桥技术和人性化的设计，凝聚了工匠们的聪明才智。老人桥质朴大气，像一位老者立于乡间迎接到访的宾客，向你述说百年乡村的变迁。世事沧桑过眼云烟，唯有人间真情永在。

　　立于桥头的石碑，刻记着当年建桥募捐人的姓名和金额，古代建桥是民间筹集资金，看到这么多人为造桥捐出自己一份钱，心里为之感动。他们愿意捐钱造桥，方便大家往来通行，造福子孙。为子孙后代的幸福他们愿意拿出这份钱，为善最乐。

　　古桥是一个时代的文化结晶，是中华传统文化的一部分，高超的造桥技艺让后人为之骄傲，桥与大自然环境相融而生，点缀山河，古桥之美让我们陶醉。

　　历经岁月的洗礼，依旧屹立的古桥已经不多。一座古桥就是一段历史，也是一份乡愁、一份美好记忆。保护好古桥，让老祖宗留给我们遗产传给子孙后代，是我们责无旁贷的责任。

风雨"虾蛄"桥

◎ 魏爱花

在周宁,古官道是历史文明不可或缺的见证。它翻越一座座山峦,一条条溪涧,自繁华走向荒芜,又自荒芜迈向下一个繁华,仿若飞天玄女遗落人间的飘带,镶嵌于此起彼伏的崇山峻岭,若隐若现于绿野荒原,串起散落在山间的零星村落,也串起独属于周宁的地域文明。

山高岩峭,涧深路遥,在绵长的古官道上,灰顶翘檐的"厝"桥,成了山间一道难得的风景。这,就是木拱廊桥!它立足石台,横跨湍流,却又低调地着一身灰黑,头顶灰瓦,身披鱼鳞板,以飞翘的檐角,彰显自己的与众不同,仿佛参透岁月的老者,于深山溪涧里独自坐享岁月的安宁与寂寞,默默诠释着明代柳祖康的《木廊桥》:"独飞溪谷千余载,风雨侵蚀永不朽。为民为客休安过,天下惟有木廊桥。"

木拱廊桥,下为木拱,上为廊屋。无廊屋者则为木拱桥。在古代,木拱桥有"虹桥""无柱飞桥"之称,最早见于《清明上河图》,因而有"南拱北虹"之说。而木拱廊桥又因其底为八字形骨架,上覆廊屋,俯瞰形似"虾蛄",成了周宁人口中的"虾蛄"桥。

周宁至今留存着十大木拱廊桥,分别是后垄桥、登龙桥、竹岭桥、三仙桥、七仙桥、外店桥、院林桥、长峰桥、上坑桥、楼下桥。其中,有史可考、历史最为悠久的当属禾溪三仙桥,现存最为完整、廊屋最长的当属八蒲登龙桥，而最为奇崛险峻的则是礼门后垅桥。

三仙桥，位于周宁县纯池镇禾溪村，始建于明成化三年（1467年），1917年加宽重建。木拱廊屋为双檐歇山顶，长24.3米，拱跨18.3米，宽5.4米，桥屋七开间，杉木柱36根，藻井彩画绘于1920年。桥正中和两端均另建四坡顶桥屋。大桥两端建有门亭。桥中供奉着杨、柳、倪三仙，故名"三仙桥"。

三仙桥下溪面宽阔，溪水清澈见底，饲养着无数青灰色的鲤鱼。傍晚时分，晚风习习，溪流潺声依旧，鱼儿沉落，而桥上人声渐起。一角油灯，映照着因岁月侵蚀而显暗沉的木板，以及漆影斑驳的藻井古画。三五成群纳凉的村民围坐桥内两侧。碓楼风车咿呀，与清脆的磬音、铿锵有力抑扬顿挫的说书声融成一曲奇特的乡村小调。

三仙桥的故事很长，村庄的起落、名人的功过、村民的喜乐以及河中鲤鱼的爱恨情仇，在一首首回头诗里，老成即将羽化的苍白的红纸，最后于一声叹息中化作廊屋桥里的一滴墨点，写满沧桑。

登龙桥，位于七步镇八蒲村，始建年代不详，清康熙二十六年（1687年）水毁后，于清康熙五十六年（1717年）八蒲村民黄宠等募建，后又经历了数次募修、重建，现桥为道光十六年（1836年）重建，1986年村民饰修。桥长38米，宽4.9米，单孔净跨23.5米，离水高9米，桥台石砌，全桥用杉木建造，桥面木板上铺砌青砖以防火。桥上建单檐硬山顶廊屋，十五开间，用柱66根，桥中神龛供奉着真武大帝与观音菩萨。旧时村民为养育子女，护佑子女平安，便到真武大帝前求为"寄子"，挂以竹制弓箭为证。

20世纪，公路还未开通之前，作为玛坑、咸村至梨坪缴纳公粮的必经之路，登龙桥一度繁荣，除了周边商铺，仅桥上就开设了5间店铺，或售卖周宁特色扁肉、拌面，或售卖麦芽糖、光饼、橘饼等，极为兴隆。而今，古道埋于荒草，只留下道边上的魏姑婆庙与文昌阁无言肃立。

但登龙桥并不寂寞，八蒲龙的传说依然在此间口口相传，村里的女信众们依然喜欢在廊屋内焚香诵经，最为热闹的是每年的端午节。

其时，邻近村落的信众齐聚桥上，或着缁衣，或着清末蓝衫，或着崭新长袖衬衫，于桥上点烛焚香、诵经祈福，而后由德高望重者领头，排队绕行廊屋，名曰"走桥"。桥上香烟缭绕，诵经声此起彼伏，颇为壮观。正午时分，信众们将捆扎着铜钱（或硬币）的粽子，自桥上窗边投下，以祀屈原。村中妇女自发筹集资金、物质，邀请远道而来的客人共进午餐，多时有三四百人。

后垅桥，位于礼门乡后垅村上游，创建年代不详，清康熙年间重修，咸丰十一年（1861年）重建，民国10年（1921年）为阻止屏南"乌线会"洗劫礼门，被忍痛烧毁。现桥为1964年重建，桥长34.3米，宽4.7米，拱跨30米，距水面19米，两端桥台建在悬崖上，廊屋高4米。站在后垅桥上往外瞧，雄伟壮观，被誉为"闽东的西双版纳"的后垅溪峡谷呈现眼前。20多米的纵深，潭幽水清，两岸峰峦叠嶂、山高峰险，然草木葳蕤、绿树红花，石滩上蒹葭苍苍、美不胜收。

被誉为"中国木拱廊桥营造技艺之乡"的秀坑村就掩映在邻近的群山之中。村中的张氏家族从清乾隆四十三年（1778年）一直到1968年都在不断地建造和修缮木拱廊桥，其建造的廊桥遍及闽东北、浙西南地区。其造桥技艺则是融合了周宁张、何、魏三大营造世家的优势，深受时人青睐，被联合国教科文组织列入《急需保护的非物质义化遗产名录》。耄耋之年的张昌智老师傅，2015年赴德国雷根斯堡建造的廊桥，成为海外建成的首座中国木拱廊桥。

周宁是廊桥之乡，除了秀坑村，纯池镇的禾溪村、纯池村以及礼门乡的梅渡村、洋坪村曾经都出过造桥师傅。据《周宁交通志》记载，早在宋咸淳三年（1267年），浦源镇大桥头村就建有木拱廊桥，名"德成桥"。明代中叶，木拱廊桥营造技艺传入周宁县。清末，全县共有廊桥23座，因焚毁、水毁，至2008年，仅余10座。

如果说廊桥给了旅人、村民满满的温情与寄托，那么，对于建造廊桥的张氏世家来说，廊桥不仅是他们赖以生存的手段，更是他们祖祖辈辈的骄傲。

建造栏桥的分工有所不同，可分为主墨、木匠两类。主墨，即廊桥的设计者和施工员，木匠为主体工程的缔造者。

木拱廊桥的制作堪称"中国一绝"。其构造主要采用"纵骨"和"横骨"相结合的方式组成。"横骨"俗称"牛头梁"，"纵骨"俗称"三节苗""五节苗"。建造时，"纵横相贯，别压穿顶，相互承托，逐节伸展，最后达到完整和稳定"。其间，不用钉铆，而以传统榫卯技术相连，使得整个拱架紧密无间，大大增强了木拱架的支撑荷载力，同时减少了纵向推力和反推力，达到抗弯、抗压、抗拉、抗侧移的奇妙效果。为了增加木拱桥的使用寿命，人们在廊架上建廊屋，在桥面上铺砌砖石。

据周宁县博物馆郑勇先生介绍，古时廊桥建造过程中，还有一支不为人知的工种，那就是"水兵"。所谓"水兵"，水性必须极佳，其在廊桥制作过程中的作用虽技巧性不强，却是极为危险。正所谓艺高人胆大。廊桥建造伊始，需先得在深水涧中放下水柱架，而后"水兵"便沿着水柱架攀爬至架顶，开展作业，旧时没有安全绳，匠人们一不小心从架上落入水中，便容易造成意外，尤其是在类似后坑桥那样两岸崖石高耸的地方，深入水底20多米的深涧寒潭，其危险性不言而喻。因而上架前，主家往往须给上架人先备上两块银圆、一碗烧酒，颇有些"风萧萧兮易水寒"的味道。

而今，随着现代建筑技术的发展，坚固耐用的水泥桥、石拱桥遍布城乡，木拱廊桥也逐渐走向衰弱。木拱廊桥技艺虽然得到了保护，但传承人却青黄不接。

就在这样越来越稀少的古廊桥上，昔日人们迎来送往、挥手送别的惆怅，已然沉淀成廊桥上古老斑驳的木纹。村里的人越来越少，木屋空置，土墙倾颓，荒草从古道漫进庭院，也漫进了廊桥的肺腑。木拱廊桥，垂垂老矣！于是再读柳祖康的《木廊桥》，便有了更深一层的怅惘。

廊桥千年

◎ 甘湖柳

　　1953年,北京故宫博物院,《清明上河图》首次对公众展出,桥梁学家唐寰澄先生注意到了画中的"汴水虹桥",不是一般古画中的石拱桥或木板桥,而是一座木拱桥。这桥的拱架结构,不是常见的伸臂式、叠梁式、斜撑式、八字撑式,而是由两组拱架系统,经上下穿插、别压咬合而形成一种稳固的结构。对这种独特的系统,他取古籍"叠石固其岸,取大木数十相贯"之句,命名为"贯木拱"。

　　这一发现轰动了学术界。此后,桥梁专家学者苦苦寻找现实版的"汴水虹桥"实物,却一直找不到,人们一度认为,该项技术已经失传了。直到1980年底,桥梁专家们考察了浙南木拱廊桥,接着在闽东北又发现木拱廊桥群。桥梁界认为,闽浙边界的木拱廊桥与千年前的"汴水虹桥"拱架结构大体一致,虹桥拱架技术尚在民间流传,闽浙木拱廊桥由此揭开神秘的面纱。屏南境内现有贯木拱廊桥有13座,是全国现存木拱廊桥数量最多的县份之一,被评为"中国木拱廊桥文化之乡"。

　　在1991年出版的茅以升主编的《中国古桥技术史》中,收录的屏南县木拱廊桥有千乘桥、龙井桥、溪坪桥等3座。到了2006年,廊桥保护工作得到政府层面的推动,百祥桥、千乘桥、万安桥入选第六批全国重点文物保护单位名单,被称为屏南木拱廊桥的"百千万"国宝。

百祥桥。此桥位于棠口乡与寿山乡的交界处,横跨白洋溪,单孔跨度35米,在崇山峻岭之中,在奇险的河流上,单孔跨于地势险要的大峡谷之间,运用原始的廊桥修造技术建造一座如此壮观的木拱廊桥,其难度不言而喻,其因此被誉为"江南第一险桥"。

在物力维艰的古代,建造一座廊桥是一件民间大事,桥的造价高昂,费时费工,而对于村民来说,修桥铺路,是最切实际的功德善举。这时候就需要有人站出来带头,作为廊桥的募首,组织筹款、备料、聘请工匠等,以及解决建桥过程中所遇到的各种的困难。募首一般是村里德高望重、说话能够服众的人物。而村民们基本按照"有钱出钱,有力出力"的原则,有钱的多捐些,没钱的也可以"捐工"。却说清朝嘉庆年间,白洋桥损毁,当时漈头村乡贤张永嵩出面倡修,不幸的是,工程尚未启动,张永嵩已病故。当各村群众选举代表前往商议时,张永嵩的遗孀黄氏慨然应承:"此善事也,当与子谋之!"她的儿子张钦奇非常孝敬母亲,毅然继承父亲遗志,广募巨资,重建廊桥,并将"白洋桥"易名为"百祥桥",取纳福致祥之意。张钦奇还为此撰写了洋洋洒洒六百多字的《百祥桥记》。

千乘桥。当河面的宽度超过单拱木桥所能跨越的间距时,就要建造多拱廊桥了。棠口村水尾位于岭下溪和白溪的交汇处,河床宽广,水深流急,洪水对桥梁造成的破坏性最大,为确保跨河廊桥永固,就建成一墩两孔。传说嘉庆年间,棠口村再次募建千乘桥时,秀才周大权作为募首,身担重任,朝思暮想,希望能想出一个能确保桥墩少受洪水冲毁的办法。他想啊,想啊,日有所思,夜有所梦。有一天夜里,他做了一个梦,梦见一只大公鸡朝着溪头方向喔喔啼鸣。他醒来后,马上领悟了:莫不是暗示我,将廊桥建成公鸡模样?他于是让能工巧匠将桥墩朝上游的方向砌成尖形,墩尖雕成鸡喙形状,还在两侧雕琢出一双公鸡的眼。这样一来,桥墩似公鸡的身首,两拱似展开的双翅,整座廊桥形似一只昂首展翅的公鸡,不仅造型好看,而且尖尖的桥墩恰好能有效地减轻洪峰的影响,将水流往两边分流,从而保护住桥身。这座桥以后再也没有被洪水冲毁过。

万安桥。当河道更加宽阔,就要建造更多的桥拱。万安桥全长98.2米,五墩六孔,是现存全国最长的木拱廊桥。它所在村庄旧称古田县横溪里二十都龙江境,后因此桥著称,更名"长桥"。

万安桥最中间的桥墩上,嵌有一块粗糙的花岗岩石碑,上面镌刻着一个古代孝子的一片虔诚之心,碑文云:"弟子江稹谢钱一十三贯,又谷三十四石,现结石墩一造,为考妣二亲承此良因,又为合家男女及自身各乞保平安。"落款时间是北宋元祐五年庚午九月。这说的是1090年的秋天,有位名叫江稹的人,为建造这座桥捐款十三贯,捐谷三十四石。一定是在那个秋天后的冬天,大家齐心协力建起的这座桥,因为,秋冬水浅了,方便施工,冬闲下来了,人们有空来做工。

长桥那么长,走在桥上凭栏眺望,桥下流水潺潺,檐顶白云飘飘,上游有广阔的滩岛,下游收窄,近百米的距离,恰好是古语所说的"一箭之地"——这下游两岸,正是从前"中秋射箭盘诗"露天晚会的直播现场。想象一下那时的情景吧:那晚,明月当空,银河浩瀚,万人空巷,人群攒动,一场《印象·万安桥》中秋射箭盘诗晚会开幕了。水碓房前方的鲤鱼坂是主播台,漫天灯火映射出千寻缟带的倒影。龙江两岸人员列阵,双方人士隔江对唱赛歌,你方唱罢我登台。唱着唱着,犹觉不过瘾,有人将手中的箭拔去箭镞,浸上桐油往火把上引燃,嗖的射向对岸。那边的人也不示弱,搭上火箭也嗖嗖往这边射来。一时之间,千百支火箭在皎洁的夜空下交织,璀璨耀眼,创造了一个独特的景观。

万安、千乘、百祥,道出古代文人在为古桥命名时的宏大气魄,和祈祷地方安宁的虔诚心愿。劝农桥，在旧县治双溪镇北，诉说的是旧时，官吏劝农精耕细作，祈求苍天保佑一方风调雨顺的故事。迎恩桥，是传统时期父母官喜接恩诏的场所。普边桥，原名"补边桥"，传说当年建桥，受黄甲精破坏，拱桥合龙时差了两分，一个宰牛师傅当机立断，用手中的钢刀补上了缝隙，桥就顺利合龙了。广福、广利两座姊妹桥，如双虹卧波，寄托着恩泽广被的希望。此外，莲台宝塔桥，龙井桥、大王桥、观音桥、仙路桥，等等，无不镀上了浓厚的神秘色彩。金造桥未修之前，因河床宽阔，风狂浪猛，两岸断崖千尺，交通阻隔，"昔日溪洪客不前，汪洋长叹有谁怜"，遂有清嘉庆年间的募捐造桥之举。据说，当时耗资巨大，"桥造亿兆金，故名'金造'。"

……

山光似染，波光如练，映衬着古桥两岸参天大树。桥面清风徐来，拂动野花藤蔓交织的一帘幽梦。桥下流水潺潺，奔赴它百川到海的永恒约会。古廊桥雄浑敦厚，横跨两岸，飞檐翘角挑起千百年晨霜晓雪月。这一切，都是大自然原本的样子，也是最美的样子。桥中央多设神龛，桥梁上挂满"有求必应""答谢鸿恩"等彩色条幡，清风徐来，它们就衣袂飘飘，几欲乘风归去。檐下廊柱环回，那原木的颜色，总是在人心中引起幻觉，以为这桥是逃逸了时光追踪的遗民。

桥是大地的弥合，是山水的纽带，桥是交通的衔接，是前途的延伸。桥连接着此岸与彼岸，联结着古代和现在。今天的我站在千乘桥上，往下游眺望，前方不远处是一座水泥桥，更远处，是高速路的高架桥，它们渐次拉开视野，恍如在我面前翻开了一本桥的家谱。那些逝去的古桥，是它们远古的先祖，而这些健在的廊桥，成了散落在大地上的沧海遗珠，它们是时空中不可再版的唯一。

这是个没有时间怀旧的年代了，我仿佛听到了深山之外，同样用"亿兆金"铺设的高速公路有如急行军，逢山开路，遇水搭桥，风驰电掣的音速碾碎所有的传说。

许多老桥湮没了，一些名字铭记在屋梁上，一些故事流传在乡野间。当年我们的先祖，一定都上了建桥的工地，那高高的屋梁上烙有他们的指纹，刻着他们的名字，假如古桥也有灵魂，当是祖先瞩望我们的目光，洒落在过往行人的眉头鬓上。所以每一座似曾相识的古桥都令人感觉亲切，它们是融入血脉中的记忆，是萦绕脑际的怀念。

所以，让我们踏上古桥的脚步，轻些，再轻些，让我们欣赏廊桥的神情，专注些，再专注些！

茶香中的古廊桥

◎ 沈荣喜

茶香在时光长河中流淌，让横跨其上的古廊桥多了一份岁月的隽永和绵长。

——题记

一

长溪由北向南，一路浩浩汤汤纵贯福安市的中部，像一条粗壮的青藤绕过韩阳城的西侧，在赛岐三江口携手茜洋溪、穆阳溪直奔白马港，一泻东海。这条流淌在闽东大地上的第一大河，流域面积达到了5638平方千米。从地图上看，这些密集交织的河流形成树状，有着"中国茶叶之乡"美誉的福安，就像一株贴地生长的巨型茶树，它的每一道水流里，无不散发着隽永的茶香。

长溪中游叫"富春溪"，又叫"交溪"。其名源于上游有两条支源，分别是东溪和西溪。它们就像这株茶树身上的两条枝干。东溪发源于浙江平阳，西溪发源于浙江庆元，溪流两岸丘陵遍布，茶园绵展。西溪入福安境后经社口和坂中两个乡镇，在湖塘坂与取道潭头的东溪汇合。至此，河床开阔，水势和缓，竹木夹岸，风光旖旎。

二

位于西溪流域的社口坦洋村是茶业重镇，这里群山耸立，绿水环流，云雾缭绕。清人郭尚宾在《桂香山记》中写道："邑九都有桂香山。山下为坦洋。由县治北行四十里，至社溪，望山腰诸峰，罗如屏列……至坦洋，四山排闼，一水中流，鸡犬相闻，阛阓茂盛，产茶美且多，有武夷之风，外邦称为'小武夷'是也。"由此可见，坦洋不仅风景秀美，而且自古以来就是著名的茶乡。

在坦洋村口的桂花溪上，有一座古廊桥，名叫"真武桥"。因廊桥桥屋里供奉真武大帝而得名，他是茶乡百姓心中的保护神。桥边立着两块巨石，一块题刻着"工夫红茶甲天下"，是国家茶叶质量监督检验中心主任骆少君的手笔，另一块则刻着茶业泰斗张天福题写的"坦洋工夫发祥地"。人还未走进坦洋，一股茶香已随溪风迎面扑来。

真武桥，又名"龙桥"，始建于清乾隆二年（1737年）。"咸丰三年（1853年），蛟发桥毁。重建之，又遭祝融。"它先后历经三次重修，它的故事可谓跌宕起伏。清咸丰年间，"坦洋工夫"创始人之一的施光陵领头重修真武桥。那是"坦洋工夫"的燃情岁月。钟情于茶的施光陵和胡福四等茶人利用当地独有的"坦洋菜茶"为原料，经过潜心研制，终于见证了"坦洋工夫"的诞生。施光陵不仅创制出"坦洋工夫"红茶，还在村中建起横楼制茶工坊，开办"丰泰隆"茶行进行茶叶贸易。桂花溪从村中静静流过，看着一座座茶厝在村中兴建，施家的，王家的，胡家的……一家家茶行沿街设立，万兴隆、同泰春、吴元记……一个红茶帝国就这样在白云山麓的桂香山下悄然崛起。还好有茶，有茶就有了财富，真武桥才得以在水火之中，借茶的香气还魂再生。

再生的真武桥，造型优美典雅，富有动感。桥底用花岗岩砌成，整座桥长40米，拱跨32米，高11米，桥面阔三开间，进深十五开间。廊屋为单檐歇山顶，屋脊中间微微隆起。真武桥如一道长虹卧在溪面上，再加上四周飞檐翘角，仿佛要凌空飞起一般。走上桥，但见桥面装饰精美，每条横梁的两侧尽头都垂下短短的吊柱，各吊柱的下方分别悬着一个灯笼状的木雕，四周雕刻着花草虫鱼。林立的木柱和神龛被涂上一层大红色，使廊桥呈现出一种强烈的视觉效果。

春天的真武桥美如画卷。清晨，茶农们手挎竹篮走过真武桥，走上桂香山，用淳朴的乡音把满山茶树喊醒，也把桥边的桃花喊开。一朵朵粉红的桃花映衬着河边的绿柳，古朴的真武桥便在哗哗流淌的春水里陶然而醉。过去，真武桥是福安通往寿宁的重要通道，也是茶叶运输最繁忙的路段，宽阔的桥面一度成为大型茶叶交易市场。收茶的商贩早早在桥头摆好秤砣，坐等采茶人归来。日上中天，真武桥上人声鼎沸，四邻八村的茶农挑来了刚采摘的茶青，甚至连寿宁的茶商也远道而来。真武桥在茶的香气里浸染得久了，连桥上的木头都有了茶的芬芳。

离真武桥不远的另一条溪上，还有一座廊桥，名为"凤桥"。桥边立着一尊观音石像，因此该桥又叫"观音桥"。《坦洋朱氏宗谱·坦洋十二景赋》记载道："高峰耸翠，插文笔而凌汉巍巍；夹水飞虹，跨双桥而履道坦坦。"这里说的就是当年龙凤桥"双虹绚彩"的壮丽景象。

自建桥起，真武桥和凤桥经历了风风雨雨，是"坦洋工夫"从兴起、繁荣，再到衰败、复兴的见证者。在坦洋，茶叶外运分水、陆两路，一是海上"茶叶之路"，一是陆上"茶叶之路"。位于村口古渡旁的真武桥和凤桥，不仅是"坦洋工夫"经村中溪流融入海上"茶叶之路"的亲历者，其本身也是"坦洋工夫"通往外县的一个陆路重要通道。"茶季到，千家闹，茶袋铺路当床倒。街灯十里亮天光，戏班连台唱通宵。上街过下街，新衣断线头，白银用斗量，船泊清凤桥。"这首茶歌记录了"坦洋工夫"茶产业的盛景。据史载，当年坦洋一条街，就有茶行36家，雇工3000多人，全村年产干茶2万多箱。"英商购买华茶，以坦洋出产为最。"——那时候，一箱箱"坦洋工夫"就是顺着真武桥和凤桥下的溪流,经由赛岐运抵三都澳港,再远销欧洲,抵达英伦三岛,成为英国皇室的"座上宾"。

那段时间,真武桥和凤桥见证了"坦洋工夫"的绝代风华。茶季的日子里,白天榕树下的古码头边,靠泊的货船,忙碌的挑夫,吆喝声,开船声,交织在汩汩流淌的溪流声里,呈现出一派繁忙的运输场景。晚上,月亮升起,坦洋茶街上人声喧阗,桂花溪上也是灯火璀璨。走上真武桥或凤桥,无论驻足哪个窗口,眼前都是一帧帧曼妙的风景。花香,茶香,随着溪风飘荡,真武桥和凤桥便笼浸在沁人的香气里。

每逢三月三、五月五,当地茶农都会摆上牲口,点上蜡烛,燃起一炷炷香,向真武大帝,向观世音大士祈祷,祈求茶乡兴旺。那些年,真武桥和凤桥看着一群群挑夫高唱着山歌、吆喝着号子从桥上进进出出,他们挑出去一担担乌黑黑的红茶,挑回来的却是一担担白花花的银子。那种欢快、热闹的场面在作家刘松年的笔下有过十分生动的描绘:

街头第一家是元记茶行,行主吴赓俞。这家茶行由三座房屋组成,共有铺面36间,雇工百余人,拣茶工200多人,年产精制"坦洋工夫"干茶2000多件(合10万千克),年可获利润银圆5万块。它以白云山下的岭下村为根据地,收购初制干茶。每年发放"茶银"时需要70多人,挑着140多桶(每桶装1000块)银圆,一路长蛇阵,从坦洋挑到岭下村,发给当地农民。岭下村的庄稼大户们见了这么多白花花的银子,惊讶地说:"冬天我们挖的番薯还没这么多哩!"

然而,随着日本发动对中国和东南亚的侵略战争,海路中断,茶商绝迹,"坦洋工夫"一度消沉。真武桥上人声寂寂,桂香山上茶园荒芜,桂花溪里也不见了船踪帆影。时光飞转,随着中华人民共和国的成立,"坦洋工夫"迎来新生。尤其是1988年7月到1990年5月,时任宁德地委书记的习近平四进坦洋村,在"闽东学三洋,坦洋要当领头羊"的号召和"一定要珍视、保护、发展、应用好这个品牌,让坦洋工夫茶走向全国、走向世界"的殷殷嘱托下,锐意进取的坦洋人打破了"祖宗山""祠堂山"的思想桎梏,荒山披绿。随着茶园面积的扩增,来往于真武桥和凤桥上的脚步声又热闹了起来。2008年,"坦洋工夫"红茶获"国家地理标志证明商标"。2013年,"坦洋工夫"再获巴拿马国际博览会金奖。坦洋人终于扬眉吐气,赢回了属于自己的百年荣光!

2015年,为了重现"龙凤"双桥景观,发展茶村旅游业,发家致富的坦洋茶农踊跃捐款,毁于大水的凤桥迎来新生。重建后的凤桥全长37.6米,拱跨31米,是近年来闽东地区修建的单拱跨度最大的廊桥。

三

在东溪流经的潭头镇上,有一个村庄名叫"棠溪"。清凌凌的武陵溪泛着碧波从村前走过,溪边古榕树群掩映着古朴的民居,一片秀美的山水田园风光。棠溪盛产芙蓉李,也盛产茶叶。茶叶是棠溪村最古老、最传统的产业,在明清时代棠溪古街上就有80多家茶叶商行,可谓繁盛一时。

在棠溪村西北1千米处古代福安通往泰顺的省际官道上,有一座横跨武陵溪的廊桥,桥头挂匾,上书"棠溪登烛桥"。桥边立有石碑,碑文上这样介绍登烛桥——"单孔木拱廊屋桥,东西走向,长40.6米,宽5米,净跨32米,桥屋抬梁式木构架,双坡顶,两端加雨披,十七开间七十二柱。"这是福安现存跨度最长的廊桥。

棠溪登烛桥和坦洋村颇有渊源。历史上,棠溪茶师辈出。当年"坦洋工夫"兴盛之时,临近乡村的茶商争相到这里聘请制茶师傅。旧时交通不便,来往多为水路所阻。一季茶做好,茶师们回家,茶商们总要送到村口的真武桥为他们践行。他们山一程水一程的脚步,家里人惦挂着,茶商们也惦挂着。坦洋村的胡氏茶商为了方便制茶师傅回乡,也为了感谢他们为"坦洋工夫"做出的贡献,特意挑来了10担银圆,在茶师们故乡的溪流上,捐资修建了这座"登烛桥"。登烛桥建于宣统元年(1909年),有意思的是六年之后的1915年,"坦洋工夫"红茶与贵州茅台酒一同在巴拿马太平洋万国博览会上获得金奖,"坦洋工夫"从此享誉世界、蜚声海外。那段辉煌的历史,同样为西溪的真武桥和凤桥所铭记。

溯武陵溪而上,登烛桥如一只蛰伏于溪上的蜈蚣,桥上的木柱桥屋默默述说着棠溪茶师的功绩。走在桥上,脚下咿呀作响,仿佛看到一个个行色匆匆的背影走进登烛桥,来到桥中间的神龛前默默跪拜祈祷,然后起身向远处的古道走去。这些人中,有赶考的士子,有赶路的商贾,也有受聘坦洋的茶师。他们挥别妻子,挥别家乡。他们中的某些人将心中的别情记在桥上:"折柳送君君别去,攀花赠我我辞行。"折柳送别,颇有唐人古风,棠溪地处江南,江南无所有,聊赠一枝春。武陵人该馈赠什么呢?是桥边的李花吧。那是棠溪最美的春色。春一到,武陵溪两岸千树万树李花开,那是落在棠溪的春雪。李花簇拥着登烛桥,再加上远处的青山、近处的绿水,美得像一幅山水画。"虹影横斜天上下,箫声嘹亮月西东。"古道之上,商贾往来,多半披星戴月,对他们而言,横跨溪涧的古廊桥是修建在山水间的厝,亦是行走在大地上的家。他们熟知这片山水,更熟悉这片山水间的一座座古廊桥。古廊桥的夜晚,箫声悠悠,与月相伴,让人动心亦动情。

在茶乡,这些古廊桥多坐落在村庄水尾,有如宫庙。桥上架屋叠瓦,如厝如家,家中有神明,桥上亦有神明。一踏进廊桥,头顶屋梁青瓦,看神龛中灯烛依依,有神明守在桥上,心头就有居家住厝的安心,再远的路途也不觉得孤单。登烛桥和凤桥供奉的都是观世音大士,"瓶中一滴甘露水,洒救世间苦难人"。从古至今,朴素的棠溪人总会将家里备好的茶水挑来,轻轻倒在桥头的陶缸里。在他们看来,登烛桥就是自己的家,那些从桥上走过为生活而跋涉的辛苦之人就是自己的家人。而对于走过登烛桥的旅人来说，那碗淡淡的茶，是这片山水间滋味最淳朴的家茶了。

四

春意闹，茶季到，一座座茶山醒来了，一条条溪流上的古廊桥又沉浸在迷人的春色里：穆阳溪上，有康厝乡石尖村的"积谷桥"；洋坑溪上，有范坑乡上坪村的"洋坑桥"；坑源溪上，有潭头镇的"乐善桥"……

春水泛碧，在群山间哗哗流淌，唱起一支支山歌，我眼前仿佛又看到那一座座造型古朴典雅的廊桥，又闻到隽永绵长的茶香……

故乡的桥

◎ 缪淑秀

一

廊桥，不只是一座桥。

我的家乡在闽东北寿宁一个静谧的小山村。村庄水尾处有一座用木头搭建的带廊屋的桥，叫"廊桥"，也叫"厝桥"或"柴桥"，名字源于方言里房子叫"厝"，木头叫"柴"。

廊桥始建于清乾隆元年（1736年），长25米，九开间，为东西走向歇山顶平梁桥。桥屋两侧披板凿出形状各异的窗子，甬道两旁有木板凳，供来往的行人歇息。

在20世纪70年代通公路前，廊桥是村里连接两岸最重要的通道。桥上凉风习习，桥下流水潺潺。廊桥见证了村子的变迁，也见证了祖祖辈辈的悲欢离合。

若干年后，寿宁迎来了一波又一波桥梁专家，他们翻山越岭，走村入户，探究一座座散布在乡野间不起眼的廊桥，并把其中一种桥拱用木头穿插编织而成的木拱廊桥叫作"虹桥"，与小时候课本上的名画《清明上河图》联系在一起。

专家说，《清明上河图》画面正中那座形若彩虹的桥梁使用短的构造材料形成了大的跨度。寿宁的"虹桥"虽然外形与《清明上河图》中的虹桥不完全相同,桥上有"屋",但结构相似、技术相同。

随着外界对廊桥的深入探究和媒体的关注,这些在大山深处蛰伏了数百年的廊桥成为寿宁对外宣传的一张名片,我也以媒体人的身份走上了宣传廊桥文化的道路。

二

寿宁,于明景泰六年(1455年)建县,地处闽浙交界,自古是"两省门户,五县通衢",东界泰顺,西连政和,南接福安,北邻景宁,西北与西南又与庆元、周宁毗邻。

亿万年间,在欧亚板块与太平洋板块的强烈碰撞中,产生的褶皱运动形成了闽浙两省层峦叠嶂、沟壑纵横的山地地形。特别是闽东北、浙西南地区自古是"九山半水半分田",悬崖深涧,岭峻溪深。再加上亚热带季风气候,当地常年雨水充沛,植被丰茂。

位于闽东北鹫峰山脉洞宫山麓的寿宁县东西宽46千米,南北长57千米,方圆1433平方千米。境内千米以上山峰225座,大小溪流1700多条,"崇峰叠嶂,屹若天堑,旧称东隅保障,有天造地设之奇"。

每当雨季,山洪暴发,溪水猛涨,交通受阻,行人望洋兴叹。勤劳智慧的先民为谋求生存与发展,逢山开路,遇水搭桥。

在那自给自足的农耕时代,修路建桥最方便的材料莫过于石料和木材,而木材较之石头轻便有韧性。在木石联盟中,廊桥应运而生。

可以想象,最早的木桥应该是简单的独木桥,而后逐渐演化成梁柱桥、斜撑桥,最后才形成工艺复杂的木拱廊桥。截至20世纪末,寿宁县有各类廊桥65座。

廊桥作为闽浙山区古代重要的交通设施,或位于通衢,或连接乡里,选址大多离村庄不远,兼顾乡村"风水"与桥台地理环境。大部分廊桥都选择在村庄溪流的下游,俗称"水尾",以补溪流形成的风口,守住村庄"风水"。同时,考虑桥址两岸有坚固岩石供砌筑桥台,并尽量选择两岸相距较窄处,以减少桥拱跨度。

寿宁是全国木拱廊桥最多的县份,现存19座,且造桥的年代序列在中国最为齐全,从清乾隆、嘉庆、道光、同治、光绪至中华民国,乃至中华人民共和国成立后还在建造,这在全国极为罕见。寿宁现有鳌阳城区、杨梅州风景区、芹洋尤溪村三大木拱廊桥群。

三

被称为活化石的木拱廊桥,是中国传统木构桥梁中技术含量最高的一种。

2004年,桥梁专家唐寰澄教授专程到寿宁考察,并走访了第七代寿宁木拱桥制作工艺传承人郑多金,将寿宁誉为"世界贯木拱廊桥之乡"。他在所著的《中国科学技术史·桥梁卷》中称:廊桥"可以说是世界桥梁史上绝无仅有的一个品类""在世界桥梁史上唯中国有之"。

唐寰澄是中国现代最早对木拱廊桥进行研究并指出其结构原理的人,但自他发现《清明上河图》中的汴水虹桥之后,很长的一段时间里,科学界认为这种北宋时期盛行于中原的木拱桥造桥技艺已经失传,因自明代以来,河南、山西、安徽都没有再建这种桥的记录,直到虹桥及其技艺在闽东北、浙西南山区被大量发现。

《清明上河图》描绘的是北宋汴京城内及城郊清明时节的景象,那座横跨汴水两岸的桥梁最大的特点是桥底下没有任何柱脚的支撑,凌空飞架在汴河上。据《宋会要》记载,汴河的宽度约16.5米,虹桥的跨度比河的宽度长了3.5米,达到20米。根据记载,这座桥可以通行装载数十石的大车,载重量相当于今天两三吨的卡车。

一座没有柱脚支撑的桥如何承受如此的载重量不坍塌,而且这种结构不用钉子,也不用铆,完全靠自身的强度、摩擦力和直径的大小、所成的角度、水平的距离等达成。

寿宁的木拱廊桥造桥工艺回答了这个问题。寿宁19座木拱古廊桥中单拱跨度20米以上的13座，其中下党鸾峰桥长47.6米，拱跨37.6米，比曾被学术界认为中国古建筑中跨度最大的石拱桥赵州桥还长0.7米。

古建筑专家、同济大学建筑系路秉杰教授在日本东京大学讲学时，用筷子搭出一个拱桥的模型，引起轰动，被称为"中国一绝"。

2006年5月，鸾峰桥、杨梅州桥、鳌阳城区木拱桥群被列为国家级重点文保单位。2007年9月，第二届中国廊桥国际学术研讨会在寿宁举办。2008年6月，木拱廊桥造桥工艺入选第二批国家级非物质文化遗产名录。2012年11月，闽东北、浙西南22座木拱廊桥正式列入中国世界文化遗产预备名录，开启闽浙木拱廊桥联合申遗之路。

四

中国是廊桥的发源地。据专家考证，最早的廊桥出现在秦代，西汉时期廊桥开始出现在成都平原上。

东汉永平六年（63年），陕西省勉县古褒城北石门溪谷阁道一侧凿刻的《开通褒斜道摩崖刻石》上写道："桥阁六百三十二间，大桥五，为道二百五十八里。"这是关于廊桥的最早文字记载。

唐宋之后，廊桥越来越多进入山区，成为乡村的重要交通设施。尤其是南方绵延的青山和逶迤的水系中，分布着大大小小、不同形态与材质的廊桥。

寿宁廊桥建造的历史可以追溯到宋元时期。南宋绍定二年（1229年），邑人缪蟾赴春试，在"前桥（今福寿桥前身）"饮饯后，告别家人，前往临安（今杭州），并作《应举早行》诗一首。后其得特奏名第一、特赐状元及第。随即，"前桥"更名为"登龙桥"。宋淳祐十年（1250年），福安知县林予勋在三都（今寿宁犀溪）缪蟾饮饯处，重建桥梁，仍名"登龙桥"。

此后，明永乐年间造南阳长桥；正统十三年（1448年），邑人吴永忠等在县治西建西城桥。天顺元年（1457年），邑人叶伯铭、韦荣进、陈伯铭、叶斯拱在县治东建东和桥。据《八闽通志》载，明弘治二年（1489年）前已有犀溪福寿桥、翁坑桥、东溪桥等。

《福宁府志》载，清乾隆十四年（1749年），山洪暴发冲毁了子来、升平、仙宫、登云、溪头等数十座桥。清嘉庆六年（1801）坑底小东村主墨徐兆裕造小东上桥。1913年8月，托溪木拱廊桥毁于火。1961年下党杨溪头桥水毁，1967年由郑多金主持重建……

由于不耐风雨侵蚀和火患侵扰，古时的木廊桥难以保存下来，寿宁现存的廊桥基本上都是清代以后建造或重建的。

五

《说文解字》云："桥，水梁也，从木，乔声。"寿宁廊桥为桥与屋的结合体，正如古体字"橋"，以木建桥，桥上有屋，既保护桥体的木结构不受侵蚀，又可为路人提供避风遮雨、避暑纳凉、歇脚停担之所，甚至成为人们交流信息、易换物资的肆市。

同时，廊桥还结合了桥、亭、庙等建筑的功用。除了官方所建的红军桥外都设有神龛。供奉的神像有观音菩萨、临水夫人、关帝爷、文昌帝、财神爷等，也有一些只有当地人才知道的神明，比如黄山公、马仙等。

如老家的廊桥上祀的是真武大帝。每年三月初三，家家户户聚集到桥上祭祀，倒上几杯酒，摆上几盘菜肴，点几炷香烛，有许愿的，有还愿的，心怀敬仰，念念有词，祈祷风调雨顺，福佑全家幸福安康。

如今，路网建设四通八达，作为交通设施的廊桥也完成了历史使命，静静地隐匿在绿水青山间。但寿宁木拱廊桥群作为一座中国古代科学技术史的"侏罗纪公园"，为人们留下了具有重要技术价值、艺术价值和旅游观赏价值的山地人居文化遗产，更是留住了人类生存智慧集中展现且弥足珍贵的记忆与文化。

著名乡土建筑专家、清华大学陈志华教授认为，木拱廊桥有几百年的历史、独特的结构，作为世界文化遗产应该是没有问题的。

然而，十多年过去了，闽浙木拱廊桥联合申遗之路依然漫长。随着经济社会的发展，廊桥周边环境发生了很大变化，其生存也面临着严峻的挑战。申遗预备名录中的屏南百祥桥、万安桥毁于火患，泰顺薛宅桥、文兴桥遭到水毁……

铭记历史沧桑，看见岁月留痕，留住文化根脉。祝愿闽浙木拱廊桥早日申遗成功，祝愿廊桥文化重焕异彩。

柘荣廊桥

◎ 潘文书

一

从小就知道,那架在两山之间水面上的路,就是桥。它像一条绳索,把一座座被溪水隔开的大山,捆绑在了一起,把古往今来、南来北往的脚步连接在了一起。它就像个个书籍的装订孔,将山川这本巨著钉在了一起,后人才能从中看到历史的过往。

桥的家族很大,小时候见得最多的就是石头砌成的桥。读书后,才知道还有铁索桥、石拱桥、石板桥等等,这些都比较简陋。现代工艺的桥,如南京长江大桥、杭州湾大桥、港珠澳大桥等,规模宏大,气派非凡,让人叹为观止。而有屋檐的廊桥,算得上是桥家族中最古朴、最有个性的孩子。它虽然没有现代桥的宏伟,但它精湛的技艺同样让人惊叹!一衣带水的寿宁、泰顺等县,就因为很好地保存了诸多木拱廊桥,而被授予"中国木拱廊桥文化之乡",闻名遐迩。

我也领略过以上地方木拱廊桥的风采,确实被震撼到,却万万没有想到我的家乡——柘荣,也有2座木拱廊桥。

根据柘荣县博物馆资料显示,柘荣有各类桥梁50座左右,其中廊桥10多座,除了东源村的水浒桥、富溪村的归驷桥属于木拱廊桥外,大部分是石拱廊桥。

俗话说："桥与村通，村与桥连。桥为村建，桥建助村。"大凡能建廊桥的地方，总是古道必经之地。有的廊桥就建在路途中，提供行者歇脚、避风躲雨的便利。我出生的小山村，到20千米外的乡政府所在地楮坪村，就有一座石拱廊桥——桂洋桥。溪涧也很小，桂洋桥很小，小到只有4根梁柱，与灰楼无异。我十几岁到楮坪读书，走路要近两个小时，总要走桂洋桥。当然，村人到附近上白石集镇买东西，来回也要在桂洋桥里歇息。后来村里通了公路，加上在外工作的原因，很久没有走桂洋桥了，听说已经损毁了。

路途中的石拱廊桥大部分都很小，也不用太复杂的制作技艺，没有多大的观赏价值。稍微有点规模的廊桥，溪涧跨度大，制作技艺也越复杂，也比较壮观，基本上都是建在村口。楮坪村就有一座石拱廊桥，叫通济桥，据考证为明嘉靖初年由慈善家郑宗远捐建，清同治十年（1871年）重建，1990年重建桥面屋廊。它的单孔石拱跨8.1米，距离水面高8米，全长21.4米，宽4.2米，共八扇七开间。桥面廊屋木构抬梁式单檐双坡顶，比起桂洋桥那不知要气派多少了。桥下巉岩突兀，溪水从崖壁上一甩而下，如白练铺地。初中读书时，我来来往往在这桥上走了无数遍，工作后第一站分配在楮坪教书，周末没地方去，桥下便成为观景休闲的好去处。桥上总是坐着村民在聊天说地，在休闲设施缺乏的年代，廊桥是村民茶余饭后聚集的最佳场所。

二

建造廊桥非有精湛的制作技艺不行，犹以木拱廊桥制作难度最大，尤其是规模宏大、造型美观的木拱廊桥。25年前，我在富溪学区主持工作时，第一次接触到学校边上的归驷桥。教学区、生活区往返都要经过归驷桥的，当时并没有在意是木拱还是石拱，总觉得这座廊桥很特别。当了解到它是全木制作成时，还是相当震撼的。

富溪是古代福温古道上的一个重镇，四周峰奇秀突、层峦叠嶂，武陵溪贯穿古镇水尾，龙游碛石，泉流波涌。归驷桥便横跨在由西北向东南平缓流淌的武陵溪之上，东北端连接柘荣到黄柏公路，西南端连接福温古道驿站富溪旧街，成为福温古道陆上交通干道桥梁，也是福温古道现存唯一的木拱廊桥。

归驷桥，原名"归泗桥"，意为四条溪涧合一，后因袁天禄衣锦还乡省亲，故将"泗"改为"驷"，一直沿用至今。其始建于南宋淳熙十四年（1187年），清乾隆五十三年（1788年）重修，为第六批省级文物保护单位。

归驷桥是一座木拱单孔廊屋桥，全长25米，宽4.6米，高7.3米，廊屋高3.8米，拱跨15.4米，十扇四十柱。桥体受力结构由第一系统的八字撑（三节苗）和第二系统的五节苗交错相叠组成。归驷桥与富溪古街连接，前几年古街失火，许多古厝烧毁，还好抢救及时，大火没有殃及归驷桥，让许多村民的心大大地悬了一把。

富溪古镇是柘荣县域最早设置巡检司的地方，比柘洋（柘荣城关）巡检司更早，足见历史悠久、文化底蕴深厚。近几年，富溪镇在挖掘古镇文化上下了不少功夫，抢救修复了不少遗址遗迹，并植入了许多文化元素，归驷桥自然也是其中之一。古镇焕彩景观一度吸引了不少游客，我也去过几次，但总觉得欠缺点什么。我想，古镇文化的最大亮点应该是归驷桥，与其相关的武陵溪也应该成为古镇文化浓墨重彩的一笔。如何做好武陵溪景观文章，让桥与溪相得益彰，让桥成为有故事、会说话的桥，很值得思考。

三

水浒桥，原名"东源桥"，始建于元至正元年（1355年），明嘉靖十三年（1534年）、清乾隆十六年（1751年）重修，全长43.2米，跨径15.25米，宽6.9米，高8.5米，廊屋十八扇十六间，比归驷桥更壮观些。它的特色之一就是108根桥柱，柱柱威严，如同梁山泊三十六天罡星、七十二地煞星，一百零八位英雄好汉，终日执事有恪而不休偃，所以命名为"水浒桥"。桥体的主要受力结构由第一系统的三节苗和第二系统的五节苗交错相叠组成，桥屋梁每扇6根立柱的结构形式为全国同类桥梁中绝无仅有的典范。

水浒桥横跨于金沙溪（俗称"水碓溪"）柘霞古官道之上，南接福宁府、福州府，北连浙之温州府、处州府，是直抵京都皇城必经之道，正所谓"南极灵霍千里月，北通京都万重山"。它是木构单孔悬臂式廊屋桥，是柘霞古驿道上的主要桥梁，也是福温古道上的主要桥梁之一，被列为第六批全国重点保护单位。

水浒桥自远古款款而来，堪称有灵魂的古村居建筑经典。柘荣籍已故文史研究员陈佛岫对水浒桥的制作技艺有过如下考证：

"古桥由西南向东北而立，采用长5.2米、围约1.5米的9根棋盘柱，作为棋桥下棋盘架的飞天受力主柱。各柱只略去粗皮，间距为0.8米，斜立角为30度，分别拴在下棋盘架底座千钧梁的榫头上。在西南向桥墩座内侧利用长2.7米原废弃石桥板，为下棋盘架底座千钧梁，其上斜立飞天主柱3根，其余6根立于木质底座千钧梁上。上下底座千钧梁相叠。桥岸两端上下叉立棋盘架梁柱结构对称，上棋盘柱下斜正挑起上千钧梁，将每根近吨重的木桥横梁柱从东西两侧各三分之一处托起，并将木棋横梁柱与桥身之力向两岸桥墩座上分解。在桥墩座内外两侧边上，沿桥墩壁与上下棋盘架底座千钧梁间，鼎立4根径围1米、高7米的顶梁柱，将整个木棋桥架箍紧、箍实、箍严。"

水浒桥结构不仅与宋《清明上河图》中的汴水虹桥一致，更有所发展创造。它将虹桥构件间绑扎改为榫卯，并加盖廊屋，增强了拱桥的稳定性、适用性和外观上的美感。桥架以杉木为主，不用钉、铆，只用垫木和榫头，无论是过往年代的车马之行，或是当今社会载重车辆之践，木拱廊桥都坚固如初，不禁令人叹服。其技艺神工所在，成为木拱廊桥制作中的代表作之一。

我曾看到过水浒桥中悬挂的柘荣县内各种桥的照片，堪称柘荣桥文化的博物馆、展览馆。

我以为，东源是柘荣离城关最近的乡镇，人口聚集，土地平坦，有古书堂、九巷弄、培风亭等古迹遗址，加上这个国家级的水浒廊桥，文化底蕴之深厚可想而知。我们应该在加强木拱廊桥保护的同时，将其纳入东源历史文化古村规划，让水浒桥融入全国廊桥文化层面加以提升，将东源历史文化连点成线，让廊桥古技艺焕发迷人的风采，彰显东源历史文化名村的魅力。

人间彩虹

廊桥之上　遗梦不再

◎ 石华鹏

一

溪水瘦下去，河滩升起来。这片河滩被整理、修饰成一个江心小花园模样。鹅卵石铺就的小径，蜿蜒穿过大片绿色草甸，几棵碗口粗的樟树恣意伸展，鸟雀在树枝上起飞或落下。三三两两的人在这儿行走、休憩、赏景。溪水从河滩两边汩汩流过。万安桥在不远处。站在河滩上远眺，万安桥如一列临时停靠的列车静卧在长桥溪上，笔直、悠长、安静。

万安桥，位于福建省宁德市屏南县长桥村，中国现存最长木拱廊桥，全国重点文物保护单位。它长98.2米，宽4.7米，桥下五墩六孔，桥上廊屋三十七开间，双面坡瓦屋顶，飞檐翘脊。清人形容廊桥之美，用了八个字：桥上建屋，翼翼楚楚。

从河滩上岸，进入桥面上的廊屋，呈另一番景象。屋内152根杉木廊柱，左右分立，形成一个深邃的木构隧洞，纵深感十足，有着"木拱廊桥之最长"的那股气派和笃定。走在木板横铺的桥面，脚下发出浑厚的咚咚之声，伴着轻微的木板弹性，行走便有了某种韵律，加之光影纵深层层，如走在时光隧道上。

由于廊屋两侧没有风雨披的遮挡——万安桥属开放式廊屋，与诸多封闭式廊桥迥异——所以，溪水两岸的古镇风貌在桥上也能目睹。脚步移动，景物变换，溪两岸的土墙木屋、古寺老亭、垂柳新枝等，入眼堪比图画。我们看着桥外的景致，溪岸的人也看着桥上的我们。应了卞之琳的诗："你站在桥上看风景，看风景的人在楼上看你。明月装饰了你的窗子，你装饰了别人的梦。"

还别说，看万安桥的最佳视点正是在北桥头边的一座阁楼里。我们在桥上便能看到它，一座夯土古民居改造而成的民宿，下半截为夯土墙，上半截为木制阁楼，楼上的大玻璃落地窗朝万安桥开，窗下有"美人靠"。我们从北桥头下来，绕行几步进入阁楼。一楼厨房餐厅，二楼茶室，三楼卧室。二楼三楼均辟落地窗，坐在阁楼里，万安桥一览无余。看它颇有气势地斜斜地插向对岸，也看各色人物"装饰"着廊桥。

二

当我坐在"美人靠"上看着桥上人来人往时，我的思绪有些波动起来，所谓"长虹卧波心归去"啊。有民宿，有古老的廊桥，有多情的人们，应该会有新的"廊桥遗梦"的故事上演吧？此刻，我必须坦言了，知道世间有一种桥叫廊桥，并对它萌生探究的向往，是来自20世纪90年代风靡全世界的那部电影——《廊桥遗梦》。那是我见识和心灵的一次地震，余震至今：一种孤独地静卧乡野大地的建有封闭长廊或廊屋的古老的木质桥上，竟能发生如此动人的情爱故事。一方面，这个故事指涉人类情爱中一对永恒的悖论：当内心的情爱激情与家庭的庸常责任发生冲突时，你会选择哪一边？影片女主人公弗朗西斯卡在短暂的激情之后选择回归平凡的家庭，但是那种内心对爱的渴望却如蚕茧包裹了她一生。尽管她选择了家庭责任，但她那句煽情的话让包括我在内的所以观众五味杂陈。她说："认识你，我用了一下子；爱上你，我用了一阵子；忘记你，我却用了一辈子。"我们终究明了，爱的魔力与家的责任两者之间的选择，没有胜利者，没有正确方。另一方面，这个发生在廊桥边的动人故事，一对中年男女的激情之爱赋予了一座普通的美国乡村廊桥某种深情，一段激情的爱遗落在了古老的廊桥，如一段遗落的梦或遗憾的梦一样，让人唏嘘；同时也赋予了廊桥某种象征意味，在古老的平静中蕴含着生命的激情，桥象征一种情感的沟通和连接，廊桥成为激情之爱的庇护所或者秘密守护者。

一生一定要去看一次廊桥。我对自己说。闽东北的廊桥不经意间去了好多次，总是看不厌。看的是廊桥，又不只是廊桥。

不知是否因为《廊桥遗梦》巨大的暗示和影响，我以为天下廊桥都是有故事的。在我探访了闽东北的诸多廊桥之后，我更笃信了我的感觉。《廊桥遗梦》里的麦迪逊廊桥是一座简单的加盖方形长廊的桥，桥内不见供路人歇卧的椅或榻，而像万安桥等闽东北廊桥，桥上不仅有桥还有屋，桥内的两侧甬道上架设有木椅或木榻，可供旅人坐或躺卧，就是说这里的廊桥有了"家"的概念。此外，闽东北廊桥的廊屋中间多设神龛，供奉各类神祇，路人经过时可停下来祭拜祈福。廊桥不仅为身体挡风遮雨，还成为心灵的港湾。有"家"有"港湾"，当然会有故事了。

万安桥有故事吗？当地朋友一脸疑惑地望向我，说，好像没有什么刻骨铭心的情爱故事和人文故事。其实有的。万安桥中央石墩上刻着一块碑文，内容清晰可见："弟子江积舍钱一十三贯又谷三十四石，结石墩一造，为考妣二亲承此良因，又为合家男女及自身各乞保平安。元祐五年庚午九月谨题。"这段简洁文字记录着一个动人的故事：一个叫江积的人为纪念过世的父母，并愿凭自己的信仰为天下男女和自己家人祈祷平安幸福，捐钱捐谷，建造此桥。建桥年代在北宋元祐五年，即1090年。这个故事信息量颇大。一、为纪念父母捐修一座桥是令人长久感动的孝心；二、修路建桥是行善积德之善举，乃中华民族美德；三、万安桥的建成时间，1090年，与北宋著名的风俗画《清明上河图》中的"汴水虹桥"同一时期。

万安桥,一座于宋时便已存在的木拱廊桥,尽管几次被大水冲毁或者被大火焚毁,但它依然坚强地以古老的方式静卧在长桥古镇的波澜之上,成为储满时间记忆的景物。幸甚至哉!

三

去看杨梅州廊桥的路途有些险峻,要翻越千米高的鹫峰山。盘山公路挂在山崖边,汽车喘息着前行,弯急路窄,多数路段仅可一车通行,司机须全心驾驶。行至高处,往车窗外看,眼下便是千米深涧,望不见底,心生恐惧,赶紧收回目光。汽车摇摇摆摆行驶约莫一个小时到达杨梅州村,舍车步行。这是当年寿宁通往浙江泰顺的一条必经古道,路在山田间延伸,路上石头被踩得光滑,走约1千米,杨梅州桥便可见了。

翡翠般碧绿的杨梅州溪水之上、两岸对峙的青山之间,杨梅州桥如一只弓着背的大黑猫趴在那里。桥上的风雨披和廊屋上的瓦顶历经风雨日月,被浸染成了黑褐色,与两岸山石和林木"长"在了一起。

杨梅州桥,位于福建省宁德市寿宁县坑底乡杨梅州村,全国重点文物保护单位,清乾隆五十六年(1791年)建,桥长42.5米,宽4.2米,孔跨达33.75米。杨梅州桥以险峻、壮观名于现存古廊桥中,长桥飞跨溪潭之上30多米。站在溪河边的卵石上观望,一桥高跨,人渺小如蚁。加之两边桥台依着悬崖用长条石砌筑,造桥之险峻与难度可见一斑。

杨梅州村的老人聚在一起聊天时,总会绘声绘色地讲起杨梅州桥建造时发生的"树灵"之事。杨梅州村地处鹫峰山的深山老林中,与浙江泰顺县比邻,溪水阻隔,往来不便。传说,230多年前,村里主事长者们商议在杨梅州溪上游建造一座木拱廊桥,倡议得到响应,资金到位,次年秋天破土动工。建造廊桥需大量木材,且需鸿梁巨木。老者们决定就近在翠屏山上取材。第一棵树被工匠砍到轰然倒地时,人们发现这棵直径达二尺的巨木竟断成了三截。工匠们连砍三棵,棵棵如此。人们不得其解。有人说，这是山神不许砍伐此地树木。于是他们在翠屏山中择一块巨石下建坛祭祀，供上猪头、羊头及鲜果茶酒等祭品，村中主事老者长跪祈求山神土地允许伐木建桥，完成功德益事。致祭后伐木诸事都很顺利。此事在杨梅州村悄然传开，一直流传至今。此后，杨梅州人一般不敢动巨木毫发，敬之如神。

无疑，这是廊桥之上的一个精彩故事。首先，它有了悬疑故事的吸引力，巨大的巧合情节充满无法解释的神秘性——不祭山神无法完整砍伐一棵巨木。再者，它有强大的精神警示效应，告诉人们应敬畏自然万物，以谦卑之道与自然万物相处与和解。

四

故事是走进事物的有效途径之一。它是人类对自身历史的一种记忆行为，包含了生活的肌理和时代的价值观，也包含了智慧、乐趣和时间的秘密。于我而言，探寻闽东北廊桥的过程，除了寻风探景，感受廊桥与大地建立的美外，也是寻找廊桥故事的过程。

我希望逢着一个中国式的《廊桥遗梦》的故事。有廊桥便会有廊桥上的情爱故事发生，这一点毋庸置疑。探访过诸多廊桥，也从志书和当地文化学者口中得到过诸多廊桥之上的情爱故事，比如同心桥的故事。地主的女儿与造廊桥的年轻木匠暗生情愫，地主以木匠与小姐门不当户不对想拆散他们，于是提出苛刻条件：如果年轻木匠一个月内能建成两村河道上的廊桥，便同意两人亲事。这是一件几乎不可能完成的事。为了成全两个相爱的年轻人，两村所有人，倾巢出动，一起上阵，备料，帮工，一座完美的廊桥在一月内造成，有情人终成眷属。

这的确是中国式的《廊桥遗梦》，这个梦没有遗落或遗憾，它实现了，可称《廊桥美梦》吧。尽管我也喜欢这种带着良好愿望的大团圆的情爱故事，但有时候也感觉这类故事不够艺术上的尽兴，仅仅停留在道德层面的美感上，而没有深入到人性复杂和残酷的生命痛感上。

这类故事，虽有那么一点遗憾，不过它总让人开心，也够了。

其实，廊桥之上，除了人文故事值得我们嗟叹之外，还有另一个故事值得讲述，即闽东北廊桥技艺上的故事。

有心人可能记得，北宋年间那幅著名的画作《清明上河图》中出现了一座横跨汴水、形如彩虹的"虹桥"，那是一座无钉无铆的优美独特的木拱桥。这种木拱桥在画作中惊鸿一瞥后，消失于历史烟尘中。长时间以来，人们以为这种造桥技艺已经失传。没想到20世纪70年代，在闽浙两省发现了上百座类似的"虹桥"，著名桥梁专家茅以升惊喜地将其称为"中国桥梁史上的'侏罗纪公园'"。闽东北廊桥由此惊艳天下。

建造时用梁木搭接，把长度有限的木材上下交叠编织组成大跨度的无柱拱桥，用榫卯结构，不用寸钉片线就能超越木材本身的长度限制，结构简单，却又十分坚固。闽东北木拱廊桥的营造技艺不仅与"汴水虹桥"相近，还有所发展创造，就是在拱桥上加盖有地方特色的廊屋，供路人歇脚、避风雨，由此也形成独特的廊桥文化。

结构力学和造型艺术的完美结合的廊桥，已经在世界上留存了几百上千年，是世界桥梁史上独一无二的存在，是古老中国留给世界的当代奇迹。2009年，"中国木拱桥传统营造技艺"被列入《联合国急需保护的非物质文化遗产名录》；2012年，"闽浙木拱廊桥"被列入"中国世界文化遗产预备名单"。

今天，地处深山老林、荒郊野岭的古廊桥大多失去了便利交通的功能，它的乡土文化符号功能却日渐突显。一座座廊桥成为农耕文明时代的见证，也成为我们怀旧的内心风景。

正是：长虹卧波心归去，风雨廊桥渡何人？

寄情杨梅州

◎ 林子阳

上苍是最富才情的风景画大师，杨梅州无疑是他赠送给闽东乃至福建的一幅极具艺术品位和鉴赏价值的风景长卷。

杨梅州地处福建寿宁与浙江庆元、景宁、泰顺两省四县交界处的寿宁县坑底乡，素有"江南小九寨"之称。其以独特的火山岩地貌和历史文化古迹为景观特色，集廊桥、溶洞、幽谷、秀水、奇峰、灵石、茂林、飞瀑等水光山色于一体。近年来，其凭借自己的天生丽质和羞涩风情，在不经意间，伸出山水的曼妙秀手，紧拽住人类与生俱来的对于大自然不断探索的好奇心，悄悄地亮出光洁的石头、澄澈的溪水和两岸逶迤不绝的丛林，以及横跨杨梅州溪的古老廊桥，吸引了远近无数爱慕者纷至沓来。

我有幸来到杨梅州，来到这一带刚柔相济的锦山秀水之间，奢侈地享用这里的原始美、天籁美、流动美。

汽车沿着环山公路蜿蜒而上，盘旋而下，扑入眼帘的尽是遒劲妩媚、翁翁郁郁、厚重深广的阔叶混交林。一同前往的寿宁县委领导告诉我，在杨梅州，这样的原始森林多达3万亩，其中有国家一、二级保护野生植物南方红豆杉、银杏、钟萼木、香榧、花间木等。森林里，还穿梭着大鲵、鸳鸯、苏门羚、穿山甲、猴面鹰等国家二级保护野生动物。

离杨梅州越近，风景越诱人，仿佛她是内秀娇羞的美少女，一步步地加热着你的身心、你的情感。一路上，时不时就有团员按捺不住，要求停车摄影、摄像。车到山顶，我的内心也被煮得沸腾。倚靠在一块山石边上，远眺青山，尽是嶂翠峰青；近观怪石，处处鬼斧神工；再加上到处鸟语花香，简直叫人心旷神怡，荡魂摇魄。

到达杨梅州，踏上千年古道，穿行在颀长高大的松木和长满油油绿叶的枫树之间，我一眼看到转角处的那桥、那水、那树、那溪石，惊喜和激动简直不亚于第一眼看到云南石林和桂林山水时的程度。我发现自己一下子年轻了十岁，知道了什么叫"一见钟情"，也更深刻地领悟到人们为什么总是说"旅游就是为了艳遇"。杨梅州就是我终生难忘的艳遇啊。仅只一眼，就足以刻骨铭心。

先看那桥，她静静地横卧在两山夹峙的溪床之上，状若彩虹。桥体本身虽然没有倾城倾国之姿，但与四周蓝天白云、青山碧水和古道花草互为烘托照应，使她不再平凡，显得无比的妖娆、婉约、精致与完美。她有着一个很深情、很人性、很古朴的名字——廊桥。说她深情，是因为她的芳名与美国的一部电影名相同。说她人性，是因为在很多地方，人们称之为"厝桥"或"风雨桥"，她原本就是为匆匆行路的人遮风挡雨的。说她古朴，是因为这座桥建造于清乾隆六年（1741年）。最值得欣喜的是，她虽然已经进入暮年，但驻颜有术，站在她的面前，依然可以感受到那从素色面容里溢出的无限娇媚与风流。

走进古廊桥，细细回味着那从清朝的风雨中隐约传来的脚步声，再看那桥柱上书写着的温馨祝福的斑驳对联，抚摸着桥两旁或如花瓶或若铜镜或似元宝的窗框，以及窗台前供放的香炉神龛，静坐在桥檐底下光滑的木凳上，欣赏着阳光在桥面烙下一排排光怪陆离、仿若青铜的图案，我不禁想到少女温柔的臂膀，一处温馨的家。

如果说廊桥是杨梅州给予我的拥抱，那么廊桥底下纤尘不染的溪水和形态万千的石头便是杨梅州对我的亲吻。行走在廊桥下面，跳跃于裸露在清澈溪水中的干净柔滑、大小不一的蟹青色或蛋白色的石头上面，你会惊奇于她的温顺与通情。

这些溪石分布在翡翠般的溪水中，有的如引吭鸣唱的青蛙，有的如低头饮水的小兔,有的如摇头摆尾的鲤鱼,还有的玲珑剔透,像古代小姐的绣花鞋,平坦宽阔如铺上丝绸的大卧榻……你坐,你躺,你用劲地蹭她,抚摸她,融入她,她都不会用半点灰尘、泥沙、棱角和异味来拒绝你。有一位驴友曾借用诗人徐志摩《巴黎的鳞爪》里的句子"先生,你见过艳丽的肉没有"形容这一床的溪石。的确,当你站在她的面前,"艳丽的肉"作为对这一床溪石的比喻是再绝妙不过了。

　　沿着蜿蜒的溪床上行,水渐渐丰润起来。由于地势平缓,很少有激流险滩。那碧澄澄的水静静地流淌着,像融化成液态的翡翠,在美丽的溪石、崖壁间绕来绕去,时不时就会在宽阔处打上一个多彩的"中国结"——一泓深深的倒映着花草蓝天的潭。微风拂过,水汽氤氲,波光粼粼,那是一种怎样震撼人心的清澈啊!仿佛是一种有着韵律的生命在跃动、在呼唤、在诱惑,让你抬头低眉之间,一次次收获到入眼入心的动人战栗。

　　一位女诗人到喀纳斯湖时写下诗句:"我摸到了生命中最幽深的蔚蓝。"在杨梅州,我也真切地感受到了那种最最强烈的"生命中最幽深的蔚蓝",蔚蓝得足以让人眩目与窒息。在团员们依依不舍离去之后,我情不自禁地申请了一个小时,褪下身上的一切伪装,让自己的身心和每一个毛孔全部浸入到那一片水域、那一片生命中最幽深的蔚蓝,酣畅淋漓地吮吸着她的体温、她的纯洁、她的热情与温柔,和她完成一次零距离的具有跨越人生意义的亲密接触——在她尚处低调也不张扬,还来不及被现代文明强掳之前,让她永远铭记,让我终身刻骨。

　　就在那一刻,我发现旅途的倦意在消失,工作的倦意在消失,人生的倦意在消失,生命的倦意也在消失。我真切地领悟到:人类最大的财富,是我们拥有的大自然;人类最先与最后的爱人,也是我们赖以生存的大自然。钱财是不能吃的,大自然才是我们生命的真正给养。

　　当我回来,回望那桥,那水,那树,那柔若无骨的"艳丽的肉",看到古道两旁啼血的山花、婆娑的树影和奇丽澄静的峰峦……杨梅州,你要相信,如果有一天倦意重来,我还会来到你的身边,尽情地享受你!直至浑然忘我,直至飘飘欲仙。

鸾峰桥怀古

◎ 何　钊

去下党的第一件事，就是去凭吊那座驰名的廊桥。

廊桥的大名为"鸾峰桥"，在下党村南部，始建于明代，我们现在看到的已经是清嘉庆五年（1800年）重建，并在1964年修缮过的。桥南北走向，总长47.6米，桥面宽4.9米，是现存的单拱跨径最大的木拱桥，达到37.6米之多。整座桥依山势而建，北桥台由悬崖稍做修整形成，桥面板距离溪面17.2米。廊屋为四柱九檩抬梁式构架，有十七开间七十二柱，上覆双坡顶。桥中有神龛，主祀观音。

习近平同志担任宁德地委书记期间，曾经三进下党，鸾峰桥见证了这段珍贵的历史。从留存的相片上可以清晰地看到，当时的乡镇书记坐在主席台正中，簇拥他的是地委书记和行署专员；当年的会场，是由小学教室临时改成的，简陋得甚至显得寒酸；当年的饮品，是群众熬煮的凉茶，除了热气腾腾，没有其他特别；而当年的"贵宾休息室"，就是这座几百年来在风雨中给过无数人遮蔽的廊桥。

站在鸾峰桥前，听着老村干回忆当时的点滴往事，那些被时光留存起来的故事，在回首中，如窖藏的佳酿打开封泥，醇香扑面而来。

寿宁的廊桥很多，鸾峰桥只是其中之一。我的童年记忆就是由在一座又一座的廊桥里追逐、戏耍、捉迷藏、看神像、听大戏的碎片堆叠起来。因此，在18岁前，我甚至以为世界上所有的桥都是有屋顶的，直到18岁以后去了外地求学，才知道这些陪着我的童年的廊桥，只是在我的家乡才那么多，其他地方很稀罕。

老家的方言里，廊桥叫作"厝桥"，意思是可以当房子的桥。在古代，最大的功德倒不是救人一命，而是修路造桥，因为它惠及的人更多。我记得小时候，遇见过几次有人挨家挨户来化缘，不是和尚，而是拿着化缘簿的普通人。化缘簿上写的是某处的路或桥，有时甚至是亭台，通常已经密密麻麻写满了某人认捐多少的数字。遇到这个时候，母亲总会去把米缸里仅有的米倒出大半，量了又量，郑重地递给前来化缘的人。她不识字，有时候还会叫我来写上名字。母亲说，修路架桥，这是大好事，我们虽然没钱，也要出点力。

修路造桥这件事，几千年来，在老百姓的心里，就是宁可自己挨饿也要支持的"大功德"。而有着这么大功德的桥，之所以盖成房子的样式，里面饱含着的，就是中华民族的文化精髓了。这个精髓，杜甫在《茅屋为秋风所破歌》里写过——"安得广厦千万间，大庇天下寒士俱欢颜。"——为什么盖廊桥（厝桥）？因为中国几千年的历史，贫穷一直是最大的问题，无家可归的人比比皆是。背井离乡，四处流浪的人，只有廊桥可以庇护他们了。在那里，他们能得到片刻的人间温暖。所以，从万民化缘而来的桥，背负了万民沉甸甸的期望，盖成大庇天下寒士的样子，也就在情理之中了。

从廊桥的数量之多，可以想见当时的寿宁该有多穷。每当看到廊桥的时候，我就在想，当年一定到处都是饥民和流浪汉，所以才有了这一座又一座的廊桥。

把利益众人的修路造桥看作最大的功德，走家串户去募集资金；把桥盖成房子，横跨在每条河上，为每一个过往的行人遮风挡雨。这是几千年来中华民族始终顽强挺立、生生不息的密码：渴望众生平等，追求天下大同。

然而中国几千年的封建社会里，不仅寿宁穷，其他地方也差不了多少，因为天灾人祸，尤其是封建统治阶级的残暴酷虐，遍地饿殍的悲惨情景并不少见，甚至人相食也经常见于典籍记载。

比如2000多年前，曹操写过一首《蒿里行》，描写了东汉末年战乱的中国社会："……白骨露于野，千里无鸡鸣。生民百遗一，念之断人肠。"

比如1000多年前，王安石写的《河北民》，描写了大宋繁荣景象下农民遇到灾年贫困交加的面貌："……今年大旱千里赤，州县仍催给河役。老小相依来就南，南人丰年自无食……"

即使是距今不到100年的民国18年（1929年），近代诗人张建（字质生）的诗还是留下了惨不忍睹的饥民图："……人民食草实。地燥雪无功，田荒种乏秋。饥妇卧道旁，泪从银海溢……"（《饥妇吟》）

历史上类似的诗作以及笔记、小说话本很多，它们告诉我们的是，我们的先人就是在这么恶劣的环境下艰难地生存着。其实那些历史离我们并不远，中华人民共和国成立至今，也只不过70多年。

70多年来，我们从战后的满目疮痍中站起来，在一穷二白中咬着牙关拼搏着，一代又一代传递火红的旗帜，尽管有一段时间走了弯路，但我们始终在正确的道路上飞速地前进。2021年，我们终于庄严地向全世界宣布，中国已经消灭绝对贫困，建成全面小康社会，实现了第一个百年目标。我们以不到全球的十分之一的耕地，养活了占全球五分之一的人口，使他们免于饥荒，安定稳定地发展，这是多么伟大的胜利！

鸾峰桥见证了下党乡摆脱贫困的历程。曾经吃不饱、穿不暖、娶不到媳妇的一座远离城镇的大山深处的贫困村庄，如今成了群众坐在家门口卖鸡卖菜就能挣到钱的学习圣地。下党人民靠着党的政策，脚踏实地践行着"弱鸟先飞、滴水穿石"的嘱托，终于把旧貌换了新颜。

有无数这样的廊桥，在见证中国的历史。从百年前的屈辱到今天的昂扬，从历史上的白骨遍地到如今的繁花十里，写起来也许只是几行文字，但那是一代又一代人接续奋斗的结果。现在的我们是幸福的，我们生活在伟大的时代，尽情享受着和平与富足，但我们一定不能忘记幸福从哪里来。所以我们更要珍惜还健在的廊桥，虽然它们已经老了，但它们曾经给过的，是无家可归的人们风雨中的栖息地，是为退无可退的流浪的灵魂留一片苟存体面的瓦，它的呵护是在旧社会的先人们不多的温暖，传递的是一份大爱。

现在，应该由我们来呵护好它们，让古老的廊桥健康地沐浴着新时代的雨露，一起见证中国的伟大复兴。

长桥千秋渡

◎ 缪 华

2022年8月6日21时许。长桥溪上。

一场突如其来的大火，让那座有着900多年建造史的木拱廊桥再次灰飞烟灭。待村民赶到桥边时，整座廊桥已被火焰裹挟，加上风的推波助澜，火越烧越猛，不停发出噼里啪啦的声响。烧成半截的木头带着火星，一根根地掉落溪水中。在当地政府和消防救援大队的奋力扑救下，木桥在燃烧了40多分钟后，明火终于被扑灭。

那场在屏南县长桥镇燃烧的大火真的是"大火"，引发了世界范围的关注，因为被焚毁的木拱廊桥有着世界级别的光环。2009年10月1日，联合国教科文组织在阿联酋首都阿布扎比召开的保护非物质文化遗产政府间第四次会议上，将"中国木拱桥传统营造技艺"列入第一批《急需保护的非物质文化遗产名录》。而被烧的木拱廊桥正是这项技艺的杰出载体，它以近百米的身段成为我国现存最长的木拱廊桥，其近千年的造桥历史在我国也并不多见，从年代、长度和技艺等方面来考量，"天下第一木拱廊桥"名副其实。况且它还拥有诸多国字号的标签，比如全国重点文物保护单位、国家级非遗项目等。

可日保夜保，年保月保，也还是因为一点点的疏忽，那座木拱廊桥没能逃过这灾难性的一劫。

那座被焚的木拱廊桥，叫"万安桥"，又称"长桥""彩虹桥""龙江公济桥"。它坐落在屏南县长桥镇的长桥溪上。这条溪是古田溪的支流，发源于屏南县最高峰，也是宁德市第二高峰的东峰尖。溪水流经长桥这一段，是屏南难得见到的山间小盆地，地势平坦，水流平缓，水浅处还冒出几块小绿洲，不时有牛羊在其间悠闲散步、悠哉吃草。而长约百米的木拱廊桥如一道彩虹连接两岸，桥西是长桥，桥东是长新。村民荷锄挑担、背筐提篮，在桥上来来往往，一走就走了近千年。

我们于甲辰年（2024年）初春也走进了复建后的万安桥。东道主介绍说，此桥始建于北宋元祐五年（1090年），这在桥正中那座桥墩的石碑上有所记述，碑文写道："弟子江稹舍钱一十三贯又谷三十四石，结石墩一造，为考妣二亲承此良因，又为合家男女及自身各乞保平安。元祐五年庚午九月谨题。"这意思是这个名叫江稹的男子，为父母为家人也为自己求个平安，捐献十三贯钱和三十四石谷用以建桥。于今看来，这些钱粮与建一座桥的费用相去甚远，但我们得从当年的经济和社会状况来评估和计算。北宋时期，一贯钱约为一千个铜板，差不多是一两银子。而在那时，五两银子对普通人家而言，可以盘缠三五个月，也就是说十三贯钱是一家人一年的开支；一石谷换算成现在的计量单位是一百二十斤，三十四石差不多是四千斤。江稹捐的钱和粮在生产力并不发达的穷乡僻壤应该是不少的，但对一座桥的造价应该有缺口。不过乡村建桥铺路往往因地制宜、就地取材，比如建桥用量最大的木头，就长在村庄的各个山头，无须花钱，随用随伐。再说修桥铺路是百姓最大的善举之一，在江稹出大头之后，众人有钱出钱、有力出力。寒来暑往，一座木桥在百姓的期盼中顺利合龙建成。有了桥，天堑变通途，走出了为官高风亮节的本土进士章润；有了桥，两岸亲上亲，有了长桥包姓长工娶长新吴家小姐、夫妇俩成为包姓肇基始祖的故事……

精彩的故事因桥而与众不同。万安桥畔，还曾流传过一个盘诗射箭的习俗。每逢中秋佳节，长桥和长新两村的年轻人按捺不住青春的躁动，相约来到溪边，隔岸举行盘诗比赛。传说这中秋盘诗始于兵寨。明朝时，龙升峰聚了数万叛军，朝廷即派江西按察佥事江源率兵平叛。

江源日夜兼程来到长桥后，驻军在长新村后的一座山上。经过激烈的战斗，叛兵被全歼。江源正准备班师之际，深受叛军侵扰的当地百姓感激官军的解救，恳邀官军暂留几日。而其时已近中秋，江源感谢百姓盛情，决定在当地过节。八月十五当晚，士兵和百姓沿长桥溪两岸列阵，隔溪对歌赛诗。唱着吟着觉得不过瘾，有兵士将箭拔去箭镞，浸上桐油用火把点燃，然后射向对岸的上空。对方也不示弱，同样搭上火箭往这边射来。兵士们顿时兴起，纷纷张弓搭箭仿效之。千百支火箭在皎洁的夜空犹如烟花，璀璨耀眼，成了一道被后人津津乐道的独特景观，这也是当地中秋盘诗射箭的开端。

之后，当地的文化人包约生把这事当正事做了。军队撤离，射箭自然取消了。但他改武为文，召集当地的文人雅士唱诗作赋，并拿到两村教人学唱。于是，吟诗唱词成了两村青年的必修之课，为的就是能在中秋盘诗时惊艳出彩。年复一年，这中秋诗会成了当地的风俗。只可惜不知从何年起，这习俗成了传说。但任何习俗的存在，初心都是为了千安万安。

桥名"万安"，亦有来历。据传民国21年（1932年）此桥重建中，有一工匠不慎从拱架上跌落河中却安然无恙，故更名"万安桥"，取万民平安之意。从北宋至明中期的数百年间，桥的境况未见记载，到明万历十六年（1588年），万安桥因"戊子盗毁，仅存一板"；清康熙四十七年（1708年），遭火焚；清乾隆七年（1742年）重建；乾隆三十三年（1768年）又遭盗焚，百姓只得架木代渡；清道光二十五年（1845年）复建，为三十四开间一百三十六柱桥屋。民国初，万安桥被军阀烧毁，民国21年（1932年）再度重建，桥身向西北岸延伸为三十八开间一百五十六柱，桥西北端建有重檐桥亭。1952年，桥西北端被大水冲毁两个拱架十二开间，1954年屏南县人民政府出资重建，建桥木匠主绳为长桥村的黄生富、黄象颜，石匠为曲尺尾村邱允请、前溪村林庆祥。现桥长98.2米，宽4.7米，五墩六孔，船形墩，不等跨，最大跨度为15.3米，桥墩用块石砌筑，桥屋建三十七开间一百五十二柱，四柱九檩穿斗式抬梁构架，上覆双坡顶，桥面以杉木板铺设。桥西北端有石阶36级，东南端有石阶10级。

看到这段桥史，我想到了北宋的名画《清明上河图》，因为图中那座汴水虹桥常常被拿来当作闽东廊桥的参照。有意思的是，万安桥的建造时间是北宋的元祐五年（1090年），当时的皇帝是宋哲宗赵煦，他在25岁时突然驾崩，留下一个强力变法后的大宋王朝，却因无子嗣导致帝国所托非人。在其去世25年后，盛世北宋戛然而止。接替他皇位的，是他弟弟宋徽宗赵佶。而张择端描绘北宋汴京以及汴河两岸的自然风光和繁荣景象的《清明上河图》，则在徽宗建中靖国元年（1101年）被收入御府。由此得出这样的结论，《清明上河图》被收入皇家的时间比建造万安桥的时间要晚。也就是说，图中那座汴水虹桥式样的桥，当时在南方的闽东已经出现。

如今，北方再也看不到类似的廊桥，以至后世的很多桥梁专家沮丧地认为此桥及其建造技艺已如恐龙般灭绝，却不想在浙南闽东的崇山峻岭中依然保存着数百座长短不一的木拱廊桥，这让他们欣喜若狂。木拱廊桥被我国桥梁CEO茅以升称为"在世界桥梁史中绝无仅有的木拱桥"。匠人以榫卯连接技术，不用一钉一铆，使木材纵横相贯、逐节伸展，在高山沟壑之间打造出"长虹卧波"之景。

鬼斧神工的木拱廊桥，是我国传统木架构桥梁中技术含量最高的品类，除了其历史和文物价值，更重要的是其营造技艺以活态的方式代代相传。1954年，屏南县政府出资重建万安桥，建桥木匠主绳是长桥村的黄生富和黄象颜兄弟。黄象颜的父亲黄金书是清末享誉闽东北的廊桥工匠，他本人也是一位造桥名家。他的儿子黄春财少年时就跟随父亲学造桥，很快就掌握了木拱廊桥的营造技艺，并大显身手，搬迁金造桥，重修百祥桥，新建双龙桥、十锦桥，还有寿宁登云桥、古田卓洋桥、蕉城鸢江桥……进入21世纪，黄春财将外出的两个儿子召回传授造桥技艺。兄弟俩在掌握建桥技艺后各有侧重，老大重在施工操作，老二重在计算绘图。20年的实践，兄弟俩也成了独当一面、名留桥史的主绳。

万安桥是编木拱桥，有意思的是，编木拱廊桥的分布区域，只在闽江以北至瓯江以南。而前些年闽浙两省打包申报世界物质文化遗产预备名单的22座桥，各自有着唯一性，彼此不可取代。而入围的万安桥的唯一性，既不是年代，也不是长度，而是多跨编木。万安桥被焚毁，使申报的木桥品种少了一种，这才是最为可惜的。由此催促着保护木拱廊桥的紧迫性。屏南除了万安桥，尚有十余座始建于宋、元、明、清各朝代的木拱廊桥。这些桥都是古人留给后人的建筑珍宝，当其交通功能逐渐被新工艺新技术取代之后，这些历经沧桑、饱经风雨的古桥，将变得弥足珍贵。人人成天在说传统文化和传统工艺的传承，但传承的一个前提，则是留存的传统古建。

文物古建的生命只有一次，烧了则不再是它。即便重建，失去的也再回不来了。毕竟，一场大火抹掉的，除了凝结在古桥身上的历史文化信息，更有多少代人来来往往的繁复记忆。古建承载着一个民族的基因和血脉，保护好古建，就是在保护民族精神生生不息的根脉。

被焚的万安桥经过一年多的重建，以崭新的姿态飞渡两岸。这景致让人想到清朝当地一位名叫江起蛟的贡生写的一首七律，通篇皆为溢美之词。诗曰：

千寻缟带跨沧洲，阳羡桥应莫比幽。
月照虹弯飞古渡，水摇鳌背漾神州。
汉家墨迹留中砥，秦洞桃花接上流。
锦渡浮来香片片，令人遥想武陵游。

我们感慨，万安桥是不幸的，也是万幸的。作为世界非遗和国宝文物，它的数据被登记造册详细记录，人们以此按照结构、尺寸、比例等还原了这座木拱廊桥。虽然此桥不好和原桥比较，但木拱廊桥营造技艺的存在和传承，则让它有了质的延续。

四周烟霭袅绕，桥下绿水清流。这场景竟然成了原桥上一副楹联的诠释："桥拱双溪千秋渡，烟迷四境万家春。"

久久千乘桥

◎ 陈巧珠

我走过屏南棠口千乘桥时,站在桥上,顺着桥中神龛供奉的"五显大帝"所看方向看景,顿感桥如巨臂,揽抱一溪流水和两岸风光。当面两溪交汇,清流堂堂而来。左岸有文昌阁、夫人宫、林公殿,新四军六团北上抗日纪念碑等,右岸原生态翠竹古树如屏临溪,祥峰寺建在其中。我凭桥见到满怀揽抱的风景,觉得有幸,在庆幸自己时,又为久居在这里的棠口人感到有福。嘴里念叨着,久久廊桥,久久幸福!久久幸福,久久廊桥!

桥屋像座时光隧道,这里每一根立柱、每一块桥板都会引发许多遐想,我猜测着这里最早的交通,遐想着棠溪上是否也有渔歌晚棹。一位老师把我引到桥头,说,看看这《千乘桥记》,或许它能领我通往遐想的彼岸。桥记刻在碑上,碑老态十足,模糊的面目中还有斑点。仔细辨认中,读到"……自宋以来,重建已三次矣。迨嘉庆十四年,元寇争长,又荡然无存,行人病涉,时以小艇济之桥也,而变为渡焉。特是羲驭西沉,谁作渔郎之唤……"这今人与古人的对话,有些艰难,但我还是明白,这桥历经了多次建毁,是在水火中重生,知道了这里有过船、渡代桥的历史。一溪的风景里,水中有了更多的映影。

翻阅有关千乘桥的记载,一下子理清兴毁的具体时间。千乘桥始建于南宋理宗年间(1225—1264年),明末清初焚毁,清康熙五十四年（1715年）重建，雍正七年（1729年）落成，嘉庆十四年（1809年）遭洪水冲毁，嘉庆二十五年（1820年）复建，易名"千乘桥"，2006年被公布为全国重点文物保护单位，2012年11月通过专家组考核被列入世界文化遗产预备名单。一连串的年份是它一次又一次涅槃的历程，更是如今它弥足珍贵身份的练就过程。

当我知道了千乘桥这番"履历"后，倍增亲近，再走到桥中，仿佛也有长居在此的那份熟稔。看到桥上的神龛，知道那是五显灵官大帝端坐其中，弯腰作揖，表示敬畏的同时还要讨回保佑。还知道屋架上有一根横梁藏过建桥余下的捐款，有人"借走"后而累及别的横梁被戳伤。当我知道桥屋是二十四间九十九根立柱时，有些激动，激动着自己前面念叨着久久廊桥、久久幸福的吉语与这九十九居然默契成谐音梗。我再看一根根立柱的纹理，感觉一溪的灵性从这里流过，再流到我心中，我情不自禁从手机中翻出清朝时棠口村贡生赞美千乘桥的诗句，轻轻诵读："闲来凭眺坐桥东，雨霁潭心漾出虹。题柱正多娇野客，三番坠履有何人。"在慢慢品味中，几番番回顾桥上每一根柱子和每一块桥板。

当我再次站在千乘桥下，仰头看到一根根粗大的木头有序地穿插编织，精密地完善着桥身，看似简单的结构却暗藏玄机，桥下的水流，激起层层白色的浪花，这时我的脑海中找到是刻在溪边的"棠溪第一"这四个字。

是的，千乘桥，蕴藏的比我们看到的更多。当年红军集结北上抗日的故事，久久说不完。我踱步到桥附近的北上抗日纪念碑前，久久凝视，背面的碑文和1100多名第六团官兵的名字定格成为永恒。棠口村是老革命游击根据地，在第二次国内革命战争时期，闽东、闽北红军多次进驻棠口开展革命活动。1937年冬，为了执行党中央团结抗日救国的方针，闽东红军独立师和游击队经宁德桃花溪集中整编、石堂整训，进驻屏南棠口、双溪，奉命改编为国民革命军陆军新编第四军第三支队第六团，团长兼政委叶飞、副团长阮英平，下辖3个营10个连，全团1300多人。经过短期整训，于1938年2月14日，挥师北上，奔赴苏皖抗日前线。当年的桥上演绎着闽东父老乡亲送别子弟兵北上抗日的动人情景，离别之际乡亲们纷纷拿出平时自己舍不得吃的鸡蛋、花生、柿丸和地瓜干等，大家在此依依惜。

战士们踏着坚定的步伐从这桥上走过，一直北上，北上，奔赴苏皖抗日前线，进入苏南茅山地区，挺进上海近郊，夜袭浒墅关，火烧虹桥机场，威震中外；北渡长江，发展苏北；保卫郭村，奏响东进序曲，决战黄桥，奠定苏中抗日根据地。他们用青春热血铸就了红色经典《沙家浜》中郭建光指导员、叶思中排长等的英雄原型。从解放福建到朝鲜战场，都有着他们英勇的身影，流传着久久说不完的英雄故事。

这些故事说桥中桥外，说山里山外，桥的地位也就越来越高。有位老师告诉我说，有一年发大水灾，整整下了两天两夜的雨，棠溪黄水滔滔，河里水位不断升高，从溪里漫到了村庄，一些土墙在坍塌。堆在路边的木头成了水中的浮物，水缓处漂浮着，湍流处则成了钝器，冲击到哪，哪里就被击垮，撞哪哪毁。村里的干部组织好民兵救援队，门板当舟，木柱当筏，救出溪流沿岸的老少病残后，立即想到要保护千乘桥。他们组织全村民兵，分成三队。两队在两岸以竹篙钩住木柱、木桩和大型浮物，防止这些浮物借水势撞击桥墩。还有一队上桥防护，防止有木柱、木桩等在廊桥拱下交叉阻塞，致使一些木条插入编木桥拱中，随此摧毁整座桥。他们想上桥后先撬桥板，不时疏通桥拱，这样桥就会安全。这位老师边说边感叹，我听着都觉得惊心动魄。黄水滔滔，谁还敢上桥，我有点怀疑他说的这些的真实成分有多少。此时，当地的一位干部说，那场水灾至今已有18年了，他也是听镇上老干部说的，是真的，当时的支部书记就带着民兵上桥，喊着："人在桥在！"就在准备撬桥板时，水位开始慢慢下降了，桥平安，他们也平安，桥安详，他们人人增添了自豪感。

正是有了这些故事，正是棠口村有了大德大爱的基因传承，正是有了千乘桥，使这里曾经让西洋人垂青。据《屏南县志》记载，清光绪十一年（1885年）基督教圣公会就派人到棠口传教，到了光绪十六年（1890年）圣公会又派郭恩赐、萧爱美两英国女执事来棠口建立教会。她们说,棠口太美了,连溪里的石头都有光彩。后来圣公会就在棠口建起教堂,办起"西医院"和"育婴室",后来建筑项目不断增加,面积也不断加大,盖起了"潘美顾医院""姑娘厝""淑华女学校"等,给棠口留下了别具风格的西洋建筑群。

  如今的棠口村更受青睐了。各地画家在这里办班,带学生写生、创作。一些电影导演来这里取景拍摄。民间屏南红色博物馆落地在棠口。研学与康养基地在这里建立。"廊桥人家"的特色酒家及"水乡人家""半日闲""一溪风"等特色民宿,一家家如雨后春笋争春在千乘桥两岸,吸引万千游客。有人说这是因为棠口的地理优势所赋予的,也有人说是因为千乘桥带来的,也有人说是时代的进步。是的,都是!棠口千乘桥载德载福。它在幸福在,久久廊桥,久久幸福!

在老人桥上与一朵白云对视

◎ 钟而赞

从泰顺龟湖出发,途经柘荣英山乡,进入西阳村,夜幕早已降临。先前在山间公路行车,车灯照亮的有限空间,反而更衬托出山野的寂寥。拐了一个弯,一头撞进簇集的灯火里,心情也如灯火般璀璨起来。西阳早闻其名,知道它位于闽浙两省三县交界,商贸繁荣,每月逢二的圩日更是人声鼎沸;还知道西阳人重教乐学,硕士博士教授彬彬济济,是远近闻名的秀才村。也曾来过两次或三次,皆因公务,匆忙而已,未曾住夜。眼前的西阳夜景颇让人意外:灯火陆离,却不迷幻;市声未歇,却不喧闹;人们还未关门黑灯入眠,三三两两,或聚而坐谈,或漫步街市,散淡,悠哉,对于陌生人,目光友善,又带几分关切。

停车,稍事休息,找了一家街边摊,各要了一碗西阳肉片。西阳肉片也早闻其名,韧实不硬,"Q弹"不腻,汤水清透,酸辣适宜,果然不错。

突然便有了留宿一晚的念头。想想,又作罢。此处已入福鼎地界,距城区,车程不过四五十分钟。这么短的距离,似乎没有留宿的必要。

交通发达带给我们许多便利的同时,也让我们失去了另外一些东西。我想起了那座俗称"老人桥"的廊桥。它就在西阳村,距中心村不远,始建于明正德年间,在过去的数百年间,当然是道路之咽喉、行旅所必经。如今它已被遗弃多年,连同它身下的那条山溪、两岸山色和田园、因它而得名的小小自然村桥头村,都已习惯了沉寂、萧条和荒凉。

西阳老人桥,我仅仅见过一次,并非专程拜访,而是某次采风活动的一个参观点,自然谈不上印象深刻。大体还记得,它横跨于溪流之上的姿态尽管有些苍老,却透着倔强,仿佛不肯放弃数百年来的坚守。桥保存完好,是一座虹梁式木廊桥,单孔,跨度三十来米,高度总有七八米。桥上建长廊式桥屋,开有两间神龛。一间供奉泗州佛、水官大帝、真武大帝石像各一尊。另一间供奉的,却不是神,而是人间善人,姓邱名阜,龛中置一木制裱金神牌,上书"明排难解纷邱阜公神位",装饰以浮雕双龙戏珠。神位前放一口石香炉,镌有"邱老人公"字样,香炉背边有破损缺口,据说是20世纪60年代"破四旧"中被抛弃于桥下水潭时撞缺的。

有关邱老人的事迹和他与桥的关系,清光绪年间编纂的《福鼎乡土志》有如下记载:"邱阜,瓦洋人,有耆德,为遐迩排难纠纷者数十年。有某甲,妇悍甚,小忿涉讼。阜劝谕弗听,自耻德薄,赴水死。闾里感其诚,建桥设主以祀,至今呼为'老人桥'云。"

初觉有些荒诞,以为不至于此,继而释然。诚然如《论语》所言:"德服君子,不足以震宵小。"由此可见蛮横无理之徒,从来不缺。而重口碑、视名誉为生命,恰是生长在中华文化土壤上的传统。我不知道邱老人的死是否让某甲的悍妇愧疚不已,从此收敛心性与人为善。而乡亲们为彰扬他、纪念他而修建廊桥,造福桑梓,有利远人,以善传承善,或许才是他这一死的最大意义。

廊桥亦桥亦屋,桥为畅通两岸,屋为遮风挡雨,由此又有了一个名称,叫"风雨桥"。从浙西南至闽东北,方圆数百里间,山脉起伏,冈峦参差,溪壑纵横,岩崖交错,古老的步行道就在群山的褶皱里如长蛇般出没,穿林过涧,翻山越岭,十里之间,难得遇到一个村庄。这片区域,也是风雨廊桥最为集中的地方。这些造型各异、结构精致的廊桥,供行旅歇脚小憩、遮风避雨的同时,也是旅途中的一道特别的风景。

　　我拜访过泰顺的北涧桥、溪东桥、薛宅桥，寿宁下党的鸾峰桥，其中的北涧、溪东二桥还不只去过一次。福鼎的廊桥，不算近几年新建的仿古之物，作为古建遗留保存下来的，仅有两座，都在管阳镇境内，一是老人桥，二是金钗溪村的金朱桥。作为同次采风行程的两个参观点，所见所闻自然有些潦草，更遑论深究它们、细细品味它们。记得那是一个晴热的夏日，上午先去金钗溪村和金朱桥。村是中国传统村落，依山而建，分布着多座保存完好的古民居。桥在村尾的溪涧之上，一头接古官道，往北蜿蜒盘桓通泰顺，另一头经一段百来米的石道便进了村子。金朱桥是一座石桥，单孔半圆形，上建木构廊屋。读桥头石碑碑文，始知其建于明代，清代多次重修，最早也是木桥，只是屡屡被山洪冲毁，于是又费巨资修建石桥，再在桥上架屋，合村名首字"金"和大族姓氏"朱"为桥名。午后，去西阳，拜会老人桥。骄阳似火，一下车，热浪扑面而来。大家来不及站在溪边桥头打量一眼桥体，便急急忙忙往桥屋里躲。桥屋近似一个封闭的空间，两端之外，只在桥身和屋檐之间留有一条狭窄的空隙，可容人把头伸出去，俯瞰桥下丰盈的、清得发绿的溪水；可以平眺山谷、两岸田园和远处的一线蓝天。我的目光恰好遇到一朵白云，它停栖于正前方，与额头同等高度，白得纯粹，炫眼，凝视着我，仿佛在向我询问什么，仿佛要与我对话。

　　我不知道它想和我说什么。我只是想起了过往的那些行旅之人，他们——赴任的官吏，赶考的士子，行脚的商客，也曾站在我此刻所在的位置，透过廊桥低垂的屋檐与木板披钉的桥身之间的空隙向远处眺望时，是否也与我一样遭遇一朵炫目的白云，向他们发出无声的问询？也许他们看到更多的是风霜雨雪，享受着风霜雨雪暂去时的温暖和快乐。为生计和理想固然需要奔跑不息，但是我更相信他们一定会短暂地停下来，掸掸一路风尘，扭扭酸麻的腰腿，然后给自己换个姿态，看一眼周边的风景，或许还会专注于一株花草、一只蜻蜓蝴蝶，细细感受万千世界的可爱和生机，心情全然放松，接下来的行程填充了阳光。这是因桥而得，是桥的赋予。于是回过头来，恭敬地向神龛合掌作揖，表达对桥的感恩，对建桥人、护桥神的感恩。我所见过的廊桥，桥屋里大多会设有专门的神龛，供奉的神仙各有不同，而西阳老人桥供奉祭祀乡里大善之人，还是头一例。它似乎透露了一个信息：修建廊桥多是民间自发的行动，或众人拾柴，或大户捐资，初心是利人、行善，而至诚于利他为善之人，就具备了神的品格。

  夜幕下，我仿佛看到了那座沧桑的老人桥，在咫尺之外的黑暗里，等待我再一次踏进它的廊屋，品读它的岁月风雨。

风雨大宝桥

◎ 杨　子

　　从寿宁县坑底往东10千米就是小东村，大宝桥就在小东村的东头，是从坑底前往杨梅州的必经之路。因为近，所以在驻村蹲点的日子里，我经常去见它。

　　大宝桥的名字就如它的外形一样，毫无惊人之处，与我小时候在寿宁城关见到的廊桥并无二致。始建于明代的古桥已经灭失，现在留存的，是建于清光绪四年（1878）的，但距今也有一个多世纪了。桥全长40多米，宽近5米，单拱跨30多米，横在小溪上，远看犹如一座巨大的房子。桥面是拱起的，弧度还挺大，站在路面上看不到桥的另一头出口，人走在上面并不平坦，不知道这样的设计是不是为了不让站在桥两端的人交谈？我坐在西头桥凳的时候，可以静静地坐数梁柱，但看不到桥中端以东的人来人往，除非他们走到桥中心来。两端的桥台都是石砌，一边用条石砌成船形墩，另一边用块石砌成桥屋。桥中心的佛龛供着陈靖姑的塑像，两旁的四条桥凳奇宽无比，严格地说，就像是四铺床。陪李师江去的那次，他很认真地问我，廊桥到底有什么功用？我们探讨了半天，觉得应该除了桥的功能，还有遮风挡雨、承载信仰，以及民间驿站、容留流浪者的功能。李师江一路对廊桥的功用啧啧称奇，甚至还计划写一部关于发生在廊桥上的故事的小说。

与同在坑底的杨梅州桥相比,大宝桥的名气并不大,因为前者是全国重点文物保护单位,而大宝桥只是省级的。当地人提起大宝桥,还有一个就是它的身影曾经出现在《爱在廊桥》这部电影里。在电影中晃来晃去的廊桥,清清静静,在电影里只有形象,没有魂。

我以为,大宝桥是有魂的,人们看到的,只是它拱跨在小溪上的外表。它从诞生之日起,就已经不单单是桥,这从神龛里被熏得焦黄的墙壁可以看到。在它高高挑起的飞檐上,垂着一个个木雕的挂饰,小小的空间上分布了云、莲、水和交头结尾的双鱼图案,看起来古拙,当时的工匠们肯定赋予了这些图案深刻的寓意。那个年代里,在崎岖泥泞的山路尽头这样一座高大的桥屋供行人歇脚、避雨,何尝不是一座华美的建筑呢?更何况,除了歇脚,这里还可以会友喝茶,谈天说地,与一些远亲近邻偶遇,扯一些不咸不淡的家常,处在信息饥荒的时代,这也算得上一桩美事了。到了拖儿带女逃避天灾人祸的时候,在荒山野岭里有一个挡风的去处,还有一尊赖以慰藉心灵的塑像,再蜷着身子躺在桥凳边上,睡前的祈祷和幻想也许就能来到梦里,给悲惨的生活留一丝暖意。这时候的大宝桥,就是座巨大的宝厦了。也许这就是它名字的来历吧。它的魂,就在那些风雨飘摇的日子里、云淡风轻的日子里、水波婉转的日子里、一天天消逝的日子里,和周边村民的记忆捆在了一起。

我记不清已是第几次到大宝桥,但每次走在桥上,从那个像苹果或者像花瓶的窗户往外望,看着溪里摇着尾巴自在游弋的小鱼,不远处矴步上拍照的人,以及旁边的农田里忙活的农民,我都会分心想起大宝桥诞生的遥远岁月。有多少风雨曾经被这座桥挡在它的黑瓦外,有多少人曾经在这座桥里笑过,哭过,生过,死过,无眠过,沉思过?桥不会说话,但斑驳的烟火痕迹、虫蛀水渍透露了它丰富的经历。

大宝桥只是闽东众多廊桥里的一座。如今,我们有了高楼大厦、房车游艇,廊桥的功能已经只剩下成为背景,但我想,它们的魂依然没变，一如既往地想要庇护那些进到它怀里的生灵，就像已经年迈的母亲，仍然担心着已经长大的孩子，时时刻刻想要保护他们。所以，我觉得，只要它能告诉我们什么是岁月，就让它静静地守在那里。如果愿意，就陪它坐坐，听它讲讲，讲那些哪怕是平淡枯燥的历史，就像它脚下的小溪水一样看起来已经波澜不惊的历史。只要不去伤害它，改变它，那就是保护了。假如条件允许，定期为它做做检查和必要的修复，这比分辨它面前立的那个碑是县级，还是省级，甚至国家级，应该更有意义吧。

隐隐飞桥隔野烟

◎ 杨秀芳

穿越千年的廊桥若有知,它身上的故事比人生精彩。

闽东山区山高水长,尚存的廊桥,或身形矫健飞跨高谷深涧,或展翼昂扬如飞虹架设两岸……它们归隐山川岭壑,暮霭晨烟里道不清相思,彼岸迢迢中诉不尽别情,山回路转间言不尽意的相遇。李白有诗:"两水夹明镜,双桥落彩虹。"桥之奇美,人之有情。一座造型各异的廊桥,在山高水急、林木繁盛之地,绵延着一代又一代从中原迁徙闽地的人,演绎着桥与自然、与人的精彩生活。

闲走宁德至古田的古官道,山高林密处遇见一座与树木融为一体的廊桥。它仿佛归隐山间的老者,孤独守望被草木吞没的远方。余晖正斜照在拱起的屋脊上,像天空的热情之吻带来熨帖的暖意。山风一阵比一阵清凉,四周起伏的芒草迎着光芒劲舞。离有人烟的村落还要走几里山路,不由想起古道西风瘦马,断桥孤驿的伤感;想起陌路侠骨柔情,风物尽前期之感慨。

而古廊桥静默无语,它在等待,当年那个衣衫褴褛的穷书生。那时行至桥中避雨烧柴取暖,天开雾散临行前,他于桥壁上挥毫书写:"来年功名荣华归故里,定当修桥铺路积善恩。"几百年过去,书生还未归来。它在等待,那个黝黑的山中烧炭人,每隔一段时间,默默把一筐炭放在桥里,供旅人取暖做饭。他在等待,几位仗剑天涯,立志走遍天下除暴安良的女子,约定凯旋时,会合桥中欢庆。他在等待,一群身材魁梧、脚板粗大的挑夫,他们从遥远的海边挑回腥气的海货,挥汗如雨坐下来聊国事家事……

无论从廊桥上走出投入烽火狼烟的征人,还是缠绵送别的儿女情长,谁走得过岁月?年年柳色,霸陵伤别,唯有伤感的桥还在。也许,被遗忘的不是廊桥,而是你我前世的足迹。

小时候,每次看到村中央两溪交汇处高高耸立的两个巨大石墩,便问奶奶那是什么。奶奶长叹一声告诉我:"那是桥墩,连接两条溪流的红桥'破四旧'时烧毁了。多么精美贵气的一座桥哦。桥顶描龙画凤,桥壁的每一块木板雕着'二十四孝'等故事……一把火就烧没了,心痛呀!"此桥是奶奶童年的乐园,她的叹息里,是人与桥曾有过的美好回忆。据说,红桥建于宋朝,那时村里大河把两岸分离开来,过往客商和村民走石矴常滑入水中,又时有小孩涉水时落水淹死。每遇暴雨洪水天气,人们要绕很远的路到对岸去。

有一回,村里陈姓生意人梦见神仙指引,要他在有生之年积下功德,帮村里修一座厝桥。梦醒,陈姓生意人立刻邀请宁德造桥能工巧匠来村里勘测修建。他立志要用最好的木料修成最好的厝桥,并亲力亲为全程参与。不到一年桥便建成,从此两岸通途。桥内木料牢固厚实,长廊两边木构栏杆,槛下设有板凳,供人休憩聚会使用。厝桥外面的裙板漆成暗红色,取名为"红桥",意为吉祥如意,好日子红红火火。全村人欢天喜地庆贺竣工那天,陈姓生意人却积劳成疾过世了。村里人说他化为了桥神,在桥正中位为他设了个神龛,尊为爱村护民的陈神公。世世代代村民,每到初一十五用果品香火供着。

要是红桥还健在,它一定像散落于闽东山水间的兄弟姐妹桥般,被尊为世界桥梁史上的"活化石",并骄傲地挺起胸膛,迎八方来客参观。

为还原家乡红桥的原型印象,我寻访过闽东的山水廊桥。

在屏南，我拜访过始建于北宋的万安桥。它属多跨式五墩六孔木拱廊桥，以它的跨度堪称全国廊桥大哥。它保留古朴的木质原色横跨龙江溪，像一只巨型的蜈蚣趴在河的上方。水中央现一个船形的岸滩，郁郁青青的杂草野花闪耀，仿佛绿舟从桥下穿过。桥的地位与荣光，总是会在某个特定的日子闪耀。村民告诉我，每年正月或端午节，廊桥上张灯结彩，全村喜庆。正月选个吉日，妇女们要带年幼的孩子从披红挂彩的桥上走过，意为走过人生中的第一道关卡，祈求孩子往后不生病健康成长。端午节那天，妇女们盛装绕桥三巡，然后往桥下扔粽子，祈求全村消灾避祸纳福。可惜每隔五十年左右，万安桥不是被烧毁，就是被台风洪水摧垮。有幸的是，它每次消亡又很快获得新生，总是在水与火中忍受无奈的忧伤，轮回着前世与今生。

百祥桥有"江南第一险桥"之称，是屏南通往福安、宁德等地的必经之路，我亲历寻访它的艰辛。那年春天，几个驴友于层峦叠嶂、群山耸峙的峡谷间徒步走了三个多小时，踩在铺满苔藓的湿滑古道上，眼前浮现老一辈人脚穿草鞋，挑着沉重的担子往返两地的情形。拐过一处峭壁悬崖，闪出廊桥的身影，仿佛气宇轩昂的巨人跨开两脚于大峡谷之上，果然蔚然山水，形胜一方。呵，这就是屏南茶盐古道上供过客赖以栖身，赖以过天堑的桥屋呀。投进它的怀抱，多像回到迷失的老家，我们那么惊喜、那么兴奋，有的惬意地斜躺在桥椅上，有的俯身观深涧清流。走至桥底，仰视整个桥身，仿佛一只欲凌空展翅的苍鹰。领队指着警示桥碑"桥之易毁，欲渡无梁"告诉我，百祥桥自出生开始，也历几度火患，死去活来间，又现昔日风采。花开无常，人无常，桥亦无常。昔日行人络绎不绝的古官道，时过境迁，终孤冷失落于高山深涧。好在，绵延不绝的流水伴着它，山花、飞鸟、草虫恋着它。

在寿宁，坐了很长时间的车，绕了很多弯路，去探望杨梅州桥。晕车呕吐时，司机送给我一个故事：传说有一年重建杨梅州桥，木匠师傅上主梁时，明明量好主梁尺寸与两侧吻合，但竖起架设时尺寸却不够了。师傅一而再再而三地努力，怎么也无法上梁。正当师傅们急得抓耳挠腮时，忽然从峡谷里传来如雷的虎啸，大家吓得赶紧躲开。这时，只听见梁木咚的一声落下，天衣无缝地稳稳架上。因此，人们又把这桥叫"虎造桥"。与别处廊桥同样梁柱亭台，同样布局构建，同样众木成拱，同样飞跨山涧……但故事神性的力量，却为此桥披上了非凡的色彩，也足见造桥师傅的工艺精湛。初见时，觉得这是一座多么闲静的木拱廊桥，干干净净，素面朝天，跨在清凌凌的水潭上。它牵手两岸四十米桥程，连通了闽浙两地。我端详着主体栋梁，确实与别处并无多大区别，桥身也是榫卯相扣，编木为虹。山水风情、梁柱板壁、石墩护栏，无不渗透出"道法自然"之气象，并承载着那个时代非凡的责任与担当。只是它的宿命与所有的木拱廊桥相似，虫蛀风蚀，水火无情，存世的无不在每个晨昏，默默地怀念故去的前身。

廊桥是交通的血脉，是信仰的图腾，是思念的纽带。

走近寿宁大熟村的飞马桥，仿佛与我老家消逝的红桥撞个满怀。它的桥身里外涂上红漆，梁上雕龙画凤十分精美，整座桥给人喜庆之感。它名不见经传，却是一座省际桥，直接连通浙江庆元江根村。有了这座桥，两省人结亲会友，工作生活往来频繁。

隐隐飞桥隔野烟，走深山过飞涧，我寻访到不少家乡红桥的至亲至友。它们融自然山水与厝桥于一体，汇亭、台、楼、阁的意象于一身，在接地气的古意画卷诗情里，浸润人间烟火。虽然苍苍闽山泱泱闽水间的廊桥，只有少数还发挥必经之路的作用，但乡风民俗赋予了它不竭的文化与精神内涵。它是人们内心故乡的一戳印章，是出门在外的游子他乡遇故知时，念念不忘的标识；是留守村中的人们乘凉、议事、娱乐、举办民俗活动的场所，承载着村民对美好生活向往。

若有幸，我家乡的红桥能重生，亦可成为离乡游子精神的寄托。

风过花桥

◎ 诚　鹏

　　花桥，静静地卧在这个叫梅鹤的村庄的小溪上，而且一卧就卧了几百年。

　　梅鹤是虎贝乡的一个村庄。这村名很有些文化的韵味，凡读过古诗古文的人很快就联想到了隐居杭州孤山的北宋处士林逋。相传他在西湖边上种梅养鹤，终生不仕，以梅为妻，以鹤为子，留下了"梅妻鹤子"的文人佳话。我猜测这个村庄和林逋是没有血缘联系的，因为他终身不娶，自然不会有子嗣迁徙至此的，但可以肯定的是，这里的先人敬慕他的处世方式和人生态度。

　　从林逋的经历来看，他的一生是孤独的。前半生漂泊游历，识尽人间冷暖，中年后厌弃红尘纷扰，隐居山林，形影相吊。早出躬耕，一箪食，一瓢羹，惨淡经营；晚归茅舍，一盏孤灯，一杯清酒，浅酌低吟。既不羡鸳鸯不羡仙，也不为五斗米折腰，更不求闻达于诸侯。"水流任急境常静，花落虽频意自闲。"此种心境，决非我等凡夫俗子可思度也。

　　其实，林逋的孤独是表层的现象，是外在的感觉。而他自认为过得充实、恬静。一"鹤"一"梅"，一动一静，"鹤"之闲雅俊逸，"梅"之冰清玉洁，两者皆超然不群，乃映射出主人的人生境界。林逋对大自然的眷恋远远超过对人的兴趣，淅沥的秋雨、颤袅的炊烟、如衣的苍苔、似钩的新月，在他的视野里意趣盎然。在独坐静思的漫漫岁月里，有空山灵雨的浸润，有梅妻鹤子的相伴，林逋的思想在潜移默化地伸延，升华，尘缘在冥思中悄然"圆寂"，心境渐趋平和淡远。细想，何止一个林逋，陶渊明、孟浩然、弘一法师等旷世之才，均舍弃了锦衣玉食而选择了粗茶淡饭的隐居生活，那境界和意趣自是相通的。

梅鹤正是一个隐居的村庄，当时它和文峰合为一村，取名"石堂"。四周青山，一溪碧水，没有可驱马行车的大路，仅有阡陌曲折的小道。这里没有纷扰，也没有兵燹，村民的先祖在这样的地方生存，躬耕清读，悠然自得。这样的日子也不知过了多久，村民渐渐获悉了外界的变故。过路的、求仙的、卖艺的、交易的，来来往往，在进入这个村庄时，被那条小溪拦阻了他们的脚步。溪水哗哗，风声沙沙，跳跃在矴步上的是一声声叹息。

月明星稀，村民的心事被清爽的溪风撩动了。人不是风，没有桥就到不了对岸。大伙合计，村长拍板。建桥！

这事发生在南宋。我们在北宋张择端的《清明上河图》中看见了汴水上的虹桥，殊不知在宁德这片青山绿水间，至今还完好保留着众多贯木拱廊桥。石拱花桥虽非木拱，但称之廊桥却名副其实。因为在桥拱上也加盖了"桥屋"，桥屋结合，如桥似厝，乡人亦称之"厝桥"。这本是一座普通的乡间石桥，但却因联着两位名人而名声大噪。

他们就是南宋的理学大家朱熹和陈普。

据史料记载，朱熹由闽东往闽北，取道石堂。烈日当顶、一路风尘，在他疲惫不堪的时候，看见了这个宛若世外桃源的石堂，峰回路转，溪清水缓。顿时，心情豁然开朗。他步履轻盈登上了这座正在修建的花桥。当时，修桥的石匠们已将石桥墩、石桥拱搭建完成，剩下的活属于木匠，其正忙碌于搭盖"桥屋"。清风徐来，满目清凉。朱熹大吸一口山风，仍不解渴，遂下桥寻个山泉处饮水。泉水清洌甘甜，朱熹顿感醍醐灌顶，诗兴大发。他返回花桥，环视村庄，若有所思地便用墨笔在木匠刚刨好的梁上龙飞凤舞地写下了"紫阳诗谶石堂名彰千古",然后,得意北行。

那字深深嵌入了木梁中,木匠欲去之,却越刨越深,大惊,疑有天星下凡。此桥因此又多了一个名字,叫"沉字桥"。几十年后,一位本村少年见朱熹上联,毫不犹豫地对出了"玄帝位尊金阙寿永万年"的下联。这位少年就是后来世称"石堂先生"的宋末元初的大儒陈普。清代李拔修编的《福宁府志》记载:"花桥,一名登龙。淳熙年间,朱文公过此语人曰:'后数十年,此中大儒诞生,读书几尽。'淳祐甲辰,有鹧鸪数百绕屋之祥,是曰陈普。"

陈普,字尚德,号惧斋。他博闻广见,多才多艺,除"六经"外,还熟谙律吕、天文、地理、算数之学,精于阴阳玑衡之说。他追求并极力地倡导理论联系实际,亲手铸刻的漏壶,玲珑精巧,立时升降,无纤毫爽。宋元交替,他誓不仕元,隐居授徒,授业解惑。莘莘学子从四方聚拢而来,踏花桥而入师门。溶溶月光下,陈普和他的学生们穷理尽性,以清扬淡定的音调相互唱和。先生对花桥的景色情有独钟,他触景生情,吟咏道:"一泓清水浸水壶,水国涓涓月上初。影落寒潭清澈底,玉龙借戏夜明珠。"在这僻静而幽美的世外桃源,"开展白云为白纸,满天星斗焕文章"。他著有《石堂先生遗集》二十二卷等,给后人留下了高山仰止的文化珠玑。

风过花桥,人过花桥。各式各样的人来往于花桥上,既有砍柴的樵夫,也有耕田的农汉,还有抱着婴儿的村妇,更有嬉闹玩耍的孩童。他们如风过桥,丢下一桥言语,虽然话语中粗雅不同、老嫩有别,但道出了同样的道理,风过得溪,人亦过得溪。

默默无言的花桥目睹着世事的变迁、亲历着人事的兴衰。陈普离开了家乡,往闽南开办学堂;清人黄礼珍出任了台澎总兵;还有越来越多的乡民走过花桥走向了山外的世界。一步一回头,走远了,蓦然回首,就看见了卧在溪面的花桥……

数百年的花桥历经过各种劫难,火患、水险、天灾、人祸,使它遍体伤痕。但花桥不屈不挠，如火中凤凰、水中鲤鱼。如今，它已成为村庄的人文符号和历史标识。尽管如此，却仍尽廊桥之责。桥中的风，被来来往往的过桥人带着不断地往返两岸，南北交通、古今交流。风也就熏染着缕缕人间的烟火味道，渗透着丝丝先人的生存哲学。

　　站在花桥上，透过圆孔，俯瞰桥下流水，远眺桥外风景。

　　尽管头上有瓦顶、左右有板墙，清风仍在。风从天空而降吹向地面，又从地面而起吹向天空，仿佛要把与桥有关的一切因果关系拉高扎深，一头在天界，一头在地府。落在这里的使者就是桥中人们供奉的神明。这风还从远古吹到现今，看看桥边人家那悠闲的神态，从容不迫，波澜不惊。我弟子林立志，梅鹤人，任蕉城区某镇副镇长，日前见授"全国青年乡村文化名人"称号。他陪我等往梅鹤故乡，村民见之，只言说此某人之子，乃一乡亲也。在村民眼里，官职、虚名均不如本家乡亲。

　　这样的亲情、这样的恬静是恒久的，一如那卧在梅鹤的花桥。

　　桥如此，人也如此。

一路看桥

◎ 徐山河

一

我这里的一路看桥，一路不过半天，足迹不出寿宁坑底，严格地说只在小东和杨梅州之间。

寿宁地处闽东北，冯梦龙说它"地僻人难到，山多云易生"，实在说到点子上了。多山，势必多溪多涧，地理造就交通，交通造就了古廊桥上的寿宁。

桥因通行而起，是走向彼岸的必经之路，后来却意外而又水到渠成地被赋予了许多功用。

难怪海德格尔说，桥以它自己的方式把天、地、神、人聚集到自身中来。

桥而有廊，亦桥亦厝，可行可居，可坐可立，可卧可游，可聚可散，集多功能于一体，是道路，是寺庙、道场，是驿站、旅舍，是议事厅、宴会所，交通、民俗、休闲、娱乐、公益，甚至劳作等等无所不包，政治、经济、民风、民俗、文化、艺术兼而有之。

古廊桥在都邑村郭，无不充满了人间烟火，成为市井的一部分；在荒郊野外，则完美融入大自然，成为山水的一部分。

古廊桥留存了从前人类活动的某一部分和逝去岁月的一些遗痕，而每一代后来的人们和接踵而至的时光又在那上面叠加了脚印和身影。

每一座古廊桥所承载的几乎无一例外地包括了逝去的、衰老的、被篡改的，以及被侮辱和伤害的、被保护而依然弄坏甚至遭殃的……

据有关统计资料，1949年至1999年，单单寿宁一地，50年间已毁木拱廊桥27座，大约每两年毁掉1座。

2022年8月6日，屏南万安桥付之一炬，这个日子距离今天好像就一厘米的距离。

劫后余灰散去，古老的万安桥成了风中传说。

古廊桥是木头的荣耀，也终难免于木头的宿命。

桥梁见诸文献记载甚早，我不知道21世纪的考古发现是否足以支持有关专家的论断："廊桥之诞生，或在西汉之前，春秋战国之际。"

研究者认为，木拱桥——汴水虹桥的身影首见于《清明上河图》。虹桥又称虹梁、飞梁、飞桥，首创于北宋的青州，大都建造在汴梁漕运的汴河上，"叠梁拱""虹梁结构"是其建筑技术和结构造型的特点。可能是案头研究限制了想象，学界曾一度认为这一类型的桥梁及其营造技艺已湮没无闻。

好在田野调查每多致要发现，实际上在《清明上河图》之外，不少古代木拱桥还坚持活着，造桥技艺也还没有全都失传，薪火尚存。

据戴志坚研究，全国现存的木拱廊桥，主要分布在福建、浙江两省交界处，即在闽东的寿宁、屏南、周宁、古田、福安、柘荣、福鼎、霞浦、闽侯、闽清、晋安，闽北的政和、建瓯、延平、顺昌、武夷山，闽南的德化和浙南的庆元、景宁、泰顺、青田一带。

古廊桥属于慢行交通，而时代总是经不起发展的，现代路网和交通工具变本加厉冲破了地理局限，古廊桥与日俱增的价值正在于它步履蹒跚地通往历史和回忆，通往那些越来越深邃遥远和模糊难追的事物。

回想起来，我平生走过的第一座古廊桥毫无疑问是基德村的玉锁桥，少小时候接触到的当是刘厝村新安桥、福后村福后桥、官田村官田桥、大石村观音桥。这些都是凤阳镇境内的桥，其中玉锁桥、新安桥、官田桥为平木梁廊桥，福后桥为石拱廊桥，观音桥为木支架梁廊桥。

凤阳的桥，或者寿宁更多的桥，我以后再找机会细说，这里我只说说坑底的四座桥。

二

坑底，是寿宁的极北。

回想起我在高崖之上面对瘦瘦的三宼漈瀑布一脚跨过苄溪插足于浙江省，以及在雨中置身杨梅州河谷，我有理由相信，我与坑底结缘不浅，世道惯常避坑的戒备心理丝毫没有，似乎越来越明显的意思是：不怕坑，追到底！

壬寅端午节前三天，是我奔赴坑底的又一次行旅，以乡政府所在地坑底村为中心点，向北稍偏东直抵苄坑，然后折返向东南进入另一个目的地杨梅州。

杨梅州与苄坑，一南一北的呼应，大致勾勒出了坑底的地理特征和胜概所在，山高路远，林深谷幽。

在苄坑，你既可分享苄坑老年民乐队的吹拉弹唱带走那一缕琴音和老歌喉的苍凉余韵，也不妨听听村民朋友讲述被他们奉为神鸟"白凤凰"的白鹇的传说，更要钻进荒莽古道体验一把穿越原始森林和苄溪河谷的隔世之感，顺便再一次证明一下直至现在世外桃源事实上的不存在。

这是初夏连绵雨天中的又一个雨天，上午苄坑的雨，下到了下午的杨梅州。

坑底的版图展开就是画卷，青山，古道，流水，河滩，溪石，草木，烟雨，古廊桥……全都将闯入了你的视野。

我们这次行程本意不在廊桥，然而意外地变成了我的廊桥之旅，却也全在情理之中。

从坑底到杨梅州，这一路20多千米，半天时间，就可以结识三个村庄叩访四座廊桥，那就是小东村，上桥、大宝桥（也称下桥）；猛虎林村，单桥；杨梅州村，杨梅州桥。

此行，杨梅州桥是必然的相遇，大堡桥、小东上桥就在公路边顺路可看，猛虎林单桥就要特意前往了。

据介绍，坑底乡境内现存木拱古廊桥7座，杨梅州桥是全国文物保护单位，大宝桥、小东上桥是省级文物保护单位，猛虎林单桥、欠坑革命桥、林山水尾桥、李家洋桥是县级文物保护单位。其中，杨梅州桥、大宝桥入选"中国世界文化遗产预备名单——闽浙木拱桥"。

三

从坑底前往杨梅州，小东村是必经之地。如果你对小东毫不了解，也不打算了解，你不会为它有所逗留，它将从车窗外闪过。

但是，古廊桥很容易让你为小东留下脚步。

就古廊桥而言，小东村不小。不单说它本身拥有大宝桥、小东上桥，和它相距不到2000米的猛虎林村单桥，而且小东村及其下辖的东山楼村深藏着两姓相传的造桥世家徐、郑家族。徐兆裕是祖师，因其第四代孙徐泽长因终身未娶后继无人，造桥技艺传给了表弟郑惠福。郑惠福传给了儿子郑多金，郑多金传给了弟弟郑多雄。如此，小东造桥世家至今技传两姓、师承七代，与传承八代的周宁秀坑张氏造桥世家和传承四代的屏南长桥黄氏造桥世家，可并称为闽东三大造桥世家。

小东两廊桥，一大一小，先来说大宝桥。

大宝桥扼守小东村水尾，又称"小东下桥"，始建于明代，现桥建于清光绪四年（1878年），造桥主墨桥匠徐斌桂等。桥长44.55米，宽4.6米，拱跨32.37米，桥身呈东南至西北走向。对我来说，大宝桥最为夺目的第一印象，是桥面弧度高起，拱高达 2.1 米，颇为霸悍地阻断两头相望的视线。大宝桥还有一个有异寻常的地方，桥中木板凳被铺设得宽如床铺，可以坐，也完全可以当床睡，极便于行人歇息，甚至过夜。我叩谒此桥，面对这样的营造细节，由衷赞叹匠者仁心，遥遥致敬 140 多年前的造桥绳墨徐斌桂、副墨徐益奇。

大宝桥两头特别是通往大安碳山的那一头，延展着青石铺砌的路面和台阶步道。大宝桥的体型和桥两头石构部分廓然有力的抓地之态，以及木头与石头传递出的质地和骨感，那真不像单桥，有猛虎林先声夺人的名头，而真真是以廊桥建筑本身震撼你。

领略过大宝桥的雄猛，小东上桥的模样就顿显娇小了。其桥长 21.4 米，宽 4.6 米，拱跨 16.4 米，长度与跨度几乎比大宝桥短了一半。据悉，小东上桥始建于明代，现桥建于嘉庆六年（1801 年），造桥绳墨之一徐兆裕正是寿宁小东、东山楼徐、郑造桥世家的第一代传人。

四

由小东上桥旁公路，北上大约 1.5 公里，便可见一桥。抬头看桥头檐下悬一块黑漆匾额隶书金字写着"单桥"，落款"培雄书"。培雄，即斜滩人氏李培雄，为我故友，斯人已殁，油然追怀。单桥桥长 18.75 米，宽 4.1 米，拱跨 15.95 米，清乾隆五十七年（1792 年）始建，民国 28 年（1939 年）重建。

村名为何叫猛虎林，桥又何以叫"单桥"，乍然闻之，难免引人浮想。

经了解得知，此地有山，形如猛虎下山，寿宁城关文山叶氏建祖坟猛虎墓于山上，并买下周边田地，雇胡氏看管。胡氏因此从庆元迁居此地繁衍生息，遂有猛虎林村。

单桥体形较小，若说它的独特，那就是它造型的不对称。

一则是其桥屋下游方向一侧，下部遮隔风雨板，上部完全敞开；而上游方向一侧，风雨板上下严遮，只在中间上部开了个窗口，几近于全封闭。

一则是其拱架圆木,外架7根,内架6根。

一桥之中,可谓左右不同,内外异数。如此用材和建造不知何故,是为了省工省料吗?据主桥梁上的记载,单桥的建造经费来源于募建杨梅州桥的余款。此间消息,是否透出些许委曲?

五

古廊桥,无疑是寿宁最美的建筑遗存。杨梅州桥,堪称杨梅州景区的地标性建筑。

杨梅州桥,又名虎造桥、雁齿小红桥,清乾隆五十六年(1791年)建,道光二十一年(1841年)重建,造桥主墨桥匠张成君,同治八年(1869年),民国28年(1939年)修,修桥匠张学昶、吴大清等。桥长42.5米,宽4.2米,拱跨33.75米。

过去,杨梅州桥是寿宁交通浙南、闽北,乃至赣东北的要道梁津。雨丝丝缕缕覆盖着杨梅州,覆盖着杨梅州桥黑瓦起伏的屋顶。

我桥里桥外细细地看廊桥木质纹路的苍老和残破,辨析风雨剥蚀和岁月沉淀,数百年时光,踪影在有无之间。

我细察廊桥之窗,关注窗子的造型,这些窗子尽量避免着形状的雷同,吸纳着不同的视野,踱步桥中,放眼桥外,风景移步换形,如同面对不同的山水小品。古人造桥,既为交通实用,也不忘审美,真是苦心经营、匠心独具。对此,你不能无动于衷,不能不赞叹和感佩。

廊桥总是相似的,不同的廊桥却又各有各的不同。

杨梅州桥的桥面也是带弧度的,与大宝桥相似度极高。但是,杨梅州桥的两头,被山一压,顿显逼仄。就霸悍而言,大宝桥,显然胜出一筹,那不仅仅是它的十九间廊屋多过杨梅州桥的十七间廊屋,且在长度上占据优势的缘故。

杨梅州的古道、廊桥,往来泰顺、平阳、苍南至为频繁,密切勾连着闽浙两省。

我们拾级山中盘桓廊桥，是游玩。古人行路过桥，是生存穿越，每多负重前行，走不得不走的路，其艰难困苦甚至危险可以想见。

杨梅州，山多陡峭，古道外就是峭壁悬崖。雨中的青石古道，因为湿滑，更为危险。曾有人脚下一滑，飞出路外，瞬间不见人影，好在一会儿还能爬上来，得以化险为夷，幸甚至哉！据同行者观察，如果当时抓不住上不来，摔下去就直到河里。杨梅州的旅行者，千万注意脚下安全，特别是雨天。

冒雨走进杨梅州，河滩黑黝黝的乱石大大小小满眼铺着，溪流打着浪花奔来发出静静的喧响，静水流深处风雨搅动碧绿的波纹。我踏上河滩，看石，看水，看峰谷山间飞起的云雾……

杨梅州桥，完全融入了这一方山水和这一方人家。寿宁诸多廊桥至于今日，杨梅州桥也许最具山水品格，地理和时势还允许它残存着隐士的孤傲和尘外之趣，最宜放到宋代的山水画图中去看。我着意在中国古代山水画中寻找桥梁，就我所见，看到的多梁桥，而少廊桥。梁桥就是那种用条木、条石横架在河中的支墩、支柱上的桥，有竹梁桥、木梁桥和石梁桥。梁桥比廊桥简约多了，从视觉上看，也许更适合隐士出没和高人走动。

面对杨梅州桥下的流水，我想喊出一个字：好！我喊好的余音一定拖着长长的忧虑。

在河滩，我不想继续溯溪而上走得更远。我在廊桥附近就地逗留，看桥，兼听溪声，还看花草。河边石头上长着一簇映山红，植株瘦瘦的，花儿朵朵开得正艳，枝头间跃然而出的还有两个花苞。这石头黑底子衬出的映山红的翠绿浓红如火燃烧，这是雨中撩人的火焰。

"人间四月芳菲尽，山寺桃花始盛开。"杨梅州的映山红与白居易笔下的山寺桃花，异曲同工，在端午即将来临、夏天已近芒种的时候，还在开花吐蕾。

杨梅州，以自己的地理法则，挽留时光慢走，把春天的花朵带进了夏天，不经意间复原了你"从前慢"的旧梦。

不仅映山红如此，在从廊桥到杨梅州村的古道上、河滩边，野花野草自由自在地疯长。

一年蓬，身形苗条啊，连花带草都好不娇嫩！这寻常小草，在宁德市区院子的边角可见，在寿宁县城的栈道水边也多有其婷婷之姿，但在杨梅州之野，它们愈发秀气清雅，黄蕊白瓣的圆形花朵绽放得孤独而热烈，天地间的卑微自处和自我狂欢，大概就是这样吧。

鸡血藤盘踞蔓延，一副老成模样，成串的花开出了紫色的倔强。蒲儿根，路边坡地野生野长，兴奋处茎叶胡乱交杂，很不讲究，你对它们视而不见是再正常不过的。它们的似锦繁花耀眼的黄，足以证明，是金子就会发光，是花朵也会发光。

窃衣们呢，花也正开得青春飞扬有滋有味。可以对比的是在此前两天，白云山北麓锁泉寺外，窃衣们已是果子纷飞，花儿凋谢久了。

临水观花，雨中看花，我记住了花朵，也记住了雨滴。

杨梅州的雨淋湿了杨梅州，也淋湿了我。我趁机在溪边清洗了速干衣。翻过峭壁勇猛直上的丰女士溯溪回来了，带着行程未尽的遗憾，头发全湿，笑容不减。我们一行被迎到杨梅州村里人家小坐，热情的陈姓主人为我们熬了生姜红茶汤驱寒祛湿，还一一掏出腌制的姜、蕨、野菇、野笋等当地特色咸菜招待我们。这情景，让我多少觉得，犹有乡村似旧时。交谈得知，这一家子人在葡萄牙开超市一二十年了，因为疫情，夫妇俩暂且在杨梅州待着。

道别时杨梅州的雨还在下，回首处烟雨廊桥已不可望见。

六

茅以升说，桥是放大的板凳。那么，我在意这板凳下的河流，也在意板凳两端的河岸。

海德格尔说，桥小心而有力地跨越溪流，不只是连接早就在那的河岸，而且只有当桥梁横跨溪流时，河岸始为河岸。桥正是通过河岸把两岸的风景带给溪流。它使溪流、河岸与大地相亲相近，它集聚大地，使之作为风景而环抱溪流……

我们更不妨循着汉字的本源，追索桥之为桥。许慎《说文解字》一言以蔽之："桥，水梁也。从木，乔声，高而曲也。""梁，水桥也，从木从水，办声。"段玉裁《说文解字注》说："梁之字用木跨水，则今之桥也。"

桥与河流互相依存。好桥，离不开好的河流，好的河流离不开好的流水。

我看古廊桥，也在古廊桥上看风景。我对桥下的河流和河流中的流水保持沉默，必须沉默，唯有沉默。

外婆家的廊桥

◎ 谢应华

外婆的村庄叫盖竹上万，坐落霞浦县柏洋乡东北隅的群山之中，一条蜿蜒曲折、清可见底的天井溪从村中潺潺横穿而过。上万属旧时桃源境，全村姓林，开基始祖在唐代由莆田阙下迁入。宋代古书《三山志》已记述其村名。传说不知何时官方筹措钱粮上万，故名。无以考证其真假。但若因此得名，也算是水美地肥、民丰物阜的地方。元至正十二年（1352年）四月，春风和煦，阳光正好。天井溪畔，一群工匠热火朝天地忙碌着，正在修建一座木桥。墨线弹落，木屑纷飞，汗水淋漓。一根根笨重的木料，经过锯、刨、凿、推、拼，物尽其用，在师傅们胸有成竹的指挥下分门别类、各安其位。接着，编梁、拱架、立柱、铺桥、建屋、盖瓦。随着桥板、风雨板、大梁、廊屋搭建完毕，一座上屋下桥的木构桥梁横跨在溪水之上，如虹般现出雄姿。一吉日早上，桥边、河岸挤满了人，村民手捧供果，焚香，以自己的方式，来为廊桥的诞生送上一份祝福。木桥营造技师虔诚地将桥面最后一块空缺的木板装好，小心翼翼地钉上最后几枚竹钉，随即抛撒红豆、花生等谷物组成的象征福气的"八宝"。大家高呼"国泰民安""风调雨顺""五谷丰登"，祈福安康。其时，锣鼓同奏，鞭炮齐鸣，烟火璀璨。在村民的见证下，这座单孔木拱廊屋桥圆满落成。

此桥名"临清"。找不到桥名来历出处，也许是桥下溪水清朗，岸上草木碧翠，临桥甚有诗情画意，颇具意境，因得此名。霞浦境内廊桥罕见，全县仅有两座，另一座在我的老家柘头村，清康熙十六年（1677年）始建。冥冥之中，霞浦的两座廊桥都与我有关联。上万林氏族人为何筹资建廊桥，不得而知。也许村中林木众多，可就地取材。也许，两岸村民来往需要一个遮风挡雨蔽日的地方。抑或，在平淡的日子里，可到廊桥坐下来歇个脚，随意地聊聊天。著名哲学家西美尔曾说，桥梁只是一个手段，一个抵达对岸的手段，人们上桥，是为了走过去，而不是停留在手段上。而临清廊桥，给我的感觉是，林氏族人把家族、信仰、民风等安稳的东西都安放在了桥上，手段好像变成了目的。一座崭新的廊桥出现在人们的视野当中，也留在了这个村庄的历史当中。从此之后，这个村庄的人们心中都有了一座廊桥。

时光婉转，爬过桥屋；岁月无言，流经桥下。桥为水而生，也为水而逝。临清廊桥屡毁屡建，明天顺年间重建，清同治、光绪时又两度重修。当你走上廊桥，抬头，在桥屋正脊底依然可以看见"临清桥光绪十五年（1889年）岁次己丑十一月初一日卯时重建"的红色字样。笔墨力透木材，渗入纤维内部，充满历史的光斑。

临清桥，因一头正对观音亭，又称"观音桥头"，东西走向，总面积180平方米，建筑面积112平方米，桥跨长18.8米，桥面宽6.1米，桥屋高4米，离水高度5.34米，横向七开间，直向三开间，进深四柱，穿斗抬梁式，悬山顶。屋面靠边收头处叠压两层青瓦，屋脊弧度优美，有向上飞扬的感觉。出檐斗拱雀替装饰，桥外护栏加封板，看起来古朴厚重。桥内左右柱与柱之间安装横扁长木，供行客憩息。木凳面板已变光滑，充满时光的釉彩。桥梁拱架为"三节苗"结构，全身没有桥墩，河岸两端各用五根对称木柱斜撑桥中心，木料构件纵横相贯，穿顶别压，编织结合，相互承托，逐节伸展，未用一钉一铆，全以榫卯对接，结构牢固，接合缜密，体现着中国古桥梁建筑师的独特智慧。榫卯结构营造了木拱廊桥坚实的体魄，山水之气涵养了木拱廊桥超脱的气韵。桥上的每一扇窗、每一块木板，都是一段记忆、一程光阴。

廊桥从来不单单为交通的便利而存在。著名哲学家海德格尔所说："桥以其方式将天、地、神和人聚集于自身……只要是一座真正的桥，那么桥就绝非首先是单纯的桥，尔后是一个象征。"有人说，每一座木拱廊桥，是一座小小的人间烟火，也是一座庙宇，供奉着神灵，接受村民的虔诚祭拜。临清桥桥屋南侧中心木龛塑泗州文佛一尊，长年香火不断。桥边原有一株千年樟树，像华盖一样覆盖桥上。每当夜晚皓月当空，桥前半月潭倒映古桥、古木，形成"半月沉江"美景，列村十大名景之首。数百年时光流转，古老的廊桥，沧桑的古树，比大树还要古老的溪流，既是宁静，又是震撼，深深融入村民的血脉中。曾经三年，樟树不发芽，也没有长新树叶，三年后春到时又重新吐芽茂盛。传说樟树变成章姓书生，神游霞浦南路执教三年，弟子学成者颇多。村民将其奉为神明，初一、十五纷纷烧香祭拜。20世纪80年代，不知为何这棵树被砍伐，现桥边上尚留一段千年古樟的残根，村民依然当为神物磕头跪拜，祈求庇护。

"有菩萨保佑的……"桥畔小店喝茶的老人，呷一口浓茶，悠然地说道，在他看来，这座廊桥保佑了村庄所有的人家。

廊桥在那里，神明在上，人们的内心便觉得安宁妥帖。

在廊桥的神龛里，神灵们默默无言，长久驻守，过路旅人行经此地，都会驻足停留，满脸虔诚，不言不语，双手小心翼翼地合十祈祷，保佑平安。

廊桥之下，川流不息。廊桥之上，人来人往。每一个人都有自己的祈求，有自己想要达成的愿望。就在这廊桥上，看起来有些简陋的神龛，寄托了大家对于美好生活的向往。这是一个人神交流、心灵交换的空间。

在这里，人们把内心的祈求交出，把负累交出，把无力交出，把卑微交出。从这廊桥走出去，去为向神明祈祷过的每一个幸福与安宁，一点一滴地交付自己的努力，一次又一次因它而到达彼岸，走向各自的终点和目的。廊桥里留下秀才赶考的书香，滴落村民歇脚的汗水，飘荡孩童的笑声，还有年轻的母亲嫁往我爹家的鞭炮声。那也是一段通往外婆家的必经之路。到了廊桥，就意味着可以卸下二铺路脚程的劳累，外婆家到了！我不知道童年与少年，自己曾几次就着轻快的步伐从它的这一头走过另一头，感受它清风吹拂的一寸一寸幽凉，心中充满单纯的欢喜。

　　临清桥，它的老，它的旧，有一种别样的美。像一位简居深山僻壤的隐者，饱经风雨，临清桥默默地见证了千年林氏族人的乡村历史和山野更迭，无言地诉说着往昔辉煌和岁月芳华，一如闽浙明教教主上万先祖林瞪公的事迹，穿透历史的时空！

清风冷月劝农桥

◎ 李家钒

峰谷交错，沟壑纵横，催生了山里大小长短、难以计数的流水小桥。劝农桥，双溪郊外萧瑟田野中的一座不起眼的老石拱廊桥，如果不是因为它的名称有些特别，会如许多我走过的乡野小桥一样，和许多的过桥人一样，踩过它的脊背踏上河对岸的路，就将其抛之于脑后了。桥以"劝农"命名，意味着它在跨越障碍的交通功能之外，还被赋予了其他的社会意义，并书写了某个历史故事。

从高耸的印山和峥嵘的刘公岩流淌而来的两股清泉在这片开阔的水田中汇聚成溪，一座石拱廊桥横跨溪上。桥拱与它的倒影在清澈的溪潭里投入一轮清冷的圆月。石拱廊桥因建在双溪下院（北岩寺）前，时称"下院桥"。下院桥不知始建于何年何月，村民们听他们的爷爷说，爷爷的爷爷时就有此桥，一度是县城往宁德莒洲渡口茶盐古道的众多歇脚点之一。桥墩桥身石头上满布的石衣青苔，廊屋残瓦破砖和黑褐的梁柱壁板蛀洞蚀痕累累，应该是有些年头了。

乾隆元年（1736年）春某日，风和日丽。始成屏南县治不久的双溪村东南郊，野草青葱，桃李的嫩叶初上，水田中旧年的稻茬间漂浮着桃李的残花败瓣，戴笠挥锄的身影稀稀落落地散布在桥四周的田园里。

太阳不紧不慢爬升。一行人从县城东门鱼贯而出，往下院桥迤逦而来。到了桥上，两位衙役打扮的男子将食盒里的陈年黄酒、隔年北苑贡茶，以及龟状米粿供在廊桥正中的神案上。身着大清县令朝服的男子双手捧香，毕恭毕敬地对着天、地和桥上神龛里的玄武大帝鞠躬："皇天后土，保我屏南合境安定富足、五谷丰登、六畜兴旺。"

沈钟，字鹿坪，号霞光，江苏武进人，康熙四十七年（1708年）举人，是时，知屏南县。沈知县焚香祷告完毕，将一杯黄酒徐徐地从左至右洒于案前地上，桥上立即氤氲着浓浓的酒香。沈知县转身来到桥头，清了清嗓子，对着汇聚于前的耕樵士绅朗声说道："众位父老乡亲，养生全靠着谷薯，不要懒惰农业；农家须要勤力，不许耽误时月；各安本分，不要生事害人；各务生理，不要闲过；各保身家，不许指称诓骗财物；田禾收了，务要撙节用度；不许将耕种田地投献势家；秋成后，须要积蓄多余粮石，以备荒歉；天气寒了，父母有年老的，好好奉养他，莫教冻馁；都安分守法，贫的不要歹勾当，富的不要骄奢。"

看热闹的村民围了一圈。沈知县卸下脸上的肃穆，坐在桥内的一条长柳杉凳上，和聚拢而来看热闹的乡民交谈起来。对于深藏于东南一隅深山里的双溪人来说，多数人还是第一次在戏台之外亲眼见到知县这么大的官儿，并近距离接触，更是第一次见到这样的仪式。

下院桥头一丘开阔的水田里，一位老农已套好耕牛，架好犁铧。沈知县脱下官服，穿上便装，挽起袖子和裤腿，用赤裸的脚趾尖试了试水温。虽已仲春，鲜阳高照，但田里的水还有些刺骨。沈知县咬咬牙踩进水里，从老农手中接过犁耙和缰绳，作势扬了扬毛竹枝喊了一声"驾"，老牛拉着犁，不紧不慢走了起来。

县尊躬耕一犁，宣示一县的春耕正式拉开序幕。

铁犁尖头翻卷起的一道长长的螺旋状泥土，像一条乌龙潜在浊水中。走了一个来回，重新回到田埂边，沈县令吁的一声吆喝，轻拉牛鼻绳，老牛立定不动了。在师爷的带领下，田野上响起了一阵掌声和欢呼声。

沈知县将牛鼻绳交给老农，俯身用溪水濯了手脚，回到廊桥上。此时，一炷香将尽，沈县令命人燃了鞭炮，撤了祭品，邀上数位乡绅和老农，就着神仙们飨过的酒菜对酌，把酒共话桑麻。酒酣之际，沈县令诗兴大发，当即吟道："载酒春山自劝耕，官亭杂沓共欢迎。溪回树绕青旗转，风定花随翠盖轻。已荷恩纶蠲宿赋，史占丰穰报秋成。太平乐事原多众，野老休跨长吏清。"

这是沈钟到任屏南后，为倡导子民们勉力稼穑而举行的劝农仪式，俗称"行春"。一县之尊亲自策牛扶犁，祷告天地，以示对耕种的重视，祈望辖区今年仓实廪足，县富民强。

有感于此桥的破败，次年，沈钟拨库银修缮下院桥。在屏南任上三年，每个仲春时节，沈钟都会在这里举办这样的一个劝农仪式。下院桥名在双溪人及过往行人口中渐渐变成劝农桥。沈钟亲自组织编撰的屏南第一本县志，此桥即以"劝农桥"之名载入。如今，劝农桥被当地列为文物保护单位。

在乡间田野中，劝农桥实在是貌不惊人。规模不宏伟（长不过16米，宽4米，单孔跨度7米），做工不精细（不规则的块石垒墩，粗糙的方石砌拱，卵石铺面，粗木为梁柱，黑瓦遮屋顶），一眼便知是诞生于乡野工匠之家。桥头没有碑记，檐柱亦不见诗文楹联，数百年来，它就这样默默立于田野之间，经霜历雪，风吹雨残。这样的桥，简陋而朴实，随处可见，就如走在路上的农夫村妇。

地理环境所限，开县之时，屏南地僻人穷，风俗蛮荒，近乎化外。乾隆元年（1736年），沈钟由清流县调任屏南县。他在日记中写道："奈新设岩疆，百姓未识有官长，与生苗无异，其朴陋山野之状，难以言喻。"是时，山里人谋生手段极少，闲散之风积存日久，不思进取。沈钟还写道："屏民习于懒惰，耕获之外别无所事，每见冬成后唯闭门向火，男妇皆然，良可笑也。"中国长期以来一直是农耕社会，粮食生产自然是第一要务。面对屏南这样的情景，想有所作为的沈知县极为重视农业生产和民众教化，利用其毕生所学，兴修水利，教民稼稿，发展茶业，推广蓄水灌田法、杂粮豆麦法、设猪圈屯灰粪肥田法等，并于每年开春在劝农桥上率众吏扶犁躬耕以劝农重耕。在他的倡导下，课桑重农渐成风气，屏南农业在清乾隆朝有了很大的发展。

此后，开春后在劝农桥上劝农成了沈钟之后诸位知县的常例。不管其中几人用心、几人作秀，躬耕劝农成为劝农桥一年一度的风景，劝农桥成为数百年间屏南官方教化民众之重要场所。

劝农桥有幸记录了一个难得的历史细节，铭刻了一位开县元勋身影。不管是历史典籍记载，还是民间口口相传，对于首创劝农的知县沈钟都赞誉有加。屏南分县虽定于清雍正十二年（1734年），先有朱岳楷短暂赴任，再由古田知县马纶华兼摄，沈钟于乾隆元年（1736年）正月赴任，但屏南旧县志和有关典籍，以及民间记忆等，不约而同认沈钟为首任知县，老县城双溪城隍庙中也祀沈钟，这些无不折射出屏南人民对于沈钟的肯定。桃李不言，下自成蹊，沈钟用其人品和政绩在屏南人民心中树牢了一座丰碑。

茶盐古道遗弃成古迹，劝农仪式也早已风干成历史，劝农桥寂寞于荒芜的田野衰草之中。每每路过，看着溪水中那轮由桥拱和倒影围成的冷月，脑中总会浮现一个模糊清晰的劝农场景，游荡在溪水中，演绎在桥廊里。我相信，它还活在这个瞬息万变的现实世界的历史记忆里。

斯人已逝，溪水悠悠，劝农桥固执地立于小溪之上，在风雨之中站成丰碑。

拓一桥的故事与你说

◎ 郑玉晶

风霜雨雪、虫屎鸟粪……碑上这一层岁月的妆容，着实难以卸下，我们带来的钢丝刷，都要派上用场了。流淌下的汗水，泼洒在石碑上的溪水，也分不清了。石碑边的苇叶子，不时撩拨着我们汗湿的脸，刺痒痒的。

蘸上墨汁，拓包拍打在沐浴后通体舒泰的石碑上，像有经验的按摩师一样有劲的温柔。偶尔，有一声鸟的鸣叫声和拓包扑扑声相和，山林显得更岑寂了。

我们是来拓龙井桥的四通碑记的。

撰者从容的笔调，刻者忠实的刀工，字迹越来越清晰了。冰冷凝重的石头，风霜泯去了棱角，沉潜积淀，有了这些字，这样的自守之物，显得温暖了。"……吾乡之南二十里许有龙井桥，不知昉自何代。询之父老及遗碑，大约创于炎宋，亦究无实录，终回禄于乾隆年间。今岁缘首募缘重建，嘱志于予，予思后之视今，亦犹今之视昔……"

我轻轻读着，慢慢断着，一字，一句，字不多，没有华丽的骈俪。"大约创于炎宋"，见过许多不知为知之者，尤喜欢这样一句老实的大白话，反而显得桥的悠久。一句"后之视今，亦犹今之视昔"就让人悲欣交集。你站在桥上看风景，看风景的人在桥上看你。一座桥，一座历经千年风雨的桥，看过多少的今成昔。此刻的今，在分分秒秒间，又成了昔，大者如兴亡更替，小者如蝼蚁浮生。亘古的今昔、昔今。

我想循着先祖的声音去寻找一段陈年的经历。

那一年，祖父的小弟八十大寿。在父母眼里，我已经不用他们背，也不用把我和弟弟一人一边的装竹筐里挑，我们是可以自己出远门的年龄了。

我们从家里出发，经过横淡岔、古代坑，又翻过了几道山梁。日头随着我们一路奔跑，这时，它怕也要出汗了。穿新衣的喜悦，对细叔公一家的好奇、压岁钱的期盼都被疲乏给赶跑了。大哥和堂哥的一步一颤的担子，一头是一个庞大的猪腿，一头的竹篓里是米粿、糖包、给细叔公纳的千层底、新剪的布料……再没一点空隙容得下我们了。我和小堂姐赖在路边的草丛里再不肯走一步了。

堂哥说，到了龙井桥就可以好好歇一气，吃个午饭了，他也累了。

龙井桥还有多远？从这山上直往下走就到了。

龙井桥总算到了。那时我还没读到过朱自清的《梅雨潭》，不知道"还没看见瀑布，先听见瀑布的声音，好像层层的浪涌上岸滩，又像阵阵山风吹过"，但"这般景象真的没法形容"。在轰鸣的水声中，沿着极陡峭的山路往下看，深不可测的山谷之间，横卧着一条极大的蜈蚣，那是龙井桥廊屋的黑瓦顶。

桥的那一头，通往哪呢？大哥说是到更大村庄和老县城。更大村庄和老县城，是什么样子呢？我看着对岸，去只看到桥的那头，两根巨大的条石嵌在崖壁上，像盘古托起天地一样，托起桥的一半。这样霸气的条石，或者命中注定，自己会有一天，被斧凿锤敲。几十条蚁虫一般的汉子，一路号子，把它扛到这里。重重的石锤，一下一下地击打着它的身子，把它揳入那陡直的岩壁。几百年来，它背负着龙井桥，驮过多少跌宕起伏、平淡无奇的人生。它像伯牙瑶琴上的弦子，无悔地弹奏着这飞花碎玉的高山流水。

桥下的深潭，像极了一块不事雕琢的老坑碧玉。听说，这个深潭是一条龙舔舐出来的,所以叫"龙井"。龙井这么深,难怪装得下那么多的传说。是走村串巷从龙井桥来的货郎呢?还是从龙井桥山野吹来的风?故事的种子,就这样撒播到乡村的每一条巷弄,播到我们小孩子的心间,在那里发了芽,长了叶子,令我们想尝尝这果子的味道如何。

我去乡村文化人开的店里,他告诉我,我村里的一个商人和一个江西商人在兴化府(今莆田市)的一个客店相遇,夜来无事,围炉闲聊,都向对方吹嘘自己的家乡之最。江西人说有一个部队带兵路过他家乡,一营士兵一餐才吃了半个胡萝卜,言下之意,极为自豪家乡的特产丰饶。我们的先祖想想家乡的穷乡僻壤,挠挠脑皮,倒也不慌不忙,说道是,他某年初一送妻儿回官树兜(今屏南县寿山乡)娘家,路过龙井桥,在桥上给儿子把了一泡尿,十五省亲回来,看到尿还没落到水面。

"志者何欲不忘也。非欲不忘经营之善,实欲不忘结构之艰。能不忘结构之艰,必不忘珍惜之意夫。如是则斯,桥也可历久而不敝歪……光绪十四年戊子(1888年)蒲月吉旦康里贡生郑应东撰。""结构之艰""珍惜之意","江南十五险桥之一"和那泡尿的传说都随着下游电站水库的蓄积而深埋到水底了。桥下的水张着双浑浊的冷眼,像一个昏聩狡诈又假装亲热的家伙,离你很近,却又让人看不透它的内心。还好,它还不是完全无视我和先祖的对话。水中一条水蛇,拨动着曲曲折折的水波,像冷漠表情下的一点脉搏颤动。

我想起那唯一一次过龙井桥的情景,那条龙大概早已搬家了吧!我也不再担心它会变成一口巨大的红棺材,吞噬那些过桥的人了。我一声叹息,脉搏也轻轻地颤动着。

正午的阳光,终于垂怜这深深的峡谷,有几束光亮,透过残瓦,直射到柱、梁、廊板斑斑驳驳、重重叠叠的字迹上,照到了桥曾经的热闹时光。这一曾经,就是几百年了。

"浙江永康打锅二人经过白凌,80、4、10。""泰顺打锡路过康里",落款是1975年8月4日。"补缸补锅哦——补缸补锅哦——"铸锅的、锡镴的、阉猪的……小孩子最喜欢的货郎担，拨浪鼓咚咚的响声，叮当敲下的那一角麦芽糖。回旋在村庄巷弄的这些声音，从我记忆的旮旯里一下子响亮出来，那么遥远又那么真实。这些热闹了村巷的贩夫走卒，热闹了年节的生旦净丑，我一直不知道他们从何而来，又从何而去，仿佛他们就像神仙，驾着一朵祥云，来去自由。原来他们走的都是龙井桥，我好像解开了一个多年未解的谜。

廊板上有一首白粉笔写的诗："过去未来似浮云，龙腾虎跃势气汹。井底金鱼亦冲霄，桥架两峡万年祥。松下客八二年四月。"我怀疑那不是白粉笔写的，粉笔灰怎么可能经30多年而不落呢？可是，又是什么呢？那年代，村里只有学校老师才有权利使用它，村里人敬称它为"白墨"。我无端想起了那个叫彭存吉的老师，他就是和这桥一山之隔的白玉村来的。那个中山装的口袋上总别着一支英雄牌钢笔的老师，并不像松下问道采药的隐者一样仙风道骨，倒长着一脸松树似的脸皮。手织的粗布衣、手做的黑布鞋，乡下人穿习惯了，也看习惯了。学校里那个几个身穿雪白的确良的老师，就成为乡村一道华丽的风景。村庄人是好客的，是崇敬文化人的。把孩子送到学校，他们总要说："孩子送到学校，你就当是自己的孩子，该骂就骂，该打就打。"这个彭老师就真的把我的同学这样打过，那五个指印，很清晰地印在同学的小脸上，也印在我们的回忆里。这样的事情毕竟还是很少的。新来的老师像镶入嘴里的金牙，刚开始不妥帖，久了就只显出它的高贵了。想到这里，我哈哈大笑，莫名的笑声惊动了我的同伴。

"抗美援朝，保家卫国。为巩固我们伟大的国防……"纸素来畏惧水火虫豸，就算藏于箧中，也早已破碎得不可收拾了。这张纸，正是倚仗着龙井桥的一根横梁，牢牢地依附着桥，把自己的生命延长到不可能的程度，使我们如同亲临了多年前的磅礴壮阔。

石碑和木头对抗了时光，那些光景在这寂静的山谷里，给我们一个不虚此行的欢乐，又有匆匆那年的惆怀。

时光行色匆匆。与桥一山之隔的山脚下，十来年前，就建起了一条很大、很平的路。路上有许多名为汽车的东西，正用桥无法想象的速度，冰冷无情地飞驰着。桥一头的路，已经被草木给抢夺回去了，鸟兽都再无忌惮地随意行走了。现在，除了我们这样极少极少的想从桥身上读些东西的人，还有附近已然也极少极少的砍柴人，再也没有人迹了。

  近来，这条古道又有了人行走的脚印，说是可望成为一条文旅通道。我俯视着脚下的这块断碑，想听听它在訇然倒下的瞬间，心里有什么想法，它都说了什么。

记忆的回眸

◎ 邱　灵

一

记忆与遗忘，是两张交叠的脸庞。记忆忽然闪过，也稍有偏差地牢牢抓住记得的部分，遗忘却在另一种时间、另一种空间里萧然自隐。

3月，偏远的山城格外冷，我匆匆穿行在村落与村落之间、在荒野与古道之间、在高山和沟壑之间，隔着被寒气封锁的身体，透过用擦身的瞬间聚成的回忆，依稀辨认一座又一座木拱廊桥。它们不用一钉一铁，编木为虹，屹立千年，却也在被时间逼退的时空里，对抗着日渐凋敝的命运，释放着寂寞与渴望被爱、被关注的苍凉讯号。

我记得，脚窝里有过大宝高高隆起的拱背，鲜有人知道那是它"一技绝尘"的身姿；前后相距的广福与广利，在当地被比作一双神仙姐妹，她们慈悲聆听赶路人的虔诚祷告，也用威灵广施福田，利泽一方；劫后重修的万安，布满喜庆桥联和彩绸灯笼，可尽管附丽着状元郎般的奕奕容光，回眸时依旧难掩历史凭栏处的黯然与叹息；杨梅州曾是闽浙间的要道，如今成了探险者的秘境，桥下碧水如翡翠，绝色潋滟，与古旧沧桑的桥体形成鲜明对比，有一种荒芜的美感；委身闹市的升平与仙宫要热闹许多，时常聚集着三三两两的人，神态悠闲，说说笑笑，廊屋中灯光可亲，借问一下，便得到热情回应，仿佛自己也生活在这个镇子上，又仿如千年前的一幕：

"君家何处至，妾住在横塘。停船暂借问，或恐是同乡。"两个素昧平生的人，因为你在这里，我刚好也在这里，不免停舟问一问彼此的故里与去往。陌生的空气，因为一句简单的问候而有了温度，有了暖意，这是属于人世间的烟火气息。天地万物皆有生命，木拱廊桥经由人类之手创造，又怎能离得开人气与生机的滋养呢？就像著名的《清明上河图》，你说不清是被那座"汴水虹桥"吸引，还是着迷于北宋都城东京汴河沿岸的自然风光和繁华景象。

有人说，闽东的木拱廊桥是从《清明上河图》中走来的"活化石"。它传承着宋室南迁后几乎失传的编木技艺，而南方多雨的气候又让它衍生出新的创造。先民在木构桥梁上加盖廊屋，用以遮风挡雨，将桥造基于村子的水尾，寓意"截流拦财"，在廊屋内供奉神龛，祈福平安，也为一代代山民走出大山架起希望之路。

当美与传说，光阴与日子，凝结成一座座廊桥的色彩与观样，化作可喜可欲的邀请，也总有一些桥，像是星光照耀不到、岁月流转不及，成了没有时间意义的风景，没有眼瞳的眶。

二

龙津，一座入选世界文化遗产预备名单的木拱廊桥，亲临时，却让人屡屡萌生退意。

它坐落在闽东丘陵的褶皱里，这里地僻难至，村无人居。一条曲水湾流如龙行，穿村而过。沿岸，房有坍塌，荒草丛生，青苔湿滑路径，要走得分外小心。只听耳旁有人说，那就是龙津。眼见得桥屋桥身灰黑一片，东临的桥庙也是晦色的。桥两岸古木参天，绿阴重重。周遭在将晚的天色中愈见森寒，幽深莫测，叫人骇然。

正当我犹豫之际，发现大家已经陆续原路折返了！可究竟是不甘心啊！走吧，来不及多想，我速速拾级而上，那擦身而过的山崖石壁、桥庙桥碑上写着什么，模糊难辨，也来不及细看。只记得东道主的指引，你看，古代人重思想，轻工艺，匠人的名字往往都被简单地刻在文末了。心下不免生出几分不平。

每一座廊桥从桥约、选址到取材、造桥，遵循何其多的步骤、仪俗，匠师们尊重老训、传统，如履薄冰地学艺，在无限创造的过程中，投注多少智慧和心血，而形成了木拱廊桥独特的外形和内在的个性。好在自古以来，主绳作为廊桥营造中挑大梁的师傅，他们的名字都会连同副绳一并刻上大梁。这座始建于清初道光二十七年（1847年）的龙津桥，便是由董事张芳等募建，建桥主绳吴高禄，副绳吴日长。墨色入木，刻下匠师们的责任和声誉，也延续着他们的骄傲与梦想。

置身桥内反倒光亮不少。原来桥屋两侧没有风雨板，桥柱间也没有坐凳。光，从四面泻进来，照在卵石铺砌的桥面，照在斑驳暗沉的木柱，和一个看起来鲜人问津的神龛桌案。除此，桥屋内几无修饰，异常简陋，这难道是它本来的样子？

日后，我发现了几张旧照上明艳的图像，和桥中的一副楹联："水色山光不负只般来往，车尘马迹任随那等奔波。"霎时，顿觉耳旁升起前世的喧嚣，所有的暗淡似乎都恢复了从前的色彩，神像彩绘夺目，烟火香气满鼻，马蹄声哒哒伴着茶盐商客爽朗的笑，远处依山而建的民居也沸腾了，屋檐上炊烟袅袅，巷弄间鸡鸣犬吠，农人忙里忙外。层层浮想的悸动，因由这境况的落差，倍觉凄凉。

"吾乡四面皆山，而玉屏与文笔两山接连，龙紧履是地者，几不知水从何处出也……形桥下潭水悠悠、游鱼出没即作濠上观可尔。"清时拔贡张宗铭所撰又一次印证昔日的生机景象。而当下，山在、树在、水在、屋在、桥在，唯不见鱼儿踪影、人语身迹。

如果说，桥是一个渡口，那么没有了往来与贸易的口岸，终将走向衰败；而没有了奔赴与相见，没有了等待与冀望，来或去又有什么必要？对龙津而言，若干年前的整村搬迁无疑是人烟的抽离，更是一轮生命的谢幕。美,终不是耽于赏玩的摆设,之于廊桥,除了巧夺天工的建造,那最深的美质依然是人们对于生活永不放手的心灵啊!

三

无怪乎,在龙津的"申遗"中,村和桥是不能或缺的整体。龙津所在的村,叫作"后龙"。村中举目皆是悠悠嬗递的岁月和光华,它们甚至比龙津要年长许多,也知道更多关于过去的事情。

这是一个以张姓为主的古山村。先祖张氏自大唐广明元年(880年),由河南追随忠懿王征诛黄巢入闽,经数代移居,在屏南繁衍。后龙肇基于宋,成规模于明,至清时成为四邻八乡的一个大村。建于明弘治年间的慧光寺,就是村中最古老的建筑,与张氏宗祠、柏舟遗烈坊、龙津桥并称后龙四大古建,还有明清风格的书院、城堡、炮楼,都是后龙的遗篇,沉寂在历史的尘埃中。

高处放眼,村落宛如被拉开的锦绣长卷,恢宏壮观。民居,顺着坡地阳面一字排开,格局俨然。宽阔的溪水倒映着鳞次栉比的山墙,山墙都是用黄土夯筑的,呈现着闽东传统建筑"筑墙"工艺的往昔风貌。青瓦黄墙一座挨着一座,比攀之中讲究规则秩序。间有青瓦翘伸飞举,古韵流转,高高的马头墙上优美的弧线像波浪一般在山林之中涌动。

气派的后龙,有了诗书又更不一样了。乾隆版县志中屏南在吏职上有名者八人,后龙村就有张从龙、张君弼两位。村中有光绪时建的书斋三座,于时,周边各县学子要登科取第,往往都来此参拜请教。"鸟声穿树日卓午,灯影隔簾人读书。""深院谈棋梧叶雨,画栏敲句藕花风。"可以想象,当年高高的土墙间曾回荡多少读书声,长长巷弄里又溢满多少诗情。

历史甸甸,文脉葱葱,后世的张氏子孙是否也走出了不少鸿儒,远走的他们还会再回来吗?等到回来那天,一切都还在吗?村子里依然有三四个年迈老者住着,可旧屋耸立、古巷幽长,他们不害怕吗?

被遗忘的村落，衰朽的廊桥，渐行渐远的生活和孤单的老人，谁能走得更远一点？而这一程所至，龙津会否因为久违响起的踏踏脚步声，和一些或浓或淡的关心，也有了一丝丝的慰藉呢？我忽然对自己的闯入感到另一种可贵和幸运。

知道在废墟之中，有过生，有过死，有过繁华，有过人去村空。也相信空中万有，那些曾认真被创造出来的桥和村落，那些认真凝视过的眼神，都存在着可以超越时间的义理和秩序，一些既令人敬畏、令人引以为傲，却又愿意去谦虚认知的属于生活、属于自然、属于天地万物的义理和秩序。

打开一扇半开老屋，一垛新柴靠墙而立，散发淡淡清香，一棵虬结的大树还是从石缝中生长出来，冒出又一年的新芽。

紫桥遗梦

◎ 余新锋

紫桥,并不是一座紫色的桥,但它却是一座在古田旧城移民记忆深处闪烁着美丽光彩的廊桥。

很可惜,这座相传在宋代就有的长达200米的美丽廊桥在1933年随着国民党十九路军的一把大火灰飞烟灭,从此,它的美丽身影只存在于旧城人的记忆和人们的口口相传中。

令人欣喜的是,2023年1月12日上午,随着鞭炮声,投资1100多万元复建的85米长的新紫桥屹立于新丰河下游,横跨两岸,如同长虹卧波。

剪彩通行的第二天,70多岁的古田旧城"一保"老居民陈寿治就来到了桥上,抚摸着栏杆,眺望着远方。他凝视着福建著名书法家陈奋武先生题写的"紫桥"二字,百感交集,浮想联翩……

1月24日,兔年正月初三的那个清晨,在寒意森然中,我一个人来到了紫桥旁。

我变换着角度,认真观察着这座崭新而静静伫立的廊桥。世上的桥有很多种,但廊桥在世界桥梁史上唯中国有之。因此,这座刚刚建成的廊桥对古田人来说也弥足珍贵。

看看手机屏幕,刚刚清晨6点50分。天色阴沉,光线不佳,但眼前这座新建的江南廊桥在我的眼中却充满了古典的韵味。此刻，紫桥刚刚从梦中醒来，几只早起的白鹭贴着水面翩翩飞行，又绕着桥墩盘旋飞翔。太阳还没有出，不然，晨光熹微中醒来就沐浴在朝阳中的紫桥一定婉约又壮观。我走到桥上，坐在美人靠上，扭头俯视着桥下的水面，看古邑千年时光随波澜不惊的溪水汤汤流淌……我想象着自己不久之后在黄昏时刻再次来到这里，来看晚霞映照中的紫桥时心生的喜悦——那时，它会不会被紫色、红色、橙色的光芒和其他交织在一起的色彩包裹，如同"印象派"领导者莫奈等人笔下的画彩，又让人想起法国著名大画家柯罗那幅世界名画《茂特芳丹的回忆》？

后来，我走下台阶，沿着溪畔走了一遍，又走到桥上，来回走了两遭，最后坐在美人靠上，眺望着不远处的高速路口，仿佛眺望着紫桥的前世今生……

正月初五黄昏，我再一次来到了廊桥上。这一次，我的身边多了一个听众，那就是我从外地回来过年的女儿。

我带着她慢慢走，慢慢看，不仅看石头栏杆上的瑞草花卉的浮雕，更带她仰头看左右两边横梁上各 26 块的木雕，然后从第一个的"开元置县"讲解到最后一个的"移民新城"。对于梁上这些标注出来的古田的重大事件、重要人物、重点景点，我希望我的孩子能多了解一些，毕竟，这里是她的出生地和生长地——家乡作为一个人的精神脐带，源源不断地为他输送着精气神，给他以慰藉，以温暖……

实际上，廊桥是江南农村安宁祥和生活的一个象征。今天，和自己的孩子在紫桥上走走停停，坐在美人靠上拍拍照，临水而望，赏心悦目。

女儿问我"紫桥"这一名称的由来，这时，有两个坐在美人靠上的年轻姑娘也来了兴趣，围了过来，问能不能蹭听。我表示很高兴为她们顺便介绍一下"紫桥"名字有关的情况。在她们凝神谛听间，我娓娓而谈，似乎也看到了历史云烟里的紫桥和古田旧城……

"紫桥"的命名，当有两种含义。一是取"紫气东来"之意。当年老子骑着青牛往函谷关走来，一个叫作喜的官员看见有紫气从东而来，知道即将有圣人过关。这个故事最早见于汉代刘向的《列仙传》。后世就以"紫气东来"表示祥瑞降临。由于这个成语有很好的含义，所以中国人经常在春节时把它作为春联的横批，希望紫气带来吉祥和财富。"紫桥"就在旧城的东溪和北溪汇合之处。

"但我认为，紫桥的命名跟朱熹也有很大关系。古田是'先贤过化'的地方，这里的'先贤'指的就是对古田文化和教育影响极大的朱熹朱夫子。朱熹生于福建，字元晦，一字仲晦，斋号晦庵、考亭，晚称晦翁，又称紫阳先生、紫阳夫子、考亭先生、沧洲病叟。在我的老家杉洋镇，他还取了人生中最后一个号——茶仙。而他那么多个字和号当中，人们最熟悉的是'紫阳先生'……"

"可以讲仔细点吗？"一个当过语文课代表，喜爱历史的姑娘问道。

我点点头……

在古田，儒家大学者朱熹是一个神仙一般的存在，所以，普通百姓谈起他的"一日教九斋"和"智捉狐狸精"等故事，都口若悬河、眉飞色舞。而有文化的人谈起他，则说他是集诸儒之大成。这是因为孔子集群圣之大成，而后他传颜子、曾子，曾子传子思（孔子嫡孙），子思传孟子，宋代周敦颐得孟子不传之统，传程颢、程颐，"二程"传"程门立雪"中的杨时，杨时传罗从彦，罗从彦传古田人李侗，李侗传朱熹，而且李侗还是对朱子产生极大人生影响的一位老师。

"紫阳先生"之所以是朱熹字号中很响亮的一个，是因为他在世时经常在著述末署名"紫阳朱熹"，而"紫阳"一词源于新安郡南五里的紫阳山。这座山秀丽蓊郁，朝阳既出，紫气照耀，山光闪烁，类似赤霞，故名"紫阳山"。朱熹父亲朱松（号韦斋）年轻时就读于徽州州学，经常到紫阳山游玩。他中进士到福建做官，任建州政和县尉和南剑州尤溪县尉时还时常想起紫阳山，于是"以紫阳书堂刻其印章，盖其意未尝一日而忘归也"。朱松深爱着自己的这个儿子。建炎四年

（1130年）农历九月十五中午，朱熹出生在福建尤溪县城关水南的郑安道义斋。相传在朱熹出生的前一天傍晚，郑安道家对面城北的文山与背后的公山同时起火，山火熄灭之后，露出的山形呈"文公"二字。朱松惊呼道："此喜火祥兆也。"第二天中午，朱熹呱呱坠地，朱松就用"喜""火"二字合并为这个刚出世的孩子取名"熹"。南宋绍兴十三年（1114年），47岁的朱松去世，当时朱熹年仅14岁，朱松把家事托付给好友刘子羽。刘子羽把朱熹母子从建瓯搬到武夷山市的五夫镇居住。那里的"紫阳楼"是朱子故居，是刘氏家族为远道而来的朱熹母子专门修建的。朱熹到五夫后的第二年，就住进了这栋楼，一直到晚年迁居建阳，他在这栋楼里生活了近半个世纪。乾道七年（1171年），为缅怀父亲，朱子还以父号取名，将寝室命名为"韦斋"，将书房命名为"晦堂"，并在中堂上刻字"紫阳书堂"，以"紫阳"自号，世人称他为"紫阳夫子"。而人们习惯称朱熹为"朱文公"，那是因为在朱熹去世后8年，皇帝为了彰显他的学术成就追授他谥号"文"。朱熹在他著述中署名"紫阳朱熹"，这才是"紫阳先生"名称的真正由来，因为他在世时经常自称自己是"新安朱熹"或"紫阳朱熹"……

"看来，古田的'紫桥'确实跟'紫阳先生'中的'紫'字有关系。"女儿望着我说道。

"是啊，在朱熹到我们古田过而化之后，古田的教育水平就有了很大的提高，出现了很多饱学之士。"

三个姑娘都点头赞同。

"据史料记载，早在宋代，朱熹在福州东门创办紫阳书院，因为他称'紫阳先生'，为纪念朱熹办学，该地称为'紫阳村'，这就是今天的紫阳社区。"我说道，"我还去过婺源。在婺源，当地人都称婺源是朱子故里，婺源县城所在地被称为'紫阳镇'。"

"看来'紫桥'这名字真的很有来历，是跟'紫阳'有关。"女儿说。两个听我解说的姑娘也点点头。

也可能正是因为古田人了解了紫阳山与朱子的渊源，在他第一次踏上古田这块土地后，古田人便在旧城北门外建起了这座美丽的江南廊桥并取名为"紫桥"吧。徽州紫阳山，五夫紫阳楼，紫阳先生朱熹……从此，这个"紫"字伴随着朱子一生，为他的人生涂上了特别的色彩。

生活于古田旧城的人们对朱子有着非常深厚的感情，进而爱屋及乌，对从临安赶到了古田却不忍追杀朱熹而宁愿吞金自杀的文华大学士、太保陈堪也专门建庙祭祀。这个叫作"陈公太保殿"的建筑的柱子上一直有这么一副旧城居民永远铭记的对联——"哲可为经学可为史，忠不负宋义不负朱"。

陈堪，确实保护和保存了朱熹这颗宋朝的文化种子啊。

出生于1946年的古田旧城"一保"移民陈寿治经常梦回旧城，梦见"太保殿"里黑面孔的陈堪木雕像和追寻父亲到古田最后也自杀殉父的陈堪儿子"陈世子"塑像，当然，他也时常追忆古田旧城往昔的热闹与繁华……

总有那么一些时刻和场景让某个人刻骨铭心，难以忘怀。

陈寿治老人就是如此。60多年过去了，他依然难忘被古田百姓戏称为"十九团"的国民党十九路军焚毁紫桥后古田人在原址修建的公路桥，难忘自己拔兔草时从这桥上蹦蹦跳跳走过的童稚身影，难忘四面环水的旧城溪山书院，和慈母交代他不要随意跑进书院中的叮嘱，因为那里有传说中的狐狸精，也难忘正月十五"做上元"时，父母带着他到离家仅200多米的祭祀陈堪的陈公太保殿磕头烧香，然后喜滋滋地领回几块喷香的糕饼……他更难忘1959年五六月间的一个上午，已经搬到新城的古田二小读六年级的13岁的自己，和两个同学逃学到旧城紫桥不远的"一保"城墙外看大水即将淹没，已经居民外迁，只剩残垣断壁的旧城，和那些居民们丢下的旧家具、柱础和石臼等。他们对家园万分不舍，在饥寒交加了一天一夜后才被父母找回……

旧城，是如此的令他魂牵梦绕，以致多年之后，在接受电视台记者采访旧城移民情况时他潸然泪下。在某一年古田翠屏湖枯水到最低水位，旧城的墙基和城墙露出了许多，他还带着家人们来到了自己当年房子的位置，指点着告诉孩子和儿媳，还告诉儿孙们，风光秀丽的剑溪在傍晚时分格外热闹，因为有渔民撑着竹排来撒网捕鱼，而竹排上则停着鱼鹰……

对于那座"紫桥"，他没有真正见过，因为它在他出生13年前就因战火而被毁。但他知道紫桥的位置。他告诉我，古田溪旧城溪段笔直如剑，清代《古田县志》说它"派分双剑，汇成一溪"，旧城人都称它为"剑溪"。这里景点众多，留名史册的"玉田八景"中，"剑溪渔唱"和"玉潭夜月"等都在溪上或溪边。

而旧县城东北郊东溪、北溪两溪交汇处，有一块沙坂高地，这里有座建于宋淳化二年（991年）的溪山书院，朱熹就曾在这里讲学，并题匾曰"溪山第一"。宋时就有的紫桥，就位于溪山书院上方。但它命运多舛：清顺治年间建，乾隆十一年（1746年）毁于水，后历时三年重建，六墩七拱，桥高12米，长180米，宽5.7米，桥头两端还筑有马头墩墙，桥中竖48根柱，还有神龛。清嘉庆、光绪及民国年间都有重修。1933年"闽变"时，"紫桥"烧毁，后改设简易的石墩木铺公路桥。1959年因建设电站，紫桥旧址和整个古田旧城都沉没水底，只留给陈寿治一个萦绕于心的梦。

也正是因为这个关于旧城的梦，让他倾注全力，于2020年在翠屏湖畔复建了已经沉没于湖水之下的旧城"陈公太保殿"，按照旧"太保殿"的格局结构，立起了陈堪父子雕像……

我读过被后世称为明清散文第一大家的张岱的《陶庵梦忆》和《西湖梦寻》。前半生看遍繁华，后半生阅尽沧桑。他的浮华与苍凉，他的梦与忆，都让我印象深刻。我们难忘他的《湖心亭看雪》，他追忆自己崇祯五年（1632年）十二月，在"大雪三日，湖中人鸟声俱绝"后的"更定"时分，独自一人去赏雪……

在紫桥上，老陈会追忆什么？而我，又会怀想些什么呢？

正月初三的那个清晨，我找了半天，没有找到碑刻，为什么没有？

我想起了元末明初大文豪张以宁回古田时为临水宫写的《临水顺懿庙记》，已成为研究临水夫人文化和临水宫来龙去脉的重要历史文献。为什么复建"紫桥"却没有立碑记载这一盛事呢？

但无论怎样，我会记住这座2022年8月开工，2023年1月12日剪彩通行的紫桥，还有那为重现历史记忆的社会各界的努力……

走下廊桥，我们回头望去，暮色苍茫中的紫桥正张开双翼。它的美丽身影，突然让我想起了《清明上河图》中那座著名的、结构与"紫桥"相同的美丽廊桥——汴水虹桥……

廊桥遗梦，廊桥忆梦……

万安桥畔话沧桑

◎ 石　城

一

万安桥美不美,到长桥去看一看就知道了。

看一看也未必知道。万安桥的美,有些是眼睛能看得见的,有些却看不见,必须用心灵去体会。

二

屏南,虽说溪流众多,但只有两条溪把一县的水带入大海。一条向东,汇入霍童溪,在宁德入海。另一条往南,先经古田溪,再汇入浩荡的闽江,而后入海。长桥镇就位于后者在屏南界内的最后一个溪湾里。再往南,不出数里,就是古田平湖。

这里,地势平坦,视域开阔,四面青山围拱,中间,沿溪两岸一片平缓旷大的田园,虽然谈不上无边无际,但也的确经得起狠狠望一眼。溪的这边,就是长桥,那边,就是长新,两村隔溪相望,由一座古老廊桥将彼此连接起来。这座廊桥,就是万安桥,是目前全国最长的木拱廊桥。桥原本是交通途径的一种,但廊桥不同。廊桥俗称"厝桥",桥面上建有半开放式的木厝走廊,走廊两边各设有一排栏杆条凳,既能遮风挡雨,又可休闲小憩,最重要的,还能观赏到沿溪上下绝美的风景。从桥上放眼望去,不管是上游还是下游,同样一派天远气清、山高水阔。春夏时,草木葱茏,禾浪滚滚,秋冬时,稻菽归仓,千田尽荡,无不令人心旷神怡。遇雨雾天气,四面轻烟缭绕,远山近水幽幽渺渺、蒸腾飘忽,更是一番仙境般的景象。不必说,人在这样的地方生活久了,自然心净情纯,开朗敞亮。何况,这里还有丰厚的历史积淀和独特的文化传承。难怪人们都爱说,长桥的女孩最漂亮。

这地方位于屏南、古田两县的交界处,实际充当了屏南的一个对外窗口。这里的人们见识广些,思想开化些,文化活跃些,因此也就开放文明些。有一段美丽的旧风俗,在屏南全境,恐怕也只是长桥独有。每年中秋节,长桥和长新两村的人,都会自发到溪边举行盘诗比赛,青年男女沿溪布阵,各站一边,上对皓皓明月,下临盈盈波光,一来一回,说东道西,打情骂俏,激情如火,直到夜深人静,月冷风清。这样的风俗存续有年,不知始于何时,也不知有无良缘由此缔结?可惜,到了20世纪80年代,此俗最终被废。至今听来,依然让人心痒如蚁,激情涌动。

三

流经长桥的这条溪,现在就叫"长桥溪"。过去不是。民国以前,这条溪有个响亮的名字,叫"龙江"。这是全县唯一以江命名的溪。这龙江也不是随便叫的,此中有一个美丽的传说:这溪底下藏有蛟龙,平时不显山露水,偶尔露出头角,必有人登第。据乾隆版《屏南县志》载,明永乐乙未间,当地曾出过一位进士,姓章,名润,字时雨,号沛霖,官至刑部郎中。章郎中"遇事刚果,有古人风",断狱数千,无有称冤者,时人送他个外号,叫"章铁板"。更可敬的是,这位先贤,不仅办案执法如山,铁板一块,而且对自己极尽苛刻。他"历官十载,宦囊萧然，居屋数椽，不蔽风雨"。这就是说，他当了十年朝廷大员，最终，依然囊中羞涩，几间破房屋甚至连风雨也遮挡不了，其高风亮节可想而知。相传，当初他发甲时，溪底的蛟龙曾为之一露头角。

四

横跨于溪面上的万安桥，俗称"长桥"，今天的长桥村，正是因此桥得名。桥身长达百米，五墩六孔，飞檐翘角，像一条亘古的苍龙，静静横卧于宽阔的激流之上，任水声訇鸣，日升月落，星移斗转，岿然不动。1991年该桥被列为福建省文物保护单位，2006年再荣列全国重点文物保护单位，近年还登上世界物质文化遗产预备名单，也算是山沟沟里飞出的金凤凰。该桥古代又称"彩虹桥""龙江公济桥"等，一度传为仙人所建。不过，有确切史料载，该桥始建于北宋元祐五年（1090年），后或因兵火，或因匪患，几毁几建已不可考。现存桥身重建于民国二十一年（1932年）。传言在这次重建过程中，一位工匠不慎从数十米高的拱架上跌落河中，却安然无恙，是以，又更名为"万安桥"。据说，自古桥两端松柏苍翠，直入云霄，沿溪上下更是水波荡漾，桃花掩映，俨然一派幽深浪漫的世外桃源景象。清朝时，当地有一位名叫江起蛟的贡生曾为此写过一首七律，极尽溢美之词，足见当时该桥风光迷人不假。诗曰："千寻缟带跨沧洲，阳羡桥应莫比幽。月照虹弯飞古渡，水摇鳌背漾神州。汉家墨迹留中砥，秦洞桃花接上流。锦渡浮来香片片，令人遥想武陵游。"

五

多达数千的包氏后人，每年都会派代表前来村中包氏宗祠祭祖祈福，热热闹闹，从未间断。这座古宅，内部有一个十分独特的地方。或许是由于建宅之初材料所限，又或许是由于宅子太靠近溪边，不免水多地湿，正厅的地面，全用溪里捡来的小石头铺就，一粒一粒，细细长长，钉入土里，只露少许在地面，乍一看，满地密密麻麻，挨挨挤挤，仿佛织工粗糙的一匹麻布。对此，包氏后人自有解释，说，一石就是一钉，也就是一丁，这是祖上建宅时，取人丁兴旺、永世不衰之意。也正因此，偶有缺损或者塌陷，不可撬起，只可补钉，意谓"添丁"。时至今日，由于天长日久的踩踏，这些石钉，一个个变得溜光滑亮，褐里透红，被认为是包氏一族世代昌荣的象征。

站在正厅内举目望去，见南天外一峰峨然耸立，仿佛迫在面前，令人心头一紧。正是这座被称为龙江第一峰的小山峰，一度竟关乎整个包厝的命运安危。明朝中后期，匪寇四起，幸有一隐士栖居山顶，在这里设寨建堡，供乡人避乱。据记载，寇攻寨，此人仅凭个人至诚搬来援兵，解救乡人于累卵之危。此人不是外人，正是包氏后裔，名叫包约生，生于万历年间。

六

包氏祖宅往后数十米，就是万安桥。这个地方颇有些讲究，在包氏祖先的故事里，称"牛鼻港"，平常又称"龙门港"。

港，在本地话里，既非江河的分流，亦非停船的地方，而是泛指溪中的任一水流湍急之处。万安桥下，正是一个溪港。此处，溪面由宽变窄，两岸危岩夹峙，溪心巨石突起，水深流急，日夜轰鸣，颇为惊险，加上万安桥如一道弯弯的彩虹，罩于其上，再加上东岸老树参天、遮云蔽日，远远看去，更显得幽深若洞、深藏玄机。新建的溪心公园在桥上游一点，像一片阔大的浮叶，漂荡在那盈盈碧波间。这个所谓公园，几年前还是一片野草横生的荒滩。在古代，它是一个岛，叫"卧龙岛"，岛上松荫蓊郁，蔚为风景，还有个不大不小的书院，叫"沧洲书舍"。据说，晚年退官归隐的章郎中，曾在这里讲学，引四方学子云集，热闹非常。想那时，这条溪被称作江，水多流大应不在话下。

如此一条浩荡的江流从远方一路逶迤而来，到这里，突然冒出个江心岛。这个岛，能不像是一条潜卧江底的巨龙偶然露出水面的龙首？难怪岛前的这个港，被称为"龙门港"。

心怀此念，只身走在那百余米的桥廊里，由东向西，沐浴着那一股股涤荡肺腑的幽幽古意，略一恍惚，似乎来到了数百年前，又闻卧龙岛上书声琅琅，不绝于耳，自那绿荫深处传来。

七

长桥无疑是美的，万安桥更是整个长桥美的中心，自始就是，至今还是。数百年来，它一直静静守候在这里，逐一记录着这方土地上历史的兴衰、朝代的更替，以及人世的沧桑，并把它们深深刻进了自己的一梁一柱，直至一瓦一石，使自己成为文化与美的化身。如今，近朋远友凡来长桥，万安桥是必看的，可又有几人能够领略到此中冷暖？

魅力百祥桥

◎ 李家咏

屏南是山区，山多溪多，流水滑过处，桥便应运而生。

让家乡人引以为傲的是木拱廊桥。廊桥是古代虹桥的发展和创新，即在虹桥的桥面上加盖廊屋，既可起到保护拱架，延长桥的使用寿命的作用。

家乡木拱廊桥，最有名的是万安桥、千乘桥和百祥桥。万安桥六孔，突出的是"长"；千乘桥双孔，突出的是"美"；百祥桥虽单孔，却突出一个"险"。长、险、美涵盖了屏南廊桥的魅力。

百祥桥位于福建省屏南县棠口乡下坑尾村与寿山乡白洋村交界的白洋溪上，因其位于崇山峻岭中，又单孔跨于地势险要的大峡谷之间，毫无悬念地被誉为"江南第一险"木拱廊桥。

小时候，常听大人说"担回头"的故事，故事里就有路过百祥桥时，在桥上歇脚、吃饭，甚至过夜的情景，听多了心就多了一份好奇，一份想去看看的向往。

后来知道，百祥桥最初由高朝阳创建于南宋度宗年间，而后就屡遭水灾火患，多次重修重建。我们从桥头一碑刻里"桥之易毁、欲渡无梁"就知其中的深切痛苦；读出桥的沧桑变故，或由"白洋桥""松柏桥"改名"百祥桥"，就知其寄寓着纳福吉祥要平安之意。

在民间，修桥铺路一直被认为是善事、善举，是人们自我意识的突破，于是大凡每次建造或重修一座木廊桥所花费的巨大财力，都要靠大众集资、乡绅募捐，所以每遇到有这样的事很多人即使不是很富有也会慷慨解囊，尽力相助。

从采访和各种资料看，百祥桥的每一次募捐重建都首推漈头张姓人。其原因是邻里乡村，漈头最大，经济实力强，热心人也多，所以与百祥桥有关的漈头人的故事就特别多。像嘉庆二十五年（1820年），漈头村张永嵩为首募建，不料张永嵩突然病故，其妻黄氏与子张钦奇毅然司理总董事务，广募巨资，重建百祥桥。清光绪二十一年（1895年），漈头庠生例赠雍正进士张传陛为首募捐重建，总理为张传陛。而最近的一次2006年6月的修缮，也是漈头张书巡热心牵头的。我们在廊桥桥面或是桥周围留芳碑上见到的有关建桥修桥时间、首事、石匠、捐助者姓名与银两数量等许多人文资料，除了以之感谢热心公益的善举，则是鼓励更多的后人参与到建设和保护中来。

听说修建一座廊桥也和建造房子一样，在上梁与落成时都有仪式。一般请德高望重的老人或多子多福的寿星剪彩、走桥，走桥时往地板撒铜钱，放鞭炮以表示吉祥，加上所有廊桥中都设神龛神位，以供上香上供，祈求神灵的保佑（但百祥桥因几次火患，现神龛已封闭，而于桥外另设神庙祭祀）。于是，每每路过廊桥，心里总有一种敬重、神秘的感觉，就是小时候不管多么调皮贪玩，也不敢在桥上造次。可见一座廊桥就是一部民俗史，正是千百年来人们对廊桥怀着敬重保护的心来重修与改造，才使得廊桥的古老元素一点点保存下来，让人文习俗与古老历史得以一点点积淀。

等我真正见到百祥桥的时候已经是其涅槃重生后的2006年。站在桥面上，如果不是崭新的材料和淡淡的杉木香味，你根本看不出它和旧桥的区别。据国家级非物质文化遗产木拱桥传统营造技艺代表传承人、百祥桥主绳黄春财老先生说，该桥为四柱九檩穿斗式构架，全长38米，宽4.5米，单孔跨度35米，仅比河北赵州桥的单孔跨度小2.5

米，桥面至谷底高度达27米。他说："新桥不仅外观、架构与旧桥一样，连用料也是选用与旧桥一样的。"

百祥桥周围群山耸峙，层峦叠嶂，木材丰富，极具建木拱桥的条件。砍伐下的树木只需少数的工人就可以制造成建桥的材料，无需长途运输，成本低廉，现在重新建造的百祥桥的所有材料都是用旧址边的山坡上砍伐下的杉木做的。

据说，清咸丰二年（1852年）重修时，漈头、旺坑村的苏文坛、张永禅、张传恭等16人集资买下桥西的一片山坡，植杉树480多株，以作修桥永久专用林，并在桥头立碑永志。原廊桥造桥者为后续的建造、修缮提供了预备的材料外，也为廊桥景致增添了几分温柔与雅韵。

我没见过建桥过程，但在这样奇险的河流上建造一座如此规模的廊桥其难度是可想而知的。廊桥建造技术是特定区域的廊桥文化的集中体现，有着极其宝贵的传统工艺价值。黄春财以精湛的技术让"江南第一险桥"复活，让人们又看到一座千年古桥的雄峻风采。

"一桥飞架南北，天堑变通途。"桥让溪涧成为通途，又为人们乘凉、歇息、躲避风雨、观光旅游和祭祀神祇提供了场所。有的廊桥还有供人暂时居住的屋，既遮风又挡雨有时还是临时的家，故还有人把廊桥叫作"风雨桥"。

走在桥面上，脚下的木板平平坦坦，廊柱整整齐齐，两旁的椅子并排固定着，可以坐，可以躺，随心所欲。在历史上，百祥桥是屏南通往宁德、福安等地的茶盐古道的必经之路。

过了桥，是一级级向上的石径，这是去往寿山的白洋路。我们的父辈"担回头"去宁德、福安都要经过这条路的。走在苔痕斑斑的石径上，我仿佛看到父辈们当年走过的身影，感觉到父辈们脚踏过的力量，这样光滑的石面是他们一步步踏出磨平的印痕。现今，虽然交通发达了，但这茶盐古道不会荒废。它是一段历史，它是一种精神，它是一种对过去的追忆与思念，更是留给后人的一份难以估量的历史和智慧的见证。

下到桥底，抬头看两山之间真是奇险无比，但桥身那超凡脱俗的凌空一架，恰似一条乌龙，鳞光闪烁地静卧于两山的碧绿间，把桥与山、山与水、水与桥和谐成一幅壮美的自然画卷，构成这里独特的天然魅力，表现着古代劳动人民的智慧与力量以及造桥技艺的精湛。

细看桥没有一钉一铆，就靠拱木纵横拼接，榫卯衔接，彼此依托，相互支撑，共同构成稳固构架，千百年支撑着飞跨峡谷。专家说："百祥桥是中国木拱廊桥的经典之作，集精湛的营造技艺和丰富的文化底蕴于一身，融建筑学、美学、地理学、民俗学于一体，具有极高的学术研究价值、旅游价值和交通价值。"

白洋溪激流涌动，水里的和水边的石头在顽强的韧性和涌动的力量的冲蚀和磨砺下，棱角渐渐柔化，突兀缓缓凹陷，成了人们今天看到的各种各样的石窟石臼的模样，显现着溪流的力量和自然的伟大，说明着白洋溪是一条古老的河流，说明它源远流长，同时也说明古老河床上同样古老的百祥桥的历史魅力。

这里很静，静得只有哗哗的流水和偶尔的鸟兽声。人在这样的环境里，心会很静，欲望很低。人只有在这样的环境里，才能让自己如水般清澈，如山般坚强，如天般宽广。在这里，难得的是我们可以以一种静静的心情，看静静的世界。我们喜欢恬静的生活，我们喜欢清新的空气，我们喜欢自然的环境，我们懂得和谐自然、尊重自然、保护自然，懂得利用自然求得安稳，懂得追求自然提升的境界。自然是我们的生命力，自然是人类永远的追求。

我们走了，百祥桥就这么的在霜天暑地、风中雨中静默，坚守着那份孤独、那份寂寞。我想，要是没有桥的原始、沉寂，桥也就失却了它的根本，失却了作为桥的全部意义。

我们一次次地来走廊桥，又一次次地离开，是喜欢廊桥的古老韵味，更为了廊桥那一串串古老的故事。我们追寻廊桥，是在追寻美丽山水，同时也是在追寻山村居民努力寻找美好生活的足迹，感叹自然的美，工艺的神秘。我们的关注也会成为一种善意的力量，让百祥桥更加魅力四射。

  我们不能忘记廊桥,我们不能遗失廊桥文化,我们更不能遗忘廊桥的建造技艺与传承,否则我们将无法交流,无法跨越,无法面对。我想,我们在享受着先人智慧创造的便利的同时,廊桥文化也在默默涵养着家乡的土地,丰厚着家乡的底蕴,同时也为我们生活在这片土地上蓄足了力量与底气。

  我相信,百祥桥的传奇,百祥桥的魅力,百祥桥的文化,将会吸引更多人走近它,走进它,更多人喜欢它,探索它,保护它。

  愿百祥桥以其独具魅力的身姿静立于旅人跋涉的期盼中岁岁年年,年年岁岁。

登龙桥絮语

◎ 阮梦昕

多年前去七步镇八蒲古村时，邂逅了古色古香的登龙桥。桥如飞虹卧波优美地横卧在八蒲溪上，随着蓝天白云、修竹绿树，在青碧的缓流中映照出一片朦胧的幻影。

廊桥，是一种"河上架桥，桥上建廊，以廊护桥，桥廊一体"的古老而独特的桥梁样式，是木结构桥梁的活化石。周宁的廊桥始建于明代，年代久远且具特色还保存完好的有禾溪村的三仙桥、后垄村的后垄桥和八蒲村的登龙桥。

登龙桥位于八蒲溪下游，横跨八蒲溪，呈南北走向。清东阳行县掌教余纶光说："合桥之下流，有龙潜焉，两邑比乡早祷辄应，故名曰'登龙'，志神意也。"登龙桥始建年代不详，清康熙二十六年（1687年）水毁后，于康熙五十六年（1717年）募建；乾隆三十九年（1774年）募修；道光十一年（1831年）桥被风雨摧折，十六年（1836年）重建；1986年再次重修。1990年登龙桥被周宁县人民政府列为县级文物保护单位，2005年被福建省人民政府列为省级文物保护单位。

登龙桥系木拱廊桥，因桥上加盖有桥屋，村民称其为"厝桥"。廊桥两头分别以石阶连接古驿道，南接八蒲岭尾，北连八蒲店寸登街，梨外公路未通车前，为周宁到宁德的交通要道，古称"北达盛京，南通省会"。整座桥长 38 米，宽 4.9 米，单孔八字木拱净跨 23.5 米，离水高 9 米，桥面高于街道 3 米。两端桥墩石砌，各伸出一道斜梁，像一个大八字稳稳地叉立在溪面上。全桥用杉木建造，主拱骨架采用双层纵向斜平梁与横向连系梁组合的多边形结构。整座桥没有寸钉片铁，只凭椽靠椽、桁嵌桁紧密衔接而成，结构稳固，独具匠心，气势宏伟，工艺精湛，令人惊叹。斗转星移，岁月更迭，多少廊桥或毁于水火或圮于人为，留下了桥殇之憾。而登龙桥保存之完整、历史延续之久、建造之精美在宁德乃至全国木拱廊桥中，也极为罕见。

踏着桥头被岁月打磨得十分光滑的石阶，进入有木廊遮风挡雨的桥屋，是一条宽 3.2 米的长廊通道，桥面上铺砌着齐整的防火青砖，南桥头还立有一块道光十七年（1837 年）的缘首石碑。桥上部为单檐硬山顶廊屋，十五开间，高 4.5 米，宽与桥同，两边廊壁开设有通光孔。通道两侧置有坐凳，供行人歇脚、避雨、纳凉。由于年代久远，那两排长长的木坐凳边角已是斑斑驳驳，泛着青幽的亮光。穿行其间，阳光从每个通光孔漏泄入，透漏出一些别样的韵味，氤氲着一种浓重而迷离的气息，让人仿佛走进了时光隧道，穿越了历史的风尘脉络。

登龙桥中央设有神龛，祀有真武大帝、观世音和当境土主塑像。对八蒲人来说，登龙桥不仅是他们的交通要道，也与当地的民俗风情密切相连。农历每个月的初一和十五，村民们都会从四面八方汇聚到登龙桥内，摆上供品，点烛上香，然后磕头作揖祈福，既祷告廊桥的平安，又祈求风调雨顺、丰衣足食。几百年来，桥屋中烛光摇曳，香火不断。

登龙桥的梁柱上还题写有诗词、楹联，记录着年代的变迁，刻录着历史的往事。明朝诗人陈宇曾赋诗一首："驱石雄图絷八牛，巍然砥柱屹中流。横空蛱蝶云中见，吞海鲸鲵水面浮。今古行人由大道，杠梁固址重嘉猷。何年驷马留题在，壮气还期属状头。"轻诵着这些诗词和楹联，宛如时光倒流，明清的遗韵在桥中漫溢开来，不期然间就和一个古代赶考的书生擦肩而过，那胸有鸿鹄之志的青衫书生，或许就从这儿起步而跃上龙门，从此便仕途通达。

走在登龙桥上，透过廊壁的通光孔，可以俯瞰八蒲古村和溪岸的景色。清风徐徐，流水淙淙，廊桥边那棵老槐树，在秋风的轻抚下，摇曳着季节最后的深情。溪流、石阶、老树、古廊桥和谐地会聚一处，拼接成情绪的脉动，与空灵远山、金黄沃野交相辉映，糅合成一幅诗意盎然的写意山水画。徜徉其间，凭栏听风，时光仿佛在这里搁浅了。在这里，山是青黛一抹，水是碧绿一缕，水声勾诗意，廊桥引画情，一幅天然画卷再增添一道人文色彩，整个八蒲古村也因此而灵动了起来。

八蒲古村民风淳朴，文化底蕴深厚。村子因其南面群山连绵、峰峦叠嶂，有如八把并列张开的巨大蒲扇而得名。八蒲溪自西向东呈S形从村中央蜿蜒而过，上游是风景如画的情人谷，下游是充满神秘色彩的祈雨圣地——龙井。传说几百年前，八蒲村忽遇旱灾，村民心急如焚，到龙井求雨。通禀之后，顷刻间风云骤起，暴雨倾盆，八蒲溪上游岸边一株巨树连根拔起，随着滚滚洪流直冲而下，临近登龙桥时，树身横斜，直扫桥身。忽然从桥屋内冲出几个壮汉，手持竹竿，将巨树轻轻一拨，树身旋即转直，安然穿过桥下顺流而去，那几个壮汉也瞬间消失无踪。村民皆目瞪口呆，认为是桥上的真武大帝为保廊桥安危，特派护卫前来护桥。自此以后，村民愈加悉心守护着登龙桥，且世代相传。

八蒲古村历史悠久，人文荟萃，既出商家，也出太学生、秀才。明洪武元年（1368年），宁德县在八蒲设铺，传递官方文书。八蒲地处三岔路口，是古代闽东北的交通要冲，也是宁德至政和、寿宁、屏南的必经之地，优越的地理位置使其一度成为周宁的商业中心。据传宋时，政府已在八蒲开采铅矿并冶炼，登龙桥北端的八蒲商铺林立，四方商贾云集。而今走进村里，当年那驿旅繁华的景象早已荡然无存，只能从寸登街那灰墙黛瓦和断墙残垣中，回味往昔熙来攘往、热闹辉煌的痕迹；从登龙桥那风雨沧桑和笃定从容里，遥想当年车水马龙、人声鼎沸的场景。

登龙桥，宛若一位洗尽铅华的老人，历经几百年的风雨剥蚀，经历了风物人情的沧桑巨变，却依然能穿越时空的重重帷幕，从容地傲立在八蒲溪上。虽然它名不见经传，但每一根梁柱、每一块桥板都稳稳当当、实实在在，忠实地守候着这一方山水，默默地呵护着南来北往的行人。虽然它满布历史的年轮，却始终以一种从容悠闲的大度，静静地屹立在青山碧水间，成为八蒲古村一处意蕴深厚的人文景观、一个历史文化的特殊符号、一道岁月沉淀的乡村美景、一抹远方游子永远的乡愁。

廊桥，是一种文化、一种乡土情感、一种民族智慧的载体。它让人怀旧，让岁月变得深远，让人对祖先创造的文化遗产心怀敬畏，油然而生谦卑与感恩之情。果戈理说过："建筑是世界的年鉴，当歌曲和传说已经缄默，它依旧还在诉说。"在这里，登龙桥就像一部读不尽的古书，承载了太多的历史和传奇，单就那碑石、牌匾、楹联、诗赋、廊桥吉祥文化现象、建桥组织与缘首，也许我们倾其一生也领略不透，只能从它沧桑的扉页里读出些许。

伴着潺潺的流水和轻柔的山风，再次从登龙桥上缓缓走过。走在几百年光阴的沉淀上，我只用心灵去体会它的纯朴与厚重，用灵魂去感知它的恒久和沧桑……

廊桥瑰宝水浒桥

◎ 杨常青

几年前,因"中国廊桥之乡"名气的缘故,我特意和朋友跑去浙江泰顺泗溪游览。在泗溪廊桥上认识了一位老者,他拿出一本廊桥摄影图册告知我,木拱廊桥多分布于闽浙边界山区,其中柘荣东源乡的水浒桥也很出名。我当时听了顿为自己身为柘荣人,而不识水浒廊桥而脸红心跳。从泰顺泗溪回来的第二天,我专程来到了东源水浒桥,一睹她的风采,并向附近的村民了解它的来历和108将的故事……

东源桥又称"水浒桥",位于福建省柘荣县东源乡东源村的金沙溪之上,是全国重点文物保护单位"闽东北廊桥"之一。2009年,水浒桥营造技艺被捆绑列入联合国急需保护的非物质文化遗产名录。

水浒桥,元至元元年(1264年)始建,清乾隆十六年(1751年)重修,南北走向,全长43.2米,宽6.66米,单孔跨度15.25米,桥面廊屋为单檐抬梁式双坡顶,梁架共18扇(缝),每扇(缝)6根立柱,计108根立柱。该桥每扇(缝)6根立柱的结构形式为全国仅有,被誉为"木拱廊桥中的孤品"。从桥型上看,是为老百姓遮风挡雨、便行两岸的"廊屋桥";从民俗上看,是善男信女供奉神灵的"风水桥",与国家级非物质文化遗产柘荣马仙信俗有着历史渊源。

关于水浒桥的来历,民间传说很多。传说为了安康呈祥,乡民们经马仙指点，在村中金沙溪上修建水浒桥，以桥柱108根，象征36颗天罡星、72颗地煞星，保佑百姓平安。为了感念马仙的指点和庇护，东源百姓世代奉祀因孝德成仙的马仙娘娘，村里每年推选"孝德之星"纪念马仙娘娘。后来，桥中108根柱子因与梁山108名好汉数字相符，民间老百姓又对正义、忠诚、勇敢、仁义、团结、互助的水浒好汉崇敬有加，将这座桥称为"水浒桥"。有诗曰："水暖春光满户庭，浒山爽气郁葱青。廊边草木欣欣喜，桥下波涛自有灵。"

水浒桥是由上、下两个斜向叉立棋盘柱和上、中、下横列千钧顶梁架构成的木拱廊桥，架以杉木、乌桕木为主，不用钉、铆，只用垫木和榫头。桥的构造也十分奇特，南北桥头的引桥的廊屋围墙为河石砌成的石墙，中间跨溪部分为木拱廊桥结构。桥面的两头是由鹅卵石铺就的，中间由大木块铺成。踏着鹅卵石走进桥身，有种走进历史的感觉，两旁密密匝匝的柱子有如卫队，正在列队欢迎我们的走过，显得那么庄重和肃敬，心中油然而生一种对历史和岁月沧桑的尊重。桥北端还立有石构方形泗州文佛古塔一座，高2.85米，座宽1.15米，塔基须弥座，佛龛内浮雕佛像，栩栩如生。水浒桥宛如一位岁月的守望者，静静地横跨在溪流之上，见证着时光的流转。无论是经过往年代古官道的车马之行，还是受到近代社会载重车辆之践踏，木拱廊桥依然坚固如初，不禁令人叹服工匠们的巧手神工。水浒桥，不仅是一座桥，更是一部沉甸甸的历史长卷。它见证了人们的喜怒哀乐，展示了劳动人民的聪明才智，我每一次踏上这座桥，都能感受到那种震撼与感动，不停地用手中相机记录它的沧桑和细节！

如今，水浒桥虽不再是交通要道，但它却成了人们心中的一道风景线，更是一张国宝级文化名片。而东源村也因水浒桥而被更多人所认识。东源村始建于元代，是首批省级传统村落和市级历史文化名村，村内传统文化底蕴深厚，有众多文物古迹和自然景观。东源古建筑群已列为省级文物保护单位，由吴氏宗祠古戏楼、古书堂、古井、培凤亭、粉墙厝、吴成故居等组成，多为清代建筑。东源村以保护传承地方传统文化为己任，按照"保护传承、创新发展"的思路，以满足群众精神文化需求为出发点，加大社会主义核心价值观宣传，年年举办"邻里节"。每年的邻里节热闹非凡，村民欢聚一堂，共庆佳节，举办善行、友邻、孝媳、金婚、长寿、才子、能人等"七榜"评选，弘扬孝德向善文化，用这些身边榜样人物的实际行动来诠释什么是真正的乡村之美，也为村民们树立了良好的榜样。东源村同时写好文旅融合文章，持续打造古廊桥、古戏楼、古书堂、培凤亭、百草园等乡村百姓大舞台，深化拓展群众性精神文明创建活动，丰富农村文化生活，进一步活跃农村文化氛围，促进乡村文化振兴。每当夜幕降临，桥上灯火通明，与溪水交相辉映，宛如一幅美丽的画卷。"山作青罗髻，水为眼波横。"人们纷纷来到这里，欣赏廊桥的美丽，感受廊桥的历史，用脚步去体验廊桥木板的质感，用身体去领略穿越时空的美感和诗意。

  柘荣水浒桥，它让我们看到了连接古今的历史长卷，也让我们感受到了现在的美好时光。愿这座廊桥能够永远屹立在中国长寿之乡、马仙故里柘荣的土地上，见证着这片土地的繁荣与发展。

情韵悠长

走过廊桥

◎ 郑家志

"为什么要有桥啊?"

"因为路走到尽头了。"

在寻访廊桥的路上,有人聊起这个浅显而又富有哲思的问题。有了桥,看似已经没有路的地方,就会被连通起来,路出现了转机。

廊桥出现距今已有2000多年的历史。廊桥亦称"虹桥""蜈蚣桥""厝桥"等,主要有木拱廊桥、石拱廊桥、木平廊桥、风雨桥、亭桥等,为有屋顶盖的桥,既可以保护桥梁,也可以遮阳避雨,供人休憩、交流、聚会等。

闽东大地,幸好有桥,幸好有廊桥。"九山半水半分田"的闽东山区,到处是山路绵延、古道峻峭,途经山谷溪流,随处会遇见木桥、石桥。这些建桥的木料、石料,都是就地取材,只要凌空一架,就让两条走到尽头的路变成了一条路,前行的脚步便不再停歇。

寻访廊桥的这些日子,正是感到特别茫然的时候。一次又一次观看《廊桥遗梦》这部电影,忽然发现:走过廊桥,让更多的人可以穿越时空相遇,前路就在脚下,何惧迷茫?

早春三月,春寒料峭,我们的车七拐八弯到了屏南棠口。在导航指引下到了村口,即将进入只容一部小车进入的小巷。"我们好像迷路了。""你们要到千乘桥吗?"小巷里的村民问。"是的,我们要找一座有廊屋的桥?""就在前面!"

果然,千乘桥若长虹卧波,雄伟秀丽,横跨在屏南棠口村村尾,从远处看整体形似一只昂首展翅的公鸡。桥两端保留了许多古建筑,有八角亭、林公庙、祥峰寺、龙井等,附近还立有新四军三支队六团北上抗日纪念碑。为首募捐再造廊桥的清朝周大权在他的《千乘桥碑记》中写道:"临渊累石,下同鼎峙千秋;架木凌空,上拟云横百尺。"我觉得,这是对该桥的最好写照。

乡村的好,好就好在它充满温情,如百岁老人,不紧不慢走在自己的时光里。春节已过,但乡村大街小巷照例响着鞭炮,照例请神游神,过着热热闹闹的只属于他们的民俗节庆。

走上廊桥,凉风习习。坐在廊桥长凳上的老人们,看着熙熙攘攘过桥的人们,有一句没一句地聊着他们的天地。当地的老人家告诉我,廊桥上还经常举行"走桥"活动。"走桥"是闽东独特的传统习俗之一。所谓"走桥",即"走百病",是一种消灾祈福求健康的民俗活动,是闽东人民用真诚的祈福表达对生活的美好祝愿,也寄托着对乡土山河的信仰与热爱,传递着丰富的传统文化内涵。

小时候,在云端之上的故乡——周宁鲤鱼溪水尾廊桥上,常常看到人们走桥的情景。走桥时,走桥者首先要在廊桥中间设供桌摆上祭品,上香祭拜;然后口中念念有词为子孙祈福,往返桥头桥尾七个来回;最后,人们把系着彩丝带的粽子或者钱币,从廊桥的窗口扔到桥下。

走桥的那座桥叫"观音廊桥",位于浦源郑氏宗祠东侧,鲤鱼溪下游水口处,下连九曲溪,廊桥跨溪桥木是用有"站着两百年,躺下两百年"之称的水松建成的。在该桥上可以坐拥浦源八景,侧听"松间鹤语",遥望"石牛西卧",夜品"半月沉江",晨看"麻岭小雾",穿过数百年的光阴,伴随着一溪欢快的鲤鱼,那些沉淀在历史烟云中的前尘过往,如涓涓细流般浸润着这方土地,成为独有的乡愁。

走过廊桥,独行也好,结伴也好,我们已经感到不再孤单。我们发现，那些古朴典雅的廊桥旁边，每每就有一棵同样沧桑遒劲的古树与之相伴。比如，周宁县纯池镇禾溪村中的三仙桥，横跨湫溪之上。桥一头溪岸的石缝中，倔强地生长着一棵栀子树，树干长满沧桑的疙瘩，遒劲而婀娜，每年花开之际，全身雪白，灰褐色的桥身正是她最美的背影，常常成为旅客的打卡地。郑仕康先生曾经撰《采桑子》："谁描画卷桃源里，曲径长堤，草木芳菲，几处人家映翠微。定澜桥下清流碧，鲤跃涟漪，倩影轻移，树上娇莺自在啼。"三仙桥与栀子树，与古村落相互依存、浑然一体，廊桥不孤单。还有闽东的鸾峰桥、状元廊、广福桥、广利桥等等，它们已经融入当地村民生活的一部分，像精神的营养液，时时刻刻流淌在祖祖辈辈的血脉里。

走过廊桥，其实我们正经历了一场时空的交互。世界上许多美丽的风景，往往需要我们站远了看，才能清晰地看见它的美好，廊桥也是。在闽浙边界的泰顺，有两座连体的号称"世界上最美的廊桥"的北涧桥和溪东桥。这两座桥因其古朴的造型和精巧的结构而被称为姊妹桥。整座桥横跨北溪之上，气势宏伟，桥身碧瓦红身，雕梁画栋。桥旁有古树掩映，桥下是二水交汇。姊妹桥只有站在对岸，才能看清廊桥、古树、石板、碧水，彼此交相辉映。那时，我和妻子正是站在对岸远望廊桥，不禁惊叹，这真是一幅绝美的山水画卷啊！

后垅古廊桥也是一个经典的人间杰作。后垅廊桥处于被誉为"闽东的西双版纳"的后垅大峡谷中。峡谷两岸山峰临溪拔起，险象环生，景色迷人。值得一提的是，离后垅廊桥不远的秀坑村被称为中国木拱廊桥建造技艺之乡，廊桥建造技艺被联合国教科文组织列入急需保护的非物质文化遗产名录。作为秀坑廊桥世家的第八代传人，张昌智于2014至2015年间，经过留德博士刘妍牵线，为德国雷根斯堡的一位庄园主建造廊桥。他沿用传统技艺，凭着过硬的技术，不用一颗钉子，完全以榫卯结构连接建造，不用桥墩支撑，桥梁却能飞跨两岸，这让德国人很感兴趣。他建造的廊桥于2015年7月10日在德国雷根斯堡落成，成为海外建成的首座中国木拱廊桥。中国的桥梁建筑者将古老的技术带到国外，在德国引起了不小的轰动。《多瑙河邮报》几乎用整版篇幅，图文并茂地称道这座"来自中国的'编织'的桥"。从《清明上河图》上的廊桥寻迹，到闽浙赣大地的廊桥发现，再到海外的廊桥轰动，幸哉！

"一个人要回首多少次，才能假装他只是没看见？""一个人要仰望多少次，才能看见蓝天？"诺贝尔文学奖获得者鲍勃迪·伦在他那首著名的《Blowing in the wind》歌词中写下的这些话，让人深思。而我要问的是：人的一生要走过多少桥，走过多少路，才能遇见最美的风景，而又能不再迷恋途中的风景，继续前行的路呢？答案只有一个，人生苦短，不妨让自己放下寄情过的山水，走过廊桥，"与先贤对话，与历史对话，最终与自己的内心对话"。

走过廊桥，风雨兼程，原来生活可以这么淡定。

远游者的寻觅

◎ 刘岩生

"噢！太美了！"特瑞·米勒教授站在全国重点文物保护单位——杨梅州廊桥下，情不自禁地耸肩跺脚，对着眼前的桥连声赞叹。他背后站着我。三天来，我就这样静静地捕捉着他的身影。第一天，他说，我听。第二天，他拍廊桥，我拍他，以至于他和南京大学赵辰教授笑言"今天那位记者像我的影子"。第三天，我们道别，合影，留下邮箱，各奔前方。没有不舍，没有约定，只是缘于共同迷信着寿宁乡间廊桥的美，我们恰巧相遇。然后，他和桥一道进入了我的视野。

数月前的秋意寒凉中，我回到山城寿宁采访第二届中国廊桥国际学术研讨会。在一些必不可少的仪式之后，美国肯特州立大学米勒教授第一个发表演讲，主题是关于中美两国廊桥的比较。美国乡间廊桥！当米勒教授展示他的画面资料时，第一幅照片顿时吸引住了我。多年以前，就是那本献给天下远游客的《廊桥遗梦》，让美国麦迪逊那尘土飞扬野花绽放的乡间传出来的故事感染了我，也让一个执着而孤独的摄影师留在了我记忆深处。后来，我一头扎入闽浙边界廊桥群拍摄，开始不可救药怀上廊桥情结。世界上的桥都一样渲染着远行和回归、相聚和别离的百般滋味？都寄托着对美好时光的深情追忆和缅怀？此刻，那遥远的乡间廊桥因为一个异邦来客的到来而变得可感可触。"一起采访米勒教授吗?"我招呼身边一位来自福建画报社的姑娘。开玩笑说,我只会拼读英语"hello,hello,and hello",急需合作帮助。

我的诚恳求助还意外得到米勒教授随行的上海外国语学院两位女生的帮助。尽管这样,我还是无比遗憾不能操同一种语言和他进行彻底交流。从米勒自始而终兴致盎然的神情中,我能直接读懂的,即是他的热情和诚挚。

"您照片中的乡间廊桥我很眼熟。美国的廊桥很美吗?"我问。"实际上,中国的木拱廊桥要奇妙得多。美国廊桥多由职业建桥公司建设,一般用于公路交通,是功能性的桥,简单、实用。"米勒教授告诉我,他的廊桥记忆始于孩提时代。在他的家乡俄亥俄州,也有多座廊桥。小时候,作为摄影爱好者的父亲经常带上他在家乡附近拍摄廊桥。他珍藏并带来展示的,就是1953年自己7岁时父亲拍摄的一张廊桥照片。那时,小米勒只是照片中一个小小的点,但对快乐童年的美好回忆却使得他对廊桥倍感亲切,情有独钟。他对廊桥的探觅之旅始于2004年。那一次,米勒夫妇赴福建参加一场音乐领域的国际学术研讨会。在妻子从泉州一书店买回的书籍上,他发现了五张关于廊桥的照片。中国也有廊桥?他多方打听,并开始搜索有关中国廊桥的资料,隐约得知它们集中分布在闽浙边界。一年后的初秋时节,米勒再赴中国,在福建师大做完一场演讲之后义无反顾前往闽东山区寻找廊桥。来到寿宁,一位宾馆服务员无意间得知米勒的来意,热心地为他引见了兴趣于廊桥摄影的弟弟。这位青年志愿者在半天时间里带他参观了杨梅州廊桥和大宝桥。"我走在乡间路上,以为到了世界的尽头。但是后来,一座神奇的廊桥出现眼前,令人惊叹!我简直不敢相信自己的眼睛。"米勒这样形容初遇廊桥的感受。暮色中,他从坑底乡的杨梅州廊桥来到大宝桥,坐在桥上吸烟的老农好奇而友好地看着他。"他们一定怀疑我来自月球还是火星,但是在我看来,眼前的一幕真是太美妙了!"意犹未尽处,米勒动情地耸肩,手拍胸膛。

那一次中国之行,使米勒教授对中国廊桥着了迷。回国后,他开始大量查阅关于中国古廊桥的书本、网页和图片资料,并多方联系中国廊桥建筑研究者,和他们展开交流。米勒教授曾和他还健在的父亲谈论中国廊桥,91岁的老人同样对中国廊桥深感兴趣。米勒非常满意自己的这第二次廊桥之旅。"由民间能工巧匠建设,集往来通行、休闲避雨、祭祀祈福等民俗活动于一身,装饰丰富,底蕴深厚,真是美学的、艺术的、令人赏心悦目的桥!"米勒这样总结自己对中国廊桥的印象。访谈的尾声,是他神情最凝注的时刻。他说,自己同时看到,这里的乡村,经济不发达,农民生活得很艰苦。他希望人们能通过自己的不懈努力赢得境况的改善,体验到更美好的生活。

接下来的两天,我和米勒教授之间再没有做更加深入的交谈。我们一起前往乡间廊桥采风拍摄,有时是我镜头对准他们夫妇,他乐意,并来一句"Ok";有时是我和他一起取景对焦,彼此一个点头微笑,然后是他温和的沉默;有时则是在河边我牵他一把,他报以一声"Thank you"。会议行将结束的中午,得知他们即将去浙南一带有廊桥的乡村观光考察,我和外国语学院两位女生一道来到他的住房,索要他的那张珍贵照片并和他道别。夫妇俩依然满脸漾出友好的神情,邀请我进入他四处摆满行李衣物的客房。离开前,新闻职业习惯使我很唐突地问了一句:"请问教授今年几岁?""25岁。今后我还想来中国,来看更多的美好的古廊桥!"女生把这句话翻译给我的时候,房间里,所有的人都被逗得开怀一笑。

有一种远行,一定是为了追寻远去时光的记忆,回到精神深处的故乡。61岁的米勒教授让我难忘的,也许就在于这。

廊桥表情

◎ 禾　源

当我把目光投向一朵云，便能俯瞰鹫峰山脉群峦叠嶂，山间的清流环山跌谷流出形态万千的河道，城镇、村庄，以山为屏，以水为界，各安其属。在这样的地情水性中，峰与峰的对视庄严肃穆，山与山的相望汇成溪流，流出云蒸霞蔚，雾霭升腾，造就山神、水妹浪漫相约的梦境，流出飞鸟与还、鱼虾往返的身影，流出一桥架通两岸，走向山外的愿望。

风念着四季经，一年年吹过；人念着山水经，一代代走过。桥的意义从他们脚下说起，一直说到天上，说着，说着，桥有了历史，有了故事，闽东人智慧的表情也就随着廊桥生动地展示在山水间。

在人与自然相处中，人先认知自己的弱小，再思考如何抑劣扬优与自然和谐共生，这是智慧也是天性。人造出的桥植入人的心性，如何趋利避害，如何和谐相安，如何求得永世其昌，每一步都小心谨慎。桥建在哪，何时动土，何时进山伐木，何时启梁，这不是哪个缘首说的算，更不是哪位"爷"点头就算同意。躬腰敬天中择下建桥吉日，叩首敬地时选中建桥方位，祭祀各路神祇、鲁班先师，等等，为建桥请来精神上的加持。相传中，东南险桥之一的"龙井桥"在桥屋盖完，要齐整椽木，木匠师傅一上屋顶见桥下潭深水幽，不敢立足开锯。后师傅梦见有姑娘撑伞过桥，从中受启，倒挂雨伞于在两边，才得以竣工。这一智慧，民间归功于观音菩萨的开示。还听传，万安桥原名为"龙江公济桥"，只为一次重修中有一位工匠从拱架上跌落河中而安然无恙，更名为"万安桥"。还有寿宁的"虎啸桥"，也因地势险要，在立三间苗时，师傅赔着小心，总觉得不是这里差点，就是那里不对，工匠们迟迟放不下扛在肩上的梁木。后听到山上虎啸，他们在惊恐中放下梁木，桥成！杨梅州桥得了个"虎啸桥"之名……故事多多，因此廊桥的表情里饱含着顺应自然、敬天畏地的谨慎。同时，又因为工匠们刀斧劈出果敢，墨绳弹下准头，铁锤击发声响，廊桥谨慎的表情中隐不住那种自信和勇敢。两种表情的组合外化于廊桥，正如廊屋顶上片片黛瓦如鱼鳞相挨，廊屋里的每一立柱如士卒阵列，拱架并排的一根根椽木似众臂擎举……它们小心，但就是这小心蓄积了所有力量，举起桥屋的主梁，借桥栋两端的飞檐翘角，昭示虹桥雄姿，展现青山碧水间的那份优雅。

有人说，建在村尾的廊桥像一位镇守村前的老者，是慈祥的表情；建在山谷间的廊桥，像菩萨在山间遗下慈航，是悲悯的表情。我真喜欢他们用一副温暖的心肠去解读廊桥的表情，更佩服以慈祥和悲悯来定义这一表情的内涵。是的，山谷、溪涧布下天堑，只有慈悲才有力量化天堑为通途。慈悲是人人向善，慈悲是众人发愿，慈悲是公德在行，慈悲的力量源自公德的凝心聚力。每座廊桥桥头的留芳碑力都挺着这一力量的硬度和质感。尽管留下的芳名与捐款数目，在风雨的侵袭里模糊不清，但公德之光耀和桥名寓意一样同在同辉。就如屏南的"广利桥""广福桥"，德在福泽乡邻，利广千家。又如寿宁的"普济桥""福寿桥"，德在普惠四方来客，福泽代代行人。廊桥，一个公德寄予的符号，它以跨山过水的雄姿，以不言不语的石碑，为一个村庄、一个地域、一个时期的公德做了见证和注释，永久持着慈悲的表情驻守在村口、山谷间，迎送着代代过客。

廊桥生于自然，成了山水中的风雅之士，许多文人为此倾心倾情。

走过廊桥,景为其设,他们会情不自禁,才思涌动,或为褒赞,或为应景,或为抒怀,或为言志,作诗题联,勒碑留迹于其中,廊桥便沾染了笔墨。虽说人已过桥墨香随之淡去,但留下的诗文字字留魂,后人拾字而读,便能古今相叙,甚至可以隔世吟诗作对。蕉城梅鹤有座"沉字桥",其中有"紫阳诗谶石堂名彰千古,玄帝位尊金厥寿永万年"这么一副对联。相传上联为朱熹所撰,下联则是百年后石堂先生陈普对出。故事是这样说的,朱熹游学路过梅鹤,行至水尾,见在修建桥屋。时值正午,师傅回村用餐,朱子看看山水,看看村庄,顿觉这廊屋一建,风景不同,便顺手从墨斗中抽取竹签写下上联,便走!木匠师傅到场时,见柱子有字,随即用刨刀去刨,可字沉其中,刨不去,便向村中老者汇报。村中老者见状,连声说大儒之字,"沉字,沉字桥!大吉,不可再刨"。历经百余年村庄出了石堂先生陈普,才对上了下联。廊桥留住文心诗魂,架通了古今文脉,走过廊桥不仅可以拾取"四山周匝,别开榕峤奇观。两岸崔嵬,不减桃源妙境"这样溢满才情的楹联,还可以品得"水尾高山朝朝朝朝朝拱,桥头大树长长长长长生"如此之趣联;会读到"天矫溪桥偃卧龙,何年成此济川功……"的益美诗,也能读到"廿丈桥横两岸边,眼看鱼戏浪三千。前村犬吠花间客,隔水牛耕屋上田……"的山水田园诗。山野间就因为了这么一座桥,山风野嗅里有了斯文气。此时,我借来苏轼《和董传留别》一诗中"粗缯大布裹生涯,腹有诗书气自华"的诗行描述山间廊桥的表情,应该妥帖吧!

廊桥沉在溪里的身影与流水垂直相交,那是要兜住逝者如斯的感叹,从岁月长河中捞取一段段记忆。一级级进桥石阶的苔痕是岁月对季节的记忆,一榀榀廊屋架构上的小裂缝是一年年冷暖的记忆,一串串嬉笑的童声则是一代代的记忆。呵呵!我听到青山哥在说:"我忘不了奶奶那时常带我到桥上祭拜观音,求菩萨佑我早点长大,娶上孙媳,她要四代同堂!"我听到水伊妹在说:"最让我感动的是娘在桥上向陈靖姑祈求,下辈子还要当我父亲的老婆!"我听到叫树壮的流洋大伯在说:"树立,树高,还记得吧。当年我们就在这座桥的真武大帝面结拜兄弟。我回来了！"我还听到几个中年人在说："当年我们在桥头撒尿、玩火被那叫正直的叔罚跪在五显大帝龛位前"……一个个记忆串成乡愁念珠，佩戴在一个个游子身上，在一天天的揉搓中，恋家的心思从指尖传入心扉，想家的梦在一个个月夜从廊桥走回故乡。一拨一身影，一代一彩绘，代代叠加，廊桥的表情就是上了包浆的塑像。

  一种表情，一端气象，在廊桥的表情里，会读到它与自然和人文的关系，它不仅是人们走出乡村的桥，也是精神返乡的桥，还是走向美好愿望的桥。桥在村旺，廊桥的表情在种种眷顾中显得那样生动鲜活，应和着村庄的兴旺发达。鸾峰桥的大德之行，让下党脱胎换骨；万安桥涅槃重生，再旺人气；千乘桥、福寿桥等，雄姿英发，兜一溪风光，引万千游客，创立了文旅融合的新兴产业。

  一副表情，一根文脉，根根汇聚，滋养出文明的火种，在新时代闪烁着光芒。我要站在廊桥中，跟建桥师傅唱一首桥屋上梁诗，为文明传唱："桥上造厝接云霄，脚踏云梯攀桥厝。肩扛喜梁脚踩稳，一步更比一步高。"好啊！一步更比一步高！

风雨百姓桥

◎ 许陈颖

1000多年前的北宋闽东，靠山而居的乡民们囿于境内的丘陵起伏、涧溪纵横，无法通行，他们求来木匠，找到韧性好、硬度高的苦槠树做拱架，又择取了生长在山南向阳的老杉树为原料，凭借超群的技艺，不费一寸铁皮一枚铁钉，将一座又一座木构的桥梁凌空而起，俗称"廊桥"。

桥上有屋

廊桥在民间又被称为"厝桥"，因为桥上有屋。

"厝"作为福建方言，往往指房子，并延伸为具体的私人居住地。那些古厝老宅，总让人遥想起阖家团圆的热闹场景，那是百姓的安心之处。"桥"在汉语中，则是一种连接物，化天堑为通途，让站在岸边的行人们，从此不再一筹莫展。"厝"与"桥"，一个藏着小家小户团聚的温馨，一个敞开通向外界的视野。"厝""桥"这两个字放置一起，会生出一种别样的生机，这股生机贯穿在工匠精湛的技艺中，伴随着人间烟火的温暖气息，携带着乡民们对安居乐业的向往。

清代周亮工在《闽小记》中这样记载："闽中桥梁，最为巨丽。

桥上建屋，翼翼楚楚，无处不堪图画。吴文中落笔，即仿而为之。第以闽地多雨，欲便于憩足者，两檐下类覆以木板，深辄数尺，俯栏有致，游目无余，似畏人见好山色故障之者。予每度一桥，辄为忾叹。"这正是廊桥的模样，"桥上建屋"正是"厝"。廊桥之"厝"是榫卯结构，严密稳固，桥底由木条编织成拱形，桥面平或略呈弧形。桥屋正中是宽敞的长廊式通道，两边设有固定长木条凳。桥身通体都铺钉着风雨板，用以阻挡风雨、烈日的侵蚀。风雨板由细薄的木板条沿水平方向鳞叠而成，匠心巧夺的手艺人还在风雨板上设计出形状各异的小窗，不仅有简单的方形、圆形，还有宝瓶形、扇面形、梅花形等。

建屋盖房总藏着人们对安全感的向往，一为安身，二为安心。风雨来时，有处可挡；烈日当空时，有阴凉之处可歇脚。车马不发达之时，因为有了廊桥的厝屋，挑担的路人、卖货的小贩、农耕的老伯，他们在劳累的间隙就有了歇脚之处。屏南黛溪镇忠洋村的花桥和金钟桥在1949年之前是屏南与宁德之间交换货物的必经"官道"。屏南的山货通过这里走向宁德，宁德的海产品也从这里输入屏南，抬货之人路过廊桥必然要停担歇息，喝一口茶，擦一把汗，他们彼此交流着货物的新鲜程度，相互抱怨着生活的艰难，但又快乐地畅想一切顺利回程时的老婆孩子热炕头的美好。

因为日子有盼头，挑在肩膀上的担子才会轻盈起来。廊桥的桥屋内大都设有神龛，各路神仙均能聚于此处，每位神明都有其特殊的护佑功能，在乡民的心里，神明能护一方水土，也能佑一方百姓。无论是乡民还是过往的行人，他们默默地祈祷，再拜一拜，仿佛未来的苦难就会减轻，这也安了他们的心。

山海之间不仅因为廊桥实现互通，也因为廊桥的存在有了交流的空间。梁、枋之上常用毛笔记录下建桥的年月、建桥的组织者和建桥工匠的姓名、建桥的捐款人及金额数目，从几十文铜钱到数百银两，可以看出"为桥铺路，行善积德"早已是深入闽东民心的一种观念。桥柱的两边常刻有楹联，对仗工整且富有诗情。这些刻录带着时光的记忆，让尘封的岁月有了温情。

桥山不息

廊桥属木，易损易着火。每一座存活至今的廊桥必都历经过时间的侵蚀与水火的考验，每一座廊桥也都面临着重建和翻修的可能，而每一次翻修与重建都需要用到大量的木料。然而，苦槠木、杉树作为修建廊桥的重要木料是需要生长周期的，桥山因此而生。

1852年，由张永衢、张传恭、苏顺生等16人共同商议集资买了靠近桥头的一片山坡，种下400多株柏杉树。百祥桥的桥头立有石碑，碑上仔细地记录桥山的管理条例和约定，说明了为何要种桥山："今因各处杉木稍大便砍伐买（卖）钱应用，恐久后柏松桥或被狂风吹坏，或世远年湮朽坏，无大杉木架造，行人病涉，且遇大水流，行有赶急之事，则贻误不少。是以纠集数姓之人相商，公捐钱文，买得张曰子土名柏松桥头茅山一所，栽种杉木，晋植长大以备柏松桥使用。"他们同时也对防林进行了周全的考虑："附近邻村及公议数姓之子孙人等，俱不敢偷砍盗买盗卖等情。如有此情，即呈官究治，决不徇情。更恐公议数姓之子孙，遇柏松桥朽坏，不肯做缘首，即不在公议之子孙，有能做缘首秉公架造者，大杉木亦听其砍伐应用。至大杉木根有萌蘖者，俱要爱养长大，以备柏松桥应用……"

世上伟大的工程数不胜数。金字塔足以令人仰望和叹服，长城的峻伟也令人赞叹不已。屏南的这方桥山让我动容的同时亦想到"伟大"一词。这里的"伟大"只与一片树林有关。但这哪里又只是一片树林呢？这分明是先民们朴素单纯的情怀，是他们对故乡的拳拳之爱，是他们对廊桥的一片赤子之心所凝结成的智慧与眼光。

光绪二十年（1894年），百祥桥得以顺利重建，所用木料正是取自40多年前在桥山上种下的杉树。2002年，百祥桥需要再次翻修，主墨师傅所用的木料依然取自桥山。2006年，百祥桥遭遇火灾，几乎焚毁，桥山的树林再次成为重修桥身的木料来源地……桥山之树在村民们的呵护下一茬又一茬地茁壮成长，而村民们亦在桥山的注视下生生不息，绵延子嗣。

　　踏上廊桥，总觉得桥身与万物万人皆有亲有故，厝屋烟火，桥山绵延，每一座廊桥都通过木头与自然万物的编织走向了老百姓过日子的心心念念。这样说来，廊桥又何尝不是百姓桥呢？

伟大的作揖

◎ 白荣敏

闽东北多山，人们依山而居，逢水架桥。小时候常听大人们对小孩说一句话：我走过的桥比你走过的路还多！换作在闽东北山区，小孩也可以用这句话对人自夸。先人们选择山中平地落脚建家，但要跨出村落，都会遇到桥，有的村落直接挂在山腰，要去对面山，必须要有桥，所以山区的孩子，桥是伴随童年一起长大的。到了结婚年龄，新娘子出嫁，要准备许多的鸡蛋和红包，途中遇桥，鸡蛋抛下桥，红包分发给守候桥头的人。

最初的桥，就是解决通行问题的建筑。矴步，独木桥，石板桥，都是极简单、最原始的；木梁桥、石梁桥以木质、石质材料为梁架设，高级一点；再高级一点的是石拱桥；而木拱廊桥，是桥家族里的贵族，桥皇冠上的明珠，老百姓写在山水间和文明史上的惊叹号！

我常想，人类的伟大之处，便是在求生存和便利的同时不忘创造美，克莱夫·贝尔称之为"有意味的形式"。穴居者在尸体旁撒上的红粉，后来演化为图腾；煮食物的器皿，演化为精妙绝伦的青铜鼎；从劳动号子开始，有了音乐和诗歌；结绳的"结"，进化为文字……每当面对这些人类文明的创造叹为观止的同时，更会被深深的震撼。这里面，有磨难、悲伤、绝望、执着、希望、智慧、创造、欣喜、情感的力量、人性的光辉……木拱廊桥，是桥的极致之美，是桥梁中最"有意味的形式"。

因为桥梁上建有廊屋，廊桥在闽东北、浙西南又叫"廊屋桥"。大体说来，廊屋桥由两部分组成：由木拱构成的拱架和拱架上的廊屋。拱架书写着建桥者的工巧和智慧，而廊屋则洋溢着当地人民的善良和温情。

寻访闽东北廊桥，那一天我们去寿宁县坑底乡司前村杨梅州。

车从县城出发，山路弯弯，过了集镇后往峡谷开进，汽车在陡峭的崖壁间盘旋，很难想象目的地是一个长满杨梅树的"州"，那么美好。车终于停在一处山崖边，我们下车走石砌古道，下到谷底，但见一汪翡翠之上，一条虹桥高挂。

这就是杨梅州桥了。不见杨梅，荒山僻野、陡崖深涧之中，廊桥傲然跨溪。溪不知名，水像染了颜色，让人怀疑上游染坊溃泄。两岸绿树茵茵，也像染过。大自然的绿色中间，灰褐色的桥身告诉我们，它是人类的手笔。资料显示，杨梅州桥长 42.5 米，是两省之间的距离，桥那一头就是浙南的泰顺县。这个跨省虹桥始建于清乾隆六年（1741年），乾隆五十六年（1791年）、道光二十一年（1841年）、同治十七年（1869）多次修缮，现桥 1939 年重建。1939 年至今风雨侵袭，桥身外表溢满沧桑，但身躯依然硬朗雄健，桥头抵住悬崖，桥身向中间坡度拱起，以彩虹的姿势凌空飞架。

下到桥下溪滩，抬头仰望，可见桥身大木交错，但主要部分还是由三组平行交织如十指相扣的长木组成，称为"纵骨"；纵骨相扣之处有木头垂直穿插，称为"横骨"。纵、横之间别有穿插，编织而成稳定的桥梁基础架构。纵骨中间一组与水面平行，称"水平拱骨"，最高；两头分别与两边靠岸的一组交织，各自向岸边下斜，抵住桥堍。所有纵骨扣成一个巨大的拱形手掌，拜向天地之间。

木拱廊桥是闽东北人民面对天地自然，一个伟大的作揖。

"山险而逼，水狭而迅。"（冯梦龙《寿宁待志》语）自然环境恶劣，太多的艰辛教会了人们要敬畏天地，关爱自然。当年，造桥所用鸿梁巨木，虽就地取材，但均须建坛焚香致祭，长跪祈求，方能伐木。传说清乾隆五十六年（1791年）那次重修，在立起的纵骨上安放中间水平拱骨的第一根大梁时，工匠们迟迟放不下肩上梁木，呼喊满山涧。此时山上猛然一声霹雳似的虎啸，工匠们悚然一惊，肩上的抬杠一起滑落，落下的大梁两端恰好放进预设的位置。

中国传统营造活动，几乎都会伴随着一些重要的民间信仰行为，造桥也不例外。这些仪式有的祈愿工程顺利，有的祝贺圆满完工，有的祈求男康女泰、六畜兴旺，乃至期望风调雨顺、国泰民安，也表达对自然和神灵的敬畏。

桥上建廊屋，是闽东北、浙西南木拱廊桥的独创，从建筑角度，拱式结构需要向下的荷载才能稳固，因此，桥上的廊屋非但不是负担，反而增强了桥身的稳定。很多木拱廊桥桥面用石块铺就，也是为了增加桥身的负重。这真是妙极，充满着智慧！而同样令人叹绝的还有廊屋本身。这桥上的廊屋，分明大大拓展了桥除交通外的属性，廊屋里可以休息、娱乐、交流，甚至交易。当地朋友告诉我，有别于浙西南廊桥，闽东北廊桥的廊屋是封闭式的，也就是说桥面和屋顶之间，浙南廊桥是敞开式的，而闽东北廊桥廊屋两侧多了栏板。

多了栏板的目的就是为待在廊屋里的人遮挡更多的风雨。以前，许多人需要这样的廊屋。过路的脚夫、乞丐，等等，那些没有家或者暂时没有家的人，廊屋收留了他们，栏板则拦住了他们身外的凄风苦雨。

可以想象，在闽东北，木拱廊桥廊屋里那一幕幕乡民生活的场景，洋溢着人间的温情。

想到老人桥，在福鼎市管阳镇，明万历年间为纪念和奉祀一位邱姓老人而建。老人为人善良厚道，对淳朴民风的教化做了大量工作，特别以宁人息事见重于闾里，几十年如一日为人排难解纷，被公认为"和事老人"。但没想到在一次解决两妇人争执时，他被一悍妇破口大骂、恶毒侮辱，老人抑无可抑，散发狂笑，一跃投潭，终年八十有二。乡人哀悼之余，鸠工建桥于老人丧生的潭面，供奉老人牌位于桥上廊屋之中。

以前面对老人桥，我常想，供奉老人牌位，岸边有个神龛即可，为何非要建一座木拱廊桥！这里面似乎藏着一个隐秘而幽深的人文密码。后来我明白，毋宁说，建桥与老人赴水有关，不如说，乡人们是以他们认为最隆重的方式、最高的礼节纪念值得尊崇的人物。逝去的老人和他身上的光芒，他们认为只有木拱廊桥才能接得住、担得起。

老人桥拱起的桥身，是当地百姓对公序良俗的维护，对和谐安宁的期盼，对善行美德的作揖。

那几天，在闽东北寻访木拱廊桥，我坚定地认为，如果要为一个地方确认从孕育人文以来的胎记，那么，闽东北这个地方的文化胎记，非木拱廊桥莫属。

故，木拱廊桥又被称为"人间彩虹"。彩虹，多么绚丽，像希望在升腾。但大自然的彩虹易逝，而人类智慧和情感的结晶永存！

临 清 桥

◎ 许一跃

　　霞浦县柏洋乡境内古有数座廊桥，因年久失修多已毁坏，现就留两座，一在柘头村，一在上万村。柘头村的那座，仅有一小段，也失去了通行功能。上万村的那座，犹如当年，算是霞浦唯一保存完好的廊桥了。

　　这次，我要造访的，就是上万村的古廊桥。

　　上万村地处霞浦西北的一个偏远山区，海拔高，路途远。公路就像一条白色的带子，环绕着青山绿水。从县城出发，一路攀登，然后穿行在弯弯曲曲的山水间。小车跑了近一个小时，便到了上万村。

　　晴天的上万村很清朗，地下的花草树木仿佛都在闪烁着鲜艳的光芒。廊桥像一排硕长的房子，又如彩虹一般，弯了个弧，横跨在上万村的大溪上。桥顶上钉木板，用于遮雨；桥两旁双木板，用于挡风，拉开也可以瞭望外面风景。廊桥不远处有公路，来来往往的车辆从公路上呼啸而过。廊桥与公路形成对比。公路是热闹的，而廊桥仿佛是甘于寂寞者。那些经历了数百年的木柱、木板，早已褪色，但从插补的木块来看，感觉年年有人在维修，在保护。古老的廊桥，依然在诉说着自己曾经的辉煌。

　　说到上万村的廊桥，就自然说到摩尼教。

　　在福建，遗有许多摩尼教的踪影。

北宋咸平年间，闽东长溪（今霞浦）上万村出了个摩尼教徒，叫林瞪。据上万村清同治十一年（1872年）修纂的《盖竹上万林氏族谱》中记载：林瞪，生于北宋咸平六年（1003年）二月十二日，卒于嘉祐四年（1059年），生前"弃俗入明教门"……早于方腊近百年。

林瞪在上万村建有一个摩尼教堂口，叫"乐山堂"，收弟子近百人。林瞪的两个女儿，在乐山堂附近建了个"姑婆宫"，百姓称两人为"龙凤姑婆"。

上万村坐落山谷之中，加之村前横了一条大溪，交通的闭塞致使这里的物资流通十分困难。每每下雨，村人只得隔岸相望。于是，村里林姓家族决定架设一座廊桥。大家一致推出一位从泰顺请来的师傅，担任总设计。

上万村敲锣打鼓，鞭炮齐鸣，多年渴望的廊桥架设施工启动了。经长时间断断续续的筑建，终于一座犹如长虹般的廊桥落成了。村人很高兴，为它起了一个好听的名字，叫"临清桥"，并在廊桥内设置观音佛，以求保佑。村人在观音佛的基座石下，刻下一句要让子孙铭记的话："元至正十二年（1352年）四月吉旦日造。"

临清桥改善了上万村内外的交通运输状况。

林瞪没赶上临清桥的便利，廊桥完工，他已去世了200多年。后来的人，在通向上万村的霞浦盐田北洋村古道旁等地发现明代初期摩尼教的飞路塔遗址……

村人在廊桥的东头建了一座砖木结构、歇山顶的观音亭，建筑面积近百平方米，有前后佛厅、天井，亭内塑观音石刻佛像。其座面宽2.47米，进深1.7米，高1.1米，底部为圭角式，座上雕刻双狮戏珠、牡丹、缠枝、万字文和莲花等，左右侧面分别镌刻"元至正年间造""明天顺年间造"。

村人在廊桥的中心置空木龛，出檐均斗拱雀替装饰，塑泗州佛像一尊，供人祭拜。桥内左右柱与柱之间安装横扁长木，供人活动憩息。

村人在离廊桥不远处，塑有三尊摩尼教三佛塔。塔高两米有余，为四面空心阁楼式石塔，每层四面均有浮雕罗汉、观音、天王、金刚等和各种花卉、禽兽。三佛塔经9年的精雕细琢才完成,可惜均毁于"文革"时期,其大部分塔片现还存放于观音亭内,塔的落款为"明正德六年至十五年(1506—1520年)竣工"。20世纪80年代,其塔遗址被霞浦县政府列为县级文化保护单位,省文博处曾拟拨款修复,但因诸多原因未实施,目前,村人正拟修复。

清朝同治、光绪年间,村人又两度对临清桥进行修缮。

临清桥至今保存完好,风格古朴厚重,呈东西走向,全长18.8米,面宽6米,高5.34米,横向七开间,直向三开间,为抬梁式悬山顶结构,梁底书写的"临清桥光绪十五岁次己丑(1889年)十一月初一日卯时鼎建"字样,清晰可见。桥头堡岸各用5根对称木柱斜撑着,这种桥头堡拱架每节5根的三节苗,为全省罕见。桥外护栏加封板,更加坚固。即使脚下溪水猛涨,也无法撼动廊桥。木拱廊桥传统营造技艺,在这里创造了廊桥建筑文化的传奇。

由廊桥四面张望,这里四季都可以尽情观赏上万风光。观音亭、三佛塔、花砖墓……据说,在临清桥头原本有一株千年樟树,像巨伞一样荫护着整座廊桥。桥下是迂回曲折的溪流汇聚成的半月潭,每逢雨后天晴、皓月当空之时,潭水就会清澈见底,古树、古桥、古塔就会一起倒映潭中,相互辉映……那可是一幅绝佳的自然山水画。

我小心翼翼地漫步在廊桥长长的木板上,听着清澈的溪水在山林中潺潺流动的声音。这声音,仿佛永远是活泼轻盈的。溪涧铺满碧玉青草,两岸垂柳随风轻拂。即便是严冬,即便是山洪湍急,溪水也溅不到桥上的木板,也不会打湿过客的双脚。

临清桥凝聚着浓厚的摩尼教色彩,弥漫着淳朴的山村自然气息,记载着特殊的人文历史……廊桥的每一块木板、每一根柱子、每一尊佛像……都有着讲不完的廊桥故事。虽然,廊桥在漫长的时光里会慢慢老去,但它给予人们的对美好生活和坚定信念的追求,永远充满着无限的魅力。

万安：龙江公济桥

◎ 唐 戈

潮湿多雨，山深林密，孕育了数量众多的泉眼。一丝清泉从岩石缝隙悄然泌出，走着走着就长大了，成了沟、涧、溪、江（河）。

山里的流水落差大，水道巉岩密布，撑不了船，摆不得渡，除了一步跨越的沟涧，桥成为交通水流两岸的唯一维系。就地取材，横一块木板，搭一片石板，或垒几块粗石成拱，就是一座桥，朴实便捷，如山里的汉子。龙江上的万安桥例外，桥身悠长，外形优美，做工也精巧。

龙江，闽江源头支流之一。水阔则桥长，雄跨龙江上的万安桥为木拱廊桥，长近百米，五墩六孔，桥屋三十七开间一百五十柱，九檩穿斗式构架，顶盖双披青瓦，桥面以杉木板铺设。遥望该桥形似长虹卧波，桥拱与倒影如一排新月出云。清贡生江起蛟诗云："千寻缟带跨沧洲，阳羡桥应莫比幽。月照虹弯飞古渡，水摇鳌背漾神州。"

万安桥之长，不仅是说桥身的长度，更在于它的时间跨度。走在万安桥上回望历史，近千年的时光隧道里，人文滚滚如龙江之水。

潮头第一帧画面是建桥场景，江稹站在"C位"。

北宋元祐五年（1090年），苏轼在杭州建成著名的苏堤。与此同时，古田县北路的山里，一座百米长桥气势如虹地卧在龙江上。

乡野修桥铺路基本靠民间资金。自家门前路自家解决。家族出行家族修路。村落通向外界的路，当然由村落各家共建。较大的工程，经官府批准项目，缘首四处募捐集资。还有就是官倡民修。那些官府和民间都要走的而又非正式官道的大道，地方官府倡导发动，士绅乡民附和认捐，各人根据自己的财力和意愿认捐其中的块砖片瓦。从万安桥的工程体量和重要程度来看，应是官批民修，详情已不得而知。所幸万安桥正中桥墩嵌入一块北宋元祐五年（1090年）的刻碑，碑文字迹依然清晰："弟子江积舍钱一十三贯又谷三十四石，结石墩一造，为考妣二亲承此良因，又为合家男女及自身各乞保平安。元祐五年庚午九月谨题。"做好事不留名，有时不是个好习惯。短短54字省却后来研究者的很多麻烦，轻易了解到捐资者姓名，捐资意图、数额和造桥时间，据此还可大略推算出整座桥的造价等诸多的信息。

江积为龙江边官洋村的先祖。北宋时一石合现在80千克，34石就是2.72吨，按今天的粮价折算约1.08万元。北宋县令工资平均15贯，如果按现在一般县长的工资推算，大约就是9000元，一座桥墩近2万元人民币。这座桥原为六墩，仅6个桥墩造价就12万人民币。加上梁柱、檐壁、土石方、瓦片，以及工匠费用等，当时在山里无疑是个特大工程。捐资者中应不乏江积这样殷实大户。捐赠桥墩的，江积无疑出资最多。也许捐建桥身的也有大户，姓名题写在桥身上，在某次大火中被抹去了痕迹？但他们的功德不会随着名字的消失而湮灭，相信会如清风般萦绕世间。更有诸多普通百姓，捐几块瓦片，没有钱物可捐的就出力当义务工。修桥铺路，古人认为是一大善举，利人利己，何乐不为？

桥原名龙江公济桥。"济"，原为过河，引申为帮助、救济，还有补益的意思。桥取"公济"之名，既可认为是以资金筹集方式命名，即"众人集募资修建的桥"；也可以认为是根据桥的用途或使用权来命名的，即"众人皆可凭此桥过河"；还可以理解为"对众人都有益的桥"。不管如何，三者都有"取之于民，用之于民"的意思，用现在的话来说，就是"人民廊桥人民建，建好廊桥为人民"。

龙江公济桥修建以来，多次被毁，又多次重修，但桥墩一直完好无损。明末"戊子盗毁，仅存一板"；清康熙四十七年（1708年）遭火焚，乾隆七年（1742年）重建；乾隆三十三年（1768年）又遭盗焚，架木代渡，清道光二十五年（1845年）复建；民国初烧毁，民国二十一年（1932年）再度重建。2023年8月6日21时10分不幸失火，数分钟内，木质桥梁尽毁。屡建屡毁，屡毁屡建，木头是易腐易燃之物，即便不遭火焚，也难保千秋万代。但每次重建，仍以木头为料，以前是囿于材料、技术的资金短板，如今却是出于怀旧、传承与坚持的考虑。历次重建，也均是民间自愿募集，不用有组织的宣传、说教，更没有强制或许诺，信仰的力量可以让人赴汤蹈火，何况钱财这些身外之物？

"万安桥"之名源于一次修缮中的偶然事故。某次翻修屋顶瓦片，一位工匠不慎从10多米高的屋顶跌入河床，竟然毫发无损！人们非常惊讶，认为此桥渡人无数，积德结缘，必有神佑，能护佑众生平安，于是改名为"万安桥"，并祈愿此桥万年安泰。

万安桥土名"长桥"。山陡谷狭、溪窄水湍的东南山区，在材料和技术简陋的古代，这样的百米长桥很罕见。桥边村落的居民，桥上过往的行人，眼观桥身，步量桥面，相较于附近其他的桥，感觉这是一条很长很长的桥，自名为"长桥"，简单明了，通俗易懂。因为这座桥，桥边的村庄和以此为中心的整个乡镇都称"长桥"。

其实，元祐五年（1090年）并非万安桥最远的长度。1987年9月，福建省文物考古队在长桥村东北500米外的小山包挖掘出大量商、周时期的陶片和石器等，证实三四千年前，就有先民在这里居住生息。先民们突破龙江阻隔，来往于两岸的需求与方式，就是万安桥前世今生的缘。

万安桥诞生后，成为桥两头村庄百姓的重要休闲、娱乐和信息交换场所，以及村庄民俗活动的重要空间，还伴生、催生了许多风景。

端午走桥仪式，据说是祭屈原，但今日的仪式似乎与屈原没多大关系。走桥活动主体是年长的女人，先在桥廊屋中央供奉的观音神龛前摆果品、焚香祭祀，之后，敲木鱼诵经，列队踩着独特的走桥步，从桥中央观音神龛前开始，逆时针在桥廊内走三圈，据说是寓意去世时能顺利通过奈何桥，走的圈数越多越顺。

盘诗射艺也是与万安桥关联密切的一个传统民俗活动，其历史与桥一样古老。相传北宋前期，桥附近后院寺和尚无恶不作，前来征剿的官兵驻扎在桥边吴塘后（此后改名"营盘顶"），以桥下卧龙岛为练兵场，利用附近盛产的黄麻秆做箭支，训练士兵射箭技艺。军队得胜班师日，正逢中秋节，军民联欢，在桥边盘诗射箭通宵达旦。桥两岸的村民延续了这个活动，作为中秋节的一个保留节目。如今活动配合以灯光秀等，盘诗内容也融入了时代元素。

盘歌之后是射箭。在岸边扎个稻草人，插上点燃的香线为标示，双方用箭互射对方稻草人，射中目标多者为胜。

明永乐年间，村民章润（字时雨，号沛霖）登进士科，官累至刑部郎中。章润为人刚毅果断，廉洁敦厚，决狱勤慎，深受朝廷器重。为官20多载，不阿谀权贵，不轻慢贫贱，对诉讼案件均能秉公而断，"断狱数千，无有称冤者"，时人称之为"章铁板"。其居屋小而破旧，不蔽风雨。同朝监察御史王宝深为敬仰，私人出资建房供章润居住。

捐建万安桥墩的江稹，其后人有江枢，宋淳熙十四年（1187年）生，官至太平州知州，因带兵勘乱有功，擢升御史中丞。江枢告老还乡，亦在万安桥边办书院讲学，去世后葬桥西南。从万安桥边走出大山，走进庙堂见过世面的人，最终又选择回归万安桥边。此处心安，就是龙江与万安桥的魅力所在。

江枢胞妹江夫人（江姑奶、江虎婆）更是威名赫赫，身后成为与陈靖姑齐名的女神。传说，她自幼好武，拜梨山老母为师，练就了一身好法力。时村庄有虎为患，江姑奶舍身伺虎，对老虎说："吃我可以，但不要留残肢剩骨于人间，否则为我坐骑。"老虎想，吃一个小女子还不是小菜一碟，痛快应允，遂叼着江姑奶到桥头石龙岗顶巨石上就食。最后一块肉入口时，晴空突发响雷，老虎吓了一跳，口中半截手指掉出，滚进石缝。老虎急得用爪狂抓，而手指越陷越深。是夜，村民见江姑奶骑虎羽化飞天，此后再无虎患。后宋光完、宋理宗及清咸丰帝等多次御封其为"九天巡按江氏夫人"。

包文礼，字约生，明万历十五年（1617年）生。其为人幽默、机智多才、任侠好急难，类似于阿凡提、东方朔、福州郑堂式人物，至今民间流传他的许多机智故事。《屏南县志》"人物"篇有他的传记。康熙十三年（1674年），"寇攻寨，势如危卵，礼乞师于刘将，将不允，负墙而哭，（刘）感其诚，遂出军解围，合寨藉以全活。后耿逆（精忠）之弟镇征津，闻其名，召不应，遣兵执之，又不从。逆怜其才不忍杀，置之狱，淹禁三载终不屈。王师到，始得释。""约生能诗，有集藏于家。"古田知县送锦旗表彰他为"德义并著"。巧的是，包约生也退陷于万安桥头龙升峰，筑室而居，自题其室为"退藏轩"。

屏南是福建省重点侨乡，而屏南"旅外华侨第一人"包嘉增就出生在万安桥头。他读过两年私塾，精武术，善烹饪，少年时从万安桥下码头乘船漂至古田，在史荦伯教会学校做工，为英会督所青睐，收为保镖兼厨师，随其往福州仓前山。不久，他娶会督养女，在福州海关任检税员。1899年，包嘉增随英会督到新加坡，开设福建会馆，热情接待福建华侨，竭力为福州十邑初到新加坡的乡亲排忧解难；创办招孔小学，招收华人子女学习中文等，深受侨胞爱戴。中国全面抗战爆发，他把生平积蓄捐献给赈济会以助祖国抗战。

一座廊桥，沟通一方山水，荫庇一角风雨，串联起千年风情。

周宁廊桥的前世今生

◎ 肖林盛

凭栏亲野云拖地，倚窗窥月水连天。这是周宁溪山村廊桥上的一副楹联，道出了人们"立廊桥观景，揽无限风光"的心声。浓缩了数百年乡土技艺的木拱廊桥在我的记忆里，是一幅远观的水墨画。架空的骨架伫立在群山峻岭中，寥寥自然流畅的几笔，把浓淡相宜的轮廓勾勒得栩栩如生。留白的空间是那样恰如其分，凭你去猜想，随你去感悟，让你去追忆一段华丽的时光。

一

2015年8月28日，德国《多瑙河邮报》用整版图文并茂地描述了"来自中国'编织'的桥"。雷根斯堡电视台更是声情并茂地对来自周宁秀坑村匠师搭建的廊桥落成做了专访。而十分推崇这种"无柱飞桥"和"织弓"结构的德国桥梁建筑师 Wiesent 由衷赞赏中国人的智慧。

廊桥走出国门，机缘巧合。2014年秋，德国雷根斯堡一庄园主 Heri 写信给一位多年专注于闽浙木拱廊桥研究的北京姑娘刘妍，表达了他想在园中建一座中国木桥的愿望。经过刘妍的多方考量，周宁秀坑村的张昌智以其八代传承的造桥世家资历，成了最终人选。

在德国建造廊桥，这对周宁县礼门乡后垄村秀坑自然村的廊桥匠师张昌智来说，是一件突如其来的大喜事。他做梦都没想到濒临失传的廊桥技艺，却有机会在国外有了用武之地。有着娴熟造桥技艺的张昌智，在秀坑那个偏僻的自然村里苦苦坚守几十年，终于在花甲之年迎来梦寐以求的一缕阳光。

二

周宁山高谷深，溪涧密布，古代交通十分困难，桥便成为交通重要的连续点。据史料记载，周宁境内的桥种类繁多，可谓古代桥梁的宝库，既有牢固的石板桥，也有简易的木桥；既有美丽的石拱桥，也有壮观的木拱廊桥。纯池镇禾溪村，及礼门乡梅渡村、洋坪村、秀坑村等曾经都有过技艺精湛的造桥师傅。秀坑村更是中国木拱廊桥营造技艺之乡，出现了张、何、魏三大造桥世家，至今健在的张昌智等人，就是目前周宁建桥师傅的代表性人物。2009年，联合国教科文组织将"中国木拱桥传统营造技艺"列入了第一批《急需保护的非物质文化遗产名录》之中。

唐咸通二年（861年）周宁咸村川中始建普济桥，这是宁德市最早的木桥之一。宋咸淳三年（1267年）浦源大桥头架建德成桥，是周宁县木拱廊桥的鼻祖。清代建造的八蒲登龙桥，建造工艺完美，至今保护完好，被列为福建省文物保护单位。至民国末期，全县共有木拱廊桥22座。时光荏苒，因木材的腐蛀和风雨的侵袭，使周宁境内的多座廊桥坍塌了，目前仅存10多座。

后垄村口有一座木拱廊桥，静静地联接着两岸巨大的青石，一弯碧溪缓缓地从桥下流过。远望它那优美的造型、动人的轮廓和美丽的构架，与山光水色交相辉映，更觉光彩夺目。近观那精细的装饰、精美的彩画和精湛的技艺，令人拍案叫绝。这座桥最初建于何年何月，几度兴衰存亡，已经无可细究。眼前的这座木拱廊桥是1964年重建的，桥长 34.3 米，宽 4.7 米，廊屋高 4 米，拱跨 30.3 米，离水面 19 米。两端桥台都建在悬崖上，其险峻之程度。工艺之高超，令人叹为观止。这座桥，就是当时年仅 19 岁的张昌智跟随他叔叔张必珍一起建造的。

20 世纪 60 年代末至 70 年代，张昌智参与建设了 3 座木拱廊桥。碧波溪上，古廊桥内，张昌智如数家珍地道出一个传承了 200 多年的廊桥世家的故事：从木拱廊桥的梁上墨书和桥约可知，他的祖上张新佑等从清乾隆三十二年（1757 年）建造寿宁县鳌阳镇仙宫桥开始，经"新""成""茂""学""明""世""必"到如今的"昌"字辈，共八代人在延续不断地造桥。在《中国木拱桥传统营造技艺与传承》一书中，关于张氏的造桥契约（即承建合同）就有 31 份之多，包括浙江景宁梅崇桥、福建屏南千乘桥、古田公心桥、寿宁张坑桥等。这些收藏在寿宁县博物馆的桥约，演绎了周宁木拱廊桥的前世今生。

2002 年 8 月，张昌智应屏南县邀请，与堂兄弟张昌云、张昌泰三人修复百祥桥。有意思的是，屏南的百祥桥于清光绪二十年（1894 年）重建，当时造桥的老匠师，就是他们几个人的曾祖。

据考证，张氏先祖与宋朝政权南移有关，大量的中原工匠带着先进的生产技术南迁入闽，辗转到了闽东，也将中原先进的木拱桥建造技术带到这方土地。闽东历朝历代的造桥匠师在劳动中不断发明创造，闽东的木拱桥随处可见。周宁，也缘于此而成了全国知名的"廊桥营造技艺之乡"。

三

廊桥因其桥面建廊屋而得名，它既延长了木拱桥的寿命，又为过往行人歇息避雨提供了方便，桥与屋的功能被巧妙融合。现存的廊桥中，有的造型美观、设计独特，有的雕镂精致、壁画艳丽，有的楹联立意新颖、对仗工整。廊桥既是古代能工巧匠的佳作，也是人类文化艺术的缩影。

廊桥的魅力在于拱的结构不用钉铆、不用桥墩，全由大小均匀的巨大圆木纵横交织，穿插搭配，互相衬托，逐步伸展，全凭手工严丝合缝，形成完整的木架式主拱骨架，却能飞跨两岸，承载过往行人及货物，让人惊叹点赞。

木拱廊桥通过别、撑、顶、压穿插搭建而成，构造精美巧妙，历经风雨而不倒。据廊桥匠师介绍，造一座桥，一般要经过选桥址、建桥台、测水平、水架柱和天门车、造拱架、上剪刀苗桥、板苗与马腿、架桥屋等程序。其中造拱架是建造木拱廊桥最为神奇的部分。就拿上三节苗来说，在砌好牢固的桥台后，先要做好三节苗底座，用木质做的称"垫苗木"，用石质的称"垫苗石"，也有称"牛眠木"或"牛眠石"。三节苗下端作凹口，称作"鸭嘴甲"，上端作燕尾榫，也称"牛吃水"。将制作好的三节苗斜苗起吊放置在水架柱上，并在斜苗的上端安装垂直于桥跨方向的横梁，木匠称"大牛头"，大牛头有的用松木，也有的用杂木。下端插接在垫苗木上，上端作半榫扦入大牛头。在完成第一步骤后，再从上向下将三节苗平苗打入大牛头中，连接处用燕尾榫，从而完成桥体主要受力结构的第一系统。木拱桥的三节苗用料一般为9根，也有用7根或11根。接着上五节苗，最后立将军柱……如此种种的廊桥建构俗语与步骤，让外行人如坠云雾之中，不明就里，很难领会其中的要领与奥妙。

从动工到结束，建造廊桥的过程包括了择日起工、置办喜梁、祭河动工、上梁喝彩、取币赏众、踏桥开走、上喜梁福礼、圆桥福礼等习俗，它是在漫长的岁月中逐渐形成的，对全面展示造桥工匠劳作的场景，帮助后人了解中国传统造桥文化，有着很高的历史价值和学术价值，成为闽东北地区重要的非物质文化遗产。

四

村民平时不仅在木拱廊桥乘凉，侃天说地，闻听老人"说书"，还在此供奉神灵，举办民俗活动。每年正月，乡民汇聚到廊桥，进行祭祀，祈求来年风调雨顺、合家团圆如意。在廊桥的各种习俗中，端午走桥是一种庄重而虔诚的习俗。八蒲村的登龙桥在每年端午都有走桥活动。村里的妇女要盛装列队从桥上走过，其间进行祭祀、走桥、抛粽。妇女抛粽，小孩抢粽，桥上廊窗人头攒动，桥下水中人影绰绰，成为当地一道颇具特色的民俗风景。

周宁木拱廊桥，建筑精美、气势恢宏、工艺绝妙、底蕴深厚，令人叹为观止。一座座古色古香的木拱廊桥静静地横跨于溪流边的悬崖峭壁之上，轻盈欲飞的桥身与青山绿水糅合在一起，浑然一幅世外景象，灵动而唯美。流连其间，任意一个视角，都是绝版人间。廊桥不仅是旅游景点，也成为创作基地，甚至是"科考"园区……专家、教授、记者，慕名前去探奇；诗人、画家、驴友，闻声赶往体验……

风雨廊桥，不言不语，静默于现实与梦境之中。"玉宇琼楼天上下，长虹飞渡水中央。"青山碧水，石板官道，古树廊桥，天然的风景无须修饰，足以让当下的人们陶醉其中。若逢绵绵春雨，雨水洒落溪中，溅起簇簇水花，让廊桥上的人们置身诗意盎然的意境中。走在古色古香的廊桥上，人在画中游不是梦境，但也仿佛处在梦境一般。已在历史长河中静默成为风景的周宁木拱廊桥，每根廊柱，每道屋梁，每处榫卯，都散发着古老而幽深的魅力，让人追思探究……

廊桥遗梦

◎ 苏维邦

廊桥，这种独特的古代交通建筑，其魅力是梦幻般的，仅一幅《清明上河图》上的汴水虹桥，就不知令后人留下多少神思，更惋惜那逝去的存在。后经调查，专家们惊喜地发现，有百余座廊桥散落于深山沟壑间，而又主要集中在闽浙地界。

闽地多山多溪多树，地理自然给廊桥营造提供了理想的客观条件，想必曾经辉煌一时。诸多资料也能证明，如明代陈世懋就在《闽都疏》中感叹："闽中桥梁甲天下。"英国剑桥大学李约瑟博士著《中国科学技术史》，以为"中国古代桥梁在宋朝有一个惊人发展……特别是福建省，在中国其他地方或外国任何地方，都无法与之相较"。然而，随着历史的沧桑巨变。即使有集中展现，其数量也大大减少了，往昔风姿多数只能在梦里描绘。而闽东的屏南县，隐匿深山之间的40多座木拱廊桥还能让人体会些许迷人的风采。廊桥形态各异、长短不一，飞架于溪河间，似蛟龙出水，如彩虹悬天，古雅的倩影给大地增色，构成一幅幅建筑与自然，廊桥与蓝天、碧水、绿树、山花组合的美丽画卷。

木拱廊桥的独特还在于就地取材，以木头为主要建筑材料，伐原木架孔，搭于桥墩之上。桥面铺板，立柱、构梁、盖瓦，筑成廊屋。

最简单的干脆以数株大树横跨溪涧建廊。有直线叠梁的木桥，也有折线叠梁的木桥，折线叠梁式的木拱桥有单孔、双孔、多孔之别。屏南最长的万安桥，拱孔竟达6个之多。桥上廊屋组成三十八扇斗间，连柱两条长椅可坐400多人。远望近百米的万安桥，如同一条银灰长链连接长桥溪两岸。万安桥始建于北宋年间，后被焚，清乾隆七年（1742年）修复。"日照虹弯飞古渡，水摇鳌背漾神州。"据我所知，目前全国尚未发现第二条如此之长、之完好的折线木拱廊桥。

屏南廊桥之险要数白玉村附近的龙井桥了。它凿筑于绝壁之上，那娇健身段被著名桥梁专家茅以升收录《中国桥梁史》一书，位列我国东南十五险桥之榜。同样险峻的还有百祥桥，其桥面离水面高22米，单孔跨度达35米。到百祥桥寻幽探险，虽有廊屋围护，往下探望，水流湍急，浪花飞溅，总觉得战战兢兢。即便知道它已经经历了150多年风雨考验也难消除余悸，让古桥承受了一个不明不白的冤屈。古桥虽老但能像不老松傲骨屹立，不正说明它生命年轻、品质优良么？桥名颇具象征意义的岭下村广福桥，延续670年未经重建，仍还像少女一般的青春靓丽，推搡着你走入不可思议的绮梦里。

站在廊桥上，你可以拾掇着无数遗梦。桥影就是人影，梦里有山民的奋斗足迹，闪烁着山民的希望光芒。高山峻岭，急流险滩，统统阻隔不断人们对通往幸福未来的执着追求，哪怕是飞鸟不驻、山羊难越的断崖，他们也要架设通途。屏南山高水冷，遇寒冬则冰天雪地，水封固，山凝结，寒风刺骨，可以想见当年先民那时架桥的艰难场景。他们褴衣单薄，虽在紧张地运木破土，但依然冻僵了手，冻烂了脚，严寒里的抗争气吞山河、能泣鬼神。深壑架桥，处处是险情，有的还要悬挂半壁凿岩托架，不知哪些生命为此牺牲。面对血的洗礼，架桥人表现得很乐观，他们宁愿将苦难化作美好的传说，也不去渲染自己所遇艰险与功绩。廊桥传诵着许多动听的故事。相传，建造龙井桥是以一位老木匠为首，他带领一批徒弟、民工在峭壁上凿眼，吊坐竹篮施工，不到一年，拱桥和廊屋构架都搭好了。可是待爬上屋顶要锯平橼条时，徒弟朝深渊一看，人仿佛悬挂半空，不禁毛骨悚然而无法拉锯，惊恐退下。不能封顶，这下可急坏了老木匠，几天来，他苦思冥想，茶饭不进。一天，桥头来了个老乞婆，师徒就装饭给她吃，任她慢吞吞吃到太阳偏西也不嫌厌，饭毕，还热情地将她送过对岸。第二天，师徒又来到桥头，老木匠忽见日环里有一条独木桥，桥上一位少女倒撑雨伞，伞面朝下提着，悠然地走了过去。刹那间少女不见了。老木匠从中得到启发，随即吩咐徒弟借来雨伞，将它倒挂于橼条下以挡视线。徒弟再开锯就心定脚稳了，很快锯平了橼条，并盖好瓦片。

不难想象，在深山溪河上造桥，要花费多少心力。而贫困山民为此倾注的资财也可说是清肠刮肚了。为了通衢理想，山民热心募捐。建于南宋、全长63米的全国重点文物保护单位——千乘桥，曾被洪水冲毁3次，重建3次，民财耗尽。嘉庆二十四年（1819年），洪魔再次吞没了拱桥。棠口村周大权带头捐献干谷百担，周围百姓纷纷响应再挤竭资，千乘巨虹重返棠溪。桥头石碑记下了他们的义举。翻阅屏南旧县志，数万人口的山区小县捐建木拱桥、石拱桥130多座。"短笛声闻蒲上桥，牧童吹出太平谣。牛羊日夕归来晚，醉倒山村酒一瓢。"天堑变通途，当他们早出暮归荷锄穿行于桥上的时候，当他们挑着茶叶、木柴和山果、笋干从这里走向海边，又从沿海换回盐巴、鱼虾的时候，想到梦寐以求的公益事业已办成，山民将奉献只当作圆了一个好梦。

我站在棠溪畔，细细打量着眼前这座千乘桥，仿佛漫步在梦幻般的艺术殿堂，不得不佩服先民的聪明才智。这座廊桥和屏南的很多廊桥一样，其折线木拱构架可谓巧夺天工，它由数根原木纵列交叉和横木直角相叠架设，构成八字形桥孔。桥面的廊屋瓦顶呈人字形，既排水又美观。

木桥建筑的规模之大，则从万安桥可见一斑。初步点算，能看到拱桥上的粗大原木有500多根，所立廊柱152根，梁板用材还未计在内，因此，用"宏伟"二字来形容廊桥，并不为过。特别是木拱廊桥的建筑衔接固定都没有类似铁钉之类的用料,只靠符合力学的木头对嵌相叠,历经百年不倒,从中不难看出当时造桥技术水平之高超精密。廊桥造型朴实优美,八字形折线桥孔与廊屋及两边恰似褶裙的遮蔽风雨挡板,整体结构既和谐又舒畅,既精巧又稳重。有的屋顶还设计各态翘檐,或再建层层阁亭,更添建筑之立体美感,好似龙飞凤舞。

  建在村边或村中的廊桥,因和村民紧贴着,就显得特别讲究、雕梁画栋,还打扮得花枝招展、神采飞扬,并取了好听的名字——花桥。廊桥是桥与屋的结合,体现出综合的功能设计,除了通衢,这里可以避雨防风、歇息纳凉。廊桥还是村民休闲的一个好去处。夏日,他们成群地坐在廊椅上,摇着蒲扇,抽着水烟,聊天上的天河仙宫、水中的水界龙宫,伴一溪清风尽情放飞彩色的梦想。冬天,廊屋也让人倍感世间的温暖,抱着火笼,讲着闲话,这寒冷的日子就这么过去了。故而山里人都十分钟爱廊桥,给予悉心的呵护。峻险的百祥桥头郁郁葱葱的桥林告诉我们,咸丰二年(1852年),百祥桥重建以后,16位富有远见的山民集资买下桥西的40亩山地,种下杉木备作修桥之用。如今这片桥林遮天蔽日,为廊桥的永生提供了支柱,也为后辈树立了公德榜样。我们还看到,金造桥的石碑刻着这样的禁示:"两边桥头不许堆积粪草,夜间火把不许火炭坠落桥内,桥内不许安顿火薪苦秆……"

  "昔日溪洪客不前,望洋长叹有谁怜。"一座座廊桥的架设,"胜似彩虹低渡水,翻教新月与钩弦"。廊桥降服了恶水,开辟了跨越封闭落后的通途,造就了古代建筑艺术的奇葩。屏南木拱廊桥,这是先民留给后人珍贵的文化遗产。面对古老的她,再面对现代的交通,我们应该怎样继承和发扬呢?

  看来,她的遗梦还很悠长,很悠长。

遮却风雨行福善

◎ 叶家坤　叶思成

　　初霜向寒，晨曦微露，白雾如祥云在龟湖上方浮泛升腾。

　　吉日寅时，闽东山城寿宁千年古村龟岭福文化广场之畔的玄武木拱廊桥上，一场祈福迎祥的"点眼清醮"开光道场法事正在庄重进行，扬华幡，插令旗，挂符纸，红地毯，红木桌，红烛台，茶果齐备，香火缭绕，道家法师身着道袍，手持法器，神情肃穆，念念有词……为关帝爷等神像安坐，开光，"点眼"。随后，"圆桥"仪式进入高潮，建桥主墨师傅向天祷告后，用竹钉钉上廊桥最后一块桥板，接着廊桥筹建董事们将"七宝袋"中的福豆等吉祥物抛撒到桥面，让村民抢彩，老人们纷纷高喊"风调雨顺，大吉大利"，最后祭河神朝水面抛丢粽子……廊桥从此承接天地之灵气，造化万民之福祉。

　　"圆桥"仪式是廊桥修建工程中的重要一环，是廊桥落成前的最后一项传统民俗文化礼仪。在这精心挑选的良辰吉日，各地乡贤、宗亲纷纷归来庆贺助兴，人潮涌动，济济一堂，敲锣打鼓，载歌载舞，俨然如过节。"村里很多年没有这么热闹了，比小时候过年过节还多人。"在厨房做义工蒸糯米饭的张婆婆非常开心，"上次这么热闹，还是我们老张家宗祠修建落成的时候。"

　　宗祠是中华大地上一方方独特的"中国印"，是宝贵的文化遗存，是中华民族寻根问祖、传承文化的重要载体，在老百姓心中有着不可替代的神圣地位。而廊桥是凝固的乡土文化发展史，有着深厚的文化底蕴，民间传统上认为其所兼具的连接交通、祭祀祈福功能与百姓生活、精神信仰密切联系。在当地乡亲眼里，廊桥是同宗祠一样神圣的存在，是村庄的护佑神祇，也是外出游子铭刻于心的乡愁符号。

山城寿宁境内层峦叠嶂、溪涧纵横，山居乡民的生产生活与路桥密不可分。在千百年的繁衍生息中，勤劳智慧的先民们逢山开路，遇水架桥，因地制宜，就地取材，在崇山峻岭之间创造性地建造起了一座座技艺精湛、令人惊叹的廊桥，把民间传统文化同自然山水融合一起，造就了独具特色的廊桥文化。在寿宁1400多平方千米的土地上，至今还散布着70多座各种结构形式的廊桥，其中约三分之一是在传统木构桥中技术含量最高、被称为"中国一绝"的木拱廊桥，"世界贯木拱廊桥之乡"的盛誉其来有自。

在这里，廊桥是脚下延伸的路，是连接交通的枢纽，更是联系情感的纽带。千百年来世代相传的造桥、护桥、敬桥的传统习俗，衍生了一系列民俗、信俗文化。寿宁廊桥不仅是过往行人穿山越水、遮风避雨的道路交通设施，也是人们崇尚行善积德和共享文化生活的重要载体，甚而至于成为乡亲们的信仰图腾和精神寄托。

"造桥以便人行，所以积德于己。"在中国民间，少有比修路造桥更大的善行了。捐资修桥，是寿宁自古沿袭的风俗，被视为祈福积德的莫大善举。在寿宁现存的木拱廊桥中，唯有红军桥是由政府拨款建造的"公建桥"，其余皆由民间募资建成。近期新建的斜滩镇斜滩村双龙桥总造价1000多万元，主要由村民众筹投资建造。南阳镇龟岭村玄武桥造价260多万元，建桥主事之一、本地乡贤张月松介绍说："乡亲们都很热心公益事业，造桥资金多由民众捐资投劳解决。"托溪乡洋尾村飞鹤桥，也是以民间募资投劳为主建成，村支书吴文启说起捐资建桥过程十分自豪："造桥的提议一经提出，可谓一呼百应。工程累计耗资200多万元，皆由村民捐献。老人自愿看守施工现场，青壮年义务抬梁上瓦，各尽其功。"

造桥是大善事，而木拱廊桥的建造技艺堪称奇绝，掌握造桥"绝技"的匠师寥寥无几，其中翘楚被冠以"主墨"或"绳墨"之名，更是备受尊重。寿宁最负盛名的桥匠莫过于坑底乡徐郑世家。徐姓家族最早可考的造桥事迹可追溯至清嘉庆六年（1801年），徐兆裕等人联袂筑造了小东上桥。徐家造桥技艺只于家族内部相传，传至第五代匠师徐泽长后，因徐泽长终身未娶，致使徐家无人继承造桥技术。徐泽长经多方考察后物色表亲郑惠福为衣钵传人。郑惠福按当地习俗拜了师，学习造桥技术，从此开启了郑家匠师的技艺传承之旅。浙江省景宁县的大赤坛桥是郑惠福与徐泽长学习建造的第一座木拱廊桥。1950年，郑惠福师傅主持建造了寿宁县刘坪大桥，这是他主墨建造的第一座廊桥。此后造桥技艺相继传至郑惠福之子郑多金、郑多金胞弟郑多雄、郑多雄之子郑辉明。徐郑世家共传承九代工匠，历时200多年。在20世纪中叶，郑惠福、郑多金的名号响彻闽浙，父子两人合力修建了11座廊桥。1967年，时年39岁的郑多金首次担纲"主墨"，主持修建下党乡杨溪头桥，不承想这几乎成了绝唱。往后的30多年间，伴随着现代交通的蓬勃发展，木拱廊桥逐渐丧失交通主干的地位，悄然淡出历史舞台，郑多金从未"封墨"，却形同"封墨"。

2006年初，因牛头山水电站建设，长濑溪桥与张坑桥两座古廊桥需要异地迁建，郑多金重新出山主持工程。时隔39年，身怀造桥绝艺的郑多金老人再次有了用武之地，也圆了在有生之年再次建桥传艺的夙愿。其间，郑多雄加入团队，而后，郑辉明开启桥匠生涯，桥艺家传史话得以续写。

因为《福建日报》廊桥专题约稿，我们得以与郑多金老人熟识在长濑溪桥与张坑桥迁建工地。在朔风阵阵、寒气袭人的冬日，时年78岁的郑多金老人却是一脸乐呵，频繁往返于工地与驻地之间。在与老人朝夕相处的日子里，我们目睹了廊桥建造技艺的奇绝，也了解到不少与廊桥伴生的文化习俗。

寿宁廊桥从建造开始就伴随着独特习俗。

筹建伊始，乐捐造桥的大善主和乡间有名望的乡绅名士被推为主事造桥的董事。董事们带头捐资、完成所需资费筹集后，最重要的事项就是聘请造桥匠师。造桥匠师很受人尊重，请师傅是个很重视礼仪的环节。董事们会商后选派家有四代同堂的好命人一起去聘请桥匠师傅。聘请仪式很庄重，焚香，净手，签约，奉上定金……行礼如仪，尊师尚德。

造桥动工之前举行祭河仪式，祈求河神保佑建造过程平安顺利。郑多金老人还记得当年主墨杨溪头桥时的祭河场景：黄道吉日，残阳如血。初冬时节的傍晚时分，寒风挡不住群众围观在杨溪头村水尾河谷中举行的庄严祭河仪式。供桌牲果齐备，清香高烧，建桥董事、缘首、桥匠举香过顶，虔诚祷告……

郑多金老人记忆中的祭河是造桥过程中世代相传、庄严神圣的仪式。对于常年走南闯北的桥匠们来说，这是一个不可或缺的程序，没有什么比祈求神灵保佑平安更重要了。

郑多金老人回忆起建桥时种种民俗细节依然头头是道，对当年建造廊桥的往事记忆犹新。

建造廊桥是一项浩大的工程，选桥址，建桥台，起拱架，建廊屋……不论是人力还是物力，都远远超出民房。在社会发展比较落后、生存环境相对恶劣、施工条件及装备简陋欠缺、技术和安全保障普遍缺乏的年代，乡民笃信木拱廊桥营造要顺利、成功、圆满，必须具备"天时、地利、人和"。造桥董事、缘首、工匠在运作、筹划木拱廊桥建设过程中约定俗成，必须敬天敬地敬神明。

廊桥下层横梁架设完毕，上层竖起廊柱，用枋条固定连结，这就是廊屋。屋檐正中央有上下两条栋梁。上栋梁是建桥过程一个最隆重的环节。造桥木匠师傅诚心诚意淋浴净身，虔诚地拜祭先师鲁班。在良辰来临时刻，廊桥正中央内外摆上两张桌子，一张放廊桥栋梁，另一张摆上全羊、全猪及酒菜等供品，请梁、劝梁、上梁程序严格，一丝不苟。

请梁是上梁的第一道程序，木匠师傅要"鲁班身"装束，手持墨斗、肩挂曲尺，虔诚叩拜，对着栋梁，念念有词唱道：

> 鲁班先师护吾身，手执墨斗曲尺量。
> 此梁不是非凡梁，武夷杉木好沉香。
> 梁头画起金狮子，梁尾挂起玉麒麟。
> 麒麟狮子梁中坐，明灯不照自然光。
> ……

木匠师唱毕，接着手持酒壶，对栋梁进行劝酒，梁头、梁中、梁尾分别劝上三巡，边劝酒边唱：

> 东君命我一把瓶，万量珍珠脚踏臣。
> 上是麒麟狮子架，下是莲花把酒瓶。
> 白鹤仙师来劝酒，栋梁饮酒万年兴。
> 梁头饮酒财丁旺，梁尾饮酒福禄全。
> 梁中饮酒大富贵，栋梁饮酒万年兴。
> ……

劝酒完毕，事先准备好的两位有声望的绅士或家中四代同堂的好命人进行扶梁，左右各站立一人，栋梁中间用红绫、两端用麻绳缚牢，在屋檐之上的人则负责接梁。扶梁、接梁是两道承接的程序，上下人员一一和唱：

> 酒到中央五地上，人间寿命如彭祖。
> 彭祖年高八百岁，愿我主人九百九。
> 你上东来我上西，脚踏云梯步步高。
> 将心跑在云头上，鲁班算来上栋梁。
> 一双黄龙到府中，未曾钩龙先钩梁。
> 梁头钩起上登科，梁尾钩起看金榜。

梁中应出千万口，梁尾应出万斗量。
……
梁头梁尾齐齐上，东西两边荫子孙。
大兴大发财丁盛，富贵双全万万年。

栋梁在对唱和声中缓缓升起，牢牢固定在桥中央的左右两端。这样，上栋梁的整个程序就算完成。

廊桥建造程序复杂、工期很长，少则数月，多则几年，一般是在秋冬枯水时节动工起拱，而后搭架桥面，进而建造廊屋。所有工序完成后，会留有一块桥板不固定，桥上有供奉神像或彩绘龙凤等吉祥神兽图像的会将眼睛部分留白，待桥董们择定吉日开光圆桥之时，将最后一块桥板钉上，为神像或龙凤图像"点眼"，廊桥才算正式完工投用。

寿宁廊桥不仅在建造过程有着独特习俗，建成后也与当地民俗活动、文化生活联系在一起，无论大小奢简，每一座都氤氲着人间烟火，每一座都洋溢着文化气息。

在寿宁乡间，廊桥已远远地超出了纯粹作为交通桥的功能，创造性地结合了桥、亭、庙等建筑的功用。每一座廊桥都有着自己的传说；桥上的每一扇窗、每一块木板、每一处雕刻、每一副楹联，都是一段记忆、一个故事。有"意恐迟迟归"慈母翘首盼望的身影，有"长亭外，古道边"至交执手相别的吟唱……寿宁才子、宋绍定二年（1229年）状元缪蟾还在赶考途中留下了"功名苦我双关足，踏破前桥几板霜"的感叹，挥写了桥亭送别的经典意象。在历史绵延的过程中，无数文人墨客、官绅僧侣题撰其上的楹联、诗词等，不但记载着廊桥本身的变迁，也在颂扬传承着丰富的人文内涵。如升平桥楹联"五鲤腾空城不夜，三峰入幕景长春"，杨梅州桥楹联"惠怀岂必乘舆济，素志只求王道平"，寓意吉祥、抒发志向。长濑溪桥楹联"结室架长空，无事鲁贤问渡；彩虹牵两岸，奚颂郑相济人"，语意隽永，以文化人。

桥与庙的紧密结合是寿宁廊桥的一大特色。廊桥成为乡民祭祀祈福的场所。各地廊桥多设有神龛供乡民祭祀，神龛多设在桥屋中央，也有的在桥头路冲独立建庙。供奉观音菩萨最多,其次是临水夫人,也有关帝爷、文昌帝和财神爷赵公明,还有就是马仙、黄三相公等地方信仰。

耄耋之龄、家住鳌阳镇蟾溪边的余老伯,每天走过仙宫桥,都要向桥上供奉的马仙朝拜行礼。在老伯的记忆里,自懂事起仙宫桥就有供奉马仙了。在这里,他总能找到内心的平静与安宁。

仙宫桥虹卧蟾溪之上,居于县城闹市之间。桥中间面朝上游、背对下游的神龛里供奉着马仙塑像。马仙左右分列着虎、马将军塑像。塑像以"腾龙"为背景,上方有诗云:"积善天长佑,家和福自生。广开方正路,留与子孙行。"寿宁人供奉马仙的历史由来已久,见诸文字的记载约在五代时期。明末任寿宁知县的著名文学家冯梦龙在《寿宁待志》中较为详细地记述了祭祀马仙的过程,并撰文赞美这位女神的高尚品德。每年正月元宵节是祭祀最隆重的时候。每当这时,乡民们从四面八方汇聚到桥上,依次进行祭祀,摆上一整只猪头,奉供茶、酒,添几盘菜肴,上几炷清香,磕头作揖,祷告祈福。仙宫桥上终日香烟缭绕,檀麝氤氲,持香拜祭者络绎不绝,盛况空前。虔诚的乡民既祷告廊桥的平安,又祈求来年的风调雨顺、合家团圆如意。平时,农历每月的初一、十五也常有人行祀。

位于蟾溪上游、城郊的飞云桥则祭祀临水夫人。临水夫人陈靖姑在寿宁被百姓敬称为"奶娘"。民间传说"奶娘"陈靖姑在保护妇幼上颇有奇效,因而被称为"救产护胎佑民女神"。临水夫人信仰盛行闽台,在寿宁的信众十分广泛。已婚妇女凡求子者,纷纷前往奉祀临水夫人的廊桥,烧香求拜,虔祷于临水夫人,祈求早生贵子或保佑孩子健康成长,想生男孩的人家就在廊桥请一朵白花回家,想生女孩的就请一朵红花回家。每年正月十五临水夫人神诞之日,飞云桥上就非常热闹,信徒焚香膜拜,络绎不绝。

自从屏南县万安桥失火后,寿宁列入各级文保单位的廊桥都加强了消防安全管理,信众们也自觉配合保护廊桥,桥中神龛供祭祀祈福焚香使用的香炉都迁置到了桥外露天处,桥内不再明火焚香,但人们敬桥敬神的虔诚依然如昔。

传统民俗文化涵养了廊桥的福善教化作用。淳朴善良的人们笃信"积善之家，必有余庆""人为善，福虽未至祸已远离，人为恶，祸虽未至福已远离"。乡亲们对幸福的期盼，对亲人的祝福，已在绵延的岁月长河里融入了廊桥福善的实践中。

寿宁廊桥，尤其是木拱廊桥，以其悠久的历史、精湛的技艺，在中国桥梁史上占据着重要的地位。而它的建造过程更蕴涵着丰富的民间传统文化，从廊桥中挖掘出来的人文历史与民俗文化也越来越多地成为专家学者关注的话题。2008年，"木拱桥传统营造技艺"被列入第二批国家级非物质文化遗产名录。2009年，"中国木拱桥传统营造技艺"入围联合国教科文组织《急需保护的非物质文化遗产名录》。同年，寿宁著名桥匠"徐郑世家"第七代传人郑多金被列为第三批国家级非物质文化遗产项目木拱桥传统营造技艺代表性传承人（2021年去世）。2012年，"闽浙木拱廊桥"被列入《中国世界文化遗产预备名单》。2023年5月，在寿宁县下党乡召开的闽浙木拱廊桥联合申遗推进会明确了申遗工作目标和进度、组织机构、专业团队、申遗机制、支持措施等事项。"闽浙木拱廊桥"成为"世遗"的梦想日渐清晰，廊桥文化将在申遗进程中展现古典韵味和历史芳华。

"风光当年事，清明上河剪影；芳华往昔存，才子匠人留名。"作家叶渝《廊桥赋》中的赞叹，为寿宁廊桥增添了更多文化张力。寿邑山乡一座座横亘在幽谷深涧上的廊桥，是先民遗留的文化瑰宝，也是历史文化传承的桥梁。千百年来，它不仅成了山里人相互联系的纽带，更成了山里人传承文明的重要载体。虹卧溪溯，古韵悠扬，廊桥风华洋溢于诗情画意里；笙磬同音、祀神祈福，廊桥遗梦浸润在人间烟火中。在历史长河中静默成为风景的廊桥，托起了山里人现实与精神的双重家园。历史不能忘却，文明不能割裂。透视廊桥的颀长背影，你会看到一个民族、一方水土，沉淀融入人们心灵的文化底蕴。

遇见廊桥

◎ 范秀智

  我自幼生长在平原，目之所及或一马平川，或高山隆起，几乎没有临水渡河的日常经验，所知的桥仅限于或平阔或巍峨的梁式桥，以一往无前的气势延伸到水的彼岸，天堑变通途。在闽东居住的十几年间，桥的概念随着不断行走的脚步而拓宽，渐渐具化成落于碧水之上的一道道长虹——那是桥梁与房屋的珠联璧合、相得益彰。

  在山高林密、谷深涧险的闽东北地区，与廊桥相遇，根本不必费尽心思觅其行踪。随便循着河流信步，依稀可见人烟之处，大概率能看到一座木拱廊桥正静卧地在村口或村尾。这些廊桥因着地形水势而规模不同、高低不一、长短不等，有的横跨在险滩绝壁之上，有的静卧于村落市井之中。但，你只需站在桥底仰望，顷刻间，就会被一种相同的序列之美所击中。那些来自深山古林的圆木穿插叠压、交错排列，上下左右以榫卯对接、环环相扣，在木与木的交握衔接中架起一座座坚不可摧的水上宫阙。白云舒卷，星河流转，历经百年沧桑的廊桥在绿水青山的底色里愈显沉静厚重。

  漫步在一座座廊桥上，我无意探究它高超精绝的营造技艺，也无心追溯它扑朔迷离的前世，只沉迷于那些或深或浅、或大或小、或偶然或刻意的细节。时光如流水，从来都无心无情，把一切鲜活的过往隐没，带不走的只有这些被岁月遗漏的印记，供我随意翻检，肆意想象。流水敲击着宽大厚实的桥台，如温柔低沉的和弦，撩拨着人的内心。在这时光与智慧造就的伟大之处，我莫名认定，如果跟着这些印记踱步到幽微的时间深处，必定会与一些人、一些故事相遇。

一

在廊桥上，我曾仔细辨认梁架上有些涣散的墨迹，隐约是"木匠秀坑村正绳张文于……"等字样，这是廊桥上的"梁书"。其他的梁柱或匾额上密密麻麻地写满了建造工匠、建桥董事、择日先生、捐资人的名字和捐款数额，更详细的还会将建桥缘由经过、桥的构造、历次重修的过程等在石碑或梁书上记录下来。举目抬头间，我们就可以与这些百年前的陌生人相逢，切身感受到他们对造桥一事的庄重以待。我想，闽东之所以被誉为"世界贯木拱廊桥之乡"，正是得益于这些传承有序的建桥世家、集资造桥的乡民、爱桥护桥的守桥人……他们一代代接力，用自己的智慧与力量，让一座座廊桥在闽东大地上凌空展翅，骄傲地横亘于碧水之上。"广度一切，犹如桥梁"，造桥本是行善积德之事，亦是造福子孙之事。集一村一乡一地的微渺之力，在浩大世间修一座座可通行、可避风雨的廊桥，护佑世世代代无数人安然渡河，何尝不是一场旷日持久的修行？"闽中桥梁甲天下"，写尽了闽人千百年来的人间造虹梦。千年匠心，造就了传奇与伟大。

我也曾长久地注视着廊桥上的神龛。闽东大部分廊桥的正中位置设有一个神龛，供奉着观音、关公、文昌君、魁星、马仙、临水夫人、土地神等各路神明，灰暗简朴，却神圣庄严。香火缭绕，低眉敛目的乡民虔诚地跪拜，问天地，问众神，在高高低低的祷告声中，隐秘地交换了一些话语，完成了一种精神的对接。桥下流水起伏不定，似乎在应和着什么……仪式结束的时候，心也静了，神佛安然地端坐在廊屋中，目送祈祷者轻快地走出廊桥，仿佛冥冥之中已渡过了困厄之桥，走向了光明与希望的彼岸。据当地人说，每年正月是廊桥祭祀活动最隆重的时候，人们从四面八方涌来，摆上祀品，上香、磕头、作揖……祈求风调雨顺、阖家平安、财源滚滚……皆是美好的世俗愿望。如今，因廊桥保护等缘故，早已见不到当年的祭祀盛况，但只要心中有碍，他们也习惯了在神龛前祷告一番，求得心安。在我看来，廊桥早已成为乡民的"水上庙宇"，供世人寄放心灵。

穿行于廊桥之上，走进去，是一个广阔无比的精神世界，走出来，是热气腾腾的烟火人间。

二

在杨梅州桥上，我遇见一行没头没尾的被高高地写在桥身顶端的墨字，大约是"庆元泰顺村五人过此回到泰顺"，下署日期。两边的桥板整面都是字迹叠加，有的模糊不清，有的勉强识得几个，大都是告知行踪与人数。杨梅州桥位于寿宁县坑底乡杨梅州村，过去便是浙南地区的泰顺、平阳、苍南等地，与寿宁以至闽北、赣东北地区的交通要道。可想而知，这 50 多米长的桥上来来往往的，应大多是挑着货物的挑夫、步履匆匆的商旅、离家或归家的行人……通讯不便的那些年代，离开的人只能在这个必经之地给乡人或亲人留下讯息，以简短的几个字交代一声，让看到的人少一分牵挂与担忧。这座桥，是他们生命中为数不多的笃定存在。出走与归来，都有熟悉的廊桥迎来送往，顺着廊桥延伸出去的那条路，期盼与不舍交织。一座廊桥，竟牵连着人世间的悲欢离合，牵住了虚无与漂泊。木板日渐染了风霜的色泽，掩盖了无数秘密，它们被一层一层地覆盖着，最后晕成了廊桥的纹路，成了它血肉相连的一部分。如今的杨梅州桥，已经失去了交通要道的作用，只供村民与游人行走参观。隐没在山水之中的廊桥，像极了历经繁华后隐逸山林的士人，风吹雨打，鸟儿停落，四季往返，河水涨退，它与世无争，只是自在宁静地看着，听着，不疾不徐、不矜不盈。

更多的廊桥，则是闽东人生活的日常。我们在熙熙攘攘的寿宁县城走着，从低矮的日升门进去，就走到了仙宫桥，顺着路再走一段，又到了升平桥。两座桥身处闹市，周边商铺林立、市井喧闹，顽皮的孩童时不时追打着穿桥而过。三三两两的人们悠闲地坐在桥凳上，微风吹拂，蟾溪悠然，溪水悄无声息地缓慢前行。廊屋下的空间和自己家门口，和脚下的任何一段路都没什么区别，这是他们的生活之处。闲了，来这里坐一会；风雨来了，避一避；遇到熟悉的人，坐在桥凳上聊聊天；带孩子的，教孩子认楹联上的字、藻井上的图……一座廊桥，把着急忙慌的日子拉得缓慢悠长，也让紧绷的心长长地松一口气。不过都是无名之辈，把平凡的日子过得不动声色就好。周边的人也习惯了抬头低眼处，总能看到廊桥的身影，这是他们最本能的依恋，也是对平淡生活最质朴的解读——你在，我就心安。围绕着一座座廊桥，他们早已形成了独特的生活秩序和方式。古老的廊桥一如既往地沉默着，比它更古老的是桥头苍郁的老树、桥下奔流的溪水，和悬于头顶之上亘古的日月，这些古老的事物悄无声息地降落在平凡的生命之中，日渐展露出巨大又坚定的力量——它承载住了漫长的时光，让短暂的生命在琐碎喧嚣之外，联想到崇高与伟大，联想到无常与恒常，于是，平凡的日子似乎有了深远的意味，生命的含义也由此扩展。

三

闽地多雨，廊桥除了廊屋覆盖外，还在两侧加了风雨板，有的还在檐口处再加挑檐，形成封闭式结构或半封闭式结构，但这样也造成光线不足、风景被遮挡等问题。为解决这个弊端，造桥人便巧妙地在风雨板上设计了各种花窗，连通内外，采光透风。花窗造型各异，古瓶、桂叶、葫芦、扇面……皆是寓意美好，寄托着某些幸福愿景。从窗子望去，远处的山水被恰到好处地纳于这方寸之间，转头间便被拉进了人的眼里心里。我们站在大宝桥下回望时，一对小姐妹正挤着趴在一个六边形的花窗上，托着腮，遥望远处的山，时不时亲昵地凑在一起，不知道说了什么，不约而同地笑了起来，些许笑意溅落在水面上，泛起了一道道笑靥，廊桥巨大的倒影也愉悦地微微晃动起来……青山相对，绿水环绕，桥上的人与廊桥都成了景。这是廊桥的诗意。

广利桥并不雄伟，仅长 30.5 米、宽 4.5 米，两边却各有一排宽宽的木凳，可坐可躺，庞大的桥身与两侧的风雨板共同阻拦着冷冽的山风。它供乡民们日间的集会闲谈，也收容着夜里无家可归的人，让他们暂时放下疲惫和忧虑，不至于被绝望的情绪淹没。枕着风声水声，且安卧一夜。当清脆的鸟啼叫破黎明，沉睡的人被透过两侧风雨板的第一道阳光唤醒，整理好衣袖与行囊，抖落夜的沉重与灰暗，重新启程，廊桥只静立目送，桥下流水轻柔地拍击着河岸与桥墩，遥远的时空里传来一声沉重的长叹："安得广厦千万间，大庇天下寒士俱欢颜！风雨不动安如山。"这是廊桥的胸怀。

四

一座廊桥，和人的关系该有多么紧密？它的诞生本缘于人的需求和智慧，但它的存在又庇护着人，甚至成为生活与生命的重要部分，反哺着人的心灵世界。它是千百年传承的技艺，是连通广阔世界的纽带，是闽东人记忆的坐标，也是他们的精神家园。寻访至屏南后垄村，遇见龙津桥时，我更加确信这一点。

我们沿着村中的小路走着，路面干净整洁，但坍圮的黄土墙与散落的砖石木瓦，悄悄地揭露着真相。行至半路，远远望去，龙津桥的身躯明明还挺拔着，但全身的光泽都似乎黯淡了，空气中并无尘土，但它却蒙上了一层晦暗之色，那些被使用、被爱护过的痕迹被遮盖和消弭了。村庄的破败，始于人的离开，房子一座一座空了，桥也空了，只剩几个风烛残年的老人，再无余力滋养这些物件。风中草木摇曳，鸟雀啁啁啾啾，一日一日的寂寞抽走了龙津桥和村子的精气神，再也无法抵抗时光的摧枯拉朽，渐渐显出萧条的气息。夕阳下，垂垂老矣的龙津桥和村庄无声相伴着，早已失去了倾诉的欲望。看了那么多廊桥之后，我惊讶于它的倾颓之态。美，源于生命力的丰盈，而美好的事物凋零时，总会引起最真实的悲哀与惋惜。我再不忍细读它们的沉默，不忍倾听那静默之中空荡的回声——离了人，廊桥就少了魂。

五

漫长的时光里，闽东很多廊桥曾毁坏，又不断被重建、重修。它们与生活在这片土地上的人，相互依存着。即便是更加坚固的钢筋水泥，也无法取代它存在的意义。一道道虹影落于碧水之中，落于一代又一代闽东人的生命之中，也落于岁月的河流之上，连接着此岸与彼岸，连接着俗世与净土，也连接着有限与无限。它们长久地静默地站立在这片土地上，隐于村落，隐于山水，恬淡从容，直到成为另一种意义的永恒，最终隐于时间之外……

走过千年廊桥来看你

◎ 桑　谷

顺着天地的自然安排，遵从着人们的种种意愿，一个乡村，便子丑寅卯地完满起来了。乡村的亲缘、地缘、血脉流传，人际关系就在这棵巨大的树上，织成一张密密的网，多少年来，不曾有大的变动。

一

村子像一个麻雀，应有尽有，宗祠、土地庙、炮楼、水尾桥……都有了。坮顶、后宅、新厝下、大厅后……乡村的巷弄，都有自己的名字，名字后面，都有一段不能复制的历史。

巷弄和巷弄间，你接着我，我连着你，鸡犬相闻。村子里，零零散散，分布着理发店、扁肉店、食杂店、猪肉店……湖边弄的草药铺门口，摆放着刚从山上挖来的各种青草药，散放着辛辣的、清香的、各种难以言说的气味。大厅后低矮简陋的线面坊里，那个日渐衰老的面坊主人，正从大陶钵里拉出一条条线面，像蜘蛛吐丝一样。高高的木架子上，一排排白丝绦一样的线面，在阳光中闪闪发亮、微微飘动。新厝下的周大权老宅里，曾是另一番景象。高深的大宅里，周天麟、周尚矞、周大权，祖孙三代，秉着耕读传家的祖训，创下了偌大的家业，带头兴建了水尾文昌阁（俗称"八角亭"）、棠口林公殿，重建千乘桥、祥峰寺等公共建筑。棠口这个乡村读书的风气，也在他们的引领下，蔚然兴起。在那一个时期，棠口周氏，成了远近闻名的名望大族。乡村的底气，就这样慢慢地厚重起来、充足起来。老宅的太师壁上，挂着"芳传燕桂"的牌匾，厚朴的字里暗暗连缀着从康乾走来的荣耀。

这些建筑里，不仅盛放着这些世间琐碎温暖的生活，还越过尘世寄托着周氏族人美丽的愿望和理想。在这个小小的乡村里，周氏宗祠显得格外醒目。宗祠并不高大，建在岩头谷村最中心的位置上。三层翘檐的黑瓦屋顶、一袭明黄的勾边、蓝底镏金的"周氏宗祠"牌匾，立马就把身份标注出来了。每年的正月初一，六甲首在这里主持设醮拜祖。无论是得意的荣光，还是失意的创伤，在称之为"拜正"的日子里，都得到了分享、得到了抚慰。

宗祠前面的鉴湖中，有两眼并排的水井，名叫"鉴湖双井"。它像乡村年岁很高的老人，不显眼，可是深沉。井是乡村的眼睛，它与宗祠亲密无间，一起见证了乡村生活的点点滴滴。每一个在村里长大的孩子，他们记忆的箧衍里，都会装着故乡的井，装着与故乡有关井的往事。井虽然老了，依然有一双清澈的眸，不经意看见，你会从他眼里，读出遥远的宋代开基祖周桂文那些悠长的故事来。

二

一座木拱廊桥，以沉稳的姿态安静地坐落在村子东边的水尾处。桥和乡村一样都老了，桥墩上斑斑驳驳，像长着老年斑。桥板上的坑坑洼洼，随意错落，却又是那么恰到好处。如果，乡村是一件手织的棉麻大衣；桥，便是这件大衣靓丽的衣带。一座桥，给朴拙的乡村增添了许多精致。

这样的一座桥，理应配得上一个美丽的传说，像每个英杰，又怎能不问出处？

因两河伯争长，千乘桥建而毁，毁而建，建而又毁。其间不知有多少人葬身鱼腹，多少人绕道悬崖艰难往返，望河兴叹。

周大权为建桥一事寝食不安。一天夜里，周大权梦见一只金鸡下凡，站立于河面，那伸展的双翅正好搭在两岸，曚眬中又见一菩萨站于鸡背上，把水引向两边。一觉醒来，已见晨曦，周大权思之梦境，顿有所悟，认为这是神仙指点，当即挺身为首募捐再造厝桥，聘请各方能工巧匠，凭梦中记忆，整座桥按公鸡形象设计，把正中石墩砌成三角鸡头形，桥面左右为两翼，恰似公鸡振翅，昂首报晓。

桥成后，周大权根据梦见的菩萨形象，即现时人们尊称的王显灵帝菩萨公，塑身于桥的正中，面向潮头，供奉香火，千秋纪念。周大权撰桥志勒碑竖立桥头，并载入县志。为图吉利，人们便将厝桥改称为"千乘桥"。

桥上的风，吹着宋曲清韵，伴着一担担茶叶、陶器、粉干、铜锣、食盐、海货……南来北往的挑客，在千乘桥上，挑起了一担的希望，抖落了一路的艰辛，每一次落地的脚印，都被一次次的重踏遮盖。

不知是谁家的炊烟又起，晚风吹来新米的清香，他们擦拭着身上的汗水，每每想到家就在眼前，是不是脚下陡然生风？

当繁华落尽，桥依然做它自己，不问江畔何年初见月，江月何年初见人。如织的游人在惊叹中，在不经意间，和遥远年代的繁华进行了一次美丽邂逅。

年年秋日，乌桕树火烧火燎地红遍棠溪，热闹了千乘桥的心。白鹭在桥下的清波中掠过，几只野鸭划拨着一溪的斜阳。不时有城里来的垂钓者，不知道他们钓的是棠溪的鱼，还是城里难以寻觅的村居时光。

三

在周承灼家的晒谷楼边，崇正堂、姑娘厝、潘美顾医院、淑华女学校……一个规模宏大的西洋建筑群,在棠口的龙身岗上建起来了。这是光绪十六年(1890年)的事。

屏南第一个连接世界的邮路通了,从世界各地寄往棠口的邮件,只要写上"中国棠口"四个字就能直达。

新厝下的一个民房里,周以谨满头大汗。他腹痛难忍,家人束手无策,"死马当作活马医"把他送到下教堂西医室。潘美顾医师断定他得了阑尾炎,给他剖开了腹部,割去了阑尾。一个月后,周以谨又能下地了。一截腐烂的盲肠,翻开了屏南外科手术史上崭新的一页。这个第一个吃螃蟹的人,慷慨捐出自家的一片土地,扩建下教堂西医室为妇幼医馆。潘美顾,是棠口人用自己的姓名习惯给起的,就像郭恩赐、萧爱美、徐则舒。这是认同,也是接纳。潘美顾因为医术高明,远近闻名。"潘美顾医院"成了西医馆的称号。

四

对中国众多的乡村来说,曾经,家是一种生活。而现在,棠口和无数的中国乡村一样,家几乎成了一种怀念。一个母亲,养育大了孩子,自己终将衰老。沿着新厝下往上,人气渐渐淡薄。路边一排破烂的单层土屋,只是往日繁华的最后一个注脚。没有人指点,一点也看不出这是名扬四方的"棠口粉"作坊。明末清初,棠口就开始生产粉干。民国至中华人民共和国成立初期,是棠口粉干生产的鼎盛时期,最多时有72家粉干作坊,每天都有100多人轮流肩挑到闽东北及本县各地销售。那是何等热闹的景象。兴衰更替,是何等残酷,又是何等平常。

长大的儿子,身上总还是流淌着母亲的血,无论走到哪里,总能听到母亲的声音,在呼唤着自己,踏上回家的路。每年的正月十八,是棠口最为热闹的时光。有钱的,没钱的,不远千里,都回来了。俗世的生活里,他们的诉求也许不能得到满足,只有在宗祠的大祭日里,在嘈嘈切切的锣鼓、唢呐声中,从祖宗的荣耀里,才再次获得了力量,带走了心灵的安宁。同时,这也再一次提醒他们,曾经,棠口铜锣"响天下",是先祖周公帮助安平王林公决定战场胜局的神器。

这样的日子里,林公殿旁的三尺戏台,演尽了人世的喜怨和悲欣。在黑暗的木箱里,寂寞了一年的杖头木偶,又被赋予了生命。法海又有了一次水漫金山的机会,而身怀六甲的白素贞,再一次救起了那个软弱的许仙。台上的戏,哭的哭、笑的笑;台底的人,看戏的看戏、打牌的打牌、买卖的买卖。

戏里戏外,哪里不是人生呢?只有端坐在神龛里的林公、周公、程公,用他们一贯的慈悲,默默地注视着他的子民。棠口这个千年古村,它的容颜开始改变,那么,它的禀性呢?

感念廊桥

◎ 江南夜

　　一个民族若没有自己的文化，容易在历史进程中迷失方向。一个地方倘寻不到文化的渊源，如何在时代潮流中自我定位？廊桥，这颗寿邑先民遗留的文化瑰宝，也是历史文化传承的桥梁。中华文化源远流长，这里只是借此感念历史文化的世代传承。有词云：青山遮不住，毕竟东流去。

——题记

廊桥遗韵

　　许久没有这样闲逸的心情了。

　　几天里，我踏访了几座廊桥。据考证，山城寿宁现存各种廊桥不足百座，其中贯木拱廊桥仅19座、八字木撑拱廊桥不过4座。但这已是不可多得的了。要不，著名桥梁专家、《中国科学技术史·桥梁卷》著作者唐寰澄何以将区区山县小城寿宁命名为"世界贯木拱廊桥之乡"？

　　踏上印象里随处可见的廊桥，触摸着、感受着已被称为"瑰宝"的廊桥，审视着这生我养我的小城，思索着渐渐逝去的岁月，不觉竟有"秦时明月汉时关"的感慨。

我品味过平遥古城历史文化积淀的厚重,也欣赏过丽江古城自然人文融合的清幽。而对于山城我有一种负疚,实在想不出更妥帖的词句来描绘这方地处江南、鲜为人知而又自有特色的净土。置县于明景泰六年(1455年)的寿宁,县小,史短,更因地处山区,"地僻人难到,山多云易生",而鲜受中原文化的辐射。它处于鹫峰山脉北端、洞宫山脉东麓,介于武夷与太姥两大名山之间。境内多山,虽无武夷的雄奇,也不似太姥的缥缈,然山高水清,林木葱翠,层峦叠嶂,溪流纵横,散落其间,透析着淳朴自然的个个山村,不是陶公笔下的桃花源,也定然是一幅幅绝佳的山水画。更绝的是,静卧于村前溪边、崇山峻岭当中的寿宁廊桥,几乎成了山水画中的神来之笔。

这或许是个不小的误会。多少人曾经以为,北宋名家张择端《清明上河图》中的汴水虹桥已是人间绝笔,却不料在寿邑山城的山溪涧水上竟还藏留着其不朽的身影——寿宁贯木拱廊桥。贯木拱廊桥也叫木构叠梁式风雨桥,它以梁木穿插别压形成拱桥,形似彩虹,不仅与汴水虹桥结构相似、建造技术相同,还有所发展创新,在桥拱上加盖"桥屋",桥屋结合,如桥似厝,乡人爱称"厝桥"。

"厝桥"的创意折射出寿邑先民朴素的人本思想。先民们逢山开路,遇水架桥,独特的地理条件,造就了独具特色的廊桥文化。廊桥既是连接交通的枢纽,更是联系情感的纽带。印象里每个村落都有自己的"厝桥",每一座"厝桥"都有着自己的传说。有"意恐迟迟归"慈母翘首盼望的身影,有"长亭外,古道边"至交执手相别的吟唱……寿宁才子、宋绍定二年(1229年)状元缪蟾还在赶考途中留下了"功名苦我双关足,踏破前桥几板霜"的感叹。勤劳勇敢的寿宁人民在与桥为伴的日子里书写着各种传奇,也演绎着山城的历史。

从冯公"三言"到北路戏

贯木拱廊桥为寿宁廊桥之珍品,其建筑历史最早可溯及明正统十三年(1448年)。我先后走过鸾峰桥、杨溪头桥、尤溪桥、溪南桥、小东桥,还有城区的仙宫桥、登云桥、飞云桥。行云流水之间,叹为观止之时,我不得不以感恩者的虔诚来思索这种廊桥文化的渊源。

当初在中原地区盛行的虹桥结构辗转至寿宁深山里现身已足以让学术界商考,而当时早已成熟的石拱技术不被采纳而广泛建造木拱桥更是让后人百思不得其解。

远离皇城的寿邑山城自然无法常沐浩荡皇恩。秦腔的悠扬婉转与公孙大娘的婀娜舞姿在此始终寻不到踪迹。山城人民也并不浅薄。他们对于北下的黄土旋风与南来的舶来文化并不特别钟情,但这无碍于他们对先进文化的兼收并蓄。生长在闽讴楚语文化氛围里的山城人对于中原文化的景仰,如同对于同出一脉的华夏文化渊源之无法割舍一般,自然不会轻易放弃了。廊桥或许就是这种文化传承的最佳载体吧!

几天里,我的足迹遍及山城的人文景观,包括尚未成形的梦龙公园。冯公梦龙以六十一高龄远离江南水乡赶赴闽东山邑寿宁任知县,不仅留下政声,还留下不少文化遗产供后人瞻仰。

想起冯公,不仅让我想起其宦寿期间修东坝、筑城墙、倡文学、破世俗的显著政绩,更让我想起千古流传的"三言"。"三言"关于人情世态的自然描绘,是冯公通俗文学的一大特色。它那近乎市井的描写对于当时流传上层的文学品位而言是一种另类,但它的整体艺术价值的体现无可争议地在朱明文坛占据着重要一席。寿宁的乡土文化是否更多地源于中原文化的传承与惠泽,已很难考证,但蕴涵真挚情感与巨大教化作用的典故、俗语至今还在坊间流传却是不争的事实。

冯公所著《寿宁待志》也是其寿宁任内的一大政绩。这部以"待志"为题、在全国绝无仅有的县志,不仅是冯公借志立传的重要载体,更是研究寿宁历史文化传承的珍贵史料。

另外一种类似廊桥的文化传承桥梁是北路戏。这种清中叶由江西传入福建的珍稀地方剧种在寿宁的落地生根也是一个神奇。300多年的北路戏历史，在500多年的建县史中占据了大部分时间。山城人民对于北路戏的青睐竟胜于京剧、越剧。这种独具特色的自娱方式的不断演变与拱桥加盖廊屋的创新一样，成为山城人民在吸纳中原文化中发展自有人文文化过程的见证。

戴清亭与日升门

山城人民困惑过。对于探寻自身的历史文化渊源他们从未放弃。这从对冯梦龙思想及其作品的研究，对傩戏、北路戏的抢救挖掘，以及对廊桥文化的整理等都可得到印证。但关于历史文物保护挖掘的专业性与功利性的争执似乎从未中断。在争执中我们不得不面对那些文化瑰宝的褪色、消失。曾经随处可见的廊桥，如今已至屈指可数。20世纪60年代初被寿宁当地政府挖掘抢救出来历经几多辉煌的北路戏已沉寂多年，尽管又有"悠悠北路戏又闻开锣声"的报道。

令人感慨的还有戴清亭与日升门。为纪念宦寿期间政绩显著的明代著名通俗文学家、寿宁县令冯梦龙而建的戴清亭，如今已成为提篮小卖者的驻留之地，不见昔日资政喻世之尊严与"老梅标冷趣，我与尔同清"的神韵。热衷利来利往的人们对此已熟视无睹。不知九泉之下的冯公做何感想？而在市井民居拥挤中黯然蜷缩于一角的日升门，何以得见昔日之雄姿？遥想当年，冯公修筑城墙与城民共抗倭寇的神采，以及东城门（日升门）前商贾云集、墨客弄骚的奢华，与今日日益孤寂以至无人问津的苍凉相比，历史与现实的反差是如此的令人神伤。一座风雨飘摇的京口北固亭引发词人辛弃疾"想当年"的多少壮怀激烈，而伫立日升门前，却是平添无尽的历史感伤。

告慰廊桥

感伤属于历史。曾与报社供职的朋友对酌于廊桥边上的小肆，在或浓或淡的怀旧情绪里话及廊桥的今昔与将来。值得举杯相庆的是，山城人民对于文化传承的延续，已不止于对廊桥文化的保护挖掘。

几年间，我目睹了家乡小城从一偏僻山区穷县一跃崛起为繁华的边贸商城。一条双湖二级公路的开通为寿宁承接发达经济的辐射与汲取先进文化的滋养构建了更为便捷的通道，与廊桥的传承作用相比自是不可同日而语。寿宁已成为闽浙边界一个闪光的接点，更成为武夷、太姥两大景区之间的生动点缀。先贤冯公敢于冲破传统观念，追求个性解放的思想精髓正被发扬光大。尤为令人振奋的是，在热心于发展经济的同时，寿宁人仍不忘致力于文化层次、城市品位的定位与提升。杨梅州生态长廊的保护开发、廊桥文化的抢救挖掘，以及蟾溪人文环境的整治均已成为山城人民津津乐道的话题。沿双湖二级公路复建古廊桥的规划更是时有所闻。山城文化底蕴日益丰厚。一个经济文化齐头并进、开放、和谐、生态的新寿宁不日将成为闽东北部的灼灼亮点。

廊桥当欣慰于见证历史。

美哉廊桥

◎ 汤生旺

对桥的印象，源于诗歌。"隐隐飞桥隔野烟，石矶西畔问渔舟"，呈现出"流水、飞桥、云烟、渔舟"相互成趣的画卷。读到"小桥流水人家"时，心中浮现了桥的具象：一个村落，几户人家，流水处有了桥，村落就有了神韵。再后来，走进了闽东山水，看到了飞架于山涧之间的木拱廊桥，也就走进了"步履廊桥观胜景，山花灿烂伴人行"的诗意空间。

如果说建筑是立体的诗歌，那么廊桥就是诗中最浪漫的篇章。最早的廊桥出现在北宋古画《清明上河图》中，在热闹的汴水上画了一座"虹桥"。1953年著名的桥梁建筑专家唐寰澄先生，被结构精巧的虹桥吸引，并详细按画中的比例研究换算，虹桥的跨度近20米，拱高约5米。巨大的桥身竟然只通过两组拱木相互穿插，并没有使用一钉一铆，却有惊为天人的承重能力，如此独特的设计与精湛的工艺令他震惊。古画中的廊桥现世，犹如一道璀璨星光，划亮的天空，点燃了桥梁界探索虹桥"庐山真面目"的巨大热情。专家们依古画，寻遍了河南、山西、安徽等省，遗憾的是，未能找到虹桥。专家们沮丧地认为，虹桥只停留于宋代古画中，中国大地难寻真迹了。

难道，古老的廊桥在现代文明浪潮中真的消失了吗？

说来也巧，20世纪70年代，在闽东地区一次文物普查中，有人发现了这种木结构的廊桥，正是误以为绝迹900多年的廊桥。消息传来，又一次震惊了桥梁界专家。于是，闽东山里顿时沸腾，也吸引了来自世界各地的眼光。木拱廊桥被誉为世界桥梁史上的活化石。多少年来，闽东木拱廊桥犹如一位从江南而来的深宅闺秀。如今，廊桥成了闽东山水文化名片。

画里依稀飞虹桥，却落闽山溪涧上。一位学者说过，一个民族若没有自己的文化，容易在历史进程中迷失方向。一个地方倘若寻不到文化渊源，又如何在时代潮流中自我定位呢？

两宋之后，为躲避祸乱，大批百姓与贤达从中原一路南迁，带来了农耕文明，也带来先进的手工技艺。闽东北有两大山脉，分别是洞宫山脉和鹫峰山脉，山洞宫山脉周围坐落着泰顺、寿宁、柘荣，鹫峰山脉周围坐落着周宁、屏南、政和。这些城市，无一例外的，都发现了不同时期建造的木拱廊桥。这些木拱廊桥大同小异。闽东北地处丘陵，多山涧，多林木。南方佳木成林给了先民们的灵感，就地取材，因地制宜，将中原廊桥的技艺融入闽东山水间。遥望廊桥，桥上有厝，犹如"天"字架于两岸间。《周易》有云："天地交而万物通。"有了廊桥，方有交通。廊桥尽善尽美地体现了天人合一的天地宇宙观。在闽东廊桥中，皆有桥上建神龛的现象。桥厝合一，廊桥已是人们心中的公共空间，是人们信仰图腾的圣地。每逢吉日，村中老人齐聚桥上诵经祈福，祈祷苍生万福。廊桥从改善交通到成为村中不可或缺的精神圣地，融入了村中的四季烟火。廊桥是山里人实现尊严的精神象征，又是人们相互抚慰感情的栖息地。更重要的是，它让落寞的心找到了归宿，让生于困境中的人们。从此看到了希望。

钟情于古朴、素雅、灵动之美的古廊桥，我前往闽东山里探寻其韵。是的，在我眼里，它们始终是有生命的丰饶与时间的深厚。我怀着对历史充满敬畏的尊崇，走进了这些散落在民间的古廊桥。

被著名的桥梁建筑专家唐寰澄先生赞为"廊桥之乡"的寿宁，现在仍然保存贯木拱廊桥 19 座，并大都在使用中。明代文学家冯梦龙曾经在寿宁当过县令，他说寿宁"山高云亦深，地僻人难至"。交通条件的不易，才造成了"人难至"的困境，于是山路的延伸——廊桥的出现，打开了交通窘境。人们不屈于山高路陡的困境。廊桥是人们寻找变通之途的秘诀。正所谓：逢山开路，遇水搭桥。于是，造桥铺路成了一项惠及百姓的公益事业，功德千秋的事业。

我走过寿宁的几个乡镇，倾听那些老者对廊桥往事如数家珍。话语间，尽是对廊桥的热情依然，对当年创建者从容面对修桥过程的不易与艰辛的仰慕之情。鸾峰桥与杨梅州廊桥是他们提及最多的两座典型廊桥。

党川，是下党曾经的名字，因村中溪水川流不息而得名。有水就有桥。寿宁下党乡的鸾峰桥始建于明代，于清嘉庆五年（1800 年）重建，1966 年木拱桥建造世家郑必福、郑波金父子受聘重新修葺。桥呈南北走向，长 47.6 米，桥面宽 4.9 米，拱跨 37.6 米，比我国现存最大跨度的古代石拱桥赵州桥还要多 0.6 米，是世界已知单拱跨度最大的木拱廊桥。如今村中房屋交错有序，青山巍峨，绿水缠绵，木拱廊桥横跨其上，形成了"廊桥流水人家"的美景。《相见在鸾峰桥》电影拍摄地也在此桥上，生活与艺术的高度融合，桥真正成了心中的乡愁。

杨梅州廊桥建于险峻的两山之间。两山对峙，一水相隔，廊桥如虹，横跨其上，甚是壮观。此桥始建于清乾隆六年（1741 年），历经乾隆五十六年（1791 年）、道光二十一年（1841 年）、同治十七年（1869 年）的三次大规模修缮，现存桥为 1939 年重建，东西走向，长 42.5 米，宽 4.2 米，拱跨 33.75 米，两端桥柱用块石砌筑，用 27 根圆木与 2 根横串两木构成架，再用 40 根圆木和 4 根横串梁木交叠于其上，交叉成拱。桥屋为四柱九鼎太阳式木构架，72 根木柱，十七开间。

寿宁博物馆至今依然保存有当年修桥的契约。契约中提到，修桥主事官是泰顺人，即造桥的筹款与造桥的主绳木匠皆由泰顺人来负责，说明当时泰顺更需要这座桥来改善交通。

泰顺与庆元两地的很多生活物资都要从寿宁的古官道，经坑底的杨梅州廊桥进入浙西南。从桥上被时光打磨的光滑木板，可依稀领略当年桥上车马辚辚、商旅不绝的盛况。

闽浙联手，和合两利。面对困局，人们总有高超的智慧来化解，就如柘荣东源的廊桥，横跨于金沙溪，连接柘霞古道和福温古道，南接福宁府、福州府，北连浙江温州府，在古代，是福建通往京城的重要道路。此桥建于元朝至元元年（1335年），后历经多次重建重修，至今依然屹立。该桥，南北走向，长43.2米，拱跨15.25米，拱高8.5米。木拱桥架由上下斜向插立的棋盘柱和上、中、下横列的千斤顶梁架构成，上面为桥屋。桥屋十八扇十七开间，每扇六根立柱共计108根。我国现存的廊桥当中仅存的这一座每扇六根立柱的。

这更加增强了桥体的稳定性。因高山平原的开阔地，又比邻沿海，台风构成很大的这个威胁，六根立柱更加牢固。立108根柱子寓意着梁山108将的英雄好汉，因此此桥又叫"水浒桥"。

让我感到惊奇的是，人们对廊桥的命名。如升平桥、登云桥、飞龙桥、步云桥，单从桥的命名就有平步青云之意，人们以桥为纽带，表达了在高山路陡的困境中，汇通外界、沟通山外的美好愿望。人们将桥抽象成平步青云的梯子，成就理想与渴望。荣耀以桥的形式贯穿于岸，以桥的形式连通于路上，一桥落成，心潮澎湃。又如寿春桥、普济桥、福寿桥、福宁桥，表达了对生命深厚的渴求。"普济"有普度众生、达济天下之意。方便过往行人，利他者福泽绵长。这让我想到了屏南的廊桥。三座同建于宋代，坐落于长桥镇的万安桥、坐落于棠口镇的千乘桥、坐落于白洋村的百祥桥，以及建于元代，坐落岭下村的广福桥与广利桥。最让我惊艳的是，建于清代，坐落于双溪村的劝农桥，有劝课农桑之意，国以农为本，民以食为天，食从农桑出，在舍得之间，质朴的人们总是舍先得后，表达出对生活安定、五谷丰盈的渴望。

这就是：长寿者，心安宁。寿宁也！

生于斯、长于斯的人们,将宅心仁厚演绎在廊桥的各种细节中。在廊桥两旁的立柱之间置放的一些木板,可坐可躺,看似无意而为,其实都是为贩夫走卒、商旅客人提供的方便。在古时,车马不畅,风险餐露宿是常遇的事,但若有廊桥,便可以在木板上对付一宿。从那些木板上清晰的纹路,依然可以看出多少商旅的梦乡,是在廊桥上度过的。

桥身两旁覆盖着小方块木板组成的雨披,给桥披上了一件美丽的外衣,还起到了阻挡风雨的作用。遥望这些小方块组成的桥衣,宛如"鱼鳞"。人们给桥如此惊艳的设计,在我看来这是"如鱼得水"的寓意。也正如一些古廊桥下悬着古剑。村民传说,剑气震慑,桥下深潭里的蛟龙无法作怪。

而真正属于廊桥匠心独具的是,在飞檐翘角处悬挂的风铃。那些造型古朴素雅、垂悬空中的风铃,给廊桥增添几分灵秀之美。每当风铃响起,悠长而清雅的铃声传遍山涧,飘荡山谷。这对于那些在夕阳西下、暮霭浮动中,赶路的官差文人、商旅百姓来说,有种"姑苏城外寒山寺,夜半钟声到客船"的含蓄而蕴藉的忧愁,让人去体会可遇不可求的生命神韵。在赶路人心中,这种奇妙的美感油然而生,听到的不再是铃声,而是听闻今夜有了廊桥的庇护,可驻足听风,心就由此安顿下来。铃声的温婉给了廊桥浓情,蕴藏着多么深邃的玄机啊。

有了廊桥,村庄就有了诗意。在水面建桥,让桥多了几分妩媚,又让水多了一些层次,澄明如镜的溪水倒映着桥底错落有致的原木,照亮了桥的心灵,也照亮桥的神韵。有了廊桥,更激发人们诗意向往,他们要为自己的村庄营造小桥流水人家的意境。

当你看到,一位老者在廊桥上静静的倾听流水,倾听廊桥上走过的脚步声。要廊桥上看山看云,看花开雨落。也许这就是廊桥给这一代人最美的意境,最纯真的记忆。

美哉,廊桥!

匠心独运

探访廊桥营造技艺之乡

◎ 戎章榕

提起廊桥,从"养在深山人未识"到如今天下谁人不识君的变迁,在很大程度上得益于 2009 年 10 月联合国教科文组织宣布的首批来自 8 个国家的 12 项"急需保护的非物质文化遗产"中赫然有"中国木拱桥传统营造技艺"这一芳名。从此,这个世界级的"非遗"吸引造访者络绎前来,一睹尊容。

廊桥是一种河上架桥、桥上建廊的古老而独特的桥梁样式,是木结构桥梁的活化石。木拱结构的廊桥起于何时已无据可考,中国最早有关"廊桥"的文字记载是在汉朝,但成书或绘制于北宋时期的文献及艺术作品,才为我们揭示了这一古老的造桥技艺的存在。

在采风团前往闽东的路上,大家的话题还聊到了廊桥。由头是一部取名《爱在廊桥》的电影荣获第 28 届中国电影金鸡奖最佳导演奖。这是以廊桥为背景、取景于寿宁县的我国首部以非物质文化遗产为主题的影片。被誉为"遗落在深山的月亮"的廊桥,借助现代传媒想必会重新熠熠生辉。

抵达周宁县,听说周宁是廊桥营造技艺的发源地之一,因此引发了探访的兴趣。

溯源廊桥的历史

说起廊桥，当代人首先会联想到轰动一时的美国电影《廊桥遗梦》，以及电影中出现的那座位于麦迪逊县的廊桥。其实，那仅是廊屋桥而非木拱廊桥。桥梁史专家唐寰澄教授著的《中国科学技术史·桥梁卷》，将廊桥定名为贯木拱桥，指出它的工程价值在于其独特的拱架部位，并称这种木拱桥"是世界桥梁史上绝无仅有的一个品种，在世界桥梁史上唯中国有之"。

最早人们认识木拱桥是通过北宋名画《清明上河图》中的那座汴水虹桥。北宋时，作为首都的汴州（河南开封）极其繁荣发达。汴水经过开封时穿城而过，两岸一片繁华景象。宋朝周邦彦在《汴都赋》中形容汴州之盛："自淮而南，邦国之所伸，百姓之所输，金谷财帛，岁时常调，舳舻相衔，千里不绝。越舲吴艚，官艘贾舶，闽讴楚语，风帆雨楫，联翩方载，钲鼓铿鎝。"从文中的"闽讴楚语"一词可看出，汴州当年的繁荣吸引全国各地的人们，包括福建人，来此游乐、经商。由此福建也先带回了汴水虹桥的营造技艺，包括拱架特征，同当地的木构桥技术相结合，逐步发展成木拱廊桥。

但在相当长的一段时间里，学界认为这种木拱桥已经失传，因为自明代以后山西、河南、安徽就没有了虹桥桥式再建的记录。20世纪70年代以来，文物工作者率先在浙江的温州、丽水山区发现了类似虹桥结构的木拱廊桥。对于这一发现，著名桥梁专家茅以升在他主持编写的《中国古桥技术史》中详加描述，其欣喜之情跃然纸上："这无异于在闽浙大地上发掘出了一座中国古代科学技术史的'侏罗纪公园'，尘封了900多年的虹桥结构重见天日。"

至此，桥梁专家们才确认北宋盛行的虹桥技术并未失传。闽东、浙南的廊桥与《清明上河图》中的虹桥结构相似、技术相同，而且还对虹桥有所发展创造，在桥上加盖"桥屋"，如桥似厝。正如唐寰澄先生撰文指出的："最近发现在浙江西南、福建东北的洞宫山脉及雁荡、括苍、鹫峰等山脉间，仍有不少此类木拱……是演进了虹桥式木拱桥……形似彩虹身为木，飞跨两岸变通途"。

北方的虹桥为什么会出现在东南的乡野？南宋时期封建王朝偏安杭州，经济文化重心南移，许多能工巧匠也随宋室南移迁入闽浙山地，对东南沿海的开发与发展做出了巨大的贡献。在南宋之后，特别是明清时期，闽浙山地上盛行的木拱廊桥或许也与宋室南移带来造桥工匠有关，有学者认为是汴水虹桥的衍变。

唐寰澄论著中进一步论述道："浙江贯木拱建造的主墨多是福建人，可以认为南宋时福建较之浙江较早地引进改革虹桥。"浙江的木拱桥技术是由福建传入的，这一民间说法在浙江木拱桥的墨书上也得到了佐证：景宁梅崇桥、大地桥、大赤坑桥的梁书记录有福建主墨的姓名。从寿宁县2003年初新发现的桥约中，也有福建主墨承接泰顺薛宅桥、景宁水口桥、庆元后山桥的建桥合同。福建廊桥工匠主要在闽东，仅周宁县就有礼门乡秀坑自然村的张姓家族，梅渡村、洋坪村的何姓和彭姓家族，纯池镇纯池村、禾溪村的徐姓和许姓家族。

周宁县博物馆馆长郑勇考证礼门乡秀坑村工匠张氏的族谱，得知其始祖是从中原（河南）迁居福建的，历28世后，从屏南寿山乡碗窑村迁至秀坑村，至今又历15世。大量的中原工匠带着先进的生产技术南迁入闽辗转到闽东山区，也将中原先进的木拱桥建造技术带到这方土地，周宁成为"廊桥营造技艺之乡"也缘于此。

触摸廊桥的现场

廊者，有顶的过道也。桥上有廊，称"廊桥"。把廊与拱完美结合在一起的唯有木拱廊桥。这种桥，俗称"厝桥"，周宁人称"虾蛄桥"。

周宁现存建筑年代最早的是禾溪村的三仙桥，建于明成化三年（1467年）。2008年，第三次全国文物普查时发现，周宁县仅存木拱廊桥10座，分别是后垅桥、登龙桥、竹岭桥、三仙桥、七仙桥、外店桥、院林桥、长峰桥、上坑桥、楼下桥。斗转星移，岁月流逝。又有多少廊桥或毁于水火，或圮于人为，留下了桥殇之憾！

时间受限，当地人推荐了有代表性的后垅桥和登龙桥。在驱车前往礼门乡后垅村的途中稍作停留，陪同的县委宣传部部长蔡道华让大家见识一下后垅大峡谷。据说这是福建省境内最长的峡谷，全长25.6千米，宽处100多米，窄处几十米，谷间有千米以上山峰20多座，最高海拔达1289.5米，多为深切峡谷，间夹少量宽谷，水丰瀑多，落差达800多米，远望似长龙卧江，粼粼波光，美不胜收。

站在山顶，俯瞰后垅大峡谷，让人浮想联翩。闽东多桥，缘于这里的崇山峻岭和深涧曲流的阻隔。单是周宁境内就有大小山峰661座，海拔千米以上高峰282座，溪流18条，涧水密布。为方便生产生活和内外交往，先民们突破这一道道天然关卡的有效办法就是造桥。他们依据不同地形修建不同形式的桥梁，水急而域窄者，多建石拱桥、石板桥；谷深而溪阔者，多建木廊桥……

后垅廊桥就架设在后垅大峡谷之上，似一条粗壮的臂膀横在溪谷悬崖间。桥的始建年代已无法考证，有记载的是清乾隆年间重修，咸丰十一年（1861年）重建。后桥毁于民国10年（1921年）的原因有两种说法：一是路人烟蒂失火；一是为阻止屏南"乌线会"洗劫礼门，时任社兵队长的魏明珠下令同时烧毁后垅溪上的陈梢、岔溪、后垅三座木拱桥。现桥为1964年重建，长34.3米，宽4.7米，廊屋高4米，拱跨30.3米，离水面19米，东西走向。据说该桥是建在水面最高的廊桥，但见两端桥台都建在悬崖上，其险峻之程度、工艺之高超，令人叹为观止！

木拱廊桥之妙不在于廊，而在于拱。因为木是直的，如何变直为拱，没见过实物的人是很难想象的。我们不妨用筷子搭出木拱的一种基本结构：一根平放在上，两根斜插于中，两根承重于下，五根即成一拱，多拱并列遂成一完整桥拱。木拱桥不用寸钉片铁，完全用木头紧密衔接而成。这看似简单，实则繁复而机巧，是中国传统木构桥梁中技术含量最高的一个品类。木拱廊桥历经风雨而保存至今，是与它的设计和结构分不开的。古代的廊桥工匠，运用严谨的工艺和不凡的智慧进行大胆创新，通过不断地摸索和实践，终于创造出飞桥无柱的木拱廊桥。它是中国古代劳动人民创造的一个伟大奇迹，显示了中国古代桥梁工程技术领先于世界的科技价值，是中国古代工匠留给世界人民的珍贵的物质和文化财富，是人类重要的遗产。

陪同的人中，有礼门乡原党委书记刘建忠。他告诉我们，20世纪90年代，因桥两侧遮雨板年久失修，该桥成为危桥。时逢省发改委的同志下派担任后垅村党支部第一书记，用省里支持的资金，一是建了一条公路桥，二是修复了后垅廊桥。

新桥2005年9月动工修复，由后垅村的造桥世家张常云、何祖云等造桥工匠负责施工。为了保持原貌，先是按顺序拆下瓦、椽、柱，直至桥底的木拱架，再换上直径更大的三节苗、五节苗后，重新按建桥顺序一一搭起，除对已腐烂非换不可的部分进行更新外，其余均按原状保留。他们修复的不只是一座桥，而是廊桥营造世家的历史记忆、技艺传承。

在后垅廊桥两边桥头都有石制护栏，斑驳侵蚀的石栏已经布满了青苔，岁月的沧桑可见一斑。据介绍，这里是古时周宁通往屏南的重要途径，在此建廊桥是多么的必要！蓬勃的野草已掩盖了古道，自从开通了公路，村民进出廊桥也日渐稀落，但廊桥形似彩虹却永远地定格在那里，成了一道乡野独特的风景。廊桥原本就不事张扬，在寂静深山里愈加显得静默清寂。但每一片板，每一根柱，每一道梁，每一个构件都如同山民那样质朴实在。它的存在，让山中的岁月缓慢流逝，让山民的步履从容进出。即便山雨欲来、山风凄厉，它仍有一种家的安然；当山洪暴发、摧枯拉朽，它依然有山的峃然。

廊桥中间，设有神龛祭祀观音。廊桥首要的功能是用以交通，然而，在社会演变中，也与当地民俗密切相连。桥屋内大多供奉神像，如人们熟知的观音菩萨、土地公婆、临水夫人等，是乡民祭祀的重要场所。据说，周宁尚有端午走廊桥的民俗。端午节这天，周边的信众聚集廊桥之上，带上香纸、米粽等物品，一遍遍地诵念《过桥经》，并向桥下抛粽子，以表示对爱国诗人屈原的敬仰，也为自家祈福。作为生活的一部分，木拱桥还是当地山民避雨纳凉、迎别歇脚的重要场所。

端详着桥中央的神龛，触摸着已经斑驳的廊屋，心中承载着一种历史的厚重。廊桥就像一部古老的书。当你面对日渐老去的廊桥时，你能从它沧桑的面容上读出许多的内容。你能从桥下湍急的溪河里，读出山民们过河跨溪时的艰辛；从廊桥伸出的屋檐上，读出山乡惯常的风雨凄厉；从悬空的桥拱上，读出造桥人的智慧和心血；从桥边竖立的石碑上，读出此桥的几毁几建，也读出众多捐款人的心境与寄托；从桥栏边迄今还保留着体温的坐板上，读出那穿透所有平常日子的桑麻稻谷和家长里短，也读出动荡岁月的兵荒匪患与天灾人祸。廊桥确实承载了太多的东西，一个家族、一个村落、一个地区，直至一个国家。而廊桥它又太简单、太普通，只用山上木头就可架设而成，但就是这种简单的架构，却蕴含着丰富的内容，让人永远读不完，让人对祖先创造的文化遗产怀有敬畏、滋生谦卑与感恩。廊桥代表着一种文化，一种乡土情感，一种民族智慧……

采访廊桥的传人

到后垅村，不光触摸廊桥，还要采访廊桥营造技艺的传人。

据周宁县的调查，礼门乡秀坑自然村的张氏家族，从"新"字辈始，经"成""茂""学""明""必"到如今"昌"字辈都在薪火传承、延续不断地造桥，是名副其实的廊桥营造世家。据不完全统计，张氏家族在200多年传承期间新建、迁建木拱桥共达46座，现存15座，其中屏南千乘桥、百祥桥，寿宁仙宫桥、杨梅州桥，古田田地桥等木拱桥被列为全国重点文物保护单位。在屏南、古田桥梁上所留下的墨书，多能见到张氏世家的姓名。

桥梁墨书是什么？桥竣工后常常把造桥的主绳和副绳的名字连同时间一起刻在上面，为后世留名，这就是桥梁墨书。主绳又称"主墨"，源于木工"绳墨"一词，相当于现在的建筑总工程师。著名文物专家罗哲文在《应为文物修复技师艺人树碑立传》一文中写道，中国5000年文明史中有许多优良的传统，但也有重士轻匠、重文轻工、道器分途的现象。他指出："由于重士轻匠、道器分途的原因，我国的传统工匠、技艺大师的事迹，特别是他们的精工绝技没有专门记载，鲜为人知。"他还指出："人类文明的创造，不排除圣哲先贤、帝王将相、英雄豪杰、墨客骚人等等显赫人物，也应包括那些直接的创造者、实践者，被称之为'百工''耕者'的广大劳动者（体力和脑力劳动者）。为他们树碑立传，实在是非常重要的事。"

在礼门乡后垅村的一条机耕路上，我们见到了秀坑自然村的张姓传人之一——张昌智。张师傅看上去身板非常壮实，只是不善言辞。不知道是不是木拱廊桥出了名，访者太多的缘故，或者生性如此，对于我们的到访，他显得很平静，出言谨慎。后来才知道，廊桥刚被人识的时候，周宁人对申报"非遗"并不太重视，被人从张昌智手上获取了30多份张氏家族的造桥契约（承建合同），包括一份《择建双凤桥、昌梓桥日期拜帖》在内的珍贵资料。这个教训让张昌智至今后悔不已。是不是因为那次教训使他对来访者有了戒备之心？

造桥契约旁落，损失的不光是张家的历史记忆，还有周宁县作为廊桥营造技艺之乡的历史凭证。如今提起，郑勇还耿耿于怀："自己不重视别人就不会重视！"

在2008年12月出版的《中国木拱桥传统营造技艺与传承》一书中，我们看到了这31份建桥契约，单是建桥契约反映的张氏营造世家承建的木拱桥就有32座，时间跨度从清嘉庆五年（1800年）到民国29年（1940年），地域分布福建省的周宁、寿宁、屏南、古田、福安、政和、建阳等县（市），以及浙江的泰顺、庆元、景宁、龙泉等县（市）。

张昌智与几位乡亲正在为收购来的毛竹装车，准备拉到县城销售。我们的采访是坐在机耕路的沟渠旁进行的。现年54岁的张师傅，20多岁便跟随叔叔张必珍学建廊桥。2002年8月，他还应屏南县邀请，与张昌云、张昌泰堂兄弟三人修复百祥桥。有意思的是，屏南的百祥桥始建于南宋，清光绪二十年（1894年）重建，斯时造桥的老匠师就是他们几个人的曾祖父，廊桥营造世家由此可见一斑。这样的营造世家，如今的"昌"字辈，尚有张昌云、张昌泰、张昌智、张昌居等人在世，居然没有一个人被确立为廊桥技艺的传承人，这不能不说是一件遗憾的事。对于张昌智而言，更遗憾的是如今没有廊桥可造。张师傅闲在家与大儿子同住，大儿子在宁德经营着一家家具店，应当说，衣食无忧，儿孙绕膝。本该享清福的他，却闲不住。这不，正与几位乡亲做起收购毛竹的生意。

古代为了让造桥工匠留名，有桥梁墨书为证；那么，现代人应当为廊桥技艺传承人，做点什么呢？

在"中国木拱桥传统营造技艺"被联合国教科文组织列入《急需保护的非物质文化遗产名录》后，这项古老技艺才真正开始走进国际视野，成为世界认识中国文化的一张名片。同时，这也表明木拱桥传统营造技艺已经走向濒危。其中一个重要原因是技艺传承人数量的锐减，而这可能会导致技艺的失传。

1998年诞生的《保护非物质文化遗产公约》，我国是签约国之一。根据联合国教科文组织有关规定，缔约国要承诺制定专门的保护计划，并将获得专门为此设立的基金资助。当国家经济不断发展、人民生活水平不断提高之时,原生文化却不断走向消亡的边缘,保护原生文化的工作,即保护民族民间文化的工作,也因此变得更加突出。

非物质文化遗产是中华文化中亮丽、精彩、生动的组成部分。2011年2月25日,全国人大正式通过《中华人民共和国非物质文化遗产法》,这是我国在非物质文化遗产保护方面迈出的重要一步。国家也加大对传承人的扶持力度,规定每年为每个国家级非遗项目代表性传承人提供8000元的补贴,并且通过建立传习所等途径,为他们传承技艺提供平台。2001年开始从口头与非物质文化遗产的申报,到全民非遗保护意识的提高和积极参与,从无法可循到有法可依,这个经历10年的成熟过程,是适应我国经济社会不断发展、文明程度不断提高的结果。同时,保护的理念和手段方面也在进步,对非遗保护重要方式之一的生产性方式保护也日渐重视。

2009年10月,"中国木拱桥传统营造技艺"被列入联合国保护非遗名录后,就为木拱廊桥申报世界文化遗产奠定了坚实基础。为此,闽浙两省有关县市决定"抱团"申遗。2007年9月,第二届中国廊桥国际学术研讨会在寿宁举行。会议期间,来自我国木拱廊桥主要分布地的福建屏南、寿宁、周宁、古田、柘荣、福安、福鼎、霞浦和浙江泰顺、庆元、景宁11个县(市),共同签署了《木拱廊桥联合申报世界文化遗产协议书》,提议成立闽浙两省共同参与的木拱廊桥"申遗"机构,启动中国木拱廊桥"申遗"工作。

2011年12月1日,首届中国木拱廊桥保护与申遗县(市)联盟联席会议在浙江省庆元县召开。12月2日,位于浙江省庆元县的中国庆元廊桥博物馆落成开放。这是全国首家以木拱廊桥为专题的博物馆,旨在加强全社会对这一中国独有的"桥梁活化石"的保护意识。会上决定采用联合"申遗"的方式,共同制订《木拱廊桥保护规划》,开展申遗地环境整治工作,共同编制廊桥申遗文本,"抱团"向国家申报木拱廊桥世界文化遗产预备名单。

虽然制作木拱廊桥的技艺已经传承了上千年，但由于城市化的加速、木材减少和现有建筑空间不足等原因，目前木拱廊桥营造技艺濒临失传的边缘。据郑勇介绍，除了国家补贴外，浙江省每年还给每个廊桥技艺传承人4000元的补助。闽浙有关县（市）"抱团"申遗固然可敬，但保护传承才是目的；为工匠树碑立传固然需要，但更需要的是为现存工匠发挥技艺提供机会。因此，不仅要把技艺传承人养起来，而且要把他们用起来。非物质文化不仅要活态保护，更要活体传承。据悉，浙江省的泰顺县拟新建15座廊桥。而在国家地质公园屏南白水洋也重建了木拱廊桥双龙桥。之所以这样做，不光是为了突显地域建筑的特色，也是为当地廊桥工匠提供用武之地。

当张昌智听到郑勇说，周宁县委、县政府准备在著名的风景区——九龙漈的底端建造一座廊桥时，他的双眼瞬间放出光来，表现出跃跃欲试的神情，甚至说："请推荐给我做！"这时，他的话也多了起来，说是周宁的方广寺也拟建一座廊桥，有关人员已与他有了接触。作为技艺传承人，他希望有活干，把廊桥技艺的"木工五法"（"木工以方为矩，圆为规，直以绳，正以悬，衡以水"）向他的后人口传身授。郑勇闻此，也感到兴奋。作为非遗保护项目，建一座还是几座廊桥意义都是一样的，重要的是保持原汁原味技艺的"生产过程"。作为文物管理工作者，他多么希望有机会通过拍照、摄像等方式全程记录廊桥制造的过程！最好是严格按照过去的造桥风俗进行，包括择吉举行开工仪式、上梁仪式和竣工仪式等，这既是对传承人做抢救性的记录，也是具有保存价值的活体传承的记录。

从后垅村采访归来，晚饭时正好与周宁县分管旅游的副县长罗丽光同桌，问起九龙漈拟建廊桥的事，得到她的证实，同时她希望能够由周宁的工匠来承建。她说，现在九龙漈只有一条铁索桥，既不安全，也无特色。在首批省级"十大风景名胜区"——雄伟壮阔、气势磅礴九龙漈瀑布之上，建一座廊桥可以彰显周宁廊桥营造技艺之乡的风采。

就在完成初稿之际，时逢省政协十届五次会议在榕召开。会上见到了省政协委员、周宁县县长雷维善，就廊桥问题进行了补充采访。他表示，伴随着宁武高速公路2012年6月通车，周宁的区位优势将突显出来，县委、县政府业已确立了"建设滨海高山生态旅游县"的发展定位。不仅廊桥是周宁旅游的一张名片，而且打造"廊桥营造技艺之乡"是周宁对外宣传的一张名片。既要保护现存廊桥，更要把廊桥传统营造技艺传承下去，不论是传统文化，还是传统技艺，都需要赓续绵延，这是我们这代人的责任。

非遗传承人的廊桥梦惑

◎ 杨静南

重拾记忆

2001年，对蜗居寿宁县坑底乡东山楼村的郑多金老人来说，绝对是一个值得回味的年头。

从这一年春天起，陆续有几拨学者，风尘仆仆地从上海、南京等地跑到闽东这个偏僻的小县来，就为了看看寿宁廊桥，拜访郑多金老人，和他谈谈关于廊桥建造的事。

造廊桥，是郑多金前半辈子的营生。他从19岁起就跟着父亲郑惠福东奔西走，一起建了11座廊桥，寿宁的红军桥、单桥、溪南桥、刘坪桥、鸾峰桥、九岭溪桥、弄桥以及浙江泰顺的柿洋桥、福家洋桥……这些桥的梁木上都留下了郑氏父子的墨迹。说起造桥，郑多金老人眼睛里就闪耀着光亮，仿佛又置身于几十个工匠在河谷里忙活热闹的场景中。

自1967年建完寿宁下党乡杨溪头桥后，郑多金就再没机会造廊桥了。时代变了，木头修建的廊桥好像已经到了该被淘汰的时候。在乡下，郑多金不时听人说起，哪里的廊桥坏了，哪个地方的廊桥因为修路被拆掉了。每次听到这样的消息，郑多金就感到心痛，可又无可奈何。不建廊桥后，郑多金回到村子里务农。闲下来的时候，他也会一个人走到村边的小东上桥那儿去。他没有什么事情，只是这里看看，那里瞧瞧，然后，在廊桥头找一个台阶坐下来，点一支烟，望着眼前的山溪发呆。

2001年8月，中央电视台《探索·发现》栏目组的导演毕洪为拍摄纪录片《虹桥寻踪》到寿宁踩点，他也慕名到东山楼村拜访了郑多金。当年11月，《虹桥寻踪》正式到寿宁拍摄，为了让观众看到木拱桥是怎样建造起来的，栏目组出资请郑多金老人在小东桥不远的地方现场搭建一座简易木拱桥。花了6天时间，郑多金把木拱桥的雏形搭建了起来。这座桥完全用木料搭成，并严格按照搭建廊桥的方法施工。郑多金造桥的每一个步骤都被拍下来并编进了片子里。随着《虹桥寻踪》在中央电视台的播出，一辈子生活在乡间的郑多金一下子成了名人，同时也引起了更多研究机构的兴趣。

说起年轻时的造桥经历，郑多金感慨万千。他这一生，注定与廊桥结下了不解之缘。

发现郑多金

木拱廊桥的历史，最早可以上溯到北宋时期。北宋画家张择端在其名作《清明上河图》中，就描绘过一座木拱桥梁——汴水虹桥。中国现代最早对廊桥进行研究并指出其结构原理的著名桥梁史学家、《中国科学技术史·桥梁卷》的著作者唐寰澄教授说："1954年，我在故宫看到《清明上河图》时，为自己的发现感到无比激动，因为画中的桥梁，是我国独有的一种大跨度木拱桥，可以说是世界桥梁史上绝无仅有的一个品类。"

唐寰澄教授的发现，被中国建筑教育开拓者之一的梁思成先生推荐发表在1954年第24期的《新观察》杂志上。但在唐寰澄发现《清明上河图》中的汴水虹桥实际上曾是北宋流行过的木拱桥梁的桥式之后，在很长一段时间里，科学界认为这种北宋时期盛行于中原的木拱桥已经失传。

1980年，全国古桥技术史会议在杭州举行，浙江省交通厅向与会代表介绍浙江有一种"八字撑架"的桥。唐寰澄教授参加了会议，当他看到这种桥的照片时，感觉很像是《清明上河图》上虹桥的式样。唐寰澄意识到，一个桥梁史界的重大发现将要诞生。

发现有《清明上河图》中虹桥式样木拱桥的地区，是浙江南部的泰顺、景宁和庆元。这些桥的两边都被木板严密地封起来，只是有的桥由于年代较远，边上的板子已经掉了一些，这正好方便了唐寰澄的调查。根据考察结果，唐寰澄教授画了一张当地廊桥的结构分析图。他惊喜地发现，浙南廊桥的修造技法与北宋虹桥如出一辙。没过多久，在福建东北部的寿宁、周宁、屏南等县也发现了大量的虹桥式样的木拱桥。在对浙闽两地的木拱廊桥进行实地考察和研究之后，唐寰澄确认，这一带大量留存的木拱桥，就是北宋时期盛行于中原的虹桥结构。这一研究成果，被收入了1986年出版由茅以升任主编、唐寰澄任副主编的《中国古桥技术史》中。

然而，一连串的问题也随之接踵而来。随着宋朝灭亡，神秘消失的传统造桥技法为什么遗落闽浙？这之间有什么关系？闽浙两地的这些廊桥又是些什么人修造的？

唐寰澄教授认为，闽浙木拱廊桥是汴水虹桥的改进桥式，宋室南渡之后，有着先进技术的工匠随之南下，把虹桥的技术带到了东南。而闽东北、浙西南山区木材丰富，可以就近取材。深沟高涧的地貌在客观上需要同时也具备建造这种类型桥梁的条件，在费时耗工上，建造木拱桥比石拱桥要有优势得多，于是，虹桥的结构才得以保存流传至今。

这种观点不仅体现在《中国科学技术史·桥梁卷》《中国古代桥梁》和《中国古桥技术史》中，而且大多数的桥梁和建筑专家也持同样的观点。然而，浙江当地的文物工作者却认为，这种桥是他们当地原本就有的，其技术萌芽于唐宋时期，成熟于明代中期，是在本地区不断改良而成的一个独立的发展体系。这种观点认为，从编梁式木拱廊桥的纯技术角度看，其桥式是在闽浙山区一步一步由简到繁独立发展起来的，而且存在从闽浙山区往中原地区传播的可能。

上海交通大学的刘杰主张从造桥工匠中找出虹桥技术的发展线索。在《中国科学技术史·桥梁卷》中，唐寰澄教授说浙江泰顺薛宅桥的造桥师傅是"福建寿宁小东巧匠徐元良"。在泰顺薛宅桥上，刘杰不仅看到梁上清楚地写着"主墨徐元良"，还看到副墨中排在第一位的也姓徐，名叫徐斌桂。2001年，刘杰来到寿宁考察，他找到了县文化馆负责文物工作的龚迪发。

从1996年起，龚迪发就查找各种廊桥资料，并实地调查。他誊抄木拱廊桥上遗留的文字资料，拍下桥身各个方位的对比照片，足迹踏遍闽浙各个有木拱廊桥的地方。由于经费少，每次出行龚迪发都自带干粮、开水，坐最便宜的车，住最便宜的旅社，风雨无阻在穷乡僻壤中穿行，被寿宁人称为"桥痴"。2004年，龚迪发还在宁德蕉城、周宁、屏南三县交界乡村发现了清代贯木拱桥的造桥桥约。这一发现，填补了中国木构桥梁建筑史的一项空白，现作为国家二级文物珍藏于寿宁县廊桥博物馆。

2001年，在龚迪发帮助下，刘杰来到小东村，找到在乡里当过干部的吴根发，打听徐元良。吴根发说没听说过徐元良这个人，但村里有个已去世的造桥师傅叫徐择长，也没有后代。

徐元良的线索断了，刘杰带着遗憾离开了寿宁。

这一天，龚迪发来到位于小东村尾的大宝桥，他本来想随便看看，没想到却看到了徐斌桂的名字。徐斌桂的名字用墨写在桥内的大梁上，非常清楚。龚迪发记起刘杰说过在泰顺薛宅桥上看到主墨徐元良名字的同时，也看到了副墨徐斌桂的名字。而在大宝桥这里，徐斌桂已经变成了绳墨，也就是主墨师傅了。龚迪发觉得，这是一个非常重要的线索。

花了很长时间，龚迪发找到一份徐氏《家族世系纪要簿》，但是翻遍了这份《家族世系纪要簿》，没找到徐元良这个人。可泰顺薛宅桥上，又明确记载着寿宁小东徐元良的名字，这是怎么回事？

关于徐斌桂，徐氏《家族世系纪要簿》上记载得很清楚，生于"戊子年二月初六"。清戊子年也就是1828年，泰顺薛宅桥建于1856年，1856年徐斌桂应该是29岁。小东村尾的下桥建于1878年，徐斌桂正好50岁。龚迪发想，徐斌桂很有可能就是主墨师傅徐元良的儿子，当然这也只是推测，他们也有可能是师徒关系。

龚迪发依稀记得，杨溪头桥是1967年修建的，距离2001年也就30多年，造这桥的工匠极有可能还活着。龚迪发又一次来到寿宁下党乡杨溪头桥的时候，一个意想不到的发现令他兴奋异常。在桥内的一块题缘板上，龚迪发看到了"寿宁县西门坑底东山楼村木匠郑惠福"的字样，这肯定是一个重大的突破。1967年造这座桥时，假使这位姓郑的木匠有三四十岁，那么他现在也才70多岁，完全有可能还活着。

龚迪发给坑底乡的徐书记打了个电话，告诉他这里的新发现，希望他到东山楼村去找一找郑惠福。徐书记很快给龚迪发回了个电话，说郑惠福已经去世了，但他有一个儿子还在，而且还会造这种桥。龚迪发听说以后，真有一种大喜过望的感觉。

郑惠福的这个儿子就是郑多金，那一年已经73岁了。郑多金告诉龚迪发，他父亲20多年前就去世了，时年83岁。龚迪发最想知道的是郑多金父亲郑惠福和徐家的关系，就问郑多金，郑惠福是跟哪个师傅学的造桥手艺？郑多金回答说是跟小东村的徐择长学的。

徐元良、徐斌桂、徐择长、郑惠福、郑多金，徐、郑两家造桥师傅的线索在龚迪发脑海中逐渐清晰起来。

郑多金告诉龚迪发说，徐择长是徐家"世"字辈的下一代，那时徐家"世"字辈的"仁""义""礼""智"几个兄弟家庭都很兴旺，但后来都或迁走或中断了。

龚迪发又仔细查阅邻村徐氏的家谱，重新考证了《家族世系纪要簿》上徐元良的辈分。徐氏的第三十六代孙徐道明，在徐氏这个宗族里，也算是个重要人物，他和龚迪发一起进行了研究。根据徐氏近200年的排行字辈分析，村里人见到的最后一个姓徐的造桥师傅徐择长，是"世"字辈的后代。"世"字往前推至第三辈是"宾"字辈，第四辈是"延"字辈。而在当地的方言中，一种读音可以有几种写法，譬如说徐道明的"明"在家谱中就既可以写作明天的"明"，也可以写作农民的"民"，甚至还可以写作金字旁的"铭"，所以"延"和"元"是基本相同的。因此，通过查证徐氏的连环谱和《家族世系纪要簿》，可以断定徐延良就是徐元良。

经过这次艰苦的田野调查，龚迪发终于弄清了徐、郑两姓造桥师傅的传承脉络，寿宁的木拱廊桥工匠师承史，也可以追溯到200多年前徐兆裕于清嘉庆六年（1801年）造小东上桥。龚迪发发现的郑多金老人不仅是徐家造桥师傅的唯一传人，同时极有可能也是会造大拱跨木拱廊桥的唯一的民间工匠。

造桥

郑多金的父亲郑惠福是坑底乡一带有名的木匠师傅，盖房手艺祖传，一生主持盖过86座房子，却不懂造桥。徐择长则出生于建造木拱廊桥世家，其祖上原是浙江省景宁县人，父亲、祖父、曾祖父都是著名的造桥师傅。

到徐择长这一代，因徐择长终身未娶，致使徐家无人继承造桥技术。徐择长又养着残障弟弟，60多岁后，徐择长决定物色衣钵传人。一天，徐择长喊来郑惠福说："我老了，养不活自己和弟弟了。如果我把徐家造桥手艺传给你，你是否给我养老送终，并照顾我的弟弟？"郑惠福当时也已50多岁，对于养老送终，一口答应，但在继承衣钵上，却有些顾虑。因为徐择长有个外甥，跟在徐择长身边学造桥已有很长时间，郑惠福担心将来会闹得不愉快。徐择长叹了口气："我那个外甥，学了这么长时间没学会,不再指望他啦!"

1923年,郑惠福按当地习俗拜徐择长为师,学习造桥技术,从此开始了漫长的造桥之旅。浙江省景宁县的大赤坑桥便是郑惠福跟徐择长学习建造的第一座木拱廊桥。20多年后,1950年,金鸡巢刘坪桥重建,郑惠福登上主墨位置。

郑多金从19岁起就跟在父亲郑惠福的身后,跟了20多年时间。父亲说的那么多话,说得最经常、郑多金也记得最牢的是:"要有敬畏,造桥不是闹着玩的。"

郑多金说,一般情况下,桥台位置要选乡村溪流的下游,以补溪流形成的风口。要从桥南或村南的山场里挑选枝叶茂盛、笔直参天的好杉木,伐木时要择吉日,备香、烛、酒,选择乡村中父母双全、三代同堂的"好命仔"伐木。桥动工的日期要选择在农历秋分后的枯水期。在过去,动工前还要祭河,供品有香烛、果点、素菜和三牲。人们将猪、羊抬到河边,把猪、羊杀一刀后,放到溪中让猪、羊挣扎,猪、羊血流得越多,溪水越红,就显得越吉利。不论是苗梁还是喜梁,动斧刨锛的那一天,都要点香放鞭炮,进行念唱:

此木长在终南山,鲁班弟子把它搬。
锛刨斧锯做成梁,用在此桥定平安。
墨斗金线定中央,财丁富贵两头量。
不偏不斜分风水,村人齐齐各相当。
……

桥做好可以行走后,还要选择乡村中三代同堂并夫妻双全,有一定名望而且家庭比较富裕的两个"好命人"开走。"好命人"从桥的这头走到那头,嘴里要讲风调雨顺、五谷丰登之类的吉利话。

郑多金说,历代桥匠对鲁班都要说好话。在他看来,桥若成功起建,人的技巧只占其中一部分,鲁班高兴不高兴才是最重要的。和大自然相比，郑多金觉得人的力量不值一提。

1967年，下党乡杨溪头村的董事们来请郑氏父子建造杨溪头大桥。郑惠福慎重地对郑多金说："多金，你再不独立建造一座廊桥，以后也许就没机会再建廊桥了。"于是，郑多金在1967年主持建造了杨溪头桥。这座桥是郑多金主持建造的第一座木拱廊桥，也是他在20世纪修建的最后一座廊桥。

郑惠福的预言成真，杨溪头桥之后，郑多金就再也没有建过桥。他回到村里，和其他村民一样在地里种庄稼，造桥的绝技一放就是三四十年。

沉寂的这一切，一直到2001年才开始发生变化。这一年，北京、上海等地的专家学者来了，中央电视台的栏目组来了。

2003年，木拱桥梁权威唐寰澄教授也来了，唐寰澄教授考察了寿宁的木拱廊桥，拜访了郑多金，并为寿宁题词"世界贯木拱廊桥之乡"。廊桥和曾经主持修建过廊桥的郑多金老人重新走进了人们的视野。

央视纪录片《虹桥寻踪》播出后，廊桥的特殊构造、文化价值和美丽身姿引起了世人的阵阵惊叹。其时，正在负责福建顺昌华阳山旅游开发设计的福州希伯伦景观规划设计有限公司总经理曾文田受节目启发，建议顺昌方面在景区大坝泄洪口修建一座木拱廊桥。

顺昌华阳公司请唐寰澄教授为廊桥建造绘制了多幅方案草图，同时又到寿宁寻访到正在地里忙活的郑多金老人。当华阳公司的人对郑多金说明来意时，知道自己有生之年还有机会主墨造桥的老人一时激动得说不出话来。

2004年10月，78岁高龄的唐寰澄教授从武汉飞抵福建。同时，郑多金老人也在龚迪发的陪同下到达顺昌。他们的这一次聚会，基本上确定了华阳廊桥的实施方案。2005年9月，华阳廊桥正式动工，在时隔将近40年之后，郑多金老人终于又圆了一回造桥梦。

2001年，省重点工程项目寿宁县牛头山水电站开始规划，由于廊桥当时尚不属于文物，其价值只有少数文物保护工作者清楚。水电站设计单位在项目可行性报告中声称库区内不存在有价值的文物。寿宁县文体局当即向寿宁县政府相关部门做汇报指出，牛头山库区内有张坑和长濑溪两座古廊桥！但设计单位认为，这两座廊桥连县级文物单位都不是，怎么会是文物？廊桥没有名号，没有名号就不是文物！当时的形势可以说是异常严峻。龚迪发等一批廊桥热爱者竭尽全力奔走呼吁，多次向有关部门递呈材料，并向社会各界呼吁保护廊桥。他们的努力总算有了结果：2002年3月，寿宁县人大常委会把保护木拱桥事宜列入人大议案；2002年4月，福建省文化厅就此事致函福建省计委，建议依法有效保护张坑、长濑溪两座木拱廊桥；2003年3月，17座木拱桥被寿宁县人民政府公布为县级文保单位。终于，县保文物的名号落在了廊桥身上，张坑和长濑溪两座古桥保住了。

2005年底，随着牛头山水库大坝下闸蓄水，张坑桥和长濑溪桥的迁建由规划走向了正式实施。对此，郑多金十分高兴。虽然包工头按天给他计工资并不划算，但他还是欣然前往。郑多金老人有他自己的想法。他封墨40年，造桥的手艺还是要传。他弟弟郑多雄跟着他在家里已经念了几年的口诀。没有桥建，手艺怎么传？郑多金老人明白，张坑桥和长濑溪桥这一拆一搭，是他的机会，也是郑多雄的机会。

梦与惑

随着时间推移，廊桥的重要性已经被越来越多的人充分认识。2007年9月，闽浙两省的泰顺、景宁、庆元、寿宁、屏南、周宁、古田、福安、柘荣、福鼎、霞浦等11个县市在寿宁签署了《中国廊桥"申遗"寿宁宣言》，提议成立闽浙两省共同参与的木拱廊桥"申遗"机构，启动中国木拱廊桥"申遗"工作。2009年10月，联合国教科文组织把"中国木拱桥传统营造技艺"列入首批《急需保护的非物质文化遗产名录》。郑多金和郑多雄兄弟也分别被列为国家级和省级的非物质文化遗产代表性传承人。

2012年8月，我在寿宁博物馆的龚健馆长和他同事小林陪同下，去东山楼村采访郑多金和郑多雄兄弟。一路上，我和龚馆长漫无边际地聊着和廊桥有关的种种事情。车窗外，刚刚下过一场山雨，雨停了后，山色空濛，天空显得格外蔚蓝。

我问起廊桥技艺的传承，龚健告诉我，郑多金的大儿子身体不好，二儿子早年做石匠，嫌造桥收入低，不肯向老人学习造桥的技艺，郑多金只好把希望寄托在比他们小20多岁的弟弟郑多雄身上。郑多金每天清晨起床侍弄自己地里的蔬菜，下午就喊来弟弟郑多雄，拿出当年造桥图纸，追忆造桥的经验窍门，手把手传授廊桥建造技艺，直到每个细节都融会贯通他才满意。

郑多金现在住在东山楼村祖传的老房子里，这房子起码有200年的历史了。也许是下雨天的缘故，房子显得有些潮湿阴暗，大厅空荡荡的，没有什么摆设。郑多金现今85岁，享受着国家每年一万多元钱的补贴，过日子没什么问题，就是腿脚有关节炎，郑多金舍不得花钱看病，走起路来有点不利索。龚健他们跟郑多金一家人很熟悉，我们一走进郑家，郑多金和他老伴、儿媳妇就用寿宁土话和他们大声寒暄。我们坐定后，郑家的女人们端上滚烫的绿茶和刚煮熟的鸡蛋及玉米、毛豆来招待我们。郑多金的老伴是他当年建造寿宁县凤阳乡弄桥时一个伙夫的女儿。看郑多金老实、稳重，又有一身的好手艺，伙夫着意把自己18岁的女儿许配给他。郑多金25岁时与伙夫的女儿结婚完成了人生大事，至今两人相濡以沫。和郑多金相比，他老伴的腿脚仍然轻快，最让我难忘的是她脸上洋溢的笑容。在清贫的生活中，老人脸上的笑意让人感受着生命的美好。

在采访中，郑多金的弟弟郑多雄告诉我，现在造桥都要商业操作，要有一定规模的建筑公司的资质才能参加招投标。他说前几年，他们兄弟曾碰上过一个修桥的机会，浙江泰顺县的一座桥由于年久失修，桥身已破损不堪，当地政府部门筹资20多万元进行大修。为了把握难得的实践机会，郑氏兄弟应邀赶赴泰顺，往返奔波了五趟，但最后还是无功而返。

"今天投标、明天投标，我们又没有钱，拿什么去投？最后还不是给大老板投去了！"提起那些场合，郑多雄觉得自己很像是一个乞丐，没有人理他，说话也没有人听。他叹息一声，说："我们全身技术却比不上人家有几个钱！"

郑多雄现在靠在外面给人家盖房修亭子谋生。没工做的时候，他就在自家的小工作间里面做桥模。做桥模很费时间，他一两个月才能能做一个，有时候会有人过来买这东西。

从郑多雄的小工作间里出来，我们一起去看了省级文物保护单位大宝桥。郑多雄告诉我，他儿子现在在外面给建筑公司开塔吊，过春节时，他叫儿子别再出去了，跟着他在家学造桥，可儿媳妇不同意。"没有桥造，学了这手艺也没用。"郑多雄明白她说的是事实，可还是想着要让儿子把造木拱廊桥的技术学到手。"不管怎么说，不能让这东西在咱手里头给没了。"郑多雄说。

大宝桥到了。这座始建于明代、清光绪四年（1878年）由郑多金祖师爷徐斌桂重修的木拱廊桥静穆地横跨过宽阔的溪流，阳光洒在形似彩虹的桥身上，古老的廊桥显得格外壮观和生动。郑多雄带我们走下护坡，我们一行人涉过桥边还带着雨珠的杂草，来到廊桥下面。

从桥下往上看，木拱廊桥的选材良好和设计精密清楚地展现在我们眼前。在青绿山水之间，历经了100多年沧桑的廊桥，仿佛每一根梁木间都隐藏着一个美丽的秘密。望着这座老祖宗留下的美丽的廊桥，郑多雄的眼神变得有些惆怅。我不知道，他是不是又想起了他的造桥梦，以及这个梦在现实生活中的种种困惑。

编木为虹

◎ 景　艳

在我的印象中，"廊桥"总是和"遗梦"联系在一起的。一方面，可能是因为那部片名叫《廊桥遗梦》的电影给我留下的印象太过深刻；另一方面，也是自己内心里认为这两个词放在一起独有韵味。一个"遗"字，沉淀了多少前代或前人留下的古意风骨？一个"梦"字又萌散着多少临风抒怀之幽情？

廊桥如虹，横悬溪涧。

其跨越山水间的那份气定神闲，也常常让人有恍若隔世之感。古老的美好常常和回忆相伴，残存的思念往往与远去相随。木拱廊桥曾经有那么一段时间如此低调地散落在中国的闽浙大地之上，以至于文物保护专家与桥梁专家们误以为，中国古代木拱桥已经只存在于古籍和古画卷中了，而许多生活在它们周边的人们，享受着它们的荫蔽却忽略着它们的价值。在一波又一波开疆拓土、经济开发的浪潮之下，在便捷交通、现代桥梁的挤压之下，这熔聚楼台轩榭的建筑风格和造桥技术于一炉的中国传统造桥技艺，渐渐黯淡了它的颜色，消散了它的芬芳，几乎成为"遗梦"的组成部分。不过，当我来到屏南，来到木拱桥传统营造技艺代表性传承人黄春财家的时候，我意识到这种印象的偏颇。以廊桥为代表的中国木拱桥传统营造技艺在新时代、新观念的氛围之下，正显露新的勃勃生机。

一

来到黄春财师傅家采访的时候，感觉到满屋子最亮眼的就是他各种各样和造桥技艺有关的获奖证书和大大小小的廊桥模型。从一进门的屏风橱柜，到客厅里的电视柜，到他卧室里的工作台，都特别制作成了廊桥的模样，其中许多是人们熟悉的万安桥、千乘桥、百祥桥、双龙桥。看着他挂在墙壁上的廊桥设计图，连桥上的勾梁、狮子都线条分明、惟妙惟肖，满屋子廊桥的元素清清楚楚展示着这个家族与廊桥化不开的渊源。

黄师傅现年79岁，虽然已经是满头白发，但看上去很精神、很年轻，身着月白中式对襟布衫，很中国、很传统，相较于其他工匠，他更像一位儒师。陪同前往的张修敬介绍说，黄师傅出生在屏南县长桥镇长桥村的一个造桥世家，自其师祖卓茂龙以来已历五代150多年。其祖父黄金书是清末享誉闽东北的廊桥工匠，其父亲黄象颜也是一位高产的造桥名家。黄春财15岁起就跟随父亲学木工，勤劳好学的他逐渐掌握了木拱廊桥传统营造技艺这门"绝活"。他骄傲地告诉我，他们家原本是存有祖上传下来的"鲁班尺"，那原是行业中正宗传人的标志之一。

木拱桥传统营造技艺主要是以口传心授，家庭、师徒传承为主要方式，因此，实践中的摸索尤其重要。采访中，古峰镇的包思建和陈章清告诉我，在屏南，造桥的师傅并不少，但是会设计画图的主墨师傅却不多，黄春财师傅所具备的绘图设计能力让他在行当中脱颖而出、独树一帜。

早期造桥，师傅需要把立面图等比例画在大门板上，由两个人抬来抬去，非常不方便。黄师傅正是在跟随父亲重建修复万安桥西端拱跨的过程中，看到其中的缺陷，而提议将立面图画在纸上，结果得到了父亲与伯父的高度肯定。他还清楚地记得，他完成的第一张图是画在对联纸上的。由于纸质图纸可以对整座木拱桥作精细设计，经过分析与计算，木构件可以预先加工成型，既缩短工时也降低成本。

木拱廊桥是旧时闽浙山区最常见的桥梁，造桥的主绳师傅是非常受人尊敬的。"主绳"又称"主墨"，是行业里最高的荣誉，相当于现在的建筑总工程师，指的是既能设计又会计算绘图且能指导施工的能工巧匠。在屏南的古桥上，梁上都会刻上"主绳"的姓名、建造时间，以及历代曾经参与修缮和重建的师傅的名字，堪称可以留予后世瞻仰的无上荣光。廊桥工艺，易学难精，真正掌握其要领者寥寥无几。有的人尽管一生参与建造了无数座桥梁，因不能担当"主绳"，桥梁上都没能留名，这种师傅称为"帮场"。

1956年，长桥上墘村要造桥，请的主墨师傅是黄春财的父亲黄象颜，但恰好黄象颜没空，年仅20的黄春财便在父亲的鼓励下独自前往。没想到人家看他年纪轻轻，连声"师傅"都不叫，只管他叫"小鬼"，还老追问："你父亲来了没有？"结果，等他圆满完成任务之后，主家摸了摸他的头："你这个师傅不错。"他要请父亲来看看，对方说："做完了还叫你父亲来干什么？"就这样，黄春财生平第一次作"主绳"，名字被刻到了桥梁上。也就在那一年，他招工进入了屏南城关建筑社，成了一名建筑工人，学会了建筑设计与绘图，这对他建桥技艺的进一步提升大有帮助。

二

人们看桥，除了其外表的美观之外，便关注的是它是不是足够牢固结实。历代桥梁建造者在建桥时都要考虑承重与桥梁跨度的问题。大跨度的桥梁，有利于桥下的行船流水。但是，在现代建材出现之前，建造桥梁的材料只有木材、石材和绳索等。林木刚柔相济，是建桥的好材料，但是它的长度、直径与密度有又着自身难以克服的局限性。

专家认为木拱廊桥的拱架结构是一项很有价值的创造，它解决了木构桥梁的大跨度问题，是中国传统木构中技术含量最高的一类结构形式。整座桥不要寸钉片铁，只凭椽靠椽，桁嵌桁，衔接严密，结构稳固。因其结构与北宋张择端所画的《清明上河图》中的虹桥极为相似，以梁木穿插别压形成拱桥，形似彩虹，桥梁专家们确认北宋盛行的虹桥技术并未失传，称其为我国古代桥梁建筑的"活化石"。

编木结构是木拱桥营造的核心技艺：两组支撑桥梁的木结构系统以"编织"的方式通过交叉搭置、互相承托、挤压咬合形成拱形支撑，相对较短的木构件通过榫卯连接，逐节伸展，实现跨越山谷和支撑桥面荷载的功能。按河床宽窄设计墩、孔，窄的河床是无墩单孔，宽的河床有一墩二孔或多墩多孔，墩越多，造桥成本就越高，难度也越大。所以，大凡建桥都选择河床最窄处。传统木拱廊桥的建造有一定的程式，包括立水架柱、上三节苗和五节苗、进苗间栓、立将军柱、上剪刀苗、架桥屋等等工序。在实际施工中，要善于计算每根木头的长短数据。每个数据的精确与否都决定了整座桥的安全与否。黄师傅告诉我，拱架搭得好不好是一座桥建得牢不牢的关键。如果拱架搭得好，桥梁完工时，桥架便会与桥身自动剥离，桥梁也会越压越牢，反之，则不合格。黄师傅到现在还记得发生在60年前的一件事。那是1954年夏天，屏南县棠口境内重建一座木拱廊桥，桥拱落成后，"主绳"师傅动手拆桥架，发现桥身与桥架咬在一起，拱梁下沉，顿时大惊失色。"主绳"师傅获悉黄春财父亲是个造桥高手，便连夜赶到长桥，请求相助，为了表示诚意，特地请黄春财和父亲坐轿而来。黄象颜到实地仔细检查了桥身，发现设计有误、用材不当。父子俩对症下药，采取补救措施，忙了3天，终于拯救了危桥。"主绳"师傅千恩万谢，包了一个大红包，还披红挂彩、鞭炮欢送。那时的黄春财除了感佩父亲的高超技艺、对自己从事的这份工作倍感荣耀之外，也更多了一份精益求精的责任担当："弧度不精密的话，桥做好了，用铆用角铁钉上去，用螺丝旋上去都没有用。"

不过，正当黄春财学艺渐进，踌躇满志，更待一展身手的时候，却"失业"了。20世纪六七十年代之后，随着桥梁建筑技术的进步与建筑材料的改进，木制桥梁逐步被水泥桥、石梁桥所代替，以他为代表的黄氏建桥世家、木制造桥行业逐渐淡出人们的视线。从1969年造了古田县平湖镇唐宦桥之后，直到2004年，黄春财都无桥可造，更谈不上技艺流传。黄师傅眼睁睁看着许多木拱桥被拆掉，一身的传统技艺并无用武之地，两个儿子谁都不想承接他的衣钵，一个学修配，一个到上海经商，苦学多年的技艺竟然成了"屠龙之术"。

不得已，黄师傅转了行，跟着学机械的妻子开起了造纸厂，还研发农机具，不仅造纸厂一度开得红红火火，就连他造的机器也是非常畅销。比如利用水能舂米的水碓，比如打谷机。"满满地放在好大的一个仓库里，一夜之间卖得干干净净，供不应求。"小儿子黄闽辉到现在说起当时的盛况还忍不住咂嘴。只是，他不了解，父亲眼里并不只有那繁华收益，他内心里还埋藏着对廊桥技艺百转千回的情愫。每当看见乡村间那些凝聚着祖辈智慧、记录着父辈和自己曾经骄傲的木拱桥时，黄春财便会想："难道这个技艺到我这就停止了吗？"

如果不是世事变迁、机缘巧合，这位廊桥名匠，很可能会和他所拥有的技艺一起，就此隐没民间。

三

事情的转机缘于人们对传统文化、技艺保护意识的提升。廊桥，作为古人流传下来的人文资产，有其科学、历史、文化三个方面的物质价值体现，又蕴含着包括营造技艺、形制特色、历史背景、民俗风情等非物质文化层面的东西。它的价值自20世纪90年代开始渐渐为世人所知。

据说，首先意识到廊桥价值的是浙江人："浙江人到我们这来买了两座廊桥，说是这桥又旧又破，没有什么用，不如卖给他们，他们给我们建新的钢筋水泥桥。当时我们也没留意,后来才知道人家买去安装,就成了古迹景点,靠这个就出了名。"说到这,黄春财的小儿子黄闽辉颇有点惋惜加不平:"廊桥本来是我们福建的特色,却因为我们缺乏这样的意识而落后了。"

被拆走的桥成了邻省的宝贝,也成了屏南人自省的源动力。1998年以来,屏南和宁德、寿宁等地陆续开展了木拱桥资源性普查工作。在这一轮的普查工作中,各地基本以木拱桥这一文化遗产实物为普查对象,属于文化遗产物质层面的调查。一批具有极高价值的木拱桥被列为各级文物保护单位,一批普查资料、研究成果也相继面世,提高了闽浙木拱桥的认知度与美誉度,引来了第一波考察闽浙木拱桥的高潮,也为木拱桥传统营造技艺这一非物质文化遗产项目的普查、申报工作打下了基础。

2003年1月,为了调研国家文物局关于宁德市木拱桥的课题,时任福建屏南县政协副主席的郑道居,再次来到长桥村的万安桥。鬼使神差地,他那天特别注意了廊桥桥屋的大梁:"一般木拱廊桥桥屋的梁上都会记载着建桥年月、捐款人、建桥董事和建桥工匠,以前没怎么留意。那天就巧了,抬头一看,建桥工匠里只有主绳黄象颜的名字最清楚,其他人都很模糊。"

长年研究木拱廊桥的郑道居知道,建桥人大多不是本地人——这是一个常识,但那天他一开口就问身旁的村民:"黄象颜是长桥村人吗?"

这一问,更巧了!黄象颜正是屏南县长桥村人。1952年,始建于宋代的万安桥西端,被大水冲毁了2个拱架12个开间。1954年,县政府出资重建,主绳的除了黄象颜,还有他的哥哥黄生富。

"黄象颜不在了,他的儿子黄金财还在。"

"那,黄金财会造桥吗?"

"会。"

没想到,一句无心之问,竟然让郑道居找到了隐藏在民间数十载的造桥世家。

2005年,因为要建水库,漈头村一座始建于清嘉庆年间的木拱桥需要进行保护性迁移,黄春财师傅被请出了山。

"真想不到,我还有机会造桥。"一时间,黄春财百感交集。正当青春壮年,他不得不搁下手中的技艺,待重新拾起,已年近古稀。更让他料想不到的是,他竟然是当时福建省内最年轻的主墨师傅。

四

黄春财的这一次出山一发而不可收。国家、政府的重视和新闻媒体的大量报道,使福建的木拱廊桥一时间广为人知,黄师傅的一身绝技也声名远播。随着木拱廊桥在家乡人民心目中的分量越来越重,请黄春财重建、新建木拱廊桥的人也越来越多。

这时候,黄春财毅然决然地将大儿子黄闽屏和小儿子黄闽辉都召集回来,让他们跟着他学造桥。或许因为从小耳濡目染,两个儿子都学得很快。虽然两个人在操作上各有侧重,老大重在施工操作,小儿子重在学计算绘图,但他们都打磨成了能够独当一面、名留桥史的"主绳"。

"过去,学造桥光锯木头就要学4年,现在进入工业化时代,现代机械改变了很多东西。以前我们计算靠心算、算盘,如今,有了计算机了,按一下按钮就能得出运算结果。以前造桥,桥体部件多长,就要准备多长的立面图,如今电脑都会自动编程,大大缩短了教与学的时间。"看到两个儿子不仅在实践中学会了手艺,还逐渐培养了对这一技艺的兴趣和热爱,逐步成为新一代非遗传承人,并不断尝试新的造桥工艺,黄师傅很欣慰。

黄师傅告诉我,他们修一座木拱廊桥从设计、备料到建成,前后大约需要半年的时间,但任务急的时候,他们也曾在两个多月的时间里突击完成了屏南的国家级风景区白水洋里的古桥建设。他认为,越来越多的技艺实践可以鼓励传统技艺融入现代建筑艺术，进一步与现代社会需求相结合，为传承发展营造更适宜的土壤和水源。

搬迁金造桥，重修百祥桥，新建双龙桥、十锦桥，建造寿宁登云桥、古田卓洋桥、蕉城鸾江桥……黄师傅和他的儿子忙得不亦乐乎，不是奔忙在各个古桥古建的维护和修建项目中，就是出现在各式展馆、会议厅的现场。"从前做这行很苦，不赚钱，也得不到重视，现在真是好得太多了。发展廊桥文化和生态旅游让我重新有了用武之地。"黄师傅有感而发。

2006年，屏南县的万安桥、千乘桥、百祥桥被国务院公布为全国重点文物保护单位。2008年，"木拱桥传统营造技艺"被列入国家级非遗名录。2009年10月，联合国教科文组织宣布了首批来自8个国家的12项非物质文化遗产被列入《急需保护的非物质文化遗产名录》，"中国木拱桥传统营造技艺"位列其中。2012年11月17日，闽浙两省七县联合申报的闽浙22座木拱廊桥被列入中国世界文化遗产预备名单。2012年12月，黄春财被文化部认定为国家级非物质文化遗产项目"木拱桥传统营造技艺"代表性传承人；2013年6月6日，被中国非物质文化文化遗产保护中心授予第二届中华非物质文化遗产传承人薪传奖；2013年9月9日，被中国艺术研究院聘为中国艺术研究院艺术硕士研究生导师。一系列荣誉的背后是当代人类生态保护意识的日益觉醒和高涨，反映了文化遗产权与诠释权的地方化回归趋向。传承人是非物质文化遗产的活态载体，有且必须有人的元素，技艺才不会消亡。"最重要的还是有桥可造，让传承人有用武之地，在建造过程中技艺自然也就传承下去了。"郑道居如是说。

黄春财的建桥技艺得到了公认。与此同时，他也借助更多的场合把木拱廊桥传统营造技艺展示于世人面前。他和儿子到北京参加中国非物质文化遗产传统技艺大展，到台湾省参加"根与魂"——中华非物质文化遗产大展，在央视演播厅演示木拱廊桥技艺，参加《中国手艺》《文明之旅》节目的录制；他成立黄氏家族木拱桥技世传习所，担任"八闽特色文化教育"辅导员，参加第三届中国廊桥国际学术研讨会……如此种种，恰似薪火。他有一个梦想，便是在有生之年能有更多机会建木拱廊桥，有更多的平台将廊桥文化发扬光大，让全世界的人都能通过中国木拱廊桥的技艺认识中国，了解中国，让中国的传统技艺在新的时代里焕发更美的青春。

　　风雨廊桥，几多梦想。勤劳的先民用非凡的智慧建造了它，当代的乡民怀着深厚的情感保护着它，廊桥方得以从古而今，栉风沐雨，挺立如斯。漠漠遗风，道不尽的浪漫风情，说不完的茶盐古道，期待在屏南这块秀美灵毓的土地上，廊桥会得到新的演绎。

桥　缘

◎ 黄立云

《清明上河图》中的那座汴水虹桥不知让多少人心驰神往，而那一座座腾跃在寿宁的溪流深涧之上、像汴水虹桥般充满迷人魅力的木拱廊桥，同样聚焦着多少世人探奇猎艳的目光。

因为廊桥，海内外一拨拨慕名而来的专家学者、驴友游人，不计寒暑、不辞辛劳地来到寿宁，只为了能零距离一睹廊桥芳颜。就连著名女导演陈力，也禁不住国之瑰宝的诱惑，从北京奔赴以"廊桥之乡"闻名海内外的南国寿宁，筹措巨额资金，在廊桥旁安营扎寨，拍摄以非物质文化遗产为主题的电影《爱在廊桥》。

廊桥，是寿宁最具含金量的历史遗存。我想，廊桥之乡的父老乡亲，应当永远记住这一对父子的名字：父亲，明朝景泰年间"义勇大夫"黄普耀；儿子，明朝成化年间八品吏员黄彦畴。根据《八闽通志》《建宁府志》《福宁府志》的记载，黄家父子捐献资财、变卖田庄，用来建造桥梁。如此热心公益事业的先贤，能不令人肃然起敬？在工具落后、交通不便的明朝天顺、成化年间，要凭一己之力，在溪谷深涧架构12座津梁，其费心费时、耗力耗财、艰难困苦可以想见。一家两代人捐资建桥达12座之多，后来人谁个不由衷地击节赞叹！

让我们翻开明弘治版《八闽通志》和《建宁府志》，把历史的镜头定格在寿宁肇县之初那段遥远的岁月。随着官台山烽烟的消散，新生的寿宁县在神州大地崛起，为寿宁建县立下不朽功勋、被朝廷敕封为"义勇大夫"的黄普耀，将修桥铺路、积善种德作为自己的人生追求，在家乡的绿水青山间，树起了一座座让后人无限景仰的丰碑。《八闽通志·地理》载："横渡桥、通济桥、凤竹普济桥（上三桥在政和里九都）、飞虹桥，天顺七年（1463年）义民黄普耀建。""托溪荣济桥，天顺七年，义民黄普耀、吴廷俊建。"《建宁府志》第十一卷"津梁"载："瑞星桥，在芹洋岭下，黄普耀建。""公正桥，在尤溪铺，黄普耀建。""通济桥，在芹洋仙山下，黄普耀建。""丹溪桥，在政和里，黄普耀建。"……

在寿宁建县550年的一个阳光灿烂的日子，寿宁县方志办接到了连江县方志办的电话，言称民国版《连江县志》中，记载着明朝寿宁黄彦畴捐建连江县潘渡桥的事迹，请求帮忙查找黄彦畴的有关资料。500多年前，寿宁人黄彦畴在千里之外的连江县捐资建桥的消息，令我们感动！于是，我们用最大的热情、最快的速度，翻箱倒柜检索史籍。很快，诸多有关黄彦畴的信息汇集在大家眼前。

《福宁府志》载："明，黄彦畴，十都人。廉洁好义。人有犯者，弗校。捐修连江县潘渡费不赀。蔡参政旌之，为勒石。"

康熙版《寿宁县志》"善民"篇中记载："黄彦畴，十都人。畏法秉公，敬身修礼，人或有犯，含忍不较。又乐于建修，连江县潘渡桥圮坏，乃捐家资倡造。参政蔡公义之，为之立碑。"

《芹洋黄氏宗谱》载："黄彦畴，义勇大夫黄普耀之子，为人秉公畏法，敬老尊贤，人或有犯，含忍弗校，桥梁公署多所建修。连江县潘渡桥潢潦冲圮，行者患之。公以公役省城经过，感怆溺没者多，乃捐家赀变卖庄田一段，价值百金诣其所，倡造成之，功力甚艰。参政蔡公潮嘉其义为，立碑以纪之。后以年老不可冠带，邑侯美称曰'善民'。当道凌舒旌之，匾曰：'积善'，用以旌表之。"

端详着这些雕刻在不同版本的志书、谱牒中的古老文字，我的眼前幻化着一个高大的身影。黄彦畴在省城办完公务风尘仆仆返回寿宁的途中，看到连江潘渡大桥被水冲毁，行人涉水过河不幸溺亡，亲人呼天抢地哀哀哭号的悲惨场景。为了不让悲剧重演，他回到老家寿宁县芹洋村，找出家中所有的银两，掂掂重量，要修建那么长的潘渡桥，这些显然不够。怎么办？他没有犹豫，没有迟疑，毅然决然地卖掉赖以维持生计的田地、庄园，凑足了建桥银两。他旋又日夜兼程赶赴潘渡村，将沉甸甸的银两捧给潘渡的父老乡亲：这些银子，你们拿去建桥吧！

黄彦畴，这位500多年前的寿宁先贤，这个在莽莽大山中成长起来的芹洋汉子，秉承了父亲的美德，用自己超凡的善行，将"黄彦畴"三字大大地书写在那广阔无涯的历史星空！他用无私的义举，在寿宁和连江人民之间建起了一座永恒的友谊之桥！

黄彦畴在潘渡捐资建桥的善举，会不会是心血来潮、一时冲动？毕竟潘渡与寿宁隔山隔水。带着这个疑问，我们继续在史籍中寻找，想看看这位500多年前的先贤还有没有值得称道的作为。果然不负众人所望，在著名通俗文学家、寿宁知县冯梦龙亲自撰修的《寿宁待志》中记载着，在当年寿宁县彰扬忠孝节义的"旌善亭"中，黄彦畴位列第一，是寿宁县第一大善人。

我们继续在浩瀚的资料中查找。又在《建宁府志》中发现，黄彦畴捐资修建的桥梁还有3座：一是"飞虹桥，在九岭下。"该桥位于芹洋乡九岭村旁（1976年修建寿宁县城至芹洋公路时拆毁）。二是"里仁桥，在尤溪。"里仁桥为木拱廊桥，位于芹洋乡尤溪村下游，俗称"尤溪桥"，明成化年间芹洋村黄彦畴始建，清道光十二年（1832年）重建，1949年后曾多次修缮。该桥长26.4米，宽5.6米，拱跨21米，桥身呈东南至西北走向，两端桥堍用块石砌筑。桥屋为四柱九檩抬梁式构架，十三间五十六柱，上覆双坡顶，桥内两侧有木凳，廊屋外两旁有挡风雨板，梁上墨书丰富的人文资料。桥屋中央神龛祀观音。桥头西北约20米小山上有庙，祀平水大王。三是"文明桥，在尤溪上村。"文明桥为木拱廊桥,位于芹洋乡尤溪村上游,又称"尤溪上桥",明成化年间芹洋村黄彦畴始建,清道光十二年(1832年)重建,光绪十二年(1886年)修缮,1949年后曾多次修缮。桥长23.5米,宽4.6米,拱跨16.7米。桥身呈南北走向,两端桥堍用块石砌筑。桥屋为四柱九檩抬梁式构架,十一间四十八柱,上覆双坡顶。桥内两侧有木凳,桥身两旁有风雨挡板。桥屋中设神龛,祀观音。南向桥头设一小神龛,祀土地公土地婆。神龛两边张贴红纸对联:"功高不傲千人敬,权大无私万众夸"。北向桥头设纸钱炉,供人焚烧香、纸钱等,纸钱炉顶上塑佛。

每一次走近廊桥,每一次抬头仰望廊桥主梁下墨书的桥董姓名,我都会不由自主地心生崇敬、胸怀感恩。前人种树,后人乘凉。正是这一位位无私奉献的先人,用自己的心血和金钱建造一座座廊桥,不仅造福了当代,而且还泽惠了后人。也正是一代又一代寿宁先贤的接力奉献,才为寿宁大地留下了一座又一座的国宝,今天的寿宁也才能因此登上"世界贯木拱廊桥之乡"的宝座,去摘取"世界物质文化遗产"的桂冠!

让我们虔诚地燃一炷心香,向黄普耀、黄彦畴父子以及历朝历代的寿宁先贤,鞠躬致敬!

廊桥人生　一世情缘

◎ 柯婉萍

在我的印象里，没有哪类木构建筑能像木拱廊桥那样，可以用隶书来形容。你看，层峦叠嶂处，空谷深涧，一桥飞渡，左右舒展，恰似"蚕头燕尾"的隶书笔法，厚重、纯朴且古意十足。无论是远观，还是近看，甚至是在桥底仰望梁木穿插别压的营造技法，其间闪耀出的智慧光芒，令人叹服。

初识木拱廊桥是在文本和画面里："古代木构桥梁的活化石""不用片钉寸铁，只凭榫卯衔接""桥有廊屋，形似彩虹"等等的描述，给廊桥披上了一层神秘的面纱。遗梦千年的汴水虹桥在宋时的《清明上河图》里，而以青山为幕、草木为笔写就的人间虹桥正散落在闽东山水间。廊桥不远，目光可及，甚至就近在寻常百姓的家门口。屏南的万安桥、千乘桥、龙津桥、广福桥、广利桥，寿宁县的大宝桥、鸾峰桥、杨梅州桥、福寿桥等等，像一个个句点，注释着闽东文化深层的内里，可触摸、可感知、可亲近，亦可对话。

拥有廊桥的闽东人，无疑是幸福的，也是值得自豪的。传承自先人的古老廊桥营造技艺在闽东得到了完整的传承与沿袭，并荣膺世界级非物质文化遗产的荣誉。

在闽东山间行走，也许迎面走来的一个人，就是"身怀绝技"的造桥匠人，也许那一群在路边搬动建桥木料的人里就有一位非遗传承人。他们衣着朴素，谦逊低调，隐身乡野，默默劳作。他们创作的作品在山水间呈现出诗画般的美感，他们的名字以墨书的方式留存在每座桥的主梁上，让后人景仰。

那个暮春时节，我有幸认识了中国木拱桥传统营造技艺国家级代表性传承人黄春财。事先我们和黄老先生相约在金造桥，不巧那天下起了暴雨，考虑到老先生已是 80 岁高龄，大伙儿想取消那次行程，可老先生早早就在桥上等着我们。当时大雨滂沱，山风裹挟着冷雨，桥下山洪倾泻而去，人在桥上，感觉整座桥在微微颤动。可老先生神态自若、语气平和，向我们介绍这座由他父亲首建，由他亲手重建的金造桥。在此后的采访过程中，我明白了老先生的这份从容来自对自己技艺的自信。他沉稳的气质，像极了在大山深处修炼多年，历经风霜雪雨，胜似闲庭信步的古廊桥。

黄春财老先生出生在屏南县长桥村的木拱桥建造世家，他的祖父黄金书在清末就是闽东北著名的造桥能匠，他的伯父黄生富和父亲黄象颜都是著名的木拱桥主墨师傅。全国现存最长的木拱廊桥万安桥的主梁上就写着"木匠本乡黄生富、黄象颜"。黄春财从小耳濡目染，15 岁就开始跟随长辈跋山涉水学习技艺，到建瓯、顺昌、古田等地造桥建屋。好学的黄春财把每一个造桥现场都当成课堂，日日夜夜温习着父辈口传心授的无字教科书。

父亲在把技艺传授给黄春财的同时，也在他心里埋下了造桥工匠最注重的"德"。对艺德的坚守，对责任和声誉的珍视，成了黄春财做人行事的标准。刚学艺时父亲问他三个问题：是否能做到有技术、有名气了以后，还能求真踏实、一丝不苟？是否能做到按规矩做人做事，不拿名誉去换钱？建一座桥时间不长，但是否能保证它几十年、上百年永远留在那里给子子孙孙看？父亲说，如果这三个问题回答得让他满意，那就可以继续学下去。黄春财给了父亲满意的答案。此后，他用一座又一座技艺精湛的木拱廊桥，以及豁达的胸襟和开阔的眼界，书写了精彩的廊桥人生，赢得了人们的敬重。

一项技艺在传承的过程中，既要遵循传统技法，又要不断创新发展。与父辈相比，黄春财毫不逊色，甚至更有天赋，特别是他绘制设计图的能力让人刮目相看。如今我们在资料里看到的木拱廊桥结构图，大多出自黄春财之手。仅读到小学三年级的他，在实践中自学，在学习中突破。他用线条描画廊桥的精妙，用尺寸丈量时光的长度，为闽东木拱廊桥文化研究留下了一大批难能可贵的资料。

我在寿宁廊桥博物馆看到一块木板，据说是"鲁班天书"，这引发了同行者极大的兴趣。木板上写着数字和文字，标注着前、后、中厅，以及"登四五""八寸五中"等专业术语。它们有序地分布在经纬纵横的墨色线条里，构成了一道道谜题。返程后，我重新调取当年采访黄春财老先生的录音，听到了一个有趣的故事，也许就跟造桥工匠的"鲁班天书"有关。从前建造廊桥没有图纸，所有的设想都在师傅心里。人们在门板上画零件图，哪里造桥就把门板抬到哪里，十分不便。当时才十六七岁的黄春财想把零件图缩小比例画在图纸上，可那时要找一张大的纸张相当不容易，于是他就把对联纸拼在一起，画出了草图，父亲和伯父看到了直夸他。就这样黄春财完成了他的第一张木拱桥结构图。以往只能靠口说心记的技艺，因为有了设计图纸，得到更好的传承与沿袭。

从20岁那年独立主墨建造第一座屏南上墘村桥，到主墨搬迁屏南金造桥、重建白水洋之上的双龙桥；从2008年主墨建造屏南十锦桥作为中国向联合国申报"中国木拱桥传统营造技艺"非物质文化遗产的示范木拱桥，到2011年重建被火烧毁的单拱跨度达35米、离水面高20多米的著名险桥——屏南百祥桥；从投身木拱廊桥技艺的传承与保护，到撰写专题论文参加学术研讨，成立木拱桥技艺传习所……黄春财用脚踏实地、精益求精的技艺，践行了当年父亲给他的"三问"。

在屏南和寿宁，有那么多热爱廊桥的文化学者，他们即便不是造桥师傅，但说起廊桥营造技艺，也是如数家珍。他们用形象的"编木为之"讲解廊桥技艺，拿几根竹筷就在饭桌上搭起了一座桥的模型。不经意的谈笑间，他们十指相扣，就在我眼前搭起了一尊桥拱。而黄春财老先生说建桥就像是一群人肩膀紧靠肩膀，手挽手相互借力。在热爱廊桥的人看来，廊桥已成了生命的一部分，可以用身体的某一个部位形象地加以描述，有情感、有温度。

如今，黄春财老先生的两个儿子黄闽屏、黄闽辉也都能独立造桥，他们还获评省、市级廊桥营造技艺代表性传承人。黄老的孙子黄颖是个30岁出头的年轻人，现在也成了廊桥营造技艺的新生力量。他们说的最多的话就是"庆幸自己学到了这门手艺""我也想将技艺传承下去"。这是造桥世家五代人共同的信念和坚守，在传承技艺的过程中，也将良好的家风代代相传。

回首走过的路，黄春财老先生说，因为木拱廊桥，他从乡间一个普通的造桥工匠成了国家级非遗传承人，也因此有机会走进了中央电视台，让全国人民认识到他。黄春财老先生早已打破门户观念，在木拱桥技艺传习所里为后生晚辈讲解和演示造桥技艺。他还与妻子一起制作各种木拱桥模型，有多件被中国艺术研究院、中央美术学院等机构收藏与展示。他认为木拱桥营造技艺不但黄家子孙要会，外面也要有人会，学的人越多，这门技艺才永远不会失传。

除了黄春财老先生，在屏南、寿宁等地还有许许多多技艺精湛、品德高尚的非遗传承人，他们带着一份责任心和敬畏感传承着源自先人的珍贵技艺，并以此成就人生的精彩，延续一世的情缘，也让木拱廊桥营造技艺在闽东生生不息、发扬光大。

人们从廊桥营造技艺中提炼出了"廊桥精神"：守望相助，团结友爱，富有智慧，善于创造，包容豁达，公平正义，百折不挠，自强不息。这32个字，概括了桥的寓意与人的境界，集中体现了人民的劳动智慧、社会伦理和审美取向。

现如今，年近90的黄春财老先生闲暇之余，都会到自己或父辈亲手建造的桥上去走走看看。抬头瞻仰被刻写在主梁上的父辈的名字，摸一摸桥上的每一个细节，回想建桥时难忘的故事和父亲的谆谆教诲。透过岁月的云烟，那早已远去的身影，在桥的那一头变得清晰可见。

　　一座桥，联通了过去和现在。一座桥，承载了太多的记忆与情感。黄春财老先生一辈子与桥结缘，恍然间，我仿佛看见他手中正托着一座桥，连起了木拱廊桥的前世、今生和更长远的未来！

周宁下荐师傅（外一篇）

◎ 苏旭东

　　周宁县礼门乡的后垅、梅渡、洋坪等几个村位于周宁、屏南、宁德（现蕉城区）三县相交的鸡角山山坳处，被称作"下荐"或"莩荐"。这几个村历史上都有建造木拱廊桥的匠师，他们师承关系相同，并有姻亲关系，经常结伴外出谋生，共同承揽业务，闽浙两省各地民众都称他们为"下荐师傅"。在桥约（建桥合同）中也直接书写"下荐"或"莩荐"，这体现了"下荐师傅"这一木拱桥传统营造技艺品牌的含金量。

　　"下荐师傅"的核心主体是后垅村秀坑自然村张氏一族。

　　秀坑自然村现有60多户300多人，均为张姓。张氏始祖张陈旦于明末崇祯年间由屏南寿山乡硋窑村迁居周宁礼门乡秀坑村，至今共传15世380多年。

　　秀坑张氏木拱桥营造世家自清乾隆年间由张新佑开始，至今已历8代270多年。张氏木拱桥营造世家技艺实践区域遍布福建宁德、南平，浙江温州、丽水等市所属各县（市、区），几乎涵盖现今分布木拱廊桥的闽东北与浙西南广大地区。据统计，张氏木拱桥营造世家在200多年传承期间新建、迁建木拱廊桥达46座，现存15座。其中浙江景宁梅崇桥被载入唐寰澄主编的《中国科学技术史·桥梁卷》，福建屏南千乘桥、百祥桥，寿宁仙宫桥、杨梅州桥，古田田地桥等多座木拱廊桥被公布为全国重点文物保护单位。

张氏木拱桥营造世家的开山鼻祖张新佑，大约出生于清康熙后期。由于秀坑村地处偏僻，没有条件上学，他打小就与族内小伙伴一同放牛、砍柴。清雍正年间，福建南少林武僧铁头和尚云游至秀坑村，见秀坑后山险峻、村前溪水清澈、两岸风光秀美，于是就长住在秀坑村，开馆传授少林虎尊拳。从此，虎尊拳就在秀坑村生根发芽，秀坑拳师名声远扬。也就在这一时期，张新佑学成了虎尊拳。经过十几年坚持不懈的苦练，他的武功出类拔萃，成为秀坑著名的拳师，并经常利用农闲时间在各地开设武馆、传授虎尊拳。

清乾隆初年，张新佑在浙江龙泉一村庄设馆授徒。一次拳馆歇馆，张新佑信步于当地集镇，看见一伙地痞在欺负一个外乡人，他就仗义执言，并击退那伙地痞。外乡人非常感激张新佑，觉得他是一个可信赖的朋友，于是经常到张新佑的拳馆小坐聊天。通过交往，张新佑得知他是个建造木拱廊桥的大木师傅，当时正在此地承建一座木拱廊桥。张新佑有空也常到木拱廊桥工地看望他，并对木拱廊桥的独特结构与建造方式感到新奇。一来二往，两人成了莫逆之交，并约定等木拱廊桥建成后一同回到新佑家乡秀坑，相互传授技艺。由于张新佑是拳师出身，身手敏捷，悟性也高，很快就掌握了"定水"等木拱桥营造的核心技艺。

清中叶，闽浙两省的经济处于一个较好的发展阶段，各地纷纷加大基础设施建设。张新佑意识到木拱桥营造技艺将有较大的市场需求，建造木拱廊桥比开馆授拳更赚钱，而真正掌握木拱桥营造技艺的主墨师傅很少，于是他就转行跟随建造木拱廊桥的师傅四处承建木拱廊桥。

经过几年的跟师实践，张新佑成为一名出色的主墨木匠。清乾隆三十二年（1767年）张新佑主墨营造了寿宁县鳌阳镇仙宫桥，这是张新佑出师后独立建造的第一座木拱廊桥。之后，张新佑又陆续建造了景宁梅崇桥、周宁石竹坑桥、庆元兰溪桥等多座木拱廊桥，足迹遍布闽东北各地以及浙江庆元、景宁、龙泉等地。在清乾隆中后期，张新佑收徒10多位，既有同村子侄也有邻村亲戚，主要有张茂成、张成功、张成德、张成来、张成观、李正满、吴天良等。张新佑将木拱桥营造技艺传承并发扬，用自己的诚信与高超技艺建立起了"下荐师傅"这一著名的技艺品牌。

清乾隆后期至道光年间，以张新佑次子张成德、四子张成来为代表的秀坑张氏木拱桥营造世家群体发展到20多人。他们走出下荐，走出周宁，走出福建，承建了闽浙两省十几座木拱廊桥，进一步扩大了影响。之后的张氏"成""茂"两辈建造木拱廊桥的匠师中，更是人才辈出，例如，第三代传人张成济、张成君、张茂秀、张茂春，第四代传人张茂钰都负有盛名。他们在清嘉庆至光绪年间建造了闽浙两省的千乘桥、何姑桥、刀峭桥、双凤桥、昌梓桥、下坂桥、洋顺桥、渡龙桥、东溪头桥、汤寿桥、杨梅州桥、角门岭桥、梅崇桥、星溪桥、庆澜桥、双龙桥、禾坝洲桥、落岭桥、后山桥、三石桥、泗州桥、百祥桥等20多座木拱廊桥，占同一时期闽浙两省新建重建木拱廊桥的一半以上。由此可见秀坑张氏木拱桥营造世家这一群体在建造木拱廊桥方面的知名度与影响力。

民国年间，以张茂钰子张学昶和孙张明煜为代表的秀坑张氏第五代、第六代又将木拱廊桥的建造推向一个高峰，这两代自清光绪末到1950年间，新建和重建了周宁楼下桥、何姑桥、至德桥、洋头桥、回龙桥、川中桥、古田田地桥、福安水尾桥、永安桥，寿宁杨梅州桥，屏南惠风桥，景宁接龙桥、石砚坑桥等20多座木拱廊桥。

张学昶是周宁秀坑张氏木拱桥营造世家第五代传人。张学昶从小聪明伶俐，深得没有子嗣的伯父张茂秀的喜爱。张茂秀是秀坑张氏木拱桥营造世家第三代传人中的代表，是清末著名的主墨匠师。张茂秀对张学昶视同己出，每次外出建桥回来，用于木拱廊桥祭祀余下的祭品（如瓜果、糕点）总少不了给张学昶留一份。伯父一有空闲，张学昶总能听到建桥中的那些趣闻逸事。张学昶长大后，张茂钰让他跟班做学徒，从最基础的木工学起。经过几年的磨炼，再加上父辈的精心传授，张学昶终于成为一个主墨匠师。1911年，张学昶主墨建造周宁楼下桥，开启了秀坑张学昶、张明煜父子施展技艺的时代。

张明煜是张学昶之子，周宁秀坑张氏木拱桥营造世家第六代传人。张明煜身材高大、体格强壮，要两个人抬的木料，他一个人就扛得起来。张明煜沉默少言、待人友善，总是埋头干活，不与人计较。因此，他一直是父亲张学昶建造木拱廊桥的得力帮手。一般都是张学昶任主墨，张明煜担任副墨，只有活计忙的时候，张明煜才与父亲分开各自独立建桥。由于张明煜常年到闽浙各地承建木拱桥，为了建桥、养家两不误，他常年把家眷带到工地，妻子管伙食，子女也在当地学校读书。

张学昶、张明煜父子是20世纪上半叶秀坑村两代著名主墨匠师，由于技艺精湛，在闽东北与浙西南有着很高的信誉，很多村庄要造木拱廊桥首先找他俩承建。张氏父子也因此积累了许多财富，并在秀坑修建了最气派的房子（后毁于一场全村性的大火），添置了众多的田产。

张氏父子在营造木拱廊桥桥拱时从来不用尺子丈量，而是在竹篾上用指甲掐痕。建造木拱廊桥是一个危险的活计，张明煜一生育有一儿一女，他的儿子和女婿都在建桥时摔伤。因为没有男丁可以继承技艺，张明煜才把木拱桥营造技艺传授给同村的张必珍和邻村的何天佗两位徒弟。张明煜晚年随女儿迁居与秀坑村相邻的屏南东盘村居住，可是他仍牵挂着技艺的传承，在徒弟张必珍建造周宁川中桥时还亲临现场指导，并嘱咐张必珍要将祖传的技艺很好地传承下去。

中华人民共和国成立后，随着社会的发展，木拱廊桥逐步被水泥桥取代，木拱桥传统营造技艺实践大为减少，但秀坑张氏木拱桥营造世家仍然坚持正常技艺传承，并接手少量工程。这一时期主要代表有第七代传人张必珍与第八代传人张昌云、张昌泰、张昌智等。他们参与重建了周宁何姑桥、川中桥、后垅桥、宁德濂坑桥、鱼仓桥，搬迁了屏南清晏桥，修缮了屏南百祥桥等。

2014年，周宁秀坑张氏木拱桥营造世家第八代传人张昌智应邀前往德国雷根斯堡建造木拱廊桥，2015年7月10日廊桥顺利落成。

周宁秀坑张氏世家自"新"字辈始，经"成""茂""学""明""必"到如今"昌"字辈传承不断。

"下荐师傅"建造的木拱廊桥坚固美观，秀坑张氏木拱桥营造技艺名声远扬，闽浙两省需要建造木拱廊桥的村落都慕名而来。由于每年能够建造的木拱廊桥数量有限，而要求秀坑张氏建造木拱廊桥的数量较多，最忙时候要预约排到5年之后才能轮到，因此许多村落都与秀坑张氏签订桥约（即承建合同）。现存有秀坑张氏的承建木拱廊桥的桥约31份，这些桥约也成为现代研究木拱桥传统营造技艺的重要文献资料。

精通大木作的忠洋韦氏

忠洋村地处屏南县代溪镇东南部，山清水秀，人杰地灵。忠洋村能工巧匠层出不穷，特别是做大木（盖房子）的木匠远近闻名。据当地老人回忆，在最鼎盛时，忠洋村"有四五十把斧头活跃于宁德、南平和三明等地"，随着建筑材料的革新，大木作逐渐淡出人们的生活，忠洋村现在仍有木匠师傅20多人。

忠洋村韦氏木拱桥营造世家第一代匠师韦学星自幼聪明好学，有过目不忘的本领，凡所见机巧之事，必能模仿得惟妙惟肖。他10岁时，见锡匠用锡打戒指，回家后，找来材料，模仿工序，不到一个时辰，便为其母制作了一个锡戒指，当时村里人都惊叹他心灵手巧。他对木匠活情有独钟，无师自通，家中的家具均出自他手。民国初年，他家聘请大木师傅盖房子，他帮助打杂。大木师傅见他心灵手巧，做事情干净利落，经常让他干一些力所能及的木匠活。就这样，房子盖完后，他也学成大木手艺。此后，他就开始为别人盖房子，技艺日臻成熟且屡有创新，成为远近闻名的大木师傅。民国35年（1946年），他应邀参建古田县鹤塘镇路上中学，有幸与灵龟村名匠黄玉云共事。其时黄玉云膝下无子,见韦学星聪明肯干,有意将木拱桥营造技艺传授于他。

黄玉云师从鹤塘人称"天师"的名匠。因其木匠技艺高超,只有你想不到的,没有他做不来的,故屏南古田人尊称他为"天师"(意思为"至高无上,不可超越"),久而久之,他的真名反而被人遗忘。据传,"天师"曾于民国初在上海建造24层木塔,技艺巧夺天工,吸引了全国各地的人参观,"天师"由此扬名上海滩。慕名而来拜师学艺的人络绎不绝,而他拒不授徒,想拜师的人由于多次吃闭门羹,都断了这个念头。只有黄玉云常伴左右,极尽孝道,为了侍奉"天师",三十好几还没娶亲。"天师"深为感动,收为义子,将木匠技艺倾囊相授,其中就包括木拱桥营造技艺。

民国37年(1948年),韦学星带领他的弟子建造第一座木拱廊桥——金造桥,时黄玉云年事已高,韦学星以70石大米请他现场指导。金造桥梁书的主墨有四人,分别是黄玉云、韦学星、韦万会、韦春霜。金造桥地势险峻,施工难度大,建成后桥体曲线优美,宛如横跨险壑的一道彩虹,成为漈头村的一道靓丽的风景。漈头村民有感韦学星技艺精湛,特制银斧一把嘉奖。此后,忠洋韦氏木拱桥营造技艺声名远播。

韦学星将木拱桥营造技艺传给徒弟韦万会、韦春霜和儿子韦泽衍。

韦万会、韦春霜和韦泽衍都参与了建造金造桥。金造桥的建造是忠洋村韦氏大木作师徒共同学习、实践木拱桥营造技艺的过程。通过建造金造桥,忠洋村韦氏完整地掌握了木拱桥营造技艺。

1955年,忠洋村韦氏木拱桥营造技艺第二代匠师韦万会主墨建造屏南县代溪镇樟源村樟口桥。

1968年,忠洋村韦氏木拱桥营造技艺第二代匠师韦春霜主墨建造屏南县棠口镇龟潭村龟潭桥。

1970年,忠洋村韦氏木拱桥营造技艺第二代匠师韦万会主墨建造屏南县熙岭乡溪里村溪里桥。

在建造樟口桥、龟潭桥、溪里桥的过程中,韦万会和韦春霜的徒弟韦忠承、韦孝款、韦忠柘、韦顺岭、韦顺托、韦忠枝等参与了木拱廊桥的建造，他们也成为忠洋韦氏木拱桥营造技艺第三代匠师。

韦忠枝和韦顺岭是忠洋村韦氏木拱桥营造技艺第三代重要的匠师，他们从小一起长大，都不喜欢学习，调皮捣蛋，在忠洋村都是出了名的"孩子王"。韦忠枝小学念了三年之后，家里人因其性情顽劣，经常有家长告状，觉得他读书没希望，就按当时农村人的习惯，让他去放牛。17岁时，他拜忠洋大木作名匠韦春霜为师，学木匠手艺。韦春霜的师兄和搭档就是当时屏南远近闻名的大木作匠师韦万会。韦万会发现师弟收的这个和自己儿子韦顺岭一样顽劣的徒弟，心灵手巧，对木匠活很感兴趣，学东西很容易上手。他觉得儿子也不是读书的料，在学校待下去还把他耽误了，索性让他的儿子也来学木匠手艺，与韦忠枝做伴，学成之后混口饭吃还是比较容易。韦顺岭和韦忠枝做木匠活都有很高的天赋，常常在一起探讨，改进技艺，大有青出于蓝而胜于蓝之势。3年后，他们已经可以独当一面。他们各有所长，技艺互补，韦顺岭善于木构古建装修，尤善于雕刻花草树木，而韦忠枝善于木构古建框架。他们配合无间，渐渐从忠洋韦氏第三代木匠中脱颖而出。

1968年，韦顺岭和韦忠枝随师傅韦万会、韦春霜建造龟潭桥，为建桥副墨；1970年建造溪里桥，为副墨。

1970年之后，随着交通改善，大量公路桥出现，木拱廊桥停止建造。虽然没有可建，但他们的大木作技艺已经名声在外，工期排得满满的。他们主要的活计是建造传统木厝、宫观寺庙、亭台楼阁，足迹遍及宁德、南平和三明等地，陆续建造玉山白石洋头猛天庄王殿、三宝殿、南平安丰桥妈祖庙、忠洋花桥、王家庄洋尾亭花桥、秀溪村佛殿、福善村祠堂、鹤塘溪边祠堂等。其中王家庄洋尾亭花桥因结构独特，造型美观，被人们誉为花桥中的精品。

2010年，他们建造的金造桥模型，被屏南博物馆木拱廊桥展示厅收藏。2010年6月18至21日，韦忠枝和他的金造桥模型还参加了第三届海峡两岸（厦门）文化产业博览交易会，展示木拱桥传统营造技艺，获得好评。

林世禄是韦氏木拱桥营造技艺第四代匠师。林世禄是屏南县路下村人，18岁开始学习大木作，参加过屏南、古田、宁德、南平等地庙宇、宗祠、房屋、桥梁等大型木构建筑的建造。他坚信这种状似彩虹的木拱桥以其美观的外形和休闲功能，一定会在山水园林式的新农村建设中再一次大放异彩。2009年他向韦顺领拜师学艺，学习木拱桥传统营造技艺。

林世禄2014年主墨建造屏南县长桥乡后墘村长安桥（石拱木廊桥）；2015年主墨建造屏城乡厦地村厦地桥（木拱廊桥）；2016年主墨建造屏南县路下乡凤林村凤林桥（石拱木廊桥）；2017年主墨建造屏南县屏城乡里汾溪村里安宁桥（石拱木廊桥）；2018年参加"福建省第十届老建会"开幕式18.3米木拱桥搭建；2020年搭建宁德市非遗展木拱桥；2023年主墨建造屏南县路下乡富塘村永济桥（木拱廊桥）。

林世禄还多次参加木拱桥传统营造技艺进校园、社区、乡村等非物质文化遗产宣传展示活动，成为屏南县新时代木拱廊桥传统营造技艺传承与实践的中坚力量。

随着社会的发展、乡村振兴的推进，木拱廊桥作为乡村重要节点建筑的作用重新得到认可，忠洋韦氏木拱桥营造技艺也将在乡村振兴的进程中重新焕发光彩。

廊桥之乡廊桥梦

◎ 卢彩娱

木拱廊桥是寿宁山居文化的代表作品，承载着山地民众勤劳智慧、团结向善的精神风貌。木拱廊桥横跨在寿宁绿水青山间，独领风骚，为这方山水增添了厚重的文化色彩。小桥流水，溪流潺潺，桥通路，路通村，绘就了一幅祥和静美的山居立体画卷。走进寿宁，宛如走进一本内容丰富、异彩纷呈的奇书里，每一章都给你带来惊奇，每一页都给我们带来视觉和心灵的震撼。

桥之乡，长桥卧波

廊桥是劳动人民实践和智慧的结晶。寿宁被誉为"世界贯木拱廊桥之乡"，每个乡镇几乎都有廊桥。寿宁木拱廊桥的存在亮点突出，一从数量上讲，是全国迄今以县为单位的区域内廊桥数量最多的地方，目前还在发挥作用的有包括鸾峰桥等19座。二是从年代序列上讲，寿宁木拱廊桥从清乾隆、嘉庆、道光、同治、光绪至民国时期，乃至中华人民共和国成立后还在建造，这在全国极为罕见。三是下党鸾峰桥拱跨37.6米，是全国现存木拱廊桥单拱跨度最大的。四是寿宁廊桥群分布集中，县城在不到3千米的蟾溪上就有4座木拱廊桥，这在全国都是少见的。五是桥内人文资料丰富，寿宁县博物馆收藏的清代造桥桥约为国家二级文物，为国内仅见。桥约的发现，填补了相关史料的空白，为研究贯木拱廊桥的建造史提供弥足珍贵的实物史料。六是寿宁木拱桥传统营造技艺已传至第九代，近些年来，新建木拱廊桥20多座。

建一座桥，费钱费力，村民们"有钱出钱，有力出力"。对于村民们来说，捐资修桥不仅是为了解决交通问题，更是祈福积德的善举，廊桥成了村落重要的精神图腾。

廊桥集山、水、屋、桥于一体，廊屋造型多样，装饰手法丰富灵活，既美观又实用，留下许多文人墨客佳作。各类桥记、题字、楹联、诗赋、雕刻、廊画、书法极其丰富，记载了千百年来的寿宁地方文化。

廊桥集亭、台、楼、阁于一身，造型优美、典雅、古朴。寿宁廊桥的屋檐工艺丰富多彩，衍生出许多桥廊工艺文化。有的是牌楼式屋顶，有的是双面坡屋顶，有的屋顶蹲着石狮，有的屋顶上是腾飞的巨龙……这些屋顶它不仅保护了廊桥不被风雨剥蚀，更增添了廊桥的景观，集中反映了古代木匠的卓越技艺。就连廊桥上采光、通风的窗花，工匠们也是费尽心思，精心打造，花瓶式、扇形、蒲扇形、圆形、五星形、正六边形等等，下足了功夫。

情系廊桥，守望匠心

《诗经·小雅·伐木》有"伐木丁丁，鸟鸣嘤嘤"，每当读到这，我们就会想起那些一辈子以手艺为生的廊桥工匠们。他们那种心无旁骛，专心致志，在漫长的时光里忍耐着冗长单一劳作的形象，平凡而伟大。建一座木拱廊桥，对于一个村落来说是百年大计，它是一个乡村兴旺、宗族发达的交通命脉。而对于造桥的工匠来说，它更是一次展示技艺的机会，它关乎一个造桥家族的名声与荣耀，所以廊桥工匠们每造一座桥必是全力以赴、竭尽所能。造桥的工匠被称为"绳墨"

或"主墨师傅"。主墨师傅是一座木拱廊桥的灵魂，掌握着木拱廊桥的工艺秘籍。木拱廊桥结构构件的尺寸、节苗的长度、拱架的角度、牛头的形状，都由这位主墨师傅进行设计的。

建造一座廊桥，从定位、备料、开工、营造到竣工，工序多，内容杂，没有图纸，没有先进的仪器，没有起重设备，没有铁钉钢架，整个过程都只凭借师傅的经验和判断。在自己手中建造起来的廊桥要经过无数风雨的考验，造桥师傅不仅要精准的设计、熟练的木工，更重要的是要有"桥在心中""桥在山中""桥在水上"的全局观。我们知道，在古代是没有脚手架的，如何在离水面二三十米的高崖深涧之上建起廊桥，对于工匠们来说是一个巨大的挑战。在长期实践中，工匠们发明了由3根木头组成的水架柱来解决这个问题。工匠们像武林高手一般，在几十米高的水架柱台面上作业，来去自如，看得旁观者心惊胆战。

在寿宁，最负盛名的桥匠是坑底乡"徐郑世家"。据史料记载，清嘉庆六年（1801年），小东村造桥工匠徐兆裕造小东上桥，这是徐郑造桥世家关于造桥的最早记载。徐家的造桥技艺传至第五代徐泽长之后，已无后人从事造桥行当，于是将技艺传给表弟郑惠福。郑惠福传给儿子郑多金，郑多金传艺胞弟郑多雄，郑多雄传给儿子郑辉明。至今，造桥技艺传承已传到第九代，历200多年。

在200多年里，徐郑世家造桥无数，其中包括10多座跨度超过30米的木拱廊桥。这一世家的历代匠人中，留下最多历史痕迹的当数郑惠福和郑多金父子。从1939年到1967年，父子两人足迹遍布闽浙交界各县。寿宁的多座廊桥，都留下了关于郑氏父子的记载。福安市潭头镇潭溪桥桥梁上，至今还存有墨书"寿邑东山楼村木匠郑惠福、郑多金"。郑多金19岁时，开始跟随父亲学艺建桥。学艺之初，郑多金每天要花大量的时间练习砍、劈、削、弹等基本功，到了晚上，整个手臂肿疼得厉害，但他咬牙坚持，建造技艺日臻成熟。郑多金协助父亲修建了11座木拱廊桥，足迹遍布闽浙边界各地。郑家父子凭着一手木工绝活，成为远近闻名的造桥巧匠。2001年，央视十套《探索·发现》栏目组到寿宁为《虹桥寻踪》专题片取景，慕名拜访了郑多金，并请他准备木料在小东村的小溪上，用传统营造技艺搭建一座木拱廊桥。郑多金仅用6天时间，便搭建起了一座廊桥的雏形。

2006年开始，郑多金弟弟郑多雄师从郑多金学习建造廊桥。经过多年的学习和实践，郑多雄的建造技艺不断进步，成为寿宁县传统木拱廊桥营造技艺省级传人。谈起艰辛的学习过程，郑多雄说："要学造桥工艺，没有吃苦耐劳、持之以恒的工匠精神是不行的。"

2021年，郑多金、郑多雄两位师傅先后去世，传承的任务落到了郑多雄儿子郑辉明身上。郑辉明是一位"80后"，人们都叫他"小郑师傅"。2023年上半年，第一次作为主墨师傅的郑辉明，完成了浙江泰顺的泗溪横坑德贤桥的建造。

郑辉明说："大伯跟父亲曾对我说，做桥一定要心好，不能为了尽快完工就糊弄。大家建一座桥不容易，自己苦一点没有事，首先要保证的就是质量。"所以，他和祖辈们一样，认真而虔诚地完成造桥过程的每一道工序。位于坑底乡水绕洋村的秀水桥，是郑辉明和父亲合作修建的最后一座桥。走在秀水桥上，郑辉明说："走到桥上就能想起很多往事，看见我们摸过的每块木板、每根柱子，里面有我们的汗水，有我们的心血。从山上取木头，到成品，到安装，每个环节都历历在目。"十几年与高角架、斧、锯打交道，郑明辉说："造桥辛苦，也很危险，但我知道，这不仅仅是一个谋生手艺，这是祖传的技艺，必须把它传承下去。"

干了一辈子木工活、年逾70的吴宗善老人也是木拱桥技艺市级传承人之一。他2012年开始跟郑多雄学习造廊桥，到现在已经主墨了7座廊桥。他主持建造的寿宁县大安乡泮洋村龟湖桥美观、实用，每天参观者络绎不绝。

生长在廊桥之乡的"90后"李振从小就对廊桥感兴趣，后来上大学选择的专业是土木工程，研究方向是桥梁与结构工程。毕业后，他结识了郑多雄，并经常到工地上学习最基础的廊桥营造技艺。他虚心拜师学艺，成长为宁德市木拱桥传统营造技艺代表性传承人。说起家乡的廊桥和闽浙地区木拱桥技艺，他如数家珍。他说，木拱廊桥在千百年的实践中形成了非常完备的架构体系，里面不仅有科学的受力系统，而且每座廊桥上都打着中华传统文化的烙印，里面包含着"天人合一""相生相克"等中国传统哲学思维，也包含着来自民间的生活智慧。"木拱廊桥结构里有'三节苗''五节苗''剪刀苗''青蛙腿'等说法，很形象也很贴切，就是造桥师傅们用简单易懂的生活经验来命名的。"

祖祖辈辈的寿宁匠人倾注了毕生的心血，进行着一场跨越千百年的漫长接力，专心致志，一步一个脚印。一座座廊桥在他们手中建起，一道道彩虹耸立在青山绿水间，成为永不消失的家国乡愁。

执着守护，"桥痴""桥迷"在行动

在很长的一段时间里，廊桥是"藏在深闺无人识"，古廊桥的存在究竟有多少价值，当时也许只有龚迪发等人知道其中的分量。1994年，作为寿宁县文化馆工作人员，龚迪发陪同华侨大学建筑系副教授方拥考察寿宁木拱廊桥。正是这次调查使龚迪发开始了他的木拱廊桥"发现之旅""寻根之旅"。而正是因为他在以后的20多年时间里，对廊桥文化挖掘与保护的执着，人们给了他一个特别的称号——"桥痴"。

1995年起，龚迪发开始利用工作之余对寿宁境内的木拱桥进行实地考察，走遍闽浙边界的100多座木拱桥。其间不知走了多少路途，翻越了多少高山，也不知走破了多少双鞋子。考察、研究闽浙廊桥的同时，龚迪发还致力于木拱廊桥的保护工作。2001年，寿宁县要修建牛头山水库，张坑桥与长濑溪桥位于淹没区内，因不是文物保护单位，面临被淹没的命运。龚迪发多方奔走，强烈要求迁建这两座古桥。2年多的时间里，龚迪发等人向各级政府部门发出了17份文件，为古廊桥的保护与重生做出了艰难的争取。在他的努力下，有关部门同意了迁建，龚迪发"救桥"成功。2003年，经过龚迪发与有关部门的努力，张坑桥与长濑溪桥在内的19座木拱廊桥被列为县级文保单位。20多年来，龚迪发还参与《宁德市虹梁式木构廊屋桥考古调查与研究》的课题研究。2013年，他撰写了《福建木拱桥调查报告》，通过大量史料，从技艺传承、文化习俗、保护管理、人文内涵等维度对福建省木拱廊桥概况进行了较为全面的介绍。

龚建是继龚迪发之后的又一位"桥迷"。自2009年担任寿宁县博物馆馆长，十几年来，他访遍了寿宁境内廊桥，熟悉每一座廊桥的形态和现状。他爱好摄影，拍摄下了几万张寿宁境内不同季节、不同气候里不同廊桥的不同风姿。担任馆长以来，他积极争取资金，对寿宁县境内所有廊桥进行了修复并整治廊桥周围环境。维修过程中，工程队经常会遇到技术上的难题，他发挥所长，提出指导意见，工人们都称他"龚师傅"。在"国保"鸾峰桥维修过程中，他敏锐地发现一边乱毛石干砌桥堍空鼓，如不修复，将有倒塌的危险。他立即报请上级，及时修复。

廊桥是寿宁传统文化的一个代表，也是百姓生活的一个重要组成部分，热爱廊桥、爱护廊桥早已成了普通百姓的自觉行动。王维见担任下党村鸾峰桥守护员已有好多个年头。每天清晨，他的身影，便会如约出现在桥上，保洁、巡查，总是认真细致。他说："保洁、防火、防损，每天都在这桥上桥下巡着。""这样精心呵护，就是为了让这座陪伴了村民几百年的古廊桥，更完整地保存下去。"

近年来，寿宁县委、县政府高度重视木拱廊桥的保护工作，加大资金投入和宣传力度，出台了《古廊桥保护和开发实施细则》，对每一座廊桥，该县划定保护范围，完成周边环境整治，聘请廊桥保护管理员，按照属地管理原则，以签订安全责任状的方式，落实木拱廊桥保护责任主体。

2021年，寿宁县在犀溪镇建成福建省首座廊桥主题博物馆。廊桥博物馆分为"序厅""廊桥流韵""前世今生""匠心技艺""桥俗文化""时代传扬"和"结语"等7个部分，系统展现中国廊桥的技术特色与文化魅力，给游客留下了难忘的印象。

　　山、水、桥、林，这是一幅充满田园风光和浓郁山居风情的立体画卷。古老的廊桥，站立在山城的年华里，宛如一座座丰碑，令人感念，令人赞叹。感谢先人的创造，让我们能倾听千百年来山居文明传扬而来的永远赞歌。

走进"编木"世界

◎ 吴文胜

"画桥虹卧汴河渠,两岸风烟天下无。满眼而今皆瓦砾,人犹时复得玑珠。"北宋年间,在京都开封汴河上,一座气势磅礴的木结构"无脚桥"凌空而起,飞架两岸,宛如长虹卧波。桥上游客如织,商贾往来、熙熙攘攘;桥下绿水碧透,百舸争流、货物进出。一座汴水虹桥为繁华的京都增添无限神韵,引得张世积等无数文人墨客留下大量的千古名句。

画家张择端的《清明上河图》记录下北宋开封的繁华胜景,更为后来人留下一座饱含古代桥匠智慧的汴水虹桥。《清明上河图》为中国十大传世名画之一,汴水虹桥无疑是全画的画眼。"其桥无柱,皆以巨木虚架,饰以撒,宛如飞虹。"宋代孟元老在《东京梦华录》中对汴水虹桥的材质、结构与名称做了精练的描述。这种"无脚桥"即为"编木为梁"的木拱廊桥。宋元祐五年(1090年),一座五墩六孔的木拱廊桥万安桥在闽东屏南横空出世。紧接着,屏南的千乘桥、百祥桥、龙井桥、广利桥以及古田的汤寿桥,柘荣的归驷桥,闽清的合龙桥等木拱廊桥如雨后春笋般破土而出。至明清年间,木拱廊桥成为八闽大小河流上必备的交通工具。

明代陈世懋在《闽部疏》中感叹:"闽中桥梁甲天下,虽山坳细涧……上施榱栋,都极壮丽。初谓山间木石易辨,已乃知非得已。盖闽水怒而善崩,故以数十重重木压之。"清代周亮工赞道:"闽中桥梁,最为巨丽,桥上建屋,翼翼楚楚,无处不堪图画。"由此可见福建山险河壮。众多的木拱廊桥在承担起通行功能的同时,争相展示如虹凌空的身姿,成为八闽大地上一道亮丽的风景线。

随着时间的推移,众多木拱廊桥毁于台风、水灾或火患,一部分在城镇化建设的隆隆声中倒下。经过历史长河的大浪淘沙,曾经盛行于祖国大江南北的木拱廊桥濒临"消亡"。所幸经桥梁专家唐寰澄等一代代专家学者的深入挖掘,古老的木拱廊桥又在闽浙交界的寿宁、屏南、周宁、政和、泰顺、庆元、景宁等地重现天日。以屏南、寿宁两县为主申报的"木拱桥传统营造技艺"被联合国教科文组织列入《急需保护的非物质文化遗产名录》。

一

1953年,《清明上河图》在北京故宫博物院绘画馆内展出,如潮的看客只为一睹中国十大传世名画的风采,却没有人发现,这幅古画隐藏着的一个千年秘密。

1954年冬,年轻的桥梁专家唐寰澄驻足画前,他那敏锐的目光,很快就锁定在画中的"汴水虹桥"上,一种从内心涌起的激动与喜悦之情溢满他那张英俊的脸庞。他发现虹桥拱架系统结构的独特性,认定其为"一座西方世界中所没有、唯独存在于中国的特殊木拱桥'虹桥'"。

查阅,考证,对比,分析,计算,复原……唐寰澄马不停蹄地结合现场考察展开研究,并撰文。"这一发现填补了11世纪木拱桥历史的空白"。桥梁专家梁思成惊喜之余推荐该文刊载于《新观察》杂志。桥梁专家罗英将唐寰澄的研究成果收入《中国桥梁史料》。

那么,年轻的唐寰澄究竟发现了什么秘密呢?他发现"汴水虹桥"

的拱架系统并不是普通的伸臂式，或更高一级的叠梁式，也不是技术含量较高的斜撑式或八字撑式，而是由两组拱架系统，经过上下穿插、别压、咬合而形成一种稳固的前所未闻的系统。

1955年，唐寰澄将这个拱架系统称为"叠梁拱"。之后，经过一系列的考证和计算，取古籍"叠石固其岸，取大木数十相贯"之句，定名为"贯木拱"。唐寰澄的发现轰动学术界，寻找现实中的"汴水虹桥"成为国内外桥梁专家学者及爱好者的梦想，但在之后相当长的一段时间内"找不到"实物桥。人们一度认为，"汴水虹桥"的拱架技术已经失传。让人意想不到的是，人们并非真的找不到实物桥，而是多次与实物桥擦肩而过。1959年，罗英编著《中国桥梁史料》收入唐寰澄"汴水虹桥"研究成果的同时，还收入屏南的千乘桥、金造桥和忠洋桥等三座木拱廊桥。只是，专家们实在无法将这三座来自偏远山区带着泥土气息如"丑小鸭"般的木头桥，与汴京如天鹅般的"汴水虹桥"联系在一起。事实上，这三座桥拱架系统的结构与"汴水虹桥"如出一辙，正是他们苦苦寻找的实物桥。

1979年11月，桥梁泰斗茅以升主编的《中国古桥技术史》第二次编写工作会议在北京召开，会议听取"叠梁拱——虹桥"的理论分析报告，并进行讨论和交换意见。次年10月，第二次编写工作会议在杭州召开，部分专家考察了浙南木拱廊桥。接着，专家们在闽东北"发现"木拱廊桥。至此，桥梁界普遍认为，闽浙边界的木拱廊桥与"汴水虹桥"的拱架结构基本一致，虹桥拱架技术尚流传于闽浙边界地区。尘封900多年的虹桥拱架技术浮于水面，闽浙木拱廊桥由此揭开神秘的面纱。"在世界桥梁史中绝无仅有的木拱桥。"这既是桥梁泰斗茅以升对唐寰澄"惊天发现"的赞赏，对众多专家学者研究工作的肯定，也是对中国木拱廊桥文化的自信。

1986年5月，《中国古桥技术史》由北京出版社出版，收入福建屏南千乘桥、龙井桥，浙江云和梅崇桥、泰顺仙居桥等木拱廊桥。专家们顺藤摸瓜，木拱廊桥全国调查活动拉开序幕。

二

翻过一座座山，越过一道道岭，跨过一条条河。专家们跑遍大江南北发现古代木拱廊桥仅存110多座，遗存地主要集中在闽浙交界的偏远山区，北至温州、丽水，南达福州，东邻沿海，西入武夷，南北距离仅200多千米，分布圈小，数量少，危桥多，挖掘、抢救、保护工作迫在眉睫。

统计显示，闽东古代木拱廊桥55座，占全国总数的一半。其中，寿宁19座，为古代木拱廊桥最多的县份之一。屏南13座，集单拱、双拱、多拱古代木拱廊桥于一体，为样式最齐全的县份。寿宁与屏南两县古代木拱廊桥的总量占宁德市的三分之二，保护工作任务重、责任大，重点工作也在两县展开。营造技艺失传就谈不上保护，连维修也举步维艰，而技艺就掌握在桥匠的手上，寻找桥匠成为木拱廊桥保护工作的第一步。

木拱桥传统营造技艺传承千年，主要以家族或师徒的方式进行传承，找到一位桥匠就意味着找到一个造桥家族。从2001年开始，寿宁桥匠郑多金的郑氏家族、屏南黄春财的黄氏家族、周宁张昌智的张氏家族等闽东传承百年或五代以上的造桥家族先后被挖掘出来，走进公众视野。郑多金与黄春财被列入国家级传承人名录，闽东木拱廊桥成为可再生产的"活态汴水虹桥"，堪称"古老概念的现代遗存"。

找到桥匠，木拱桥传统营造技艺申报世界"非遗"工作随之展开。2008年9月，宁德市启动以屏南、寿宁为主的"木拱桥传统营造技艺"向联合国教科文组织申报"急需保护的非物质文化遗产项目"工作。2009年2月，"木拱桥传统营造技艺"参与全国备选推荐申报"急需保护的非物质文化遗产"11个项目的激烈角逐，成为当年中国向联合国教科文组织申报的3个项目之一。同年3月，申报文本送往北京参加初审被否决，理由是"申报文本出现方向性错误"。有错就改，逐一突破。申报小组经过一番奋战，项目终于脱颖而出。

第二阶段的申报工作在提升申报材料、展示营造技艺和制作宣传册等三大环节中展开。如何将桥匠用方言所描述的木构件名称、营造技艺、桥梁习俗，用普通话准确地表述出来，成为一件棘手的工作。屏南县组织桥匠黄春财修建十锦桥，为"申遗"工作提供影像资料，并加班加点制作出《屏南木拱廊桥》宣传画册3万多份。

2009年2月5日至23日，"中国非物质文化遗产传统技艺大展"在北京农业展览馆举行，著名桥匠黄春财父子三人应邀现场搭建木拱廊桥模型，展示传统营造技艺。组委会推荐黄春财父子参加央视《探索·发现》栏目特别节目《中国手艺》。高规格的展示活动提升了木拱廊桥的知名度，为"申遗"工作营造出良好的舆论氛围。

第三阶段是向联合国递交申报材料，先用方言介绍木拱廊桥木构件、营造技艺、桥梁习俗等，再翻译成英文，但联合国非遗司专家表述他们所理解的意思，却完全偏离了方言的原意。虽经双方努力沟通，但始终无法让他们掌握准确的方言信息。最终在宁德师院外语系教师的帮助下，经过反复磨合，才形成一份满意的英文版申报材料。评审最后阶段，联合国非遗司专家针对申报材料提出28个问题，只要答错一题，申报工作便前功尽弃。申报组成员们从下午忙碌到晚上，解答完27个问题。

"核心技艺是什么？"这是专家组提出的最后一个问题。

"榫卯结构。"申报组成员经过一番谨慎的讨论后做出回答。

"不对，所有的木构建筑都是榫卯结构。"

"不用寸钉片铁。"

"不对，古代许多木构建筑都不用寸钉片铁。"

"相对较短的木构件，逐节延伸，实现大跨度廊桥的建造。"

"不对，石拱桥技术采用更短的构件，实现了相对更长的跨度。"

"叠梁拱技术。"

"不对，伸臂廊桥也有这项技术。"

"木拱廊桥技术。"

"不对，石拱廊桥技术应该更成熟、更古老。"

……

至此，申报组成员都知道核心技术就藏在木拱架里，却苦于找不出准确精练的表述文字。时间一点一点地流逝，答案一次一次被否定，时值寒冬，现场申报组成员个个都紧张得直冒汗。虽然夜已深，但是时任屏南政协主席周芬芳还是硬着头皮拨通文化部专家的电话。通过紧张的咨询，分析，讨论，总结，提炼，申报小组再次向联合国非遗司专家递交了答案。

"贯木拱技术。"

"'贯'，贯穿；'拱'，隆起。基本能表达申报文本所陈述的'上下交叉，穿插别压，相互承托，挤压咬合，逐节延伸，形成大跨度木拱架'的大致意思，但还没能阐明如何'交叉'与'咬合'。"

答案再次被否决，刚刚还信心十足的申报组成员，瞬间都像泄了气的气球一样。

"上下交叉，穿插别压……"这不是织毛衣吗？望着疲惫不堪的申报组成员，周芬芳信口调侃道。

"对，编织技术！"申报组成员们几乎异口同声欢呼起来。用"编织"两个字来阐释贯、拱、叉、插、压、合、伸等技术，真是太绝了！木拱架核心技术正是"编木技术"，木拱架的结构就是"编木结构"。

……

这真是一项惊人的发现，拥有数千年历史的古代编织技术被先民运用于木拱桥的建造，即，将无法弯曲的刚性木构件，通过榫卯连接的方式，进行上下穿插，巧妙编织，既实现逐节延伸的大跨度建造，又达到两组系统相互咬合、共同承载受力的目的。可以说，这是从树枝、竹子、藤条、线绳等"软编织"技术到木、铁、钢等"硬编织"技术的一次历史性飞跃。其具体演化过程可推测为：篱笆—篓筐—篾席—绳索—线衣—布料—编木拱架—"鸟巢"……举世闻名的北京奥运城"鸟巢"，正是现代钢编织技术的典范。

2009年10月1日，以中国宁德市屏南、寿宁两县为主申报的"木拱桥传统营造技艺"被联合国教科文组织列入《急需保护的非物质文化遗产名录》，成为闽东首个世界非物质文化遗产项目。

三

木拱廊桥因营造技艺的繁复与施工的难度，被赋予神性。

廊桥不仅供行人驻足休息，也是村民聊天、聚会的休闲据点。桥上设有神龛，是村民祈福的场所。村民们常在桥上议事论事、排戏习武、协调邻里纠纷、解决大小事件，还开展品酒斗茶、走桥祈福等活动。

廊桥还是文人墨客吟诗作画、举办沙龙的场所。漈下村飞来庙残墙上留下的古壁画，记载了清末飞来庙旁水尾桥上来自古田、宁德、福安等县的郑文堂、张方清、甘炳琨等文人墨客的一场文艺沙龙。

建造一座木拱廊桥，从董事会通过日起，相关的选址择日、南山伐木、祭河开工、月福礼仪、编织拱架、上梁喝彩、诵经开走、分发福钱等桥事桥俗活动随即铺展开来，整个乡村都处在如过年般的热闹节庆氛围中。一座座轰然倒下的木拱廊桥，不仅只是桥的本体，还有相关的桥事、桥俗、桥匠以及营造技艺等皆随着桥的倒下而消失。因此，木拱廊桥不仅是一座现实生活中的桥，还是村民们公共的精神文化空间。

四

木拱廊桥传统营造技艺申报世界"非遗"获得成功，闽浙两省对桥本体申报世界文化遗产信心倍增，木拱廊桥本体"申遗"序幕由此拉开。

2012年11月，国家文物局将以万安桥为龙头的闽浙7个县具备条件的22座木拱廊桥列入中国世界文化遗产预备名录，其中福建12座、浙江10座。屏南万安桥、千乘桥、龙津桥、广福桥、广利桥等5座，寿宁鸾峰桥、杨梅州桥、大宝桥等3座，两县共8座，占全省的三分之二。入选的每座廊桥各领风骚，背后都有一个迷人的故事，展现出闽东多彩多姿的木拱廊桥风采。

万安桥，位于屏南县长桥古镇，五墩六拱，长98.2米，为全国最长的古代木拱廊桥。桥墩上碑刻记载其始建于宋元祐五年（1090年）九月，不愧为"申遗"第一桥，木拱廊桥中的巨擘。"千寻缟带跨沧洲，阳羡桥应莫比幽。月照虹弯飞古渡，水摇鳌背漾神州。"清贡生江起蛟题咏万安桥的诗句，让阳羡桥逊色。

鸾峰桥，位于寿宁县下党乡，始建于明代，单拱，桥长47.6米，宽4.76米，拱跨37.6米，为全国拱跨最大的古代木拱廊桥。相传造桥时因拱跨大，水流湍急，多次受阻。一日，桥底巨石忽然开裂，积洪排泄，施工一帆风顺。下党《王氏家乘》记载："三月间桥下双岩忽然开裂传有神助。"桥上保留有大量的毛主席语录，成为一个火红年代的印记。

千乘桥，位于屏南县棠口古镇，始建于宋，一墩二拱，长62.7米，宽4.9米，墩呈鸡首高歌状，全桥恰似雄鸡展翅。桥头立四通清代碑记，记载自宋以来历次重建、"两河伯争长"及捐款芳名录。"千峰历历耸晴空，十里金台一径通。涧绕东西交二水，桥横上下跨双虹。"清乾隆年间，庠生周天玉对二水交汇、飞桥倒影的千乘桥的吟诵，让无数人为之向往。

杨梅州桥，位于寿宁县杨梅州村，始建于清乾隆五十六年（1791年），长42.5米，宽4.2米，拱跨33.75米。其古为浙南至寿宁通往闽北接赣东南的交通要道，今为省级风景名胜区杨梅州风景名胜区木拱桥群重点廊桥之一。"一水中流现明镜，两岸对峙绚彩虹。"一副楹联道尽杨梅州桥水之清澈，桥之优美。

龙津桥，位于屏南县后龙村，始建于清初，长33.5米，宽4.5米，拱跨23米，两岸危岩耸立、古树参天。"山环水转疑无路，隐隐虹桥跨水滨。两岸绿阴村树合，行人到此尚迷津。"清拔贡张宗铭一首《桥锁龙津》诗，将一幅由村树路桥构成的山居水墨画铺展开来。

大宝桥，位于寿宁县小东村，始建于明朝，长44.55米，宽4.6米，拱跨32.47米，廊屋施粉墙，上彩绘，曾多次毁于水患。清光绪年间重建时，桥匠在一侧桥墩设计倒V字形分流石砌桥墩，在桥头设计U

字形泄洪口，之后，又经多次大水，皆安然无恙。大宝桥亦为杨梅州风景名胜区木拱桥群重点廊桥之一。

广福桥、广利桥，均位于屏南县岭下古村，相距不足800米，最后一次重建时间仅相差30多年，外形上皆属于屏南境内不多见的全封闭式木拱廊桥，为国内现存为数不多的姐妹桥之一。广福桥，始建于元代元统元年（1333年），长32米，宽4.8米，单孔跨度26米，桥面上铺卵石。广利桥，始建于宋，长30.5米，宽4.5米，单孔跨度20.6米。桥头有千年古寺，两岸红豆杉、柳杉、水松等名木古树参天。

2017年，闽浙两省签署《中国闽浙木拱廊桥保护与申遗联盟协定》。生产性保护得到重视，双龙桥、进贤桥、横山桥、登云桥、屯福桥、濛洲桥、文兴桥，以及台湾省南投桥、德国雷根斯堡桥等一座座重建或新建木拱廊桥拔地而起，相关桥事、桥俗、桥匠以及传统营造技艺等得到"活态"保护。"申遗"的脚步声如桥下潺潺的流水声，变得悠扬动听。

2019年，寿宁、屏南、泰顺等申遗7县联合举办闽浙木拱廊桥全国高校巡回展。巡回展吸引众多有志之士参与申遗工作，助推闽浙木拱廊桥走出大山，走向全国，走向世界。12月8日，万安桥两岸村民举办古老的"盘诗·射箭"传统贺桥习俗活动。鸟铳三响，鞭炮开路，鼓乐齐鸣，两岸村民载歌载舞，带着古老气息的桥俗活动醉了两岸人家，醉了大地。

诗意廊桥

旅　次

◎ 何向阳

旅　次

呵，旅行者的家
你给我屋顶
你给我
一个远足者
该有的
难得宁静
让我驻留
回到水上
坐听鸟鸣

我坐过的地方
必有人片刻休整
我站过的窗口
必有人在此伫立
沐浴春风

他是一个樵夫
还是一位诗人
或者两者兼有
都不重要
我依稀看见他
隐身山野
编木为虹

百年前
那人留下的
神龛
仍然护佑着
叠嶂峰峦
当我起身
风如猛虎
呼啸着下山
雨声渐次低沉
潜入溪水
深层

心　廊

你用双手
比做心的形状
那搭起来的
爱之长廊
拒绝哪怕一枚
铆钉

犹如爱
从这里到那里
放不下一寸铁
成就它的
只是柔韧的木
来自林野
也如那爱的双手
成就它的
只能来自于心之
热血

宁德廊桥　架在河上的哲学（外一首）

◎ 罗振亚

千乘　广福　万安　龙津
寿宁　鸾峰　仙宫　升平
几十张微笑的面孔
诗意表情里都写满祈福

它们一面手牵温暖的家
一面通向远方鲜嫩的乡愁
望着几百年静立不动的廊柱
河水中总有辩证法流出

工匠笔下卧伏的彩虹形体
和休憩路过的老少男女
还有两边山上婆娑的树影
在闽东竖起一部部不止风景的书

脊梁弓着才有力量
河里的鱼比大海的鱼更懂得坚忍

翻看哪本书的哪一页
都会有一群智慧的鸟飞舞

漫步万安桥边

少年奔跑的问候
猛然撞醒远山
谁家的端庄少妇
正在桥上和河水一道梳妆
老祖父咳嗽的拐杖
一声声叩问清晨的石板
天空的眼睛又眨了眨
村庄就是几辈子
穿长衫的明清　戴礼帽的民国
一个一个地过着桥
疯长起的别墅楼
遮挡住茅屋两三间

几只白鹭掠过水面
嘴上衔着春的消息
不知从哪个朝代的窗口
飘出的一条红丝巾
随风定格在流动的画中
山外　已是春天

或许时空

◎ 林秀美

或许时空　　就是龙江流淌的水

季风是两岸最出色的画家
用河水泼墨
春天的远山随笔峰驰骋
长桥村的天空
留下一枚落日的红印

站在面前　　沉默不语
传说中的万安桥
谁能看见隐藏的疼痛
和那场惊天动地的火光

一天里　　春秋各异

这是我们的乡土　　是乡土中国的部分
骄傲和遗憾构成不可分割的家园

万物有序　遵从于某种规则
春天里的事物　经过四季反复磨炼
大风吹过长桥村的河流　山庄
那些苍茫抑或沉重的影响
那些从容抑或绝望的细节
在时光里　欲言又止

沉寂中的万安桥
每一根木头　每一片瓦
都收藏不同的声音
欢快的，尖锐的，痛苦的……
因为时间
所有的声音　都是不可替代的表达

要经历多少失去啊
我们　才能学会认真低头
认真地爱惜自己

造 虹 术

◎ 汤养宗

致敬闽东十万大山里那一座座古廊桥

一座木廊桥落成,十万大山
便纷纷转过身,改变了坐向
大山无路,有人的地方就有过不去的
彼岸,就有一遍遍的问
群山绵绵,像谁的真身,也像
命里的虚像,没有什么可搬动,最后
落实成步法与天堑的对立
开头是造虹的梦,尔后很具体
在对大山动的心念里把根根木头
勾连出横空出世的对接
众多的榫头与卯眼,比人心的一问一答
更纠缠,木头们十指相扣
心怀大寂,又有笃定的托付
而追究人世是不是到此就没了去处
所谓延续的话题从来是门绝技

山涧的冲决，怒水无常
怀揣奇术的人自有续命的手工活
那虚空处的架接法，上气接着下气
终使散乱归顺于条理，相斥
变成相吸，立将军柱，架剪刀撑
相抵的作用力与反作用力
远远看去仍旧如此辉煌，成为时光中
一道夺目逼视的彩虹筑造术
梁间墨书上写道："木匠徐斌桂
率男世仁、世礼、世智及副手十八众
立大梁于此。"这就是
造虹史和人民散记。在没有一颗铁钉的
桥身上，天地留下了秘籍
使怀乡的人依然相信梦想，让出山
去见世面者，见到春暖花开
山风来回吹，人心最知涧水激荡
只有这座桥有不许反对的去向
每座廊桥下，流水与光阴从不知谁急谁缓

在西浦廊桥博物馆看到"鲁班天书"图

人间有图，公认的图与作为秘籍的图
这张古老木板上的"鲁班天书"
记述着天意与人心的关系
隐与显，依与不依，敞现与遮蔽
有人的地方就有技艺，就有
一桥飞架南北，断崖处有通途
也有这座山的虚门与实门

怒水乱人心的山涧边,图上画满了
符号,显示焚香合十膜拜过的大动工
总是很细碎,技艺在心像之间
存放着一堆意志与呓语
无数虚实的对接从来有形与无形
靠不住的世界却有靠得住的
榫与卯,大师傅笔触所到处
便是万众由此岸抵达彼岸的依据
作为遗世的隔空抓物者
这些乡间造桥人,一代接一代
细数并度量着从人间通往虚空处的
都具有什么样的值得
——排列的尺度关系
它们不可说,却有神示的一笔与一画
最后,他们只向这些隐约的符号低头
世上少有人得知,所谓的身手
其实也只是些肉眼难以分析的真意
它们忽明忽暗,当中又要涂涂改改的缘由
总是让人欲辨已忘言
当一条彩虹的气体被分解成
具体的天工笔迹,我摸到了光阴的手感
以及大国工匠们朱砂痣般斑斓的胎记

万安桥畔,进入一座"汤厝"

进入这座"汤厝",便自言自语
"我回来了。"在这个身体与那个身体之间
不可恍惚,不可问女主人

炊烟与酒水之事，明月与河流谁更清亮
你知道，许多事都发生在
对身家性命突然不认得的时候
不知是何理由，这里是
某家文学期刊定点的创研地
仿佛我年少时的寒窗苦读，值得计较
被人翻出来，现在正成为
这一头与那一头，成为人间旧事
变幻成围墙外的一场如火桃花
门前的万安桥，显然记得
我们家的谁与谁都身怀造虹梦，熟背
鲁班天书，以自己的沉迷
敞现大山的出口，流水之上
有了光阴来回度量的真迹
桥边的这座房，是白云的朋友
善于播雨，传达出一个家族的行吟
同时在时间深处，有人选择着
变与不变，让我是父亲，也是人子
是丈夫，还是路人或水流
这扇门不认得我，但它就是我家
大山，陌路，草木，正对接着大地的密码
在这里，我只向自己的姓氏低头
爱着千山万水，还深爱着自家里的小名

烟雨廊桥

◎ 叶玉琳

一

倒木为桥,骈木为桥
抑或是矸步为桥
潦草的历史早已邈远

他让世人惊叹于此
崇山峻岭,危峰幽壑
时光的雕刻师
一路追随地方语调
以块石砌筑基台
以特有的榫卯立水架柱
千年杉木,人字形穿插
注定在此地拜他为王
甘愿为他献出筋骨

二

风吹过，那个在廊屋上刻字的人
左手是青山，右手是流水
不确定世间的风雨因何飘摇
他要匀出一小块
廊壁、飞檐、屋顶
让路过的人和百兽浸润原木清香
让漆黑的夜晚飞龙戏珠
抑或鱼跃龙门

三

行至桥中央
有人突然异想天开
想对影抒怀
却止于一尊端坐的菩萨
空空的木椅子沉香袅袅
想必文殊和普贤刚刚来过

举目那些斑驳的屋瓦
它们也曾闪亮过
山河长在，万物深藏
比如这尖尖翘檐
橘红、明黄、黛黑
我爱这彩翼，它们曾经注视过
每一场熊熊大火

也曾注视过每一双重构之手
每一颗忏悔之心

四

如果这一路行吟
始于《清明上河图》
在汴水虹桥
你是挑夫，还是侠客

青山寂寂无语
愈来愈像一个古人
你在它狭窄的裂谷画出心门
在积雪和月光的穹顶
小心地避让动物和草芽
它们那么轻盈，怀揣人间秘籍
生成另一条道路
而这恰恰是流水的断面
无边的侧推力
不断从短小木构件中挤压出来
最终抵达深蓝与蔚蓝——

这一刻，你已徒手攀越高耸之地

廊桥浮想

◎ 刘伟雄

古廊桥

绿色海洋的波谷浪峰
他们是泅渡的健儿
力与力的较量之中跨越了
多少春秋的风霜雨雪
多少岁月的今人古人

以他们朴素的结构
在山与山的褶皱里
诠释着新生的时代
需要链接的时空
让你知道了来程与去路
从不在这里中断过

日升门外

那扇低矮的城门
与一座横跨长溪的古桥
如此清晰地勾勒出明清时
沸腾的市声是如何激荡过
飘在寿宁县天空的云海

冷梅孤清　掠过了水涯
清澈的流水　映出的字迹
该是"三言两拍"里的传奇吧

在桥头　踩着木板铺就的桥面
依然有阵阵古风吹拂而来
像检视着　留在世间的那份沧桑

西浦　爱在廊桥

萤火虫从夏夜飞过
清凉的水面　廊桥倒影
把所有的爱情故事安放在这里
都可以被温柔的晚风吹成了绝唱

那株老柳树　多次扮演着角色
在状元故里的锦绣文章里
记录着横卧在夏夜里的廊桥
廊桥上来来往往的喜乐哀愁

曾经有过的海誓山盟
或明或暗在时间的深处
是山里人家活到远方的理想
是寂静之中亮到永恒的灯盏

有关廊桥的浮想

有时一个人走过了这座桥
有时一队人走过了这座桥
响马　官兵　进京的举子
还有来来往往　从这村到那村的
贩夫走卒　都在这里走过歇过
有些人对着桥上的神龛
抬头就拜　有些人熟视无睹
目光永远是那份坚定

这座深山里的古廊桥
阳光照在苍凉的木板上
就像一场灰与白的亘古对话
旷日持久　不断轮回
俯身而卧的身影
多像乡土里躬耕四季的老父亲

在闽东山区　历尽风雨的古廊桥
榫卯起来的一部史书
它装订着流逝的山村岁月
也装订着千沟万壑沉默的思想

又见廊桥

◎ 周宗飞

又见廊桥

已经很久没有见到廊桥了
这个春天,我又有幸来到这里
两岸村庄,旧貌早已换了新颜
你却依然保持十年前的模样
修旧如旧部分都难于发现

走在熙熙攘攘的游人中间
分享着他们惊奇爱意目光
让我相信,凡是给人方便
哪怕寂守深山
人们都会把它当做风景

咏廊桥

困守山村,饱尝风雨

却不悲不喜
把身段放低、放平
任由踩踏和评说
像木制的巨大铆钉
让对峙的两岸，握手言和

木拱桥

没有钢筋水泥、铆钉铁缆
梁板廊柱，都就地取材
它们相互依靠，互为支撑
总是你中有我，我中有你
千百年来都不改团结协作的初衷

这群纯粹干净的木头
多像那些任重道远的乡下亲人
总是手挽手肩并肩地
一起分享清福
也一起分担苦难

廊桥有爱

◎ 王祥康

寻找廊桥

千山万水，一路寻找
山城的水流和静止的
光阴。寻找前世
根植山涧的一个谜底
跨进厚厚的线装书
一页一页的风雨和彩虹
谁能读懂

我错过了一场
轰轰烈烈的往事
暴雨、落花、喜极而泣的泪
这么多年，心
一直在路上。苍穹为瓦
回家的路径不再风雨
廊桥捧出，梦中的温暖

我心怀忐忑，放轻步伐
廊桥上，木板咿咿呀呀作响
仿佛布下新的谜语
卵石滩愈加开阔
一双双被流水洗涤的眼睛
沿着星辰，一路远去

廊桥上等待一场雨

两百年前埋下的伏笔，预示着
这场雨必须到来
头顶青黑的瓦，有些焦急
一座村庄已经收聚太多太多
香火上的祝词

根植山涧的种子，如果是我
前世种下的，现在该醒了
一个湿漉漉的身影
带着无奈的伤和爱
像位潦草的旅人，怀抱一个愿
正经过这一座廊桥

如果真有一场雨
在这时落下，溪谷会抹去远山
我也会抹去久远的水声
一路奔涌的溪流是一匹马
更是一个修辞。她看见

年久失修的影子
像我空空躯壳,敲不开尘封的
家门。廊桥不会认出我
但我一定会认出
那位携雨而来的种花人

廊桥上遇见一群老人

迈上台阶,一群手握纸牌的老人
推翻我所有浪漫想象
最后的岁月,他们紧紧握着
舍不得打出一张
廊桥成了老人摆渡时光的船
而小孩在无忧无虑嬉闹
日子这样简单,又让人充满猜疑

这仅仅是一条遮风挡雨的过道
一角市场、一个俱乐部
一座祈求平安快乐的庙吗
廊桥上的人间烟火,牵出心底的
一片雨水。淅淅沥沥声
推着溪流前行。我徘徊不前

桥下的流水忽近忽远
我看见,浓浓淡淡的远山中
另一个我,正东张西望

廊桥成全杉木一世的爱

还没作一声表白
杉木就脱去多余的外衣
交错着,紧紧相拥
流动的身影时浓时淡
高过,十指相扣的尘世

这样的爱情不需要任何
铁质介入、山盟或者海誓
沧桑不过是岁月的皱纹
内心还坚守最初的绿

我的脚步轻轻落下
杉木的回声,是不是
说出早年的心跳
从年轮中,跃出的心跳
溅起了不灭的浪花
时光锈迹斑斑
流水之上,情爱中的杉木
希望成为谁的桥梁

回望廊桥

◎ 韦廷信

鸾峰桥

这是走出村子必经的通道
一群蚂蚁从桥上挤过
一群羊从桥上挤过
但也有一群人不愿意过桥
——桥的那边还是崎岖，还是贫困

当漫天大雾逐渐散去
阳光透过叶子抵达桥上
似乎有什么东西变轻了
——桥的那边
已经有人把路修了过来

寿宁廊桥

瓦楞上许多枯草的断茎是廊桥的触角

伸进历史的烟云
当我走到廊桥的中央
像走在无穷的辩证迷雾中
流水托举着我的身体
在上坡与下坡中
我很快完成了
人生的一次重要辩证
回头再望廊桥
他像极一个戴着斗笠的隐士
横跨潺潺溪流
半掩于茂密的山林
他身上的纹理与这山间树木别无二致
寿宁现有十九座廊桥
也就是说，还有十九个隐士
静坐辟谷聊着跨越时代的哲学

万安桥

桥梁　廊　屋　亭
它们的功能在历史的某一个节点
被一场大火解构
还原为木头最初的功能，柴火
这把柴火
为这方古老的天地而烧

廊桥终于火而起于水
有桥的地方必有流水
流水如一柄白刃

切开了两座青山的纠缠

流水带着新生
也带着两岸之间新的纠缠
不管是静谧流深还是奔腾涌动
它不断更新着
重构着沟壑纵横间的这道答案

如今廊桥上的木头是新的
桥下的流水也是新的
但这座桥还是那么奥秘、神圣
来看桥的人
永远充满虔诚
轻声喊着它的名字
像是在一遍遍行礼

一种古老的气息在桥梁上
像月光落在龙江溪上

廊桥碎笔

◎ 林典铇

一

这头南　那头北
我在桥中央
桥下的水流到春叫春水
流经夏的时候
遇上几朵积雨云
瓦片被雨水洗涤　黑得发亮
檐角飞珠溅玉
寿宁十九廊桥同沐一轮明月
共饮百年烟雨

二

一个老人一部活历史
那么多老人在桥上　打牌　下棋
雨时断时下

心时潮湿时干燥
黄昏无声地捻去夹在手上烟蒂的火苗
老人们说说笑笑　蹒跚散去
无论输或赢此时终是和局

三

每座桥上都供奉神灵
贴着祈福的对联
有的字迹已斑驳
香火没有断过
神从不开口
烟火把他的脸色熏得沧桑
光屁股的小孩　转眼
已是满脸岁月斧凿痕迹
光阴从窗户漏进　人神共一色

四

从桥上走过
多么厚实的木板
它收藏过数不清的脚印
它不露声色
没有一个脚印浮在表面上

我回过头
一班人正踢踏踢踏走着
从木板的缝隙往下看
流水不紧不慢把一个下午拉到远方

有关廊桥

◎ 黄友舜

廊桥静思

这是一个庞大的廊桥家族
在寿宁,在每个乡镇的山水间
一座座廊桥
一个个戴斗笠的男子汉
伫立在风雨中
那一天,他给了我远走之志
我体会到他的父爱之心

田地桥

自从玩上抖音,我便瞄准
田地桥,拍一段天然绝美的视频:古朴的廊桥
潺潺的流水、青翠的高山、隐约的古道……
时光切割出空间,空间浓缩了时间,浑然一体
三百年的风雨又如何

走在木身石面的桥上,算不算与熙来攘往的
古人相遇了?而我想贩卖这里富足的
负氧离子,还要搬运天空的白云,搬运蓝……

廊桥旧梦录

◎ 董欣潘

鸾峰桥怀古

下党溪深绿如练,冬天的阳光
明丽而温暖,水波泛起光亮如星
百年鸾峰桥洋溢着古早木质的气息
流水匆匆,一去千百里
古人留下质朴与纯厚的气质
一如水流生生不息
古廊桥连接南北,通达古今
多少人曾在这里驻足或休憩
从此登程,无数崎岖和坎坷
都被人踩在脚下,奔向锦绣前程
历史的足迹在这里同频共振
时光留下的印记不可磨灭

西阳廊桥题诗

躬身跨过一座山又一条河
流水在身下流淌,不知去向
激荡的水声仍留在廊里
为过路者消解一路疲惫。在管阳西阳
一座石头和木材相互搭配的廊桥上
我略坐片刻,倾听一种持续不断的声音
从桥的这头向那头贯穿而过
像一种力量贯穿它的一生
我知道,我们都在路上
都在为一种命运奔波,而它们
会停留在某一处让人难以抵达的地方
接续一个人尚未完成的夙愿
山水有情,石木互为角力
最终构造了一群人的梦想
其实,远方不远,天涯咫尺
只在一念之间

金朱桥记

一座桥是一条路最好的补充
当一条大道跨不过一条江河
河水滔滔,千年不绝
挡住了一个村庄向另一个村庄靠近
却拦不了一双脚步的前行

廊桥是一个人乃至一群人的功业
他们从风雨中来，日夜操劳，薪火相传
最终将滔天大浪踩在脚下

我羡慕古人一直生活在古老的事物中
古道，古村，古宅，古廊桥
古老的传说一再传说着
一个叫金钗溪的村庄

你像父亲一样

◎ 张丽容

廊 桥

如一个个先人交臂
用脊背拱出龙的图腾

一根根桥柱,驻足于流水和时空之上
每一道经过的脚步都有沉重的回声

桥面安详
水波如一面镜子
泛着日月之光

纵横的桥身
有历史的屋檐
嵌入桥身的卵石透着苍茫

被仰望,被庇护

横跨两千年的构设与启示

似穷途找到了光景
又似人间找到了
坦途

家乡的廊桥

家乡的廊桥上供奉着林公
一位神勇扶危的神仙

每一个过桥的人
都自觉放轻了脚步
目光虔诚

对于小人物
一座桥有足够的高度
连接天地

一座桥就是一座庙宇
宽广，慈悲
蜿蜒出一缕若有若无的钟声

一座桥让炊烟与香火缠绕

你像父亲一样

新的一年是从叩拜桥上的林公开始的

这是家乡的习俗
小小的我总也跪不直
总也学不会
你像父亲一样
微笑着看我

我挑着猪草
或者是一担稻谷
在桥栏上歇息
摘取斜进廊角的红豆解馋
你像父亲一样
微笑着看我

我曾以你为背景拍下照片
指给人看
收获赞叹，满足虚荣
你像父亲一样
微笑着看我

我远嫁
在为数不多与你重逢时
眼含泪水
抚摸着你苍老的容颜
你又像父亲一样
微笑着看我

而今晚，夜色如墨
我在写过的文字中

搜寻不到你
你在遥远的我的家乡
在同样的黑夜里

在我已日渐模糊的
对父亲的记忆里
故乡的廊桥啊！你是否
还会像当年，当年我的父亲一样
微笑着看我

后　记

　　为深入学习贯彻习近平文化思想，贯彻落实习近平总书记关于文化遗产保护传承的系列重要论述重要指示批示精神，全面加强廊桥保护研究和推进文物价值的活化利用，从2024年2月起，宁德市文旅局、宁德市文联联合举办"廊桥保护三年行动计划"文学采风活动，组织创作一批反映闽东廊桥题材的文学作品，同时向社会征集有关题材文学作品，结集出版《人间彩虹》诗文集，以文艺的形式宣传推介宁德廊桥文化，提升人们的保护意识，推动文旅融合发展，助力乡村振兴战略，把"闽东之光"传播得更久远。

　　本书共分为"廊桥之乡""人间彩虹""情韵悠长""匠心独运""诗意廊桥"5个篇章。其中，"廊桥之乡"部分概述宁德各县（市、区）廊桥文化的整体情况；"人间彩虹"部分以"廊桥"为核心，从不同层面生动呈现了宁德廊桥的多种形态与独特魅力；"情韵悠长"部分汇聚了作家们对廊桥独特的情感与思考；"匠心独运"

部分追溯了廊桥技艺的传承与发展；"诗意廊桥"部分以诗歌的形式，赞美宁德丰富而深厚的廊桥文化和山水人文。

回顾编纂过程，我们要感谢中国作家协会创研部主任、著名作家何向阳同志在百忙之中为本书作序，这无疑是对我们的鼓励、鞭策，给我们带来极大的信心。同时要感谢宁德市有关县（市、区）文联、文体和旅游局的大力支持。感谢应邀参加活动的作家诗人们。他们不辞辛劳，连日辗转于寿宁、屏南、周宁、柘荣等地，细致考察宁德市廊桥保护传承情况，认真听取廊桥技艺专家的讲解，积极查找资料、挖掘素材，将个人经验、创意、情感和生命力注入创作全过程，创作出一批具有深刻内涵和精神气韵的文艺作品。本书中，我们还收录了一批见诸各报刊的优秀作品，在此一并致谢。

可以说，这部诗文集的出版，不仅是对宁德廊桥文化的一次深入挖掘和全面展示，更是对廊桥文化传承与创新的一次积极探索和实践，将会对宁德廊桥的保护事业产生积极影响和推动作用。当然我们也深知，由于时间紧、任务重、资料缺，再加编辑能力有限，本书不足和瑕疵难免，真诚希望能得到大家的理解和包容。

编者

2024 年 6 月 26 日